北京大道政通（天津）律所资助出版

天才闪光

—— 那些真实的发明故事

[美] 约翰·西布鲁克 著

周邱岐 译

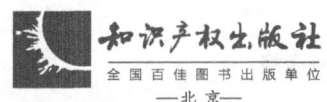

全国百佳图书出版单位

—北京—

图书在版编目（CIP）数据

天才闪光：那些真实的发明故事／（美）约翰·西布鲁克（John Seabrook）著；周昵岐译．—北京：知识产权出版社，2023.1
ISBN 978-7-5130-7805-4

I. ①天… Ⅱ. ①约… ②周… Ⅲ. ①纪实文学—作品集—美国—现代 Ⅳ. ①I712.55

中国版本图书馆 CIP 数据核字（2021）第 227587 号

责任编辑：齐梓伊　　　　　　　　　　责任校对：潘凤越
封面设计：杰意飞扬·张　悦　　　　　责任印制：刘译文

天才闪光
——那些真实的发明故事

[美] 约翰·西布鲁克（John Seabrook）　著
周昵岐　译

出版发行	知识产权出版社 有限责任公司	网　址	http://www.ipph.cn
社　址	北京市海淀区气象路50号院	邮　编	100081
责编电话	010-82000860 转 8176	责编邮箱	qiziyi2004@qq.com
发行电话	010-82000860 转 8101/8102	发行传真	010-82000893/82005070/82000270
印　刷	北京建宏印刷有限公司	经　销	新华书店、各大网上书店及相关专业书店
开　本	880mm×1230mm　1/32	印　张	13.875
版　次	2023年1月第1版	印　次	2023年1月第1次印刷
字　数	336千字	定　价	68.00元

ISBN 978-7-5130-7805-4
京权图字：01-2021-6262

出版权专有　侵权必究
如有印装质量问题，本社负责调换。

致《天才闪光》的中文读者

不久前,我正在网上填写第一针新冠病毒疫苗的申请表,到了"职业"一栏的空格处,我很自然地填上了"作家"。

电脑屏幕上即刻跳出了一行文字:您所填写的职业无效。

我自然明白这是系统自动生成的回复,但荒唐的是,它对与我维系一生的职业的无情驳回深深地刺痛了我的心。其中最让我愤愤许久,不能忘怀的就是"无效"二字:它告诉我,自己的工作一直在被这个社会的资本价值观物化,并被金钱断定为无效。那你倒是说说,填什么才算有效!

毕竟规矩是人定的,系统这么回复我,也必然是有人教它这么说。那是谁把"作家"从系统的职业列表中剔除的呢?很有可能是各类工程师(那些《天才闪光》一则则故事的主人公)、鼓捣小玩意的创新家、解决技术难题的专家和发明家们。

我发现自己又回到了多年前与父亲一次关于我未来的争论中,那时刚大学毕业的我说自己想当一名作家。"这不是个正经工作!"——这就是我父亲对我人生方向抉择的评价,和那个申请表系统告诉我的话如出一辙。对他来说,写作和豆蔻之年的初恋一样,充满了虚无的情怀和梦想,经不起现实的打击。现在是时候找一份正经工作了：金融、法律，或者技术工程。

"或者你可以当一名编辑。"在旁静听的母亲提议道。

我父亲是一名化学工程师，他的两个兄弟贝尔福德和考特尼分别是机械工程师和土木工程师。他们的父亲查尔斯聪明绝顶，虽没像3个儿子一样上过大学，有职业凭证，却也是一位自学成才的工程师。你可以在本书最后一章"菠菜大王"中了解老爷子和他的家庭，以及他的工业化农场的故事（如今我也在致力于将它扩充成一本书）。

我的大部分同辈表亲也是工程师，还有一部分在商业领域，我却是整个家族里唯一一个作家。所以……我到底出了什么岔子？

文学就是最主要的原因之一。更具体地说，是我大学时学过的一门有关文艺复兴的课程，当时的授课老师是普林斯顿大学名望甚高的安东尼·格拉夫顿教授，是他将我引上了文学艺术的道路。格拉夫顿教授让苏格拉底在课堂上起死回生，将柏拉图《会饮篇》中描述的这位哲学大家在雅典举行宴会后与学生们侃侃而谈的场景渲染得生动至极。对古人来说，现代大学对文科和理科的划分是不存在的，而大部分古希腊人和古罗马人常年累积下来的科学智慧也已经失传千年，直到意大利诗人彼特拉克、建筑家布鲁内莱斯基和达·芬奇这样的天才出现，重新发掘并复兴了古人的成就，并逐渐塑造成我们所知的现代文明。

能凸显艺术与科学之间灵活关系的一个例子就是书中提到的安提凯希拉装置。为了解开这个100多年前从沉船中打捞上来的神秘齿轮机械装置的用途谜团，一个由数学家、工程师、技术人员、学者和模型制造商共同组成的跨领域团队经过多方努力，才发现这是一个用来预测行星运行轨迹和天文现象（如日食）的"上古计算机"。

致《天才闪光》的中文读者

对文艺复兴的研究是我人生方向的转折点。从前,我脑海里模糊的人生职业规划一直是关于科学家或者工程师的,在这之后我便走上了另一条道路——成为《纽约客》的特约撰稿人,通过这本杂志发表了像本书这样一个个关于科学家与工程师的故事。其中我试图通过讲故事,递进角色成长,再用夹杂着幽默感、洞察力和批判性思维以及其他写作策略、修饰手法的文字,将"人道主义"带入复杂专精的技术性主题。在我的其他作品,比如关于语音自动识别技术的文章《你好,哈尔》(*Hello,Hal*),以及近期发表的关于自动写作的《未来世界》(*The Next Word*)❶中,我都是尽量从文艺复兴的角度去审视现代人工智能。在过去十年里,人工智能领域因将其侧重转向人工神经网络研究的深度学习方面,而得以突飞猛进,但就其处理能力而言,这个领域仍滞留在黑暗时代——它正静静地等待着自己的达·芬奇。

如今周咫岐要为中国读者翻译本书,我便重新回味这些故事。现在看来它们也成为说明写作是一项"有效"工作的有力证据,因为文学作品和应用科学作品一样,都是经过精心"设计"的。叙事的设计像电路图一样,将信息和观点高效有序地传递给读者。规则决定了文学作品的呈现形式——但这里的规则并非指科学领域的公式定律,而是框架、逻辑、论证、伏笔和主体连贯等各项写作标准,如果运用得当,我们就可以轻车熟路地驾驭绝大部分主题。

但是,对原则循规蹈矩能把一个作者推向的高度是有限的,无论是在桌案前还是在实验室里。许多造就传世万代作品的人(无论

---

❶ https://www.newyorker.com/magazine/2019/10/14/can-a-machine-learn-to-write-for-the-new-yorker.

是在人文艺术领域还是科学领域）都是熟悉领域规则的老行家，却全都出于各种各样的原因——经常出于意外，走上了一条没有先人踏足的路。在那些意外的瞬间——一个人突破自己原先洞察力极限的时刻，是"天才闪光"引导他"瞥"见一个全新灵感的雏形，并将这个突破规则框架的想法变成现实；同时它也引导着艺术与科学一路上升直至交汇，并在碰撞的刹那绽放出世间最绚丽夺目的光彩。这正是为什么"天才闪光"的概念在本书如此重要的原因。

于是我坐在屏幕面前，脑子里飞速地整理着一大堆能证明写作是个"有效"职业的想法……最后，我利落地在"职业"一栏敲入了两个字：编辑。

审核通过！

——写于 2021 年 10 月

To Chinese Readers of
Flash of Genius

Not long ago, I was filling out an online form to receive my first shot of the COVID-19 vaccine. When I came to the box marked "Occupation", I put in "Writer".

What is not a valid occupation was the response.

It was an automated reply, of course, and yet, absurdly, I was stung by the form's imperious dismissal of my work. The word "valid" in particular rankled me; it suggested my work was being judged according to monetary or bourgeoise values, and found wanting. Define "valid", I thought.

After all, people had designed the software that excluded "writer" from the list of valid professions. Who were these people? Engineers, most likely—the kind of tinkerers, problem—solvers, and inventors who populate the stories in *"Flash of Genius"*.

I found myself back in an argument I had long ago with my father about my future. I was a new college graduate, and I wanted to be a writer. *"That is not a valid occupation"* was approximately my father's

· I ·

response to my choice. Writing was a youthful college fling, in his view. Now it was time to settle down to a real job, in business, law, or engineering.

Or maybe you could be an editor, suggested my mother, who was listening in.

My father was a chemical engineer. He had two brothers—Belford, a mechanical engineer, and Courtney, a civil engineer. Their father, Charles, was a brilliant self-taught engineer, not a university-educated and credentialed one like his sons. You can read about the *Old Man* and his family and the industrial farm they created, in the story titled *The Spinach King*, which I am currently at work on expanding into a book.

Most of my cousins are engineers as well, or they are in business. No one else in my extended family is a writer. So what happened to me?

The liberal arts happened, for one thing. Specifically, it was a course on the Renaissance I took in college from Anthony Grafton, a justly celebrated professor of literature at Princeton University, which set me on the path of the arts. Grafton brought Socrates the ancient Greek philosopher, to life, embodying the master as he spoke with Plato and the other disciples after a banquet in Athens in 416 BC, as is recounted in *The Symposium*. For the ancients, our university made distinctions between the liberal arts and the sciences didn't exist. Much of the scientific knowledge that the Greeks and Romans accumulated was lost for a thousand years; it wasn't until artists and scholars, such as Petrarch, the Italian poet, Brunelleschi, the architect, and Da Vinci, the painter and inventor, rediscovered and reanimated the discoveries of the ancients that

To Chinese Readers of *Flash of Genius*

modern civilization as we know it began to take shape.

An example of that dynamic between the arts and sciences is the story of the Antikythera Mechanism, which is part of this collection. To unravel the purpose of the mysterious geared mechanism, found in a shipwreck more than a century ago, it required a cross-disciplinary team of mathematicians, engineers, technicians, scholars, and model-makers to reveal that the mechanism was an ancient computer designed to predict planetary orbits and astronomical occurrences such as eclipses.

Up until the point I studied the Renaissance, I had vague plans to become a scientist or an engineer myself. Afterwards, I was on a different path, one that eventually led to a career as a staff writer at the *New Yorker* magazine, where I publish stories about scientists and engineers like the ones in this book. I try to bring "humanism" to complex and technical subjects, through story-telling, character development, humor, insight, critical thinking, and other writerly strategies and embellishments. In pieces like "*Hello, Hal*" about automated speech, and in more recent work such as "*The Next Word*" about automated writing, (https://www.newyorker.com/magazine/2019/10/14/can-a-machine-learn-to-write-for-the-new-yorker) I try to interrogate artificial intelligence from a renaissance perspective. A. I. has made terrific strides in the last decade as a result of the switch to deep learning-based neural nets. But for all its processing power, A. I. is still in its Dark Ages. The field awaits its Da Vinci.

...

Looking over these stories now, on the occasion of Phoebe Zhou's translation for Chinese readers, they appear to me in part to be a series of

arguments for why writing is a valid occupation. Like the works of applied science, these pieces are carefully "engineered." The narratives are designed, like circuit diagrams, to move information and ideas around in an efficient and orderly fashion. Rules govern how these stories work—not the rules of physics, but rules of structure, logic, argument, foreshadowing, and thematic coherence—rules that, if they are properly applied, should work on almost any subject.

But rule-following only gets you so far, in writing as well as in the lab. Many of the greatest inventions, whether in the arts or the sciences, were made by authors and scientists who knew the rules, but who for some reason—often a random event—tried something new. In those moments, they are guided by the *Flash of Genius*—the instant of insight that allows the researcher to glimpse a new paradigm, a reality beyond the rules. The flash of genius is the moment when the arts and sciences meet, which is why that concept is so important to this book.

So there I sat in front of my screen, marshalling these and other arguments for why writing is a valid occupation after all. Finally, I typed "Editor" into the box as my occupation. Bingo!

Oct. 2021

ACKNOWLEDGEMENTS

在《纽约客》工作的这些年里，我有幸得到三位大师级编辑的指导。第一位，南希·富兰克林，她编辑了标题故事，事实上，这本书的书名就是她想出来的；第二位，黛博拉·盖瑞森，她编辑了结尾"菠菜大王"一章，帮助我挺过了撰写家族故事的痛苦过程；第三位，是跟我合作时间最长的（我不想说是受我折磨时间最长的），也是仍然在职的编辑——完美的克里希达·雷申，她编辑了本书的大部分章节，我无法用文字描述她对这本书的贡献有多么巨大。

我也从罗伯特·高特勒布、缇娜·布朗、大卫·瑞姆尼克、多萝茜·维肯德和丹尼尔·扎鲁斯基的引导和大力支持中受益匪浅，当然，还有那些在本书成功出版的背后兢兢业业努力多年的无名英雄：所有多年来从事本书一篇或多篇事实核查，文本编辑、校对的工作人员和那些编辑助理们。

感谢我的经纪人，乔伊·哈里斯，他在我整个写作生涯中一直陪伴在我身边。在此,我也要把这份感激送给远在圣马丁的编辑,伊丽莎白·贝尔。

还要感谢我的老朋友艾瑞克·史劳斯,是他在我创作遇到瓶颈的时候引导我,一直做我生命角落里的慰藉。

我之所以能够在此生有幸看到我的作品被搬上银幕(天哪,他们在电影里把我的名字打得比书里大多了),还要谢谢麦克·莱贝尔。麦克是第一个看到由本书素材拍成电影的人,他自己和罗伯特·科恩斯也有过各种纠结。在拍摄同名电影《天才闪光》时,导演马克·亚伯拉罕不慌不忙地等待,直到有了合适的剧本和演员,他才怀着一颗宽广的心拍出了如此伟大的一部电影。除此之外,我要对已在天堂的你——菲利普·瑞奥斯佰克,表示崇高的敬意,你写的改编剧本如此真实动人,连我这个作者都无法超越。我想你应该已经看到了。

记得1990年,在我试着说服罗伯特·科恩斯同意让我写他的故事时,我对他说:"终有一天这个故事将被搬上银幕,那时候所有人都会看到你戴着那枚刻着'发明家'字样的勋章。"很遗憾的是,当这部电影上映时,罗伯特已经离开了人世(在电影里罗伯特被格雷戈·金尼尔演绎得非常精彩)。但仍让我感到非常欣慰的是,菲丽丝·科恩斯和他们的6个孩子都有机会欣赏到这部电影。

感谢我的父亲和他的兄弟们激发出我内心深处与工程师、建设者和实干家相同的兴趣,我一直都在试图根据他们严谨的工程学原则来设计自己的文学作品。

我也要感谢在全国以及世界其他地区接受我采访的那些人。从我远在1988年时在内华达州猫头鹰俱乐部遇到的淘金者(成就了我在《纽约客》杂志发表的第一篇文章)到那些中国的废金属大王(他们出现在我最近的作品中),以及所有跟我分享他们故事和梦想的人们。没有他们,我不可能写出这些故事。

FOREWORD

  罗伯特·科恩斯，本书标题故事的主人公，是工业世界的一个原型：有着好创意的孤独发明家。这个各种意义上都被认为是一个"渺小"的男人（他的身型被形容成像个小矮人），坚信底特律最大的公司之一，他无比崇拜的机构——福特汽车公司，剽窃了他的专利。罗伯特把福特公司告上法庭，他还作为自己的律师参与了部分庭审，并最终胜诉。如今他的故事正在被讲述，大多都是出现在电视屏幕上，而被改编成电影在银幕上展现，则是在马克·亚伯拉罕导演的电影《天才闪光》中。罗伯特·科恩斯的故事也许会激励更多孤独的发明家，在未来走上这种与大企业对峙的孤注一掷的征程，并有望像他一样赢得数百万美元的赔偿。但是，在任何人效仿科恩斯之前，我们应该问：罗伯特不惜倾尽毕生之力来捍卫他的专利，到底是为了什么？他能够被传承的遗产又是什么？

  我第一次了解到科恩斯这个人是在1990年的春天，

我读到了埃德蒙德·安德鲁在《纽约时报》写的一篇报道。那时科恩斯正处于他与福特公司那场史诗级战斗的最后阶段,科恩斯声称自己发明了间歇式挡风玻璃雨刷器,底特律的陪审团认定他的专利是有效的,但福特公司与科恩斯无法在赔偿金数额上达成一致。与此同时,为了避免陪审团判赔更大的费用——科恩斯有可能获得高达3.25亿美元的赔偿,福特公司向科恩斯提出了以3000万美元在庭外和解的方案。但科恩斯从原则上就否定了这笔交易,他说"这个案子从头到尾都不是为了钱"。由于专利案通常都关乎金钱,科恩斯的拒绝不仅使被他吓坏的律师百思不得其解,更震撼了整个专利法领域的律师们。当陪审团无法就科恩斯到底该得到多少赔偿金达成一致意见时,本案法官——密歇根州东区联邦地区法院法官阿弗恩·柯恩宣布审判无效。柯恩法官,满头银发,来自底特律,有着贵族风度,他已经对科恩斯作为"律师"的不足表现出了一定程度的容忍,毫不隐晦地表示科恩斯应该同意3000万美元的和解方案。同时,这位法官承诺这桩案子不久后将会被重审。这个故事引起我兴趣的最大原因,就是居然会有人为如此平凡而日常的发明大费周折——间歇式挡风玻璃雨刷器,是一个有用的改进,但远没有达到改变世界的程度。我向当时的《纽约客》编辑罗伯特·哥特列布提到了这个案子,他建议我去底特律看看这里是不是有故事。

我记得那天我走进柯恩法官的办公室,问他的办公室主管朱迪·卡萨迪,我能不能看看科恩斯案的档案。她笑了笑,领我来到法院的地下室,那里存放着与科恩斯案有关的所有资料。那时这场官司已经僵持了12年,是密歇根州历史上耗时最久的案件。几十个文件箱,每个都塞满了法律文件,堆满了一整面墙的架子。朱迪给我搬了一张可以坐下来的小书桌,她说:"一个月之后见",然后就离开了。我静下心来，掀起第一个纸箱的盖子，读了起来。

我原以为科恩斯案只是一个关于发明与偷窃的故事，是相当简单的。但是，随着慢慢翻阅那些成堆的文件，我发现这不是一起案件，而是三起——分别针对福特公司、克莱斯勒公司和通用汽车公司，可能还会有其他几十家汽车公司。我意识到，科恩斯起诉汽车工业，关注的是发明本身的性质，是联邦政府试图对之进行监管和立法的"发明"这一概念。"发明"被勒恩德·汉德法官评价为"像幽灵一样难以捕捉、任性、模糊的幻影，存在于整个法律概念的体系中"。

科恩斯先生发明了间歇式雨刷器，这是一个毋庸置疑的事实。我在证词中读到了这个发明故事的奇妙细节，能够让它像电影那样真实动人。比如科恩斯在自家地下室里进行雨刷器测试，用的是灌满水和锯屑的水族箱，这些都无比可信。他的发明听起来就像勒恩德·汉德法官所说的"创造性的行为"：科恩斯是如何从他受伤的眼睛、新婚之夜和一个香槟木塞引发的事件汲取灵感的故事。另一个不可否认的事实就是福特公司雨刷器的设计与科恩斯的非常相似。问题是科恩斯的想法是否应获得有限的垄断，或者，如福特公司所说，雨刷器的电路十分简单明了（就是晶体管、电容器、电阻器几个部分而已），间歇式雨刷器就像许多发明一样，是一种自然而然的结果，是科技时代精神的一部分。看完科恩斯案所有的资料之后，我不再认为这只是一个简单的关于发明与偷窃的故事，而是一个关于科技发展的史诗般的传奇，被精巧地包装在了一个关于雨刷器的纷争中。

本书中的故事都是关于发明家、创新者、工程师和企业家的，他们中的一些人正试图建造一些东西（或者重建，就像重建安提凯希拉装置那样），另一些人则需要应对他们的发明带来的后果。他们当中不是所有人都像科恩斯一样处于劣势，有些人像丹·迪恩斯特一样，是野心勃勃的霸主，擅长用计谋击败与他相争的弱者。但不管故事的主人公是母系线粒体基因测试套件的创造者布莱恩·塞克斯，是设计世贸大厦结构的莱斯利·罗伯森，是辛西娅·布雷齐尔和斯坦·温斯顿合作设计的麻省理工机器人莱昂纳多，还是前气象员约翰·科尔曼和媒体业务主管弗兰克·巴滕联手创建的气象频道，或是罗杰·萨尔奎斯特与他那不幸的佳味番茄……我感兴趣的一直是"发明行为"的外在条件、无法预见的障碍和意料之外的结果。查克·霍伯曼发明了一个永恒玩具"霍伯曼球体"，而之前他还以为自己是在做雕塑。另外，威尔·莱特开始只是为了给女儿做一个娃娃屋，最后他发明了《模拟人生》——有史以来最成功的电脑游戏之一。"北极种子库"历经20年的国际争论才得以创建，并且需要一个痴迷的人——卡里·福勒来实现它。我在内华达州巴特山报道的现代淘金热，也算是一种发明：一种廉价的提炼黄金的方法（堆浸法）与高价黄金的结合。有些人的发明像大卫·卡普一样，是一种自我启迪：他将自己从一个"瘾君子"变成了一个"水果侦探"❶。

整个工业产业之所以存在，都是因为一些发明家的"天才闪光"❷，这个想法一直都让我激动不已。发明家就是工业界的艺术家，他们从虚无中获取灵感，他们的发明为上千万的人提供食物、衣服、住所、救援、娱乐和治疗的保障。（他们的创造感染了更多

---

❶ 译者注："水果侦探"在本书中指负责发掘并售卖稀有水果品种的商人。
❷ 译者注：意为天才灵感的闪现。

人，例如画家安德鲁·怀斯，还有他的弟弟纳特·怀斯，后者为杜邦公司研发PET可回收塑料。）

那么，"天才闪光"到底从何而来，这背后又有怎样的故事？一个伟大的构想往往是由一个偶然的机会产生的，它在平凡的环境中萌芽，但最终变得壮观而超凡。（如同阿基米德跳出浴缸后大喊的那声"我找到了！"）一个伟大的构想可以被专利法保护，但它也经常会从社会为其制造的法律容器中泄漏出来，从而被社会精心打扮成人类共同文化遗产的一部分。

我的祖父，C. F. 西布鲁克，我在"菠菜大王"一章中会写到他，就是一个发明家——他发明的不是一件装置，而是一个系统，一种将农业自动化的体系，包括自动化食品加工的许多工序，特别是冷冻蔬菜，从播种、收获，一直到包装。他的3个儿子也为他打工，但因为他们做的是一件史无前例的事情，每天都面临着工程方面的挑战。我是听着他们如何解决这些问题的故事长大的，所以从小就十分仰慕会解决问题的人、发明家、建筑家和实干家，尽管我自己在动手这方面毫无天赋（也许这就是我崇拜他们的原因）。当我还是个孩子的时候，最令我印象深刻的是考特尼伯父的发明，家里人说，他想出了把冷冻的蔬菜分装在可煮袋里的点子。据我所知，西布鲁克农场是第一个这么干的，但公司从未就此申请过专利，我父亲说他们对专利方面知之甚少，也没有时间去申请专利。无论如何，我一直把考特尼伯父尊为冷冻蔬菜"袋煮"烹饪方法的创始人，所以他也理所当然地成为我写这本书的灵感起源。

本书大部分故事的核心材料都不会甘心屈服于非虚构文学那颤抖的拥抱，齿轮传动比、DNA的化学成分、玉米杂交和废金属加工等技术性细节都会拒绝融入音乐和语言的韵律。但这是我的题材，它在我成为作家之前就选择了我，但如果我有权决定这本书被谁所著，我会选择一个像我一样的作家，纠结着如何文艺地写出工业世界的起起落落，但最终的成果可能连一个初中生范文都比不上。我写这本书的初始信念就是语言和叙述可以让一些枯燥乏味的题材——如合金、结构工程、算法、堆浸法提金、交通、挡风玻璃雨刷器和专利法——变得生动起来。

1990年5月，我第一次去底特律采访科恩斯，还见到了丹尼斯·科恩斯。丹尼斯是罗伯特·科恩斯的大儿子，他自称是整个科恩斯家族的代言人，虽然我不知道他的另外5个兄弟姐妹是否认可，但我听说的是，必须先见丹尼斯，才有可能见到他的父亲。我们是在一家烧烤店见的面，丹尼斯当时是一名私家侦探，一副趾高气扬不太好惹的样子。虽然如此，我们还是挺谈得来的，他也为我见他那住在休斯敦的父亲开了绿灯。阿诺德、怀特和德尔基律师事务所是科恩斯先生当时的律师团队（他很快就会把他们炒掉然后亲自接手案件）就设在休斯敦，科恩斯为了离他们近一些，在那里租了一套公寓。

我在休斯敦待了3天，瓢泼大雨也连续不断地下了3天，那种又闷又湿的热带雨，在溅到柏油马路上的那一刻就立即被蒸发了。阴魂不散的鬼天气，以及科恩斯那被法律文件铺满的狭小公寓，让我在他面前产生了幽闭恐惧症。我天生对古怪、难相处的人物感兴趣，他们沉迷于梦想且为此狂热不已，一心一意地追求着，本书中几乎每一个故事都是关于这样的人。迈克尔·莱特是安提凯希拉装置的研究员，性格与罗伯特·科恩斯有异曲同工之妙。大卫·卡普，那个水果侦探，还有种子库创始人卡里·福勒的精神也都与科恩斯有相似之处。但要论谁能够做到动机如此纯粹，对自己的目标坚贞不渝，没有人能比得上科恩斯。

我认识科恩斯的时候，他已经跑了3个律师事务所：底特律的哈奈斯、迪基与皮尔斯，华盛顿特区的莱恩、艾特肯与麦加，还有位于芝加哥的赫什、斯考特与麦克杜格尔，当时他正在考察第四家。科恩斯的第一批律师在退出此案的申请中写道：每当（他们）与辩方有一点儿合作的谈判倾向时，科恩斯都会不断地谴责他们。他的第二位律师，迪克·艾特肯也向法庭申请退出此案。他在一次听证会上说科恩斯先生对他如此疑神疑鬼，以致"我怀疑所有的电话交流已经被录音了，自然正常的交流已经不可能了……在这种状态下，科恩斯先生最好换一位新律师。"他的第三个律师团队也请求法院允许他们退出案件。"即便在一些毋庸置疑的事实已经摆在科恩斯博士和律师面前时，他们之间仍会充满不和谐而强硬的对峙"，听取律师们申诉的法官写道："法庭除了允许律师退出此案之外别无选择"。

整整3天，和着雨点儿敲打地面的节拍，科恩斯用他那刺耳的鼻音，用各种方式向我讲述密歇根州东区联邦地区法院在保护他作为一个美国公民和一个发明家的权益上是多么的失败。他在我面前论证了整个案子，在此期间他还经常停下来去翻阅证词或者法律文件中的一些片段。我感觉到虽然我现在与他共处一室，但他并没有和我进行真正的交谈。科恩斯很容易得到别人的敬佩，但并不招人喜欢。

我想通过福特公司案的判罚阶段来跟踪这个故事，陪审团在此案中以判给科恩斯1000万美元作结。但直到大约一年之后克莱斯勒公司案开审时，我的报道工作仍未停止，等到1993年1月文章在《纽约客》发表时，3年的时光已悄然流逝。迈克尔·利伯洞察到科恩斯故事的银幕潜力,将它推荐给了马克·亚伯拉罕,一位知名的好莱坞制片人。约瑟夫·米切尔著名的《纽约客》作品《乔的秘密》被改编成斯坦利·图奇主演的同名电影,迈克尔曾是促成此事的重要力量。马克·亚伯拉罕很快就选中了这个题材,并决定要亲自制作这部影片。马克是著名导演弗兰克·卡普拉的影迷,同时也被科恩斯的"小人物"的灵魂启发,制片方随后直接与科恩斯和他的家人们商榷,想得到这个故事题材的拍摄权。期间,我时不时会接到迈克尔的电话,说科恩斯已经要把他们逼疯了,问我有没有什么办法,但我确实无能为力,只能表示同情。

《天才闪光》问世的这 15 年里,美国的专利制度在持续恶化。申请专利的人数大幅上升,但处理专利的专利审查员人数却没有相应增长。专利申请费用也持续上涨,如今你必须投入至少 3 万美元才有机会让自己的发明获得专利。而且,专利诉讼数量激增,2007 年,全国大约有 2800 例专利官司起诉了 6000 名被告。与此同时,随着软件专利的大量增加,什么是"可专利"的确切概念也变得越来越让人琢磨不清,这些专利申请已成为一种商业策略,在现实生活中并不可用,因此其价值非常可疑。例如,没人能为汽车拍卖会申请专利,但想要为网上拍卖会做同样的事就非常可行,尽管很多这样的专利最终会被专利局重新审查并裁定为无效,但想要一个专利被判无效,没有长达几年的诉讼是做不到的。一个很好的例子就是亚马逊的"一键购买"专利,这个专利是由该公司创始人杰夫·贝索斯亲自发明的。亚马逊的竞争对手巴诺并不买账,他说为"一键购买"申请专利就像为超市的快速结账通道申请专利一样。专利局最终还是重新审核并限制了贝佐斯的专利,但在这之前亚马逊已经享受了长达 10 年的"一键购买"垄断权。

前言

美国专利制度的存在，是为了"以小恶治大恶"，意味着它处于一种特殊的道德相对主义状态。大恶，就是那些提出有用改进的人往往得不到应有的赞誉与奖赏。有时他们的成果会被直接窃取，但大部分时候，他们好像被地心引力带入了更大的人类物质进步的洪流。发明家能够保全自己成果的唯一途径就是仅为己用，不把它公之于世。但这又有什么意义呢？

为了促进技术进步，专利制度提出了一个折中方案：如果发明家愿意把自己的发明公开，那么他就可以在竞争中领先18年——这就是有限的垄断。虽说垄断被认为是对创业和创新有害的——英国王室对垄断权的特许曾是让新移民们最痛苦的抱怨之一，但有限的垄断无论在过去还是现在都被认为是确保技术进步的最好办法，也是保护发明家权利的最佳方式。然而，专利法的元老们在赋予专利法"保护发明家"价值的重要性上，远不如罗伯特·科恩斯的贡献。事实上，杰斐逊和富兰克林二人都认为"发明家权利"这一概念并不受欢迎（别忘了，他们自己也是发明家），或许，他们已经预见到了随之而来的巨大且可怕的法律战争，因为诉讼当事人会在"谁、因为什么获得荣誉"这些棘手的问题上争论不休。

在我报道《天才闪光》这篇文章时，"专利钓鱼"一词还未被广泛地使用。专利钓鱼，正如推广这个概念的人，英特尔公司的原总法律顾问彼得·戴特金所定义的，是指利用"纸上专利"牟利的个人或公司。"纸上专利"是一种设计专利，但该专利持有者无意将其发展成实际的发明，而是利用它专门对大公司提起侵权诉讼。20世纪90年代初，关于"潜艇专利"的话题甚嚣尘上，一个叫杰莱姆·莱默逊的芝加哥发明家就是一位大师级的"专利潜艇者"。莱默逊的方法（后来他与自己的律师杰拉尔德·霍西尔把这套方法进行了完善）就是识别出科技发展中的"肥沃"板块（如机械视觉），尤其是一些发展中的领域所需要的技术，然后申请工具和技术方面的专利，并通过定期更改专利申请书，让专利申请一直处于"未决"状态——这意味着专利已被申请但并未被授权，因此，有限垄断权的时钟尚未开始计时，直到其他发明家和企业家创造并发展了相应市场。这时，莱默逊和霍西尔就会敲定专利书的终稿，他们的"潜水艇"就会在无人预料之下突然浮出水面。至于那些完全不知情的"侵权人"，要么顺势妥协，要么被告得倾家荡产。当我在20世纪90年代为科恩斯的报道采访莱默逊时，他手上就已经掌握了总价值高达数亿美元的350多项专利。我自认为自己对莱默逊的评价已经足够公平客观了（许多人认为他是20世纪最臭名昭著的骗子之一），但莱默逊本人对于我对他的描述并不满意。在文章发表之后，那位先生给我写了一封含糊不清的恐吓信，但他显然有更重要的事情去做——当莱默逊先生于1997年离开人世时，他留下1.3亿美元，创建了莱默逊基金会——一个致力于鼓励真正的发明家和创业者的组织。

　　霍西尔的年轻合伙人兼门徒——雷·尼罗，将莱默逊的技巧推向了另一个高度。他对那些所谓的"侵权者"们展开了更激进的诉讼，提出更广泛的专利要求和更多骚扰性诉讼。从专利法的角度来说，制成品的专利和仅仅是纸上的专利并无区别，因此尼罗和他的"钓鱼"同僚们就专门找那些没有试图实施专利的发明者和一些破产的技术公司，从他们手中收购专利。专利涵盖的范围越广，他们就越喜欢，如果发明者碰巧是一个独立的个体，那就更好了。（举例来说，尼罗代表了一项专利的所有者，这项专利涵盖了在互联网上发表JPEG文件的权利——这意味着任何带有图片的网站都侵犯了这项专利权。）一项专利拿稳之后，专利钓鱼者们就会去找一家大公司，指控他们侵犯了该专利。由于为该类诉讼辩护的花销至少要100万美元，通常会更多，公司可能会选择更保险的一条路——和解。这样一来，即使这些"钓鱼者"没有采取任何措施来改进有关技术，也可以毫不费力地利用专利系统刮下价值不菲的"油水"。

为了给他们可耻的行为辩护，尼罗和他的钓鱼者同伴们指出，如果按这个道理的话，那些购买房地产但并不用来自己居住的投资者们也同样是"土地钓鱼者"，为何偏偏针对专利钓鱼者呢？无论如何，这些钓鱼者赤裸裸的贪念和他们那站不住脚的（如果合法的话）策略告诉我们，没有道德底线的话，钱会非常好赚，玷污了整个专利系统，激怒了许多声誉良好的大公司，如果真要钻这种空子的话，大公司是更在行的。每过一个星期，似乎都会有一波新的受害者为之愤慨。2008年3月，一位叫吉布森的吉他工匠声称，因视频游戏《吉他英雄》而获得巨大成功的美国动视公司侵犯了他在虚拟吉他上的专利，为了澄清这个问题，美国动视公司提起了诉讼。如今，世界上数百万通过《吉他英雄》认识吉他的孩子中，根本没有几个会去买吉布森的产品，即便吉布森"横"在他们和他们的乐趣之间。这起案件清楚地表明，唱片业并不是音乐行业中唯一一个有"愚蠢专利"的分支领域。

当你考虑到这些权利滥用现象时，一个疑问必定会出现，那就是专利制度是不是已经成了摆设？为了拯救这个系统，立法者们向国会提出一份专利法改革法案，而且很有希望通过，成为正式法律。这份法案针对全部原有措施和损失赔偿金计算规则的有效性和实际性提出了质疑，有望使专利法更向发明者们的初衷看齐。我真心希望立法者能够成功，因为如果没有一个有效的专利制度，个人发明家和小公司面对大企业毫无招架之力。尽管仅凭市场份额就可以主导行业的优势企业往往并不总是这个领域里最具创新性的参与者，而创新往往会威胁到它们已有的商业模式。这就是为什么电报公司没能发明出电话，音乐产业没能发明出 iTunes，微软公司没能发明出 Google。

具有讽刺意味的是，通过在法庭上展现独立发明家们的强大力量，通过展示专利使用费有多高，科恩斯其实是帮助了那些如瘟疫般腐蚀专利制度的"钓鱼者"，尽管他本人绝对和专利勒索沾不上边。科恩斯是一个道德绝对主义者，但他发现自己处在一个与道德相对的世界中。若是为了钱，他可以赚到更多的钱，但令他那一批批不断接手再放弃的律师感到恐怖的是，他们发现科恩斯蹚这趟浑水的原因竟是为了原则。但如果被科恩斯间接推动的专利法改革，最终使像他这样真正的发明家更难诉诸法院，事情就会变得加倍讽刺。

科恩斯曾经计划着，要在克莱斯勒一案了结后把剩下的 26 个盗用他专利的汽车制造商一锅端掉。在福特一案中争取到每个雨刷器 11 美分的专利使用费后，科恩斯将获得数亿美元的赔偿（正如一位日本制造商的律师所说："太多个零了，我们根本赔不起。"），但柯恩法官随即将这种局面做了了结。科恩斯本想继续打自己的官司，但柯恩法官以他未能在法院命令的期限内减少索偿数量为由，利用这种程序性细节驳回了所有未来可能的案件。科恩斯得了一个大大的鸭蛋，"他把一切都夺走了，直接给我们打了个零分"，就像丹尼斯最近跟我提到的。

在他生命的最后阶段，科恩斯的确享受到了全世界发明家对他的认可。他收到过数百封来自其他个人发明家的信，大多数都在讲述他们自己被侵权的令人发指的故事,并感谢科恩斯为他们这些"小人物"扳回一局。但是,他从福特公司赢来的1000万美元和从克莱斯勒公司赢来的3000万美元,都没能令他的行为做出多大改变,也没能使他觉得被不公正对待的愤慨减少半分。事实上,他过了将近8年才兑现了克莱斯勒开给他的支票。科恩斯其实气就气在柯恩法官把他获得的赔偿中的1000万美元判给了他在福特案第一阶段中的代理律师——休斯敦的阿诺德、怀特和德尔基。科恩斯带着他典型的固执对法官说,如果要把属于自己的钱分出去,他宁愿一分也不要,谁都捞不着好处。(阿诺德和怀特那边无法协商出如何分配这1000万美元,于是在随后关于这笔"暴利"的争论中,这家让人仰慕的律所因为内讧解散了。)因此这笔钱就在法庭的账户上停滞了一段时间,随后又尘封在了科恩斯的保险箱里。他也继续开着那辆1965年的克莱斯勒"纽约客"(恰好是克莱斯勒推出间歇式雨刷器作为选装配置之前的最后一款车型)。最终,在2000年前后,蒂姆·科恩斯说服父亲去银行兑现了这笔尘封的支票,老科恩斯照办了,这张支票依然是有效的。

在生命的最后5年里,科恩斯得了阿尔茨海默病。"他上车后会忘记自己要去哪里,然后又忘记如何从外面回来。"丹尼斯告诉我,他拒绝放弃开车,最后逼得家人向州政府请求吊销他的驾照。在那之后,他就再也没有离家太远。他的钱终于派上了用场:他的家人拿这笔钱为他请了全天候的护工。他于2005年2月去世,享年77岁。

科恩斯真的发明了间歇式雨刷器吗?若这个人从未存在过,间歇式雨刷器也会存在:总会有人把它发明出来的。同理,若爱迪生从未出现,我们还是会有电灯、留声机和电影摄影机。(事实上,现在看来一个来自法国巴黎，叫作爱德华·莱昂·斯科特·德·马丁维尔的发明家比爱迪生早17年就做到了录音。）若我的伯父考特尼没有存在过，我们也会有袋煮冷冻蔬菜。虽然时代精神似乎是这些伟大发明的主要根源，但仍然有一点很重要，那就是要相信个体发明家的重要性。这是工业文明的奠基神话，即使单个发明家通常是一种幻想，它也是重要且必要的幻想，而且神话通常是真实的，足以使这种幻想令人信服。

最后，科恩斯有了一个他可以去传讲的故事，一个福特公司和克莱斯勒两大公司在法庭上联合起来都无法与其抗衡的故事。这正是科恩斯吸引我的地方——我发现不仅是他的故事引人注目，而且故事发生的方式也与技术创新发生了碰撞。发明故事在专利纠纷中所承载的力量启发了我，希望我能以此为素材，用故事阐明那些令人困惑的技术细节。其实故事的本身就像发明一样，借助小小的文学技巧来吸引读者的注意力，希望我的故事也能吸引到你们。

目录 CONTENTS

1　天才闪光　//1
2　水果侦探　//39
3　游戏大师　//56
4　孩子的游戏　//88
5　未雨绸缪的"种子库"　//103
6　我的家谱　//133
7　碎片知识　//165
8　隐形金　//185
9　售卖天气　//247
10　慢车道　//269
11　建摩天大楼的人　//292
12　美国废金属　//316
13　它来自好莱坞　//341
14　温室里的颤动　//357
15　菠菜大王　//381

# 天才闪光

1962年11月，天空中飘着零星雨点儿。鲍勃❶·科恩斯正开着他的福特银河牌轿车穿梭于底特律交错纵横的街道，于是他把雨刷调到了低挡。在那个年代，即便是最高级的雨刷也只有两挡设定，一挡在普通雨天用，另一挡在暴雨天用。在这种毛毛雨天气下，两杆雨刷在玻璃上蹭来蹭去，刺耳的摩擦声使司机无法专心看路，偶尔还会导致车祸的发生。不巧的是，科恩斯自己的视力已经受损，是9年前的一个事故导致的——新婚之夜，他的左眼被一个突然弹出的香槟木塞击中。此时的他正在竭尽全力地观察窗外的情况，一半心思在他那不听话的雨刷上，另一半则在他那只残眼上……一瞬间，他有了后来《华尔街日报》评价为"把普通人和发明家们区分开来的灵感"——科恩斯想，为什么雨刷不能像人的眼皮一样，为什么它不能"眨眼"呢？就在那一刹那，一个点子被注入了他的脑海——科恩斯牌眨眼雨刷器。

---

❶ 编辑注：鲍勃是罗伯特的昵称。

天才闪光

在他找到灵感的 30 年之后，科恩斯把底特律的通用汽车公司告上了法庭。此时的他已经 65 岁了，打赢了对福特公司和克莱斯勒公司的官司，正在坐等把两大公司因侵犯他间歇式雨刷器专利权而赔偿的 2000 万美元收入囊中。通用汽车公司一案了结之后，科恩斯还计划着转向国外的汽车厂商：从法拉利开始，循序渐进地把全世界侵犯他专利权的汽车产业告得片甲不留。他是全世界成千上万饱受侵权之苦的发明家的英雄。同时他像藤壶一样锲而不舍地紧紧吸附在专利制度的底层，连世界上最强大的公司都无法把他"铲除"。

科恩斯个子不高，也就比童话里的精灵高那么几英尺❶，声音也尖尖的，有点儿鼻音，说话语调没什么情感起伏。他的肩膀有些前倾，可能是长年累月地盯着各种专利文案而落下的后遗症；皮肤有些粉红色，而头发是骇人的雪白。据科恩斯的长子丹尼斯说，他的头发是在很短的时间内，一下子全部从发根白到发梢的。那是 1976 年的一天，科恩斯拆开了一辆玛莎拉蒂的间歇式雨刷器的控制设备，却发现在世间享有如此美誉的伟大德国制造商竟也剽窃了他的雨刷器专利。

当与克莱斯勒公司对峙时，科恩斯没有请律师——他做了自己的代理人，并计划在与通用汽车的官司中采取相同措施。他的工作室，科恩斯氏联合公司，就位于他的案件审判地点——底特律联邦法院的马路对面。你要是想见科恩斯，大多可以在他的办公桌旁找到他，那矮小的身影有一多半都藏在堆积如山的一摞摞动议、反动议和有关审判程序的书籍后面。公司的助理和合作伙伴大多是科恩斯家庭里的成员，科恩斯有 6 个孩子，这起诉讼案件就是他们家里的头等大事，而如今孩子们也已经在这个案子的陪伴下成长起来了。

---

❶ 编辑注：英尺是英美制长度单位。1 英尺 ≈ 0.3 米。

1 天才闪光

这个家庭本来就很和睦,这起案件把他们拉得更近:6个孩子中有4个在为他们的父亲"全职打工",打这场官司就是他们童年的全部工作。他们当中没有一个受过专业的法律训练,却在工作中学会了写案情简介和一些文件,就连当地最大的3个律所里的几百个能人律师在他们身上施加的计谋,孩子们都能灵活应对。"对于我们来说,这起诉讼是我们的看之所见、听之所闻、思之所想,"科恩斯的女儿凯茜告诉过我,"我是说,对我们来说这很正常。"

全美国各地公司的专利部门普遍认为,科恩斯一案是一个非常可怕的先例。最近,有一个名叫吉尔伯特·海特的发明家被授予了关于微处理器的一个基础专利,成为专利保护潮流里最新的例子。理论上,海特可以从几十家使用微处理器的公司那里得到数十亿美元。"这种事情让那些给大企业工作的人非常焦虑,"马蒂·阿德尔曼,一位在韦恩州立大学工作的法学教授和专利学专家说道:"如今的局势已经不是大公司在碾压弱小的个人发明家,而是那些个人发明家在搞砸大公司。这种事情放在今天已经越来越容易办到了。"

美国的专利法系统是为独立发明家们设计的——那些被尼古拉·特斯拉形容为"执着追随一时飘忽不定的灵感,最后终于做成史无前例的大事的人"。200年前,当托马斯·杰斐逊一手创立专利法系统的时候,所有的发明家都是独立的个体,而如今几乎所有的发明家都在大型企业的研究中心工作。个人把他们的天才想法拱手献给公司,并以此换取平庸的固定薪水。但整个专利法系统以及随之产生的相关法律,都仍停留在18世纪"发明家"的概念上,而在如今的法庭上,一个手持专利证书的布衣发明家对任何一个大企业来说都是令人望而生畏的强大对手。"我了解过所有的专利案件,事实告诉我们在最近5年里,大企业能够在法庭上击败个人发明家的案例真是少之又少,"阿德尔曼说道,"我告诉所有打电话找我为他们作证词,企图对抗发明家的大企业:'天哪,兄弟们。你们摊上大麻烦了。'"

从那些汽车公司的角度来看,科恩斯最吓人的地方在于,他看起来对金钱并不特别感兴趣。他只想要伸张正义。"那些人觉得只要塞给我3000万美元就能把这件事一了百了,就能让我心满意足地滚到公园的长椅上待着。"他说,"不过他们错了,鲍勃·科恩斯不是任何人的傀儡。"他告诉过我,他想要的不过是能够有权利生产自己发明的独家雨刷器,别无他求。只要这个世界上还有一个汽车公司擅自生产他呕心沥血研发出来的雨刷器,阻止他自己生产,就别指望他科恩斯停止诉讼。

美国专利商标局位于水晶之城,弗吉尼亚州的阿灵顿。整个建筑是光滑的玻璃和钢制的,看起来就很有一个现代联邦政府机构的样子。另外,这个地方有一种由内而外散发出的孤立冷傲、与世隔绝的气质,更是和这"发明之城"的名字十分相符。专利商标局的一楼设有检索室,那是一个放满了各种专利文献的、无比宽阔的空间。专利局拥有世界上最大的专利收藏,不光是这个房间,还有楼上的图书馆,有巴厘人的专利、中国人的专利和1623年之前英国人的专利。这里还收藏着第一次世界大战时美国没收的德国的染色技术专利,之后这成为美国化工产业的重要根基。自1790年以来,美国颁发了600多万份专利证书,其中第一份专利证书的获得者是来自佛蒙特州皮茨福德的塞缪尔·霍普金斯。他发明了一种制备碳酸钾的新方法,专利中所有的流程、内容全部以纸质的形式存放在此处,正面朝上地摞在巨大金属档案架的小方格子里,每个小格子里都储藏着100多个巧妙的点子,每一行都放着上千个天才般的灵感。

1 天才闪光

一些年代久远的专利书上,已经落下了羽毛般的薄薄一层灰。你们可以随时在档案架的过道看见专利搜索者们的身影,他们轻轻地用指尖拂去灰尘,再把吸附在他们夹克和毛衣上的腐烂的专利书纸片慢慢摘下来。

如果要把过去 100 年间人们对专利的欢迎程度画成一张曲线图的话,这个图形会像一个"U"。除了在 20 世纪中叶经历了一段被反垄断情绪围困的时期,现在专利的受欢迎程度重回了 1890 年的黄金状态。仅在 1992 年,美国专利商标局就收到了 185 446 份专利申请——比历史上任何一年收到的申请都多;在这 18 万多份申请中,有 109 728 份被批准通过,几乎是 10 年前的两倍。专利商标局专门把这些数字当作证据记入了档案——爱迪生和贝尔的发明精神永垂不朽,美国的创新能力至今仍存,甚至远超从前。我认为这应该是事实,毕竟今日的专利可比以前有价值得多了。

这种现象背后的原因之一就是"美国联邦巡回上诉法院"❶(下文简称 CAFC)对联邦巡回法院造成的影响——前者成立于 1982 年,它的部分职能就是听审所有专利案件的上诉。在那之前,巡回上诉法院❷是专利上诉书的审理方,而法官们极其厌恶审理专利案,一起案件就可以让一个法官连续几个月,甚至几年不得脱身,且大多都包含了法官不了解的技术性问题。另外,专利法的条款都是极

---

❶ 译者注:美国联邦巡回上诉法院,成立于 1982 年,其职能之一就是受理专利上诉案件,全称 United States Court of Appeals for the Federal Circuit,简称 CAFC。它是美国联邦上诉法院系统中的第 13 个上诉法院,也是最独特的一个,与其他 12 个巡回上诉法院不同,其管辖权是基于案件的事项而不是地理位置来确定的。

❷ 译者注:美国巡回上诉法院是美国联邦法院系统的上诉法院,共有 12 个,均以地理位置划分管辖范围,其中 11 个以数字命名(第 1 至第 11 巡回上诉法院),第 12 个是哥伦比亚特区上诉法院,全称 United States Courts of Appeals。

其主观和不精确的：除了史上最坚固、最有主见的头脑，所有人都会被绕入令人眼花缭乱的逻辑旋涡中。在专利案件中，法官应当剖析出技术进步的相关部分，说明在一个发明中一个人的灵感从哪里结束，另一个人的灵感从哪里开始。正因为这些问题的棘手，巡回法院的法官都会为了摆脱这个麻烦，倾向于将专利宣布为无效，只是为了摆脱案件。在1950年到1975年这25年间，巡回法院里的每4起专利案中，就有3起被宣判为"无效"或"未被侵权"。有些上诉法院甚至因他们对专利的敌意而臭名昭著：在第8巡回上诉法院，几乎没有一份专利被审核成功。联邦巡回上诉法院成立的根本目的其实就是给专利系统带来公正性和逻辑性，大多数人都认同它达到了这一目的。它还极大地增加了专利的价值，因为该法院审理的专利中3/4被判定有效或被侵权。许多出庭的法官都是前专利律师，因此与大多数人相比，他们更能够理解发明和专利申请的不易。在联邦巡回上诉法院中，专利将被推定有效，除非有证据证明并非如此，而不是相反。

虽然专利申请的通过率一直在降低，但可申请专利的范围在不断扩大。在1972年，一位叫阿南达·查克拉巴蒂的分子工程师用他发现并加工、编辑的一种有助于降解原油的微生物申请了专利。然而专利局并没有通过他的申请，在拒绝理由中引用了专利法中的一项条款，该条款声明生命形式不可被授予专利。查克拉巴蒂提出上诉，最终美国联邦最高法院在1980年以5∶4的结果作出对他有利的裁决，就此创造了一个全新的知识产权领域——生命。随后，美国国立卫生研究院申请了数千项有关人类基因的专利。这一法案的通过就意味着在未来美国政府可能会拥有绿色眼睛基因的专利——毫无疑问，这是非常有争议性的。甚至许多人预言，不同国家会像争夺领地一样争夺在生物细胞和基因方面的专利：日本人申请棕眼睛，瑞典人申请金头发，意大利人申请罗马鼻子。

对于独立发明家来说，他们为能够看到专利的受欢迎程度重回往日巅峰而感到非常的欣慰。因为只要专利能够得到认可，有更高的权威，他们与厂家和大公司的合作就有了保障，也多了一份筹码。相反那些汽车和电脑生产商（做零件/技术组装生意的公司，也就是与单件技术产品公司相对立的产业）并没有那么开心。现在他们需要为过去免费的零件付版税，或者如果他们想要浑水摸鱼地侵权（像当年福特公司一样），今日的局势已经不会再允许他们神不知鬼不觉地混过去了。

知识产权领域的繁荣给专利商标局带来了很多好处：专利费是其主要收入来源，它用来支付专利审查员的薪水。审查员们在检索室上方的6层空间里工作，他们的书桌和地板几乎要被专利申请书淹没。在大楼顶层，便是专利局局长哈里·F. 曼贝克的宽敞的办公室。

哈里是个身材瘦削，办事果断得力，毫不废话的人，他作为新晋局长自然而然地为专利系统现今享受的强大繁荣之势感到高兴。"我认为现在美国逐渐意识到了技术的重要性，并且让它们免受其他人的盗窃和侵害的觉悟越来越高了，"他说道，"话虽如此，我认为非同寻常的一点就是，当年为全国第一项专利颁发证书的系统"——说着他的手挥向挂在秘书身后墙上的那份已被装裱的文件——"和如今我们审核通过的第五百万份专利居然是同一个专利体系！这一份专利是……"他从眼镜上方瞟了一眼自己的助理。

"通过利用埃希氏大肠杆菌共表达单胞发酵菌属中的 PDC 和 ADH 基因来生产乙醇。"助理一边看着笔记本一边补充道。

"对，就是那个。"曼贝克说道。他身体后倾，将十指扣在后脑勺上，目光放向了窗外：在不远处，跨过波托马克泛滥平原，一架架飞机正在国家机场着陆。

鲍勃·科恩斯在底特律西区的工人阶级社区鲁日河畔长大，这里有两个地方吸引了科恩斯的想象力：一个是卢尔德圣母大教堂，那是一座红砖筑成的天主教堂，他记得，这个教堂所用的水还是从真正的卢尔德镇引进的；另一个是福特公司的鲁日河工厂——世界上最大的工业园区。科恩斯的父亲是大湖钢铁公司的一位翻车工，他曾经带着科恩斯去参观过鲁日河工厂。如今的科恩斯回想起来，他当时完全被"福特公司的规模之大"震撼住了：福特森林生产的木材；福特矿山生产的矿石、煤炭和焦炭；福特采石场产的用来做雨刷的硅砂；位于巴西福特兰迪亚的福特种植园生产的用来做轮胎的硅胶——所有这些材料都通过货运轮船和火车在鲁日河这里汇集一处，等待着被加工组装成一辆崭新的福特车。在鲁日河这里，一堆原材料能够在4天之内完美蜕变成轿车。

十几岁的时候，科恩斯就在底特律大街小巷随处可见的一些小工厂里打工。其中一个工厂还曾负责给凯迪拉克的三角窗做装饰嵌线，那就是它全部的业务；还有一个工厂是负责生产一些用于安装C-5运输机起落架工具的染料。科恩斯一个朋友的父亲发明了一款改良版的车门把手（就是很常见的那种弯曲的把手，下面带着一个开关锁），它可以在车子翻滚时防止车门自动弹开。那位老先生因为这个门把手，做了通用汽车公司的供应商，赚了一大笔钱。"除了汽车，还是汽车，"有一次科恩斯跟我说，"那就是我们的全部。你要是个发明家，想要出现在老百姓的视野里，你就要为汽车做研发。我还记得查理·威尔逊（通用汽车公司20世纪四五十年代的董

1 天才闪光

事长),他说过'只要是对我们通用汽车公司有好处的,就是对美国有好处',当时的我的确相信那是真的。"

科恩斯的第一项发明就是一种可以自动挤出护发精油的梳子,但那个发明一直都只停留在图纸阶段。他又为喉切除患者试验了一种放大器,还试验了一种新型的气象气球。以此为灵感,科恩斯最终在1957年发明了一种导航系统,并盼望着美国军方会把这项发明用在他们的响尾蛇导弹上。他的前妻菲丽丝,记得科恩斯当时兴奋地拉着她在厨房里边跳舞边说,他要给她买两辆凯迪拉克,一只脚开一辆。"那段时间多么激动人心啊,"菲丽丝回忆道,"跟罗伯特生活在一起就是这样——肾上腺素如此之高。"但最后事与愿违,导航系统没有得到什么认可。所以科恩斯要继续尝试。

当"眨眼雨刷"这个灵感从天而降的时候,科恩斯夫妇和他们4个幼小的孩子还住在底特律北部卢瑟福街的一间砖房里。当时的科恩斯拥有韦恩州立大学机械工程的硕士学位,他正想要转到克利夫兰的凯斯西储大学以继续他的博士学位生涯。科恩斯坚信在他的新婚之夜,安大略省的一个乡村酒店里发生的导致他眼睛至今伤残的事件是万分重大的。因为自那时起,很多神秘和奇怪的灵感就会从他的脑海里蹦出来。"菲丽丝当时还在卫生间换衣服,我则正坐在床上开着一瓶香槟,问题是我以前从来没开过昂贵的香槟酒。然后——嘣!木塞一下子弹了出来,直接打中了我的左眼,我往后一躺,血就流到了床单上,菲丽丝尖叫着从卫生间跑出来……我的天,那场面真是一团糟。"

为了不被孩子们干扰,科恩斯在地下室的一侧用玻璃隔开了一间工作室,在周末研究他的雨刷。1963年的上半年他几乎每天都泡在那里,地下室的另一半是菲丽丝的洗衣房。"我一般就会在旁边

天才闪光

洗衣服、熨衣服，孩子们围在我身边团团转，他则在他的玻璃门后面，把脚翘起来搭在墙上"，菲丽丝回忆道，"嗯，他说他抬着脚工作最在状态。"

到了1963年的夏天，科恩斯已经造出了一个可以正常运作的样品模型。他可以改变雨刷在挡风玻璃下方停留的时间，改变摆动频率，科恩斯甚至还想出了个办法让雨刷自动根据玻璃上的水量来调整摆动频率。他把雨刷的控制板放在了一个红色的金属箱里，上面还印上了"仅供工程测试。勿碰。专有独家设计，科恩斯工程独家设计财产"的字样。最后，他请了两个朋友帮他把箱子装进了他的福特银河牌轿车。

菲丽丝："如果开始下雨，我们就会立刻停下手头的所有工作，冲到车上，打开雨刷，然后开车到处转。罗伯特管这个叫实践测试。"

鲍勃："我发现天然雨水的弹性和从水管子里出来的自来水的弹性其实并不一样。我就是想把一切都考虑到，确保万无一失。"

菲丽丝："天哪，我当时在淅沥沥的雨里开着车，感觉特别自豪。我会把两只手搭在方向盘的最上方，让过路的人可以看到，我并没有在不停地摆弄雨刷的开关挡。"

到了10月，科恩斯决定是时候把自己发明的产品展示给汽车制造商了。他最后选择了福特公司，因为他们在科恩斯发明过程中曾给过他一些雨刷电机供他实验（还有一个原因就是对科恩斯来说，"福特永远是最棒的"）。通过他在福特研究车体工程学的弟弟马蒂，科恩斯联系上了一个叫约翰·丘帕克的人，当时的科恩斯还坚信"他在挡风玻璃雨刷方面中占有重要地位"。丘帕克说会到密歇根州的迪尔伯恩镇——福特公司总部的所在地和他会面，于是科恩斯就把他的银河轿车开过去了。科恩斯与丘帕克在公司里见面，随后便把他带到了室外的停车场。科恩斯展示了雨刷的可变频率、可变停顿时间和湿度响应性,甚至还让丘帕克亲自试验。他们在这上面花了45分钟的时间,丘帕克看起来非常满意。但是,他告诉科恩斯他负责的领域是雨刮器连杆和刮片——公司的执行工程师乔·尼尔,才是他要找的人。

3天后,科恩斯再一次开着他的银河轿车去和尼尔会面。令人惊讶的是,他发现停车场有10个福特公司工程师等着他的到来。那些人轮流操控雨刷器,打开引擎盖东翻翻、西看看,甚至还爬到了仪表盘底下。工程师们逐个把科恩斯领到旁边,私密地问他这个雨刷器的工作原理到底是什么。"我其实并不想告诉他们我怎么做到的,但是我也不想看起来不礼貌。"科恩斯回忆道。最终,尼尔出现了。他从实验室开出来了一个水星牌轿车,并在与科恩斯保持一定距离的前提下,展示并告诉他,其实福特公司也正在研发一个间歇式雨刷器。但尼尔说,无论如何,他们非常有兴趣细看一下科恩斯的发明——如果他愿意讲解的话。

随后,尼尔又说他想知道科恩斯的雨刷器的造价是多少,并安排科恩斯去通过福特公司的规格测试,以获得更多的指导和建议:雨刷必须有能力运转至少300万个来回,有270°的转幅,还要经受住引擎盖里的最高温度。最后,科恩斯欣喜若狂地离开了。很多年后,他在法庭证词中的回忆里写道:"我那天简直就像在天堂一样。"

泰德·戴金是1963年福特公司派出来观察科恩斯发明的10位工程师之一。作为一个工程师,他把38年的职业生涯全部奉献给了福特公司,并在两年前提前退休了。戴金和科恩斯几乎是同龄,接受了同样的教育,也在雨刷器实验上奉献了多年的时间,但这两位除了这些经历,其他方面完全大相径庭。虽然岁数相仿,但戴金看

天才闪光

起来比科恩斯年轻了 10 岁,非常稳重。他和妻子普瑞尔住在迪尔伯恩镇一座宽敞明亮的农庄式大房子里,离福特公司的工程部实验室只有一英里❶之遥——那是一个泰德注入了自己毕生心血的地方。在客厅四周的墙上挂着戴金家人们的照片:他们的女儿伊丽莎白(她同样也是福特公司的工程师);伊丽莎白的丈夫格雷戈里,他是给通用汽车公司做产品规划的;还有戴金夫妇的儿子罗伯特,是给一家本地广告公司做庞蒂克(汽车品牌)广告的。

戴金从 1957 年开始试验挡风玻璃雨刷,当时工程部门主管要求他设计一个电动雨刷电机。那时,电是一种新的汽车技术,像电动窗、电子锁、电动控制的后备厢都是一些很前沿的新奇玩意。如果说电动汽车领域是一股急流,玻璃雨刷就是躲在礁石后面的一洼水,与世无争。普通的刮雨刷是由引擎歧管的进气驱动,该进气管通过一系列软管连接至雨刮器电机,一对雨刷从挡风玻璃的中间刮到两边,就会在玻璃正中间留下一块没被刮干净的"V"形。

福特公司曾经要求戴金和他的同事们发明一个新的雨刷系统,能够让一对雨刷呈平行状刮雨。"其实啊,克莱斯勒公司早在 1955 年就发明了这种平行雨刷,很受大众欢迎,"戴金说道,"所以福特公司也想要这种雨刷。但是平行雨刷的问题就在于它刮雨的表面积过大,导致控制雨刷的机械装置工作效率下降。"戴金发明的连接平行雨刷的新款电机成为 1959 年水星车的标配和林肯车的选配,迅速在客户群体中普及。在那个年代,汽车产业才刚刚尝到期权交易的甜头:他们通过把汽车的基础价放低(甚至有时会亏本标价),福特公司可以把客户引到经销店那里,一大堆高端选择性配置足以

---

❶ 编者注:英里是英美制长度单位。1 英里 ≈ 1609 米。

1 天才闪光

让公司赚个盆满钵满。

挡风玻璃雨刷是一个非常有潜力的营销项目。"那些平行雨刷带来的人气让管理部门陷入了沉思：既然这样，我们还能把雨刷玩出什么新花样呢？"戴金说道，"所以上级命令我组织起来一个'雨刷小组'，随便研究一下碰碰运气，看看我们能研发点儿什么出来。你知道吗？大部分人都不会在买雨刷上花什么心思。因为人们只是在下雨的时候打开它，不下雨的时候关上它，没别的了。但事实上，你的雨刷里面蕴藏着很多项发明的奥妙：是什么让雨刷在刷到一半被关上的时候仍然坚持完成一整个来回？当雨刷回到挡风玻璃下面时，他们怎么做到把自己'隐形'，不让司机的视线被干扰呢？在业内，我们管这个功能叫'压低式停靠'。雨刷是怎么做到和清洗装置同步的——是什么东西让你一按玻璃水的按钮，雨刷就自动开启，给玻璃刷上几个来回儿的？后窗刮水器又如何？其实，当我们谈到这些的时候，说的就都是挡风玻璃刮水器工程师们的发明。"在20世纪60年代早期，戴金和他的同事们就一直在效仿先例，试图发明出相似的功能。"当然，我们想到了间歇式雨刷的可能性。但问题就是，如何设计一个能够使雨刮器在挡风玻璃的底部停顿一下，然后再次进入下一个循环的电路呢？间歇式雨刷是——好吧，可能不是我们工程师的毕生追逐的圣杯，但也绝对算得上是下一个努力的目标了。"

在发明间歇式雨刷的过程中，一个基本的难题就是选择一个完美的计时装置，它必须能够定期地向雨刷电机发送电流。那么，该选什么样的计时装置呢？一个和戴金同一团队的工程师设计了一个依靠双金属计时器运行的电路。双金属计时器的工作原理和温度计相似，基本道理就是两种不同的金属因物理性质的不同，会随着温

天才闪光

度的变化有不同的热胀冷缩速率。但这个装置的最大缺陷就是它需要一段时间加热，所以在寒冬腊月、大雪纷飞的天气里，它根本运作不了。况且由于冷热转换的时间问题，让雨刷只在周期间短时间停顿非常的困难。另外，由于在加热和冷却之间切换需要花费时间，使刮水器短时间停留也是很困难的。

1961年年末，位于纽约州水牛城的特里科产品有限公司——福特雨刮器零件的主要供应商，给福特公司带来了一款新型间歇装置。那是一个微型真空室——跟浴缸塞差不多大小，但里面带有一个柱塞、一个弹簧，还接着两个小塑料管。外接的出口管通向发动机歧管，内接管连接着一个小转盘，可以直接将数据通向仪表盘。当引擎自动冷却下来之后，会通过外接管吸走空气，导致真空室中产生吸力，空气减少，柱塞就会向下运动，压缩弹簧。这样一来，司机就可以通过转动安装在仪表盘上的转盘来控制进入真空室的空气流量——弹簧就会把雨刷电路中的一个开关关闭，从而达到周期结束时停顿的效果；然后，弹簧会用回弹力让柱塞回升并把开关打开，雨刷就再次运作了。

作为一件工程学作品，特里科研发的装置并没有多卓越，本质上就是一个鲁布·戈德堡机械❶。它有29个活动部件，这意味着系统因某一环节工作不当而导致全盘崩塌的可能性很大。当司机加速时，真空机器就没有能力再正常运行间歇模式了，雨刷就会自动进

---

❶ 译者注：以下是来自百度百科关于"鲁布·戈德堡机械"的解释——鲁布·戈德堡机械（Rube Goldberg machine）是一种被设计得过度复杂的机械组合，以迂回曲折的方法去完成一些其实是非常简单的工作，如倒一杯茶，打一颗蛋，等等。设计者必须计算精确，令机械的每个部件都能够准确发挥功用，因为任何一个环节出错，都极有可能令原定的任务不能达成。由于鲁布·戈德堡机械运作繁复而费时，而且以简陋的零件组合而成，所以整个过程往往会给人荒谬、滑稽的感觉。

入高速运转模式。特里科此时只是想要把这个产品卖给福特公司，于是夸大其词，把这种雨刷器包装成了一个精心制作的"快速通道"配置，非常实用——在大雨天超一辆运货大卡车都没问题。"但福特的工程师看透了这个发明的本质，它装置设计上的硬伤，"戴金说，"但那些不识货的销售策划却觉得这个'快速通道'配置非常棒。"于是，管理部门决定在1965年版的水星轿车中把特里科间歇式雨刷器作为一个选配产品推出，公司的雨刷部门立刻就着手去批量生产了。当年，科恩斯第一次去拜访福特公司的工程部门时，见到的就是这一版本的雨刷器。

相比之下，科恩斯版本的间歇式雨刷器不仅实用，更是一件优雅的艺术品。整个装置有4个部件，其中只有一个可移动部件——在那个时代，这项发明绝对是一个质的飞跃，装置概念直接从"电力"转换到了"电子"。虽然当时的科恩斯并没有意识到这一点，但他其实就处在新一代汽车技术革命的开端。科恩斯在20世纪50年代中期在本迪克斯公司工作过一段时间，对于电子控制系统有一定的了解——在那时，这种科技因技术和成本原因只会在高端产品上有所运用，如电脑。晶体管、电容器和变阻器是科恩斯发明的电路的3个基本组成部分。电容器和变阻器组合在一起就是计时器，晶体管则担任开关的角色。变阻器直接连着一个扳手（可供司机调整使用），可以控制流进电容器的电流大小；当电容器的电压达到一定高度时，就会即时触发晶体管；晶体管开启后，雨刷就会刷一个来回。然后，雨刷电机的运行会消耗电容器中的电压，使它下降到晶体管的触发值以下，晶体管就会断开，导致雨刷在完成一个循环后停顿，等待电容器电压值回升。

"毫无疑问，科恩斯博士设计的雨刷电路是非常有新意的，"戴金说道,"他的发明中有一个三刷电机,可以动态达到制动和停止,并且他的雨刷的间歇时间可以一直保持一致——他这一发明的装置体系是集多种理念为一体的。但我们当时想,这玩意绝对不值一个专利,也不可能申请成功。电子计时装置是我们研发之路上必须要追求的下一个目标,你怎么能把技术自然进化过程中的东西拿去申请专利呢?"戴金摇了摇头。他说他去年基本都一直在帮助福特公司准备科恩斯一案,这段时间的经历令他得以认真地重新审视美国的专利制度。"我想到那些跟我一起研发雨刷装置的同事们——那是一个有几十个甚至上百个发明家的团队啊,都把心血注入你们的间歇式雨刷里了。这些工程师们有来自特里科的,有马涅蒂马瑞利的、罗孚的、佩特来的、德科的、通用汽车的、克莱斯勒的,当然还有福特公司的。我不记得他们每个人的名字——没人会记得。他们是间歇式雨刷背后的默默无闻的真正发明者,而不是科恩斯。"

餐厅那边,我可以听到普瑞尔正在为家庭午餐布置餐桌。"终归来说,专利的目的是去鼓励创新精神,而不是让一个人独占全部所有权,"戴金说,"你能想象如果这些工程师中的每一个都去追逐专利,会导致什么吗?我们的轿车上可能还装着两挡雨刷。"

在得到福特公司的许可之后,科恩斯就正式开始对他的雨刷进行测试。经过计算,他发现,要想让这个雨刷完成 300 万个循环,至少需要昼夜不停地工作 6 个月。于是他买了一个水族箱,把雨刷放在里面,再把油和木屑混在一起倒入水箱,来模拟雨刷的负荷。由于他的办公室没有位置了,科恩斯就把水箱放在了菲丽丝的洗衣房,所以当科恩斯出门或者有事的时候,菲丽丝就需要负责看管水箱,并观察雨刷的工作状态(偶尔,她还会拿个炒勺去搅拌一下混合物)。当科恩斯每周末从凯斯西储大学回来时,他就会全身心投入雨刷测试中。在每星期五晚上,甚至有时候是通宵,菲丽丝就会一直看着示波器(一种很像心电图显示器的监控仪,是用来测量电脉冲大小的),鲍勃就会在旁边尝试使用不同配置的组件。每星期六,鲍勃就会在家门口的车道待上一整天,弯着身子在他那辆银河轿车上做改装,并且会把自己的进展告诉每一个路过的邻居,时不时地还有两个摩托罗拉或者德科的销售员来给他推销电阻。星期六晚上,全家人聚集在客厅里,用墨水涂画电路图,为印刷电路板做准备。星期日,一家人参加完教堂礼拜之后,鲍勃就会带着妻子和孩子们开着车在底特律兜风,探寻创立科恩斯氏雨刷厂的好地点。"爸爸把我们每个人的职位都安排好了,"他的儿子蒂姆回忆道,"我哥哥丹尼斯会成为公司的律师,我就是首席工程师,我弟弟罗伯特是首席机械师。"等到1963年的深秋,菲丽丝又怀孕了。"这次要个女孩吧,"她还记得鲍勃说的话,"我们需要个程序员。"

到1964年11月16日,雨刷终于完成了340万个循环(为了保证测试效果,科恩斯又让雨刷多工作了40万个循环)。他欢天喜地地打电话给福特公司,但对方并没有表现出太多欣喜之意。科恩斯当下的经济状况已经捉襟见肘——科恩斯家人口多,但他作为一个博士研究生的收入并不多,每月还要把其中的相当一部分拿来买雨刷零件。而且,他需要钱来获得他的专利。在这种情况下,作为妻子的菲丽丝仍然表示支持:"我本来以为属于鲍勃的光芒永远都不会降临了。"但菲丽丝的妈妈却不明白为什么她的女婿不像他的众多大学同学一样,直接去大公司找一份稳定的工作。"哦,那是因为如果让他把本该属于自己的专利拱手让人的话,简直跟杀了他没什么两样,"菲丽丝说道,"他真的会死的。"

最后,科恩斯终于采取了行动,"我选了一个下雨天,开车去找了戴夫·丹恩。"丹恩是丹恩家族六兄弟的其中之一,他们6个人把父亲开的一个小模具工厂渐渐打造成了现在的丹恩公司,一个中型生产企业,专门为各种汽车制造商提供部件和工具——挡泥板、仪表盘、引擎盖装饰、为引擎盖定型的染料。科恩斯在丹恩身上可以看到自己将来的影子。他把丹恩带到车前并又一次展示了他的雨刷。"戴夫上了车,开着它转了几圈,当他下车时,脸上满是兴奋。"科恩斯回忆道,"'太棒了,简直是太棒了!'戴恩不停地称赞,甚至不愿意把车还给我,'这样,咱们交换。你把我的凯迪拉克开走!'于是,我把凯迪拉克开回了家,他则留下了我的银河轿车。"日后,他们双方协商后,科恩斯同意将间歇式雨刷器的权利转让给丹恩,而丹恩将承担相关的专利费用,并且丹恩每个月还会给科恩斯1000美元的研发费用,外加产品投产后的使用费。那天下午,科恩斯手里拿着1.2万美元的现金——那是他的发明带给他的第一笔收入。"罗伯特回到家,把我和孩子们叫到了厨房,把钞票铺满了整个餐桌,"菲丽丝说,"那天的感觉简直太棒了。"

丹恩的专利律师迪克·艾特肯,于1964年递交了第一份科恩斯牌间歇式雨刷器的专利申请。当涉及写专利申请这件事时,专利律师都会清晰界定专利的具体定义和界限——艾特肯也的确做到了,而且他尽可能地把权利分解成了多项权利主张。在1967年11月,科恩斯被正式授予了自己的第一项专利。与此同时,丹恩联系了福特公司,和科恩斯一起向福特公司的一批工程师和高管做了正式的介绍演讲。"戴夫为了做这次演讲,还买了一辆新车,"科恩斯说,"并且那辆车是亨利·福特的心头爱——黑色。它全身上下都是黑色的:黑色轮胎、黑色轮子、黑色的皮质座椅。戴夫还说:'既然福特先生喜欢黑色,那么我们就投其所好。'丹恩的做事风格一向都是这样的。"二人做的演示和讲解轰动了福特公司,很快他们像做巡演一样给其他部门又各讲了一遍。

最终,福特公司的主管罗杰·希普曼,正式向科恩斯宣布他斩获了"雨刷比赛"的冠军。他告诉科恩斯,他发明的雨刷器将被正式用在1969年的水星车上。为了纪念这一历史性的壮举,科恩斯获得了一个雨刮器电机的原型。其他的福特雨刷研发团队的工程师热烈欢迎了他的加入,希普曼也请科恩斯为全队展示雨刷的控制器。希普曼说,雨刷器是一种对安全性要求很高的产品。法律规定,在福特公司可以与科恩斯签订合同之前,科恩斯必须把所有工程技术和流程完全透明地展示出来。希普曼的解释在科恩斯听起来非常合理,所以他把所有的信息都一五一十地说了。

然而,5个月之后——科恩斯被开除了。他被告知最终福特公司决定不使用他的雨刷了,他们自己的工程师也设计出了自己的雨刷。科恩斯说,他还记得在他离职的那一天,有一位工程师还冷嘲热讽地奚落他。然后又过了半年,希普曼打电话给科恩斯,说他的雨刷仍然有机会用在1969年的车型上,并请他再来加入福特公司。"于是,就像一个被甩的情人一样,我义无反顾地回去了,"科恩斯说,"除了回去,我还能怎么办呢?福特是我唯一的客户,我唯一的市场,况且基于当时我对福特的信任程度,我就算打死也不会相信他们会做侵权这种勾当的。我是福特的信徒,我永远选择相信它。"

托马斯·杰斐逊是美国专利系统的第一位管理者,也是第一位专利审查员。综观18、19世纪所有的公众人物,杰斐逊总统绝对是这个职位的最佳人选——因为他自己从前就是个发明家:他发明了犁的推土板、旋转椅、计步器、马扎和一种复制装置,等等。他对发明家们非常感兴趣，也非常了解他们。

杰斐逊之所以成为专利系统管理者的合适人选，还有一个原因，那就是他对专利持怀疑态度。专利的本质就是一张垄断许可证，这在一个反对垄断的共和国被视为是危险的。开创一个专利系统无异于将一个刚刚起步的年轻经济体往绳子上吊，况且杰斐逊也十分了解专利在大英帝国闹出过的大乱子。在16世纪末，伊丽莎白一世发现，当议会拒绝给她钱时，她可以通过向贵族出售垄断权来筹集资金。1623年，为了制止这种做法，议会通过了《垄断法》，正式宣布垄断为非法的。但这项法案包含了一个例外——专利，为了鼓励创新，议会允许货真价实的发明人对自己的发明拥有有限的垄断权。

但这其中存在一个问题：议会并没有搞清楚到底如何判定谁是真正的发明人？什么才是真正的发明？对于伊丽莎白的继任者詹姆士一世以及他的儿子查理一世来说，继续向有购买能力的冒牌发明者们出售垄断仍然是件很容易的事。这也是1649年，议会决定让查理一世掉脑袋的原因之一。

杰斐逊认为他有能力修改英国法律体系里的这些根本性缺陷。他的解决方法就是审查：一部分的创新内容里含有能够让其上升到"发明"高度的特质，这些特质就是它们正式成为私有财产的资本。相反，缺少这些特质的单纯创新就只能沦为人类的共同财产，原创者很有可能什么都得不到。况且，博学的知识分子可以通过研究和理论的力量来断定哪些发明值得获得专利，哪些不值得获得专利。专利审查，是美国对专利制度的最大贡献，也是它一直被无数工业国家效仿的原因。但遗憾的是，就如当年文艺复兴的启蒙运动一样，很多主意都只是说着好听，但做起来却没什么效果。

最让人头疼的是，杰斐逊和他的审查员们绞尽脑汁也无法敲定

"发明"这一概念的定义。杰斐逊一开始认为，一个有专利价值的发明，一定要有创新性和实用性。但后来，杰斐逊发现有很多新颖又实用的发明却过于草率和琐碎了，照杰斐逊的原话就是，"授予它们专利简直就是一种羞辱"。但无论如何，杰斐逊保证了专利法上明确规定的一份专利只能授给"真正且唯一的发明者"。不过，当杰斐逊运用"发明者"这一字眼时，他想到的场景是这样的：一个农夫或者小作坊里的工人在丰收或者做门把手的过程中突然灵光一现——找到了做工的捷径或者让工具使用更有效率的灵感。当时的杰斐逊估计怎么也不会想到，如今的局势已变，发明家的宿命就是成堆地被塞在大公司的科研所里，拿着平平无奇的工资为雇主做事。

1906年，一位叫埃德温·皮林德的律师在学术期刊《工程》上发表了一系列文章，向企业家们讲述了如何运用专利去限制贸易。"专利是控制竞争的最佳和最有效手段，"他写道，"专利可以在一定情况下绝对控制市场，使其拥有者毫无后顾之忧地随意出价而不必顾虑生产成本——专利是绝对垄断的唯一合法形式。"许多专利律师会建议"改进版专利"：通过这种手段，专利的寿命（在美国，专利有效时长一般为17年）几乎被延长到永恒。首先，操纵者需要拿到一项新型技术的核心专利。想要达到目的，最简单的方法就是建立一个信托❶，将专利从发明者手中买过来。如果这项发明并没有核心专利，那么信托公司就可以把这个领域里的所有小型专利收入囊中。在做完这些工作之后，为企业工作的那位发明者就可以每

---

❶ 译者注：商业信托（business trust），是垄断组织的一种高级形式，指在同一商品领域中，通过生产企业间的收购、合并以及托管等形式，由控股公司在此基础上设立一个巨大企业来包容所有相关企业以达到企业一体化目的的垄断形式。

天才闪光

隔一两年把一个在原基础上稍有改进的版本递交并重新申请一次专利。这样一来，17年期限的计时器就会重启。如今，多数律师都在建议公司大规模地聘用发明家，建立一个核心技术的"改进版专利"堡垒，让其他公司不得不敬而远之，不敢觊觎该公司的产品和技术。反过来，我们从发明家们的角度来看，他们也完全可以拿自己的点子和企业签约——向金钱屈服，但这并不是杰斐逊总统建立专利制度的初衷。这种手段相对来说是绝对合法的，因为法律无权阻止一位发明家将专利转到他人名下，因为专利的性质和金钱是一样的，它们都是一个人的私有财产。

实质上，最初的公司都是由大批专利奠基而生的。西联汇款（Western Union）是通过塞缪尔·摩尔斯在电报方面的专利发家致富的；国际收割机（International Harvester）靠的是赛勒斯·麦克科密克的收割机专利；通用电气公司（General Electrics）靠的是爱迪生著名的灯泡专利；美国电话电报公司（AT&T）靠的是贝尔的电话专利。逐渐地，独立发明家们发现，与大公司的发明团队竞争变得越来越难，于是许多人都去企业研究所找工作。因为相比之下，"每月有一定的薪水"比"有可能发财"要更有保证性。那些没有随大流的发明家们，最后也只能靠发明点儿玩具之类的小玩意勉强度日。判定这种现象是好是坏也是科技历史中非常重要的环节——有些人认为发明家们被大批雇佣是科技进化史中不可避免的过程，而有些人认为这是社会不该走的歧途。

詹姆斯·B. 科南特："当物理化学的各种理论突破了假设并进入了实践领域，当经验主义的影响力与价值在一个又一个领域中被削弱，发明家们也就注定成为历史。"

约翰·肯尼思·加尔布雷思："促进技术发展早已成为科学家

和工程师的专属工作。直白些说，就是所有简单廉价，没什么技术含量的发明早都已经被做出来了。"

菲洛·法恩斯沃思："我们应该始终铭记一个事实：革新换代的发明，绝大概率都是一个人独立发明出来的，而且还是资金有限，手无寸铁的发明者们。"

尼古拉·特斯拉："发明本身是一件非常个人主义的事情。当发明家取得成功时，那耀眼的时刻并不属于任何商业组织或者团队，而是他自己。"

1969年，福特公司推出了业内第一个新型电子间歇式雨刷器，这一设备的构成包括一个晶体管、一个电容器和一个变阻器——结构与配置与科恩斯的发明完全一样，其制造成本仅为10美元/个，零售价37美元/个。福特公司本来是把它作为一个独立商品售卖的，销量一直上不去，于是他们便把雨刷和另一个产品捆绑售卖（一种遥控侧镜，是福特公司推出以来最受欢迎的选配），此后销量一路飙升。1974年，通用汽车公司开始逐渐往自己的汽车上加配这款雨刷器；1977年，它出现在克莱斯勒汽车上。随后萨博、本田、沃尔沃、劳斯莱斯、奔驰等多个知名汽车品牌也纷纷效仿。截止到1989年，单单福特公司一家就卖出了206万辆带有间歇式雨刷器的汽车，累计净利润约为557万美元。据统计，全世界每年会售出约3000万个此款间歇式雨刷器。

科恩斯曾尝试着找福特公司讨个说法，但他很快发现"与福特之间的联系像二极管一样——信息有来无回"。科恩斯的律师们给福特公司的法律部门写过很多封信，告知他们已经侵犯了科恩斯的专利权。到最后，他们千辛万苦等来的消息却是：公司并没有以任何形式侵犯科恩斯先生的专利权，严格来讲，他的专利是无效的。

"我感觉自己被削矮了一截,"科恩斯说道,"他们好像在说我什么都不是,就像个虫子一样,你的想法我们懒得听,你的意见:不—算—数。"

科恩斯试图说服丹恩去告福特公司。"从实际角度出发,我们不能以侵权的名义把他们告上法庭,因为他是我企业的大客户,"丹恩随后在聊到他的公司时说,"我们需要福特做这份'慈善',要不我这个小公司就活不下去了。"

几年的时间过去了,科恩斯把他的专利权从丹恩手上要了回来,并把家搬到了马里兰州的盖瑟斯堡。年近半百的他为了生存在标准局找到了一份工作,负责测试各种路面的防滑性。1976年7月8号,丹尼斯·科恩斯路过了一家奔驰服务中心,买了一个雨刷控制器,带回家给父亲看。科恩斯当即就把控制器带到地下室拆了。"然后我就看到了那熟悉的晶体管、电容器和变阻器——都清清楚楚地摆在我面前。连奔驰这样的汽车巨头都盗了我的专利。"科恩斯回忆道。他跑出了家门,漫无目的地游荡,随便搭了一个去往华盛顿的便车,又在那坐上了往南走的灰狗巴士。而且,科恩斯还莫名其妙地认为尼克松总统派他去澳大利亚造一辆电动车。"最后,我意识到了一件事——我从来没为孩子们做过一件有意义的事,当年研发雨刷器的工作让我失魂落魄,让我连教他们放风筝的时间都没有了。我就买了两个风筝。当警察在几天后找到我的时候,我正坐在田纳西的公园长椅上,手里拿着那两个风筝。"

1978年,科恩斯对福特公司发起了专利侵权诉讼,他随后在起诉书上加入了其他公司的名字,但让他怒不可遏的焦点还是那个福特公司。"我内心深处有一种势不可当的呼声,告诉我福特所做的是错误的,"科恩斯说道,"是毫无道德的,违法的。"在起诉书里,他要求福特公司赔偿其 3.5 亿美元的应得利润——乘以 3（故意侵权的最高惩罚），再加上利息和成本，总计 16 亿美元。

亨利·福特恨透了专利这玩意。他有一个律师曾经口出狂言："在这个世界上，除了最高法院，没有任何一个组织或者政权可以让亨利·福特先生签下一份许可协议，付一分钱的专利使用费。"福特先生认为这该死的专利制度应该被废除，他给出的解释是："这种事情永远后患无穷，人们会因此失去上进心，放弃工作。因为专利给了心胸狭隘、心机狡诈的群体以可乘之机，他们很可能篡取正牌发明者的名利和奖赏——小人胜了君子，贪婪胜了正义，让人们披着合法的外衣玩钩心斗角的游戏。"

福特先生对于专利的反感并非空穴来风，有一件事情——赛尔登专利事件激起了他的怒火。1879 年，一位叫作乔治·B. 赛尔登的罗切斯特居民向专利商标局提交了一份专利申请书，声称自己发明了汽车。赛尔登在申请中描述了一种机器，在驾驶座前方装有以汽油作燃料的燃烧式发动机、一个离合器、一个脚刹、一个主动轴，还有前轮驱动。事实上，赛尔登从来没造出过这么一辆汽车，自己也不是一位多优秀的机械师——他是个专利律师。赛尔登过人之处就是他预见了在不远的将来，人们会拿和他设想的模板差不多的汽车当作日常的代步工具，于是就想要提前拿到专利，好在日后垄断汽车市场。

在这之后的 16 年里，赛尔登一直在等待一个真正有营销价值的汽车的问世，好坐收渔翁之利。他利用自己的专业技能，把流程中的申请书抽出来，时不时地做点儿改动，使放在专利局的申请一直处于"待审核"状态。终于，他在 1895 年找到了时机，并让自己成为全国第 549160 号专利的拥有者。东海岸的一位汽车制造商阿尔伯特·波普在一个投资财团的支持下，与赛尔登签订了一份专利权使用协议，从而获得了使用他专利权的许可。为了符合当时的商业惯例，波普和他的支持者成立了一家信托公司，取名为"注册汽车制造商协会"（Association of Licensed Automobile Manufacturers, ALAM）。这个ALAM组织声称：任何未从信托公司获得许可并支付其所售每辆车价格的1.25%的汽车制造商，都会被起诉。到了1905年，85%的汽车制造商都成为ALAM组织旗下的营销商，赛尔登也如愿被冠上了"汽车发明者"的头衔。

1903年，亨利·福特，来自底特律的一位无名工程师，成立了福特汽车公司。他也曾向ALAM组织申请过执照，却被误认为是个只会组装零件的冒牌制造商，ALAM认为福特公司是那种"昙花一现，不必理会"的小企业，因此驳回了他的申请。但福特先生并不打算因此止步，反而毅然决然地进行"无执照营销"。日后他正式宣布，自己将不会为所谓的赛尔登专利上交任何"什一税"，因为这个专利不公正，况且赛尔登当年描述的汽车根本不可能正常运作。ALAM立刻起诉福特侵犯了它的专利权，也正因如此，才让这场纠纷越闹越大。对于大众来说，一个没受过高等教育，言语直率的中西部乡下人，居然敢对整个汽车行业乃至华尔街的权贵们叫板，是公众无法抗拒的大新闻，亨利·福特因此一炮而红。

随着时间的推移，福特先生并没有淡出大众的视线。他将自己的势力全面扩张，开始对专利制度进行了正面攻击。"我由衷地信奉社会上适者生存的自由竞争，因此我也无条件支持废除专利制度，它会扼杀竞争。"亨利·福特表明了自己的看法。1961年，一本关于赛尔登专利案的书出版了，书名叫作《车轮上的垄断》（*Monopoly on Wheels*）。其作者威廉·格林利夫在书中写道："诉诸基本权利手

1 天才闪光

段来争取自己在阳光下的一席之地，福特先生把一起令人厌烦的专利诉讼转化成了一个人为了享有正当机遇而奋斗的励志故事。在这个进步主义政治席卷全球，小商人的希望和抱负滋养着社会民主运动的今天，福特的诉讼是个掷地有声的事件。"1911年，福特先生在上诉后赢了官司，废除了这项专利，击垮了ALAM组织，把福特公司一路推上了汽车行业的主导地位。最重要的，他的所作所为保证了美国未来的年轻人会把他自己——亨利·福特奉为汽车的发明者，而不是赛尔登。

正是因为这件事情，福特先生在自己的余生中都把专利看作虚无。"福特给自己的公司立了一个规矩：坚决抵制并不与任何有他人专利的零件商合作。"格林利夫写道，"为了不受限制和牵绊，他让公司里的工程师自己设计生产零件。"慢慢地，其他汽车制造商也开始自己生产零件，这种没有限制的发明、分享，以及日渐风靡的自力更生的精神让年轻的汽车行业随时可以免费获得最前沿的技术。这样看来，亨利·福特真是个"普罗米修斯"式的人物——把革命性的新技术从顶层精英手中抢过来，并直接将其分享给了大众。但换一个角度来说，这对那些发明了这项技术的人不太公平，想想那些我们平时离不开的汽车部件：化油器、火花塞、散热器、橡胶轮胎、动力转向、变速器、敞篷车顶、齿轮齿条转向、后窗除霜器、巡航控制、气囊，还有间歇式雨刷器，它们的背后都是发明家们多年的心血啊。但是福特先生为了给自己的立场辩护，经常提出：如果他当年需要给每一个零件的发明家付专利费，那么他自己的发明（当年，在汽车被认为是奢侈品的时代，福特先生造出了可以像火柴和别针一样批量生产的既轻便又便宜还耐用的车子）就会因为资金短缺而永远不可能出现。"我没发明过什么稀奇的新玩意，"福特先生曾经说过,"我只是发现了许多其他人的研究成果,并把它们组装成了汽车。那些人的研究成果是经过上百年历练出来的,而他们当年的发明基础也是前人的成果。依此类推,假设我走的这条路是失败的,那么先人的研究成果可以让我早些发现错误,说不定可以把我走弯路的时间从50年慢慢缩短到5年,我们每个人探索新事物的时候都是这个道理。当万事齐备时,进步就会发生,且不可避免。我们现在天天告诉别人,人类历史上几处飞跃般的进步是那极少数的几位精英成就的,这才是最荒谬的理论。"

当科恩斯在1978年对福特汽车公司提起诉讼时,他们用了大企业对待专利官司的惯用手段:拖着。这样的话,时间一长,科恩斯失去耐心或者没钱请律师了,自然会撤诉。专利案件有很多拖延的机会。福特公司为自己辩解的核心就是,根据"非显而易见性"原则的理解,科恩斯的间歇式雨刷器根本就不算一个发明,所以他的发明是无效的。

这个"非显而易见性"学说是目前针对当年杰斐逊提出的问题的最佳解决方案:如何定义"发明"。在过去的两个世纪里,人们一直在努力地破解这个难题。1929年,被誉为专利学教科书的《在专利上行走的人们》(*Walker on Patents*)中曾写道:"一个发明到底要满足什么条件——这是一个非常令人困惑的问题。"过了几年,这本期刊的1937年版把观点改成了:"发明是创造性行为的结果。"在大众眼里"创造性行为"这个词是指当一位发明者没有在刻意研究时,一个富有新意的见解巧妙地进入了他的脑海。例如,当年尼古拉·特斯拉正在布达佩斯的一个公园里一边散步一边背诵歌德的诗句,突然交流电的概念就在他的脑海中涌现,于是特斯拉就地取材,把概念图用树枝在地上画了出来。还有埃德温·兰德,一天早上，他正在圣达菲给自己3岁的女儿拍照，女儿问他为什么照片不能立刻显示出来——宝丽莱就这么诞生了。所以，发明背后的故事是发明本身不可或缺的一部分，也是它的灵魂。

大部分的法官都不是科学家。所以，普通法官对发明的看法往往是基于柯勒律治的想象力理论，而不是基于他们自己在工程学以及实验室里面的经验。随着20世纪的发展，文科和应用科学之间的沟壑越来越大，问题也就越来越严重。让两边彻底决裂的最后一根稻草发生在1941年美国最高法院在库诺工程公司诉自动化设备公司一案中，宣布了他们的裁决：发明是"创意天才的灵光一现"。此案中被质疑的发明是第一个车载无线打火机，最终法庭还是判决这项发明因不符合"发明"的条件和特征而无法申请专利。此案的大法官威廉·O. 道格拉斯在多数意见中写道："无论这种新设备有多么的实用，必须要体现其天才发明者的灵光一现，而不仅仅是单纯的技术。"

专利界的人士在得知这个消息之后，认为法律界对于发明的看法与发明实际制造的方式并不统一——"发明"这个概念需要一个多一点科学严谨、少一些浪漫感性的定义。于是，一组专利专家们就一起研究出了"非显而易见性"学说，随后其便成为1952年专利法案中的一条规则。这种学说主张：一个有申请专利资格的发明，必须是在发明诞生的时代下，对于普通行内人来说并非显而易见的创新。虽然这一定义相对于"灵光一现"判决来说有一定的提高，但仍不完善——"非显而易见"是一个非常主观的定义，就像大头针帽上可容多少个天使跳舞一样！这种定义会让这场官司进行得非常模糊不清，似乎在哪里都能打个擦边球。在这种境况下，大多都是拥有更多法律资源的一方获胜。

天才闪光

同福特公司打官司成为科恩斯生命中的一部分，他把这辈子的积蓄都投了进去。一直在背后驱使他的，是一种脱离世俗的、几乎是灵魂深处对司法和公正的信念，以及对汽车行业同样纯粹的憎恶。在1980年的一个听证会上，科恩斯说道："我要你们明白，现在我的胸前戴着一个勋章——这个勋章表明了我发明家的身份，它说明了我对这个社会而言是一位纯粹的贡献者。你们可能现在看不到这个勋章，我对面的这几位先生们可能也看不到，也许在我在这个法庭上完成这场审判之前，没有人看得见。但当案件了结的那一刻，我，乃至全世界都能明白这枚徽章到底存在与否。"在他拆开奔驰雨刷，经历了那场崩溃之后，科恩斯似乎失去了工作的能力。他只能从雇主（标准局）那里领点儿残疾人救助金，还有和儿子蒂姆一起在盖瑟斯堡的地下室里组装并售卖一些数模转换器。蒂姆日后回忆道："我认为，你可以说这个案子毁了我父亲的一生，但我不想从那种角度看待这件事——这就是他的人生。要说我父亲这一辈子有什么可悲或者遗憾之处，那就是他再也没有发明过别的新东西。如果可以知道雨刷已经挽救了多少生命，以及他因为这场官司未能有机会创造出来的发明到底能拯救多少生命，这将会是一件非常有意义的事。但我们永远都不会知道了，因为他无法放下这件事，他也不能放。"

菲丽丝·科恩斯也在尽可能地支持自己的丈夫。"如果90天之后有一个听证会，我们就会持续处于备战状态，并没日没夜地准备，"她说，"然后呢，在第89天，你就可以听见鲍勃在电话上大喊大叫。结果就是福特公司那边又给我们丢了一大堆新的文案，然后听证会也会因此被延期。哎，之前这个家里就从来没有过争吵声，我小时候父母也没有争吵过。事情已经到了我无法接受的地步。"

1 天才闪光

最终,菲丽丝在 1980 年和科恩斯离婚了。"罗伯特以为我有和他一样的冲劲和毅力,但他的期望太高了。"

有时,我会觉得专利的概念脱离了它的本质,然后我就会联系杰瑞·莱梅尔逊。莱梅尔逊这一生拥有超过 500 项专利,比这个世界上活着的任何一位独立发明家都多。他是在 1991 年,上一位冠军埃德温·兰德去世之后,继承的这个头衔(兰德的纪录是 533 项)。如果莱梅尔逊能继续保持每年 20 项专利(他已经坚持了 30 年)的步伐,他就有机会以平生 1093 项专利的成绩赶超爱迪生,成为专利界的汉克·阿伦❶。爱迪生去世的时候 97 岁,当时的莱梅尔逊才 69 岁。他是个矮小精壮的家伙,有着光滑的秃头和典型纽约市民的粗犷嗓音,而且说话的速度特别快。别看他拥有那么多项发明,每一项发明的背后都是他和灵感碰撞的感人故事,莱梅尔逊可以像个脱口秀演员一样把它们讲出来。不同的是,最后抖出来的不是包袱,而是一个新奇的发明成果。他在自己的专利里思考,躺在自己的专利书里做梦,他拥有如此多的专利,以至于我们难以想到一个莱梅尔逊没发明过的东西。有一次,我跟他用无绳电话聊天,聊着聊着电话就被电流故障给弄得断断续续的。"哎,该死的,"莱梅尔逊说道,"我怎么把这个也顺手发明出来了。"

当莱梅尔逊想搞发明时,他会先选一个特定的领域,例如,他现在正在钻研的显微手术(他有一项电子止血带的专利)。然后,他可能会雇一位专利检索员去把这个领域目前为止所有的专利文本都打印给他,或者他也可能去趟专利局,然后亲自浏览所有的专利。他会想象这个领域科技的发展路线,然后拟定一份能够不偏不倚、

---

❶ 译者注:汉克·阿伦是美国著名的棒球手,全垒打 755 次。

卡在这条路正中间的专利申请。这样一来，即便莱梅尔逊的发明构想没能真正成型（莱梅尔逊每想到 7 个发明，才能有一个被造出来），他的申请也会像高速公路上的收费站一样——凡过路者必停。莱梅尔逊还有一个远胜于其他发明家的地方就是，他所有的专利申请都是自己写的。虽然理论上说，申请书不过是利用语言去体现发明的一种形式，但在事实上，它也是发明本身。"撰写好的专利申请是个技术活，"莱梅尔逊说道，"你必须把自己的发明边界扩得越远越好，这样至少才能有足够的保障，这跟君主扩大自己的领土是一个道理。其中一个窍门就是要尽量避免形容词。当你能说'可控制电子阀'时，就千万不要用'晶体管'，诸如此类。但如果你把范围写得过于广泛，你的申请就可能因和现有技术的专利领域重合而被判无效；但如果你写得又过于狭隘，那就可能会错过这项技术中有真正价值的东西。"

根据 1992 年的报道，由于与索尼、三洋、西门子等公司的合作交易，莱梅尔逊赚了两亿美元。他针对摩托罗拉、柯达和苹果提起诉讼。倒退几年，莱梅尔逊把家从新泽西州搬到了内华达州。"其实我不介意说出来我这样做的原因呢，其实就是因为在内华达州提起诉讼要比在新泽西州容易得多。"他说道，"在纽约或者新泽西州的时候，要让这个案子真正得到审判，我得等个 5 年到 10 年。但在内华达州，只需要 1 年。"

莱梅尔逊可以称得上是公司和企业的噩梦。谈过他的评论家们都说，他就是"纸上专利"的发明者，把专利制度赋予独立发明者的权利运用到了极致。但在莱梅尔逊看来，诉讼是一位独立发明家可以保护自己权益的唯一方法。"偶尔，我们有可能靠卖执照赚点儿小钱——现在做这种买卖比以前要容易多了，"他说，"但残酷的事实就是，大部分厂家宁可去侵犯别人的专利权，都不愿意花钱买下执照安心做买卖。你听说过 NIH 吗？它的意思就是'未在此地发明综合征'（not invented here syndrome）——这是个已经感染了整个美国工业界的病。这种'病'的患者表现出来的态度基本有这么几种：'我们没发明这玩意儿，我们就没兴趣买它'；'这发明要是这么好的话，我们怎么会没想到呢'；'嘿，我们每天花着大笔的钱雇这一堆工程师，怎么到头来还得给钱呢'。所以说，让一位独立发明家去给一个美国企业发明东西，基本上是不可能的事，因为他们对于自己没有发明的东西根本不感兴趣。"

克利福德·萨德勒是福特公司专利部门的一位主管，同事们叫他"奇普"。他身形瘦削、满头银发、有幽默感，是个招人喜欢的家伙。我问他问题的时候，他会侧过脑袋来认真听，双手的手指还在大腿上拱起了一个很有律师范的手形。"电子化就是如今世界的发展方向，"他说，"科恩斯博士能够认知到这一点，的确是他的过人之处，也是他的功劳所在。但他要是声称自己发明了间歇式雨刷器，那么很遗憾，这只不过是痴人说梦罢了。早在 1963 年，这种由电容器和电阻器组成的计时装置就已经成为工程学里的标准模板，是大学二年级的学生在课本上就能学到的知识。"

萨德勒把腿向前伸直，后背往椅背上一靠，叹了一口气："我觉得，科恩斯博士坚信自己是福特设计团队的一员。但福特从来没有这么想过，我们的工程师都觉得他是个讨厌的家伙。因为他三天两头地就来实验室寒暄一下，说一些像'嘿，干得怎么样，需要帮忙吗'之类的话。"萨德勒声称，无论从什么角度上来看，福特公司都没有抄袭科恩斯的设计。"至于侵权嘛，我们的律师审查了科恩斯的专利，他们认为这份专利是无效的。"他补充说，科恩斯想要成为我们福特公司雨刷供应商的野心，也完全是被自己误导的结果。"我们这么大的一个公司，算起来得有2000多个供应商了，"萨德勒说道，"无论在任何情况下，我都不会让像他那样的一个没有任何生产记录的独立发明家去担起这份重任，绝对不可能。"

福特案终于在被提交的12年后，进入了审判流程。那个时候，科恩斯大部分的专利都已经过期了，他多年来细水长流的努力也都白费了。大法官阿弗恩·科恩把此案的审判流程分为两部分：第一步是决定科恩斯的专利到底是否有效，以及是否被侵犯；如果的确被侵犯，那么第二步就是判定福特公司到底应该交多少侵权费。

韦恩州立大学的法学教授玛蒂·阿德尔曼，曾在福特案中做过专家证人。他告诉我，从他看见科恩斯走进法庭的那一刻起，胜利的天平就戏剧性地开始向他那边倾斜了。"这位发明家手里拿着一张绑有蓝色绸缎的纸，是专利局发放给他的——他有权把这张纸展示给陪审团。一般情况下，陪审团的人看见这张纸后就会说：'哦，他有正式专利书啊。那他肯定是对的。'"阿德尔曼说道，"此时的企业方就会陷入一个非常被动且艰难的处境，因为他们必须说服陪审团——专利局是错的。"

"每个发明家都有一个发明背后的故事。对于代表独立发明家的每一位专利律师来说，最基本的原则就是讲述这个故事。你知道，就是他灵感的来源，到底是在睡梦中，还是跟阿基米德一样在洗澡或者除草的时候灵感涌现。或者站在科恩斯的角度上说，一个人在自己的新婚之夜被香槟塞子打中了眼睛，然后他就开始研究人眼的运作方式，最后终于发明了可以像人类眼皮一样工作的雨刷——一个经典的发明故事。实验室发明东西可不是这样的方式，这是一个发明的英雄主义理论与社会学理论的对决。然而事实告诉我们,在陪审团面前,赢的永远是前者。即便法官给他们讲'非显而易见性'的理论讲到脸色青紫,人们还是愿意相信天才的'灵光一现'。"

阿德尔曼又思考了片刻,加了一句:"当然,在科恩斯一案中存在一个非常可怕的因素,那就是科恩斯本人已经几近癫狂。因为换作任何一个正常的发明家,他们都会选择拿钱走人。"

第一次审判持续了3个星期,陪审团又审议了一个星期,最后得出结论:科恩斯的专利是有效的,且福特公司的确侵犯了其专利权。福特公司因担心韦恩县的陪审团会判给科恩斯巨额赔偿,试图用3000万美元和解了事。但科恩斯不顾旁人的劝阻,推掉了这笔巨款。对此,科恩斯给出的回复是:"如果我收下了这笔钱,那就意味着我默认了他们所做的勾当,也间接支持了这种行为。"

于是审判进入第二阶段,审判结果就是,法庭给了科恩斯两个选择:收下520万美元的赔偿金;或者每卖出一个雨刷器,得到30美分外加利息的专利使用费。但科恩斯本人当天并不在判决现场,因为他早在两周前就已经退出诉讼,以示抗议。科恩斯甚至没有告诉家人,他自己回到了盖瑟斯堡,拿了他的露营装备,在弗吉尼亚州西部的小本尼特地区公园搭了个小摊,开始靠卖烤猪肉和豆子为生(当天,《底特律自由报》的头版头条上写着"雨刷诉讼案发明家离奇失踪")。与此同时,在案件另一边苦苦等待、耐心逐渐消磨殆尽的科恩法官提议:若科恩斯还是不现身并接受赔偿,他就要启动程序判断科恩斯是否精神正常。最终,科恩斯和福特公司以1020万美元赔偿金达成和解。

1992年6月10日,克莱斯勒案件判决日的前夜,科恩斯和他的家人们一起出城散心,其中有丹尼斯、蒂姆和他的女朋友弗朗辛、莫琳和她的未婚夫保罗,以及凯茜。他们在底特律市中心闲逛,无论走到哪里,都会有服务生和酒保上前祝他们好运。一家人兴高采烈,科恩斯坚信自己已经成功说服了陪审团,判决一定会给他一笔惊人的巨款——足以大伤克莱斯勒的元气,他认为加起来应该有4000万美元。科恩斯这么做的目的就是为了给所有侵权不付账的公司一个警告。"我觉得我的信息已经传达得非常明确了。"他说。

科恩斯一家人在庞恰特雷恩大酒店吃了晚餐。所有人对于第二天早晨这个家庭将变得极为富有的可能性只字未提,这笔钱就像餐桌上一位没人引荐的客人一般,大家都故意回避这一话题。为了让氛围轻松一些,他们挨个猜明天可能得到的金额,每个人还下了20美元的注。吃完饭,凯茜趁科恩斯不在的时候提醒道:"最重要的就是,爸爸现在很快乐。"她说过,这个家里没有一个人被表象所迷惑,明天绝不是一切了结的日子。"我记得在与福特公司打官司的那段时间里,我爸爸的新女友吉恩还说:'哎,这一切很快就要结束了。到了那个时候,他就是我的了。'我最后忍不住说了一句:'吉恩,你疯了吗?你不了解他吗?这场闹剧是看不到尽头的。'"

第二天早上的8:30,法庭里陆陆续续地挤满了人。卢·米哈利——科恩斯的大学室友,也带着妻子来支持他,华盛顿堡车库的看车员来了(科恩斯在那里停的车),菲丽丝当天也在现场。她是前天晚上和他们的儿子罗伯特一起从马里兰开车来的。那天晚上,凯茜跟我说:"很明显,妈妈还是在乎爸爸的。我的意思是,当爸爸走到她身后把双手搭在她肩上的时候,你从她那激动的样子就能看得出来。她只是没办法日日夜夜活在这场诉讼里,她无法面对这样疯狂的生活。"那时,菲丽丝试着让自己紧张的心绪平复下来,她告诉自己,陪审团已经作出决定。一切既已成事

1 天才闪光

实,那么她无论如何想、如何做也没法改变结果。她只好攥紧了拳头,小声嘟囔着:"我的老天爷,求求你判他们故意侵权吧,求求你……"

9点前后,陪审团入场了。随后科恩法官便请他的书记员朱迪·卡萨迪宣读判决。卡萨迪女士读道:"请问各位是否认为科恩斯博士有明确而令人信服的证据证明克莱斯勒在侵犯科恩斯的任何专利时是故意的?"答:"不认为。"菲丽丝轻轻吁了一口气,卡萨迪女士继续道:"各位认为多少数额是每单位(总计12 564 107个单位)的合理的特许权使用费?"答:"每单位90美分。"

场下一片寂静,人们似乎能听见大家在默算"0.9×1250 万 $\approx$ 1125 万",再加上这么多年的利息,总额足以达到1800万美元。

科恩法官对陪审员们的工作表达了感谢,并宣布解散陪审团,随后他也向律师们道了别。"啊,我相信不久之后,我们还会在这里见面的。"他朝着科恩斯所在的方向说道。

科恩斯一家退到了走廊,那个车库的看车员还伸出手来向他表示祝贺,科恩斯有些尴尬地回握了他的手。记者们一窝蜂地拥了上来,但科恩斯一脸黯然,"我必须说,我很失望,"他说道。听了这句话,科恩斯的所有家人都站在那里,有些无所适从。没有人清楚其他人是不是想为了这1125万美元疯狂庆祝,但很明确的是,现在的局势下他们不应该这样,所以他们就开始讨论昨天晚上的赌博到底谁赢了。最后,科恩斯说自己必须回办公室了,就往电梯那边走——后面跟着自己的一大家子和一眼望不到头的记者。在大堂里,有一位女士指着人群问:"那个人是谁啊?"

一名保安答道:"那是发明了间歇式雨刷器的人。"

一家子沿着西拉斐特街走了下去。在去往科恩斯14层办公室的

天才闪光

电梯上，没有一个人说话，空间里有种莫名的寂静。最后科恩斯看了看天花板，自言自语道："我就是不明白，为什么陪审团没判那些人故意侵权呢？"

电梯到了 14 层，一家人蜂拥而出。在他们前面的租户已经搬出去了，连地毯都拿走了，所以他们只能走在粗糙的环氧混凝土地板上。从办公室的窗户向外看，可以一览底特律市中心的风景——空荡荡的酒店和商场、废弃的机械商店。在一个没有使用的房间里，安放着一个已经从被解体的 1965 年道奇达特车上拆下来的挡风玻璃仪表板组件，还有一个科恩斯在法庭上用到的、拆散了的玻璃雨刷装置。

一家人走进了科恩斯的办公室。现在才上午 10∶30——还不到吃午饭的时间。于是菲丽丝就去煮咖啡了，她的前夫好像陷入了一种绝望的情绪。"道德告诉我们，违法的勾当最终都是要付出代价的，"他说，"我想我们任何一个人回到家里教导孩子的时候，都会这么告诉他们。"科恩斯在他的办公桌前坐下，他看起来像是在寒冬腊月的天气里，一个站在门外努力保暖的人。

——写于 1993 年

 **水果侦探**

不久前一个炎热的夏天,当城里的所有特色食品店为了推销他们的桃子,都挂起了"旺季第一批"的牌子时,一艘载有大量稀奇品种杏子的轮船在曼哈顿港湾停靠下来。那是一批在美国的土地上几乎找不到的白杏,与平时日常所见的黄紫色的杏子不同,它们都有着洁白、半透明的外皮,在阳光下还带着一丝金晕。它们和市场上绵软的水果也不一样,这些白杏的口感堪称极品:果肉入口即化,刚吃进嘴里的时候是直冲味蕾的甜蜜,后味却又掺杂着一丝酸意。当你一口咬下去的时候,杏子里面的汁水会多到直接喷出来——所以人们为了不弄脏衣服,都会弯着腰吃。

要想尝尝这杏子的鲜,你可以去纽约的奇塔雷拉饭店——好吧,其实你只能去奇塔雷拉(这一点让饭店的产品经理格雷格·穆夫森极为满意和自豪)。与城里其他的高端饭店一样(如伊莱斯、迪安德鲁卡和格雷斯),穆夫森也试着通过推出一些罕见的水果来吸引顾客——都是一些他们在吃饭、旅游的时候,或者在美食网上偶然发现的奇珍异果。"无论是什么，只要它新奇，只要它不同寻常，我都要试一试。最好还能直接从农场里买，这样没有差价。"穆夫森说道，当时的他只有30来岁，留着一缕精心修剪的山羊胡，"我要他们惊叹地说出'哇！'我要拿一样东西来刷新他们对美食的认知。顾客们只要尝一口这些上等的杏子，他们就忘不了它的味道，最后肯定会回来大批地买我的水果。"穆夫森一直都非常关注美食媒体，因为只有这样，他才能够随时随地让仓库里堆满了时髦应季的水果。"有一次时代周刊发表了一篇写红毛丹果的文章（那是一种来自东南亚的水果：遍体通红，高尔夫球大小，外壳上布满了卷须；果肉极其通透清澈，口感酸甜），我们在几天内就卖出去了十大箱。"穆夫森又说。外表才是吸引人们尝试新水果最重要的因素，颜色越鲜艳越有吸引力，再带着以甜主打的口感。"基本上来说，只要这东西是甜的，人们就会喜欢。"他说。

刚开始的时候，没有几位顾客对新品杏子给予特别的关注。"这种杏子叫作白杏，"店里的一位员工跟问起它的顾客介绍道，随后又加了一句，"连我都是第一次见。"但最后顾客还是买了杏李——一种黄皮粉肉的杏子和李子的杂交品种，是前几年才流行起来的。

但即便如此，白杏的美名还是在纽约城里逐渐传开了。奇塔雷拉饭店的面点师都说过，这是他吃过最好吃的水果之一；据穆夫森声称，世界顶级米其林厨师丹尼尔·布鲁已经"为它们而疯狂"，并为了做杏子派一下子买了两箱。乔·格雷拉——奇塔雷拉饭店的老板，在著名家政女王玛莎·斯图尔特拜访其在东汉普顿的分店时，还请她试吃了白杏。"玛莎被白杏的口感惊艳到了，赞叹不已。"穆夫森的报道里这么说的——"惊艳"。在这样的宣传力度下，第一批白杏几天内就售罄了，随后立即补上的下一批库存则是以更加惊人的速度被一抢而空。穆夫森很高兴："我的老板居然夸奖了我！他以前从来没夸过我。他说：'这简直是有史以来最神奇、最美味的水果！我们一定要进更多的货。'我只能说，卡普这次真是走大运了。"

穆夫森口中的这个卡普，就是大卫·卡普。他是奇塔雷拉这种专卖店的"供应商"，同时也是一位知名的水果作家。他喜欢被叫作"水果侦探"——这是他在为迪安德鲁卡饭店做供应商时给自己杜撰的名号。他主要的工作就是走遍全国乃至世界的每一个角落，寻找常见水果的稀有品种，甚至是各种造型奇特的异域水果。最近这两年，他曾为了研究香草去了马达加斯加；为了搜寻上等的血橙飞去了西西里岛；还为了深入了解灌木浆果在澳洲荒凉的内陆地区冒险。除了这些外出任务，卡普大部分工作都是在加利福尼亚州完成的。"水果侦探"这个形象在圣莫尼卡农贸市场很是普遍，卡普就经常混在其中——他就是那个戴着有皮质下巴带的木髓头盔的家伙，腰间的皮带上挂着一把带鞘的水果刀。而且在试吃农夫的水果和对产品进行盘问时，还有点儿像个久居野外的精神恍惚的游侠。卡普的文章经常会在洛杉矶时代杂志的美食家板块上出现，他也因此渐渐地吸引了一些"粉丝"。关注他的人有时候还会跟着他一起去踏上搜寻之旅，采购一些柚子、亚洲梨、桑葚或者柿子。在美国，大部分普通人能够尝到一块上等水果的机会少之又少。试想一下：很久以前的一个炎炎夏日里，你偶然吃到的那一个清爽甜蜜的水蜜桃。在这之后的日子里，你每买到一颗桃子，都畅想着自己咬下去的那一刻就可以尝到多年前的那个味道——但每次的口感都缺少了那次的精髓。卡普的目标就是能够让人们重复不断地吃到梦想中的水蜜桃。

我第一次听说"水果侦探"这个名字时，是新泽西南部一位叫作托丽·里德的有机农场主跟我提起的。

"农场上有没有什么新东西啊？"我有一天问她。

"这个嘛，我们前几天还有一位水果侦探来这里拜访了呢。"

"什么？水果侦探？"

托丽说她自己也不是特别清楚，她只记得那个家伙对水果特别热情，并接近疯狂地着迷。"等等，我记得他留给我了一张名片，可能还在我的钱包里……"

在那张名片上，简简单单地印着：大卫·卡普，水果侦探。上面的字体有些歪歪扭扭的，在下方还给出了一个位于威尼斯的住址。大卫·卡普——这让我想起，曾经也认识一位叫这个名字的人。那个卡普的"从上东区私立校的少年到海洛因成瘾者之路"，是一个让人悲伤而又熟悉的关于金钱、毒品、荒废才华的故事。我用手指缓缓地摩挲着名片上的字样，听着托丽兴致勃勃地描述她新结识的水果侦探，而心里却想着自己所知的那个卡普——他后来怎么样了？

"我们正在试着种夏朗德甜瓜，"托丽解释道，"这种瓜是法国特产。卡普听说过我们在普林斯顿开的有机食品店，于是就阴差阳错地找到了我们的农场，说想要从这里给迪安德鲁卡进些货。我看见他的时候，他身上穿着特别搞笑的帽子和短裤——在新泽西南部，没人会在夏天穿短裤，除非你想被虫子咬成癞蛤蟆。然后我就给他展示了这里的甜瓜，他很喜欢，但这似乎并不是他想要的。所以他就不停地问我：'你们还有什么别的吗？'最后我们实在没辙了，就跟他说了那棵奇迹般生长在老茅厕旁边的梨树，谁知他立刻就来了兴趣，要求去一看究竟。那棵树上只结出了又小又酸的野梨，但大

2 水果侦探

卫却认为这可能是一种珍贵的祖传变种,兴奋地直接在草丛里跳了起来。"

她对那个人的描述越详细,我就越觉得她口中的人就是我所认识的那位大卫·卡普。我留下了那张名片,并在冬天的时候给他发了一封邮件。在确认他就是我记忆中的大卫·卡普后,我们就用电话聊了许久,并约好了在他下次来纽约"出水果差"的时候一起吃饭。

说实话,我并不是非常了解大卫·卡普。但我从他在曼哈顿的诸多发小口中了解了很多,并听他们滔滔不绝地讲述一个个难忘的卡普的故事。他的父亲哈维·卡普是一位非常成功的商人,据旁人称,他当年位于东汉普顿的别墅跟城堡一样富丽堂皇。当然,作为儿子的大卫·卡普也不负众望地出落成了一位天资聪颖的少年——他精通拉丁语,而且只读远古时代难度极高的诗歌,在年仅 20 岁的时候就出版了一部 16 世纪作家万南修·福多诺(Venantius Fortunatus)的译作。他不仅在自己的 SAT 考试中考得了 800 多分,还替朋友考了差不多的分数——最厉害的是,他是刚吃完 LSD 致幻剂去考的试。他比身边的任何一位朋友都了解朋克摇滚,还有毒品,或者可以说他不单单是了解,而是精通。

1979 年,卡普从卫斯理大学毕业(他当年为朋友替考 SAT 违规事发,两人被停学了一年,但他只用了 3 年就大学毕业了)。毕业后卡普在华尔街找到了工作,主要负责风险套利和期权交易,并在很短的时间内年薪涨到了 10 万美元。他在空闲时间喜欢收集绝版书籍和稀有红酒,爱去市中心的摇滚世界结识朋友,还在 1982 年制作了一张著名歌手莱迪亚·浪奇的专辑,取名叫《13.13》。但可怕的是,卡普对海洛因的涉猎已经逐渐发展成了一个每周末例行的习惯。

最终，在1984年，他因藏在办公桌抽屉里的毒品被发现，不幸地丢了工作。事情发展到这一步，那种瘟疫般的魔咒也开始从他性格里黑暗的角落渐渐地蔓延开来。因为没了工作，他就把家搬到了巴黎的雅典娜广场酒店，带着他的超模女友还有海洛因，过上了完全享乐主义的生活——白天昏睡不醒，吃着雷诺特厨艺学校的点心，一边吸毒一边通宵地大声朗读圣奥古斯丁（还是拉丁文版的）。当毒品用完后，他就坐着协和超音速飞机回到纽约再买一些。最后，他把自己的大部分钱都败光了，不得不返回纽约。为了维持他的习惯，他必须卖掉自己收藏多年的书籍，不停地跟朋友，以及朋友的朋友进行毒品交易。

　　时至今日，卡普已经完全清醒了，隔绝烟酒、毒品的纪录已经保持了12年之久。这次漫长的洁身自好之旅始于1990年的一个早上：当他昏昏沉沉地从撒满玻璃碴和桂格船长麦片的地板上醒来时（有毒瘾的人极爱甜食），他决定跟父母妥协。他们把卡普送进了格雷西广场医院，让他接受脱瘾治疗，随后他又在加利福尼亚州南部的一个戒毒所待了7个月，参加了一个叫作"十二步戒毒"的项目。为了让自己的生活重回正轨，卡普给自己的大学同学埃里克·阿西莫夫打了电话。这位阿西莫夫为《时代周刊》创立了"最高25美元"的专栏，并提议在其中加一篇自由作家投稿的关于杏子的文章。在卡普的记忆里，水果和他的一生挚爱有着不可分割的联系。他是在大学的时候认识那个女人的，他和她敞开心扉，发现了双方对果篮艺术品和血橙精美包装纸的浓厚兴趣。"我想，如果我成为一个水果方面的专家的话，她可能会很高兴吧。"他解释道。于是卡普就会想尽办法去找一些新奇的水果，只为博美人一笑。最后，他找到了水果，但没有得到他想要的女孩。"这简直太可悲了，又有点儿可笑,"他跟我说,"一种毫无回报的感情。但我又有什么可说的呢?她还是我这辈子最爱的人。"在追求她的过程中,卡普也开始给各种水果积累"档案",其中也包括成千上万个果农、种植者、营销员、批发商和零售商的名字。就这样过去了10年,他成为水果界的一个独一无二的信息源,更是这些稀奇水果的种植者与他们的"伯乐"之间的关键桥梁。

卡普于1999年搬到了加利福尼亚的威尼斯海滩,因为那里是美国大部分水果的生产发源地。他一个人搬进了小木屋,还带着他的猫撒哈拉——一只被他视为救命恩人的猫。因为他有一次吸毒过量,如果不是那只猫把他舔醒,他可能就再也醒不过来了。当他不在猎奇水果的时候,卡普就会收集关于水果的书籍,编写关于水果的歌曲,时不时地和世界各地的水果热爱者通信联络——例如,厨师、水果专卖店,甚至还有一些只想了解加利福尼亚州蜜李、杏李和李杏的区别的初级水果爱好者。有这么多的事情缠身,他还有时间顾及别的爱好吗?答案是——有,那就是非洲食蚁兽。卡普说,"我非常喜爱它们,虽然很多人都觉得这种动物长得很丑,但我认为这是一种有灵魂的动物。"有一次,卡普为了与食蚁兽更密切地进行交流接触就去了费城动物园。但出乎意料的是,当他爬进食蚁兽的洞穴时,经历了一场"和食蚁兽爪子的惊险对峙"。

我们是在4月见面的,那时的卡普已经秃顶。"我真是越长越光滑了。"他打趣道,用着描述无毛油桃的语言艺术。并且他看起来十分精壮,一点儿也不像吸过毒的人,更像一个天天吃水果的人。

在吃午饭的时候,卡普告诉我他最近刚刚完成了一项关于苦杏仁的研究项目(据他说,自己在广泛意义上并算不上是个坚果爱好者),目前正热衷于欧洲青梅,这种水果在国外非常常见,但在美国国内就极为稀少。"你尝过青梅吗？我的天哪，你吃一口就会当场去世的——那可是味觉界的原子弹。我敢肯定在加利福尼亚州的某一个地方有一个种青梅的小种植园，我就算是花一辈子的时间也要找到它。"他根本没怎么动自己的意大利面，就算吃了的那一点点，他也每一口都裹上了他自己带的干辣椒粉（它被装在了他随身黑色帆布包的一个调料瓶里）。不仅如此，他还在我喝可乐的时候不停地斥责："那玩意儿对身体不好，你没见过它是怎么腐蚀硬币的吗？"

吃完午餐之后，他说："好嘞，准备好去品尝那些让你惊掉大牙的水果了吗？"这是卡普的一个习惯，更恰当地说，是他给自己的传统——每次他和别人见面吃饭时，都会随身带上些奇特的水果。埃里克·阿西莫夫回忆说，有一次这位水果侦探带来了一个来自非洲西部的通红到发亮的水果，叫作"神秘果"（synsepalum dulcificum），卡普说，这水果对味蕾的冲击力极其惊人，吃完它的一个小时内，哪怕你吃最酸的东西也会觉得是甜的。"我尝了一个，随即我就消灭了一整个酸柠檬，"阿西莫夫说道，"令我震惊的是，柠檬竟然变甜了。"

卡普从他的口袋里掏出来一个我从未见过的外形巨大、坑坑洼洼的绿色心形水果——番荔枝，南美洲的一种土著水果。然后他拿出了他切柚子用的刀，全神贯注地切入那乳白色、蛋羹状的果肉里，并给我剥了几块。他对这项任务之专注、使用的器材之专业，还有那能让旁人感知到的操作过程带给他的喜悦，再加上最终时刻来临前激动人心的体验，都重现了20年前我认识的那位大卫·卡普。最后，就像他所承诺的，水果好吃到让人惊叹。

1962年的一天，一位摩门教的传教士走进了洛杉矶的一家西夫韦超市说要买"中国醋栗"。超市的产品经理并不知道醋栗是什么，于是就询问西夫韦的主要产品进货商，那边也对此完全不了解，然后这通电话就打到了弗里达·卡普兰那里———一个本地的特产批发商，弗里达精品店的创立者。但是，最后询问的结果仍是一无所获，事情就这样过了几个月。有一天，一位代表新西兰农场的中介一直在洛杉矶的生产批发商中间周旋，兜售自家的醋栗。其他的农副产品进货商都丝毫不感兴趣，但卡普兰还记得那次西夫韦超市顾客的疑问，就跟中介说："你的货我全要了。"就这样，他买下了2400磅❶的醋栗。一位航运官员警告卡普兰道："在这个国家，没有一个人会买一种叫作'中国醋栗'的东西。"醋栗的外壳有些毛茸茸的，让这位官员联想到了新西兰的国鸟。于是，他提议：将这种水果命名为"猕猴桃"。

一般种植和营销小众水果的人们都会讲这个故事，目的就是为了说明美国农副产品市场接纳新事物的超高潜力。虽然美国是全世界种族最为多样化的国家，但这一方面绝对没有在他们的日常水果库存方面体现出来。例如杧果，绝对算得上是世界上最普遍且受欢迎水果之一，但它却连美国水果排行榜的前十名（从高到低的排序是：香蕉、苹果、西瓜、橙子、甜瓜、葡萄、柚子、草莓、桃子、梨）都没挤进。相比之下，美国的蔬菜种类就显得极其繁多了，如波多贝罗蘑菇、芝麻菜、茴香、菊苣、沙津菜、唐莴苣、豆薯。所有10年前被视为地域特产的蔬菜，如今都被摆上了大众超市的货架台，但美果榄、荔枝和枇杷全都无处可寻。很多去亚洲和拉丁美洲的美国游客发掘到了很多像波罗蜜、龙眼还有面包果那样好吃的奇珍异果，那些是他们在家里无论如何都不可能见到的。这种现象背

---

❶ 编辑注：磅是英美制质量或重量单位。1磅=16盎司≈0.5千克。

后的原因就是，美国农业部为了防止热带害虫的物种入侵，特地禁止了许多热带水果的进口。直到2000年，他们才允许一些夏威夷种植的木瓜、红毛丹果被电子束处理后运送到北美大陆，这与中和邮件中炭疽孢子的方法相同（尽管炭疽需要更高的剂量）。在许多异域水果国度看来，这种新技术开阔了美国人对世界其他地区食用水果的认识，并且给国家的农副产品带来了大量新产品。

作为水果侦探的相当一部分职责就是要不停地发掘，寻找下一个"猕猴桃"。可那并不是卡普的唯一兴趣，他花在寻找普通水果奇特变种上的时间，同他花在侦查异域水果上的时间几乎一样多。但无论如何，藏匿在新品种背后的回报还有那种若有若无的刺激感实在让卡普无法抗拒。我在4月见卡普的时候，他正痴迷于窥探"皮塔哈亚"的潜力，那是一种长在美洲中部以及亚洲的水果，以"火龙果"的名字被人熟知。在我们吃完饭后没几天，卡普就跑去和奇塔雷拉饭店的格雷格·穆夫森见面，并在他的面前对火龙果赞不绝口。"它体型巨大，拥有火焰一般的粉红色，是刺梨类家族中的无脊椎成员。说实话这是我毕生所见过的外观最惊艳的水果了。"卡普跟穆夫森讲道，激动得唾沫横飞。他还补充道，有一些火龙果的品种中看不中吃，不是特别美味——"它吃起来像糖糊慕斯做成的冰沙一样"；但其他品种则有趣得多：洋红色的瓤有着西瓜一样的口感，有时候还能品到一点点草莓的味道。

起初，穆夫森对火龙果是抱有怀疑态度的，但在听了卡普绘声绘色的描述后，他提起了兴趣。

"这个东西在哪儿能买到？"他问道。

"我有关系。"卡普回答，眼里闪烁着炽热的火花。

卡普告诉穆夫森，虽说目前为止美国还不允许任何外来国家的火龙果入境,但他知道一个叫"绝密"的种植园,位于洛杉矶南部的波瑞戈泉沙漠城外,大概有3小时的车程。这个种植园是一个多人投资项目,其中的合伙人有:专业生产商凯文·康尼夫,他为南加利福尼亚州培育出了多种火龙果;农夫托马斯·安特尔,是这片种植园土地的拥有者;还有达里戈兄弟,负责集资,也是主要的投资者。之所以这个种植园项目是机密,是因为这个合伙团队(或者按卡普喜欢的方式,就叫作"财团")正试图为火龙果在美国市场里开辟一片独有的天地。所以,他们不想在没准备好之前公布他们的计划。"道理就像在洛杉矶或者纽约开拍一场电影一样,所有人都想把电影放到最好的市场,名流聚集的地方。我们要是得到很多美食爱好者和美食媒体的关注,那么火龙果的美名就会火速传开。"

穆夫森说,达里戈兄弟也用西洋菜心做过同样的事:在过去的10年里,他们的公司研发出了生命力极强的西洋菜心品种,这样一来,曾经的稀有特产就可以一年四季随时供应了,并且这一切都掌控在达里戈兄弟俩手中。"几乎每一批进入纽约的西洋菜心都必须经达里戈家族的手售卖。"穆夫森这样说。

听了这句话,卡普把自己的拳头和手掌一拍,惊喜地说道:"所以他们对这火龙果也有同样的打算!天哪,如果这世界上有的话,那这绝对算是我水果侦探该接下的案子了。"

穆夫森意味深长地看了他良久——他生平从未见过像水果侦探这样的人。

转眼间就到了6月中旬,我因为要和卡普做5天的水果调查,所以飞到了洛杉矶。在开启这段旅程之前,我一直认为卡普是一个被水果救赎的堕落之徒,是他对水果的满腔热情帮他打退了心魔。但通过这极其漫长的5天的相处,我才发现卡普并没有真正把他灵

天才闪光

魂深处的魔鬼拒之门外——他只不过把自己的特殊才华和需求（对深奥知识的渴望、对极端快感的追求、对黑暗人物形象的同情，以及对药物麻醉疗法的经验）转换到提供神奇水果的职业中去了。事实证明，这个职业和他的需求已经完美地匹配到了一起。

我们俩大部分共同相处的时间都是在贝茜拥挤的车厢里度过的——贝茜是卡普给自己的福特"浪子"皮卡车起的名字。随着时间的推移和大量水果的不断堆积，可供我们活动的空间就变得越来越小。我们每天都是早出晚归，但卡普从来没表现出一丝倦意。"我每天的基本需求就是早上来一份水果'兴奋剂'，"他一边开心地说着，一边在我睡眼惺忪地把自己塞进车里时，递给我一块精致的名叫"冰雪王后"的白油桃，这是他在加利福尼亚州的里德利采到的。

我们一般会在农贸市场或者路边的小摊停下。卡普以善于对经过认证的农贸市场进行监视而闻名，他会暗暗监视那些进货后撕下标签当作自己的产品进行售卖的农民。如果他找到了证据，他可能会在《洛杉矶时代周刊》上公布"作弊者"的名字。虽然我和他同行时没有抓到任何人，但在卖家把标签标错的时候，卡普会主动上前帮助他们改正。有一次，他遇到了一些来自瓦列霍市薇拉农场的农民，他们在卖一种叫布拉斯的李子，然后卡普就情不自禁地上前对柜台后面的那个女人解释说，这种李子不是"布拉斯李子"，应该叫"樱桃李"。"这些李子的个很大，根本不应季，况且这果子的皮根本没有布拉斯李的酸涩味，还有，布拉斯李一般都粘核，是那种果核和果肉连在一起的。"

"天哪，"那个女人惊叹道，"你真的很专业。"

在皮卡车里的时候，我们会经常聊到水果，我发现卡普好像总是对核果情有独钟——像杏子、桃子、油桃、李子，还有樱桃这样的水果。而且恰好我们旅行的时候是杏子和樱桃的旺季,所以我们在这方面花费了很多精力。我们不仅讨论了不同品种的关系,还谈到了这些丰富的品种是如何在卡普崇拜的水果著作——罗伯特·霍格主编的1884年第五版《水果手册:大英帝国的水果与果树指南》和爱德华·A. 波恩雅德于1929年写的《解剖甜品》中描述的。卡普还凭记忆引用了一些波恩雅德用来称赞"融化"质感的句段,说着说着,我都快分不清他到底是在引用还是在说话了。"当果子熟透了的时候,你会感觉自己是在喝,而不是吃。"他在描述科伊的金滴梅时说道。聊到透明梅子的时候,他绘声绘色地说:"最先映入眼帘的是一抹红晕,然后有人就会看见一层琥珀,有人则会看见一点儿猫眼石般的乳白,隐隐约约,捉摸不透,还会让你怀疑自己的眼睛。"如果我在聊天过程中说错了什么话,或者错失了一个要点,卡普就会立即捕捉到并纠正我。等到"水果旅车"里5天的水果漫谈即将接近尾声时,我简直是度秒如年,迫不及待地等着和他道别——这样我就终于不用聊水果了。

在旅途过程中,我还亲眼看见卡普吃下了大量的水果:有一次他和一个农民在樱桃园里像野牛一样边逛边尝,最后搞得那个农夫在采了半个小时的样品之后不得不冲进茅房。美国农业部的杏子培育专家克雷格·莱德贝特在我们见面的时候告诉我:"卡普这个人真是有神农尝百草的精神,他敢吃我打死都不吃的水果,我可是一个几乎什么都吃过的专家。而且即便是掉在地上已经快烂了的水果,他也可以做到毫不犹豫地塞到嘴里。"

在五日游的第一天,我们开车去了波瑞戈泉,期待着可以看见神秘的火龙果种植园。但主人托马斯·安特尔表示只能允许我们隔着马路远观,戴着木髓头盔的卡普见状就试着从安特尔的嘴里套出

天才闪光

"财团"的企图和计划。(后来我问过他：天天戴着那个搞笑的头盔真的有必要吗？他说有的，因为他的工作令他经常被树上掉下来的水果砸到。比如有一次他去夏威夷调查的时候，一只榴梿——那是一种来自亚洲的美味水果，但闻起来很臭——从20英尺高的枝头掉了下来，不偏不倚地砸到了他的脑袋上。"若是没有那个头盔，我可能就没命了。"他说道。)

"所以现在果树的情况如何？"卡普继续追问，还时不时在笔记本上写两笔。

"还是一个学习的过程，卡普，一个学习的过程。"安特尔说道，眼神慌张地看着卡普写字的手，"我真不知道该告诉你点儿什么。说句实在话，我也想让你们一睹果园的真容，但这其中实在夹杂着太多的利益和风险，我不敢擅自做主，万一事情搞砸了我可担待不起。"安特尔说着用双手抹了抹那张一下子就拉下来的脸："人啊，总是感觉自己有特权，只要过来就能调查，研究我们倾入心血的果园，但事情哪有那么简单。"

久经沙场的卡普并不吃这一套："你们的培植员是从哪进的树苗？"他的口气里有种命令，"因为我听别人说这里有些品种尝起来都不一样，有些口感会明显更好。"

"嗯，你说的可能是对的，可能是。好了我跟你说，我真的不能再聊这个话题了。这个项目里面有很多有大背景的老板参与，如果出事了他们可会不择手段，事情就是这样。"

水果侦探所运营的农副业基地大多是一些小型的有机水果种植企业——土地面积一般只占一百英亩❶及以下，而且生产的水果大

---

❶ 编辑注：英亩是英美制地积单位。1英亩≈4046.86平方米。

多是一些传统的品种，比如被一代代美国人所喜爱的杏子、李子、桃子、苹果，而不是那些后来培育出的生命力顽强却索然无味的新花样。而这些小本农民生存的方式就是寻找"壁龛"市场。"壁龛"有可能是其他大种植园没有生产，或忘记生产的经典品种——如布伦海姆杏。而且据我们的水果侦探所言，那是全世界味道最好的水果。另外一个"壁龛"的例子呢，就是在某一特定水果的旺季，大商家没有了存货，就出现了销售的"空窗期"——此时的这些小农场就可以占得先机，随意标价，也不用担心什么市场竞争。但从1994年起，因为《北美自由贸易协定》中的条款，许多大型商家渐渐意识到自己在营销需求量高的日常水果方面（如番茄、杧果等）根本无法与墨西哥廉价的劳动力成本优势相抗衡，于是这些人为了在市场存活下来也在暗中寻找"壁龛"。

"营销机会的窗口现在已经缩得越来越小了，"安迪·马里亚尼说道——他是一位在圣克拉拉谷拥有80英亩樱桃园的庄园主，主要种植的是一些黑色车厘子和瑞尼尔黄樱桃。"以前，我们的窗口是和斯托克顿、华盛顿互通的，每次旺季都可以持续长达几个星期的合作，随着日子的推移就慢慢变成了几天，现在已经基本没有商业来往了。斯托克顿那边的农场会通过喷射药物来延缓果实成熟的速度，这样一来他们就可以等待时机，在要价最高的时候把存货全部卖出去。"在我们拜访他的那一天，马里亚尼的樱桃园正值大丰收，但因为斯托克顿的营销手段，就导致了樱桃价格突然大跌，马里亚尼也失去了他的"糖果棒"——这是水果界的一种说法，用来形容那种利润丰厚的产品。"我们这个小园子一天之内就损失了7.5万美元，"马里亚尼叹道，"我玩股票都不会输得这么惨。"

卡普非常欣赏像马里亚尼这样的农民，所以作为作家的他，也一直在努力发扬马里亚尼的这种努力的精神。埃里克·阿西莫夫说过:"比起一个美食专家,卡普更像一个红酒专家——他会由内而外地散发出自己那无可挑剔的鉴赏力和对细节的高度苛求:比如土地的质量、培植的方法和植物生长的地域。同样,红酒专家会很讲究'风土',或者'地域'。而卡普是第一位把这一概念引进水果界的人。"他随后又补充道:"很多葡萄种植者都有幸出现在红酒杂志的封面上,但说到那些樱桃或者桃子园主,除了在卡普的文章里,他们的身影根本无处可寻。"

大多数美食的文章都与烹饪挂钩——它们一般都和材料本身没有多大关系,只能说是材料的呈现,从而在公开的环境下引导大众消费。卡普与众不同的地方就在于,他最注重原始的品尝工作——直接感受刚从树上、藤上、灌木里摘下来的新鲜果实的味道。"我不是个传统意义上的吃货,"他曾说,"他们都追着食物跑,我是追着水果跑。"卡普的最高追求就是感官上的满足,但他对于水果味道的评判标准可以说是曲高和寡,常很难被理解。他所追寻的那种味道是 19 世纪作家所描绘的所谓的"高级口感":肥美,强劲。但卡普遗憾地表示,这种本来就稀缺的味道已经因为如今的大批量种植生产和各种远距离运输而灭绝了。"'高级口感'的感觉就像是在吃野鸡——品到极致的美。"他说,"当你拿着水果,第一口咬下去的时候,那种糖分的味道,那种酸涩感混合的芳香的气场会占据你的全身——那才是一个水果应该有的味道。但美国人根本没体会过这种感觉,因为我们平日里吃的都是垃圾水果。"

在距离旧金山东部大概一小时车程的布伦特伍德镇上,坐落着一个小农场,我们在这里发现了文章开头所说的那种白杏。这个农场的主人是已有 82 岁高龄的罗斯·桑伯恩,他满头银发,穿着一件已经褪色了的牛仔背带裤,因为长年累月的风吹日晒,皮肤已经被烤成了棕色。当卡普出现在田野上的时候,他还冲卡普大喊:"嘿,你们俩这身行头跟去远征一样!"3人在房子前庭的阴凉下坐着,罗斯告诉我们,他试图培植出白杏已达30年之久,从20世纪70年代就开始拿从摩洛哥和伊朗引进的树苗进行实验。最终他跟我们透露:他相信自己已经研发出了心目当中的"完美杏",他要给它取名为"天使杏"。

话毕,我们二人跟着桑伯恩来到了种着白杏树的地方。卡普几步就走到了树前,摘下了一个天使杏,用他那细长的指尖托住它,轻抚着杏子表皮上天鹅绒般的细毛。"在所有水果当中,杏子自带着一种说不出来的吸引力,它们长得最像女人的胸部。"其实,他说这番话就是为了否认自己能够尽情享受水果的那种愉悦感。说着,他拔刀出鞘,把杏子一切两半,就开始研究它的核;然后他把自己砍下来的另一半果肉从地上拾起,深吸了一口香气,咬了下去。果肉融化了,一部分汁水从他的嘴角流到了下巴。他再吃了一口,又一口,最后,整个杏肉被吃得干干净净,剩下的一点儿新鲜的、黏黏的"残骸"还粘在这位水果侦探的脸上。

——写于2002年

游戏大师

1972年,一位名叫诺兰·布什内尔的工程师兼前嘉年华招揽员,在加利福尼亚州的圣克拉拉市成立了一个电子游戏公司。作为一名20世纪60年代毕业的犹他州大学工程系学生,布什内尔在当时就已经对一款叫作《太空战争》的早期电子游戏达到了痴迷的程度。而这个游戏背后的研发者,正是一批麻省理工学院科技模型铁路俱乐部的研究生,他们可以算得上是电脑黑客的前身,研发这个游戏也只是一种尝试,并没有企图去把它放到市场上营销。这批学生研发游戏的初始理念其实是为了展示人机互动的魅力,并且想在电脑模拟智能生命的道路上勇敢地迈出第一步。相比之下,布什内尔的抱负就略显世俗了:他的目标是生产一种硬币操控的游戏机器,并给它们申请执照,把它们送进电玩城。布什内尔似乎预见到了一种新的娱乐场蛊惑术,但在这种情况下,蛊惑者其实是在游戏机器里。"我在让你们为我的游戏掏一枚硬币的时候学到了一个道理,"他日后说道,"我其实是在把我的销售过程和手段都交给了这个机械箱完成。"就这样,从计算机实验室和嘉年华——这段不可思议的"联姻"中,电子游戏产业就这么诞生了。

布什内尔把自己的公司取名为雅达利,并研发出了第一款电子游戏——《乓》。游戏的玩法非常简单而且优雅:两位玩家各自负责控制一个球拍,并通过移动球拍把黑白屏幕上的小光点送来送去。游戏共有两个重要组成部分:整个设计理念就是在模仿乒乓球,因此它也成为整个游戏的规则、结构、逻辑的核心;另外一个要点就是整个游戏是卡通动画——通过照片的移动,刺激大脑和双眼双手的配合反射循环来达到操控游戏的目的。这个游戏背后的设计者是一位名叫阿尔·阿尔科的前全美橄榄球运动员,同时也是雅达利的第二位员工。在希瑟·卓别林和亚伦·鲁比所写的描绘电子游戏产业历史的书籍《智慧炸弹》中,二人曾写过:当时布什内尔把自己亲手制作的《乓》游戏搬到了森尼韦尔市附近的安迪·卡普小酒馆里,然后没过几个星期,在酒馆还没开门的早上,人们就在门口排起了长队玩游戏。到了1974年,这款游戏也出现在了新罕布什尔州汉诺威镇的一家比萨店里——我就是在那里第一次接触到了这个游戏并爱上了它。就这样,我那年暑假最渴望的事情就是能回到那个比萨店,再玩一次这个游戏。

继《乓》之后,雅达利又研发出了多款游戏,其中非常著名的有:《太空侵略者》《爆破彗星》《导弹指挥官》《吃豆人》。以上的这些游戏都经证实对大众非常有吸引力,但它们的模拟器程序仍然逃不出游戏厅和娱乐场的题材:体育、外星人、僵尸、枪战。到了20世纪80年代,随着电脑的硬盘速度和内存的增加还有游戏机的普及,游戏设计师们都在持续提高游戏的画质。但无论如何,他们的技术也和当年科技模型铁路俱乐部团队的理想——实现真人动态

天才闪光

沾不上边。到了 2006 年，市面上最畅销的游戏变成了《麦登橄榄球》，在这个游戏中，你可以从一个明星运动员的角度来切身体验专业橄榄球的刺激性。虽说《麦登橄榄球》与《乓》的游戏设计相比要完善很多，但内容上还是与现实生活相去甚远。

到了 20 世纪 80 年代末，一种新型电子游戏"上帝游戏"悄悄地浮出了水面。其实计算机动画就是将图形艺术转换为三维多边形（数字图片的基本组成单位）的简单粗暴的过程。但是要创造出一个能够真正让大众接受的模拟形式，还必须带有生命本身的精髓——这个构想就难得多了。若想接近这一理想状态，游戏的设计者必须扮演上帝的角色，或者波爱修斯的《哲学的慰藉》里面上帝的概念形态——一个可以预测游戏者一举一动结果的上帝，但却又不能让游戏者感觉到自己被束缚、被操控。

"上帝游戏"开拓者之一是英国人彼得·莫里纽克斯，他在 1989 年研发了《上帝也疯狂》。在这个游戏中，玩家对一系列虚拟社会都拥有绝对的掌控权，你可以选择帮助村民或者肆意折磨他们，但你的一切举动都会产生后果。另外还有一位重要的"上帝游戏"研发者席德·梅尔，从 1991 年就开始着重发展他的《文明》系列，这款游戏是以重大科学发现、战争、外交等历史进程为设计灵感的。刚刚我说的这两个人固然很厉害，但是这一游戏类别的大师——"上帝游戏"中的上帝，是威尔·莱特。无论是从 1989 年《模拟城市》这个游戏的诞生（游戏目标就是设计并管理好你创造的城市），还是到了 2000 年《模拟人生》的问世（玩家负责照顾并管理一个在乡村生活的家庭），莱特创造的一些情境和状况都是一种对游戏概念的重新定义。"我有一天意识到，大部分的书籍和电影都是来源于真实生活的，"他说道，"那为什么游戏不能呢？"对游戏设计者而言，莱特就是游戏界的左拉——他把游戏本身的概念和其中的事物都从传说、奇幻、暴力、血腥的场面中拽了出来，并把它们引向了最普通的社会生活。

在过去的6年里，莱特一直在研发一个新游戏，预测会在2008年9月上市，对此，人们对这款游戏的期待和兴趣就像20世纪初期巴黎的作家等待乔伊斯的《尤利西斯》一样高涨。一开始，莱特想把这个项目取名叫《模拟一切》，但几年之后他最终选定了《孢子》这个名字。这个游戏的灵感始于自然法则，于是它就用数据计算来复制进化论中的所有条件和情况。从概念的角度来讲，《孢子》很极端、很疯狂——在那个时代背景下，游戏制作商都在绞尽脑汁地做出更惊艳的视觉效果和让人眼前一亮的故事情节。但莱特和他的支持者电子艺术公司打赌，赌玩家们会更喜欢由自己创造世界和故事情节——也就是更追求莱特所说的"可能性空间"。"莱特身边就像有一种扭曲现实的磁场一样，"莱特的前合作伙伴杰夫·布劳恩告诉我："他会想出来你这辈子听到过的最荒唐的主意，然后在他给你解释完这个世界为什么都疯了之后，你就会觉得他是其中唯一一个理智的人。"

莱特的办公室离旧金山湾只有几个街区的距离，在埃莫里维尔城一个6层写字楼的角落。办公室有一个可供他抽烟的阳台，室内的四壁都布满了彩色马克笔的涂鸦，其中还夹杂着一些让人捉摸不透的文字，如"星星地图问题"。当时的莱特46岁，高瘦身材，有着一张又长又窄的马脸和修长的手指。此外，他还每天穿着同一身衣服——一双黑色新百伦球鞋、褪色的黑牛仔裤、一件很正式的纽扣衬衫，外面再披上一件皮外套，鼻子上架着一副厚厚的飞行员风格的眼镜。他的皮肤很有光泽，是一种透着红的浅棕色，很多吸烟者的皮肤都是这样子的——半晒半熏出来的淡古铜色。有时候,莱特还会给自己留一点儿细细的唇胡再配上一个山羊胡。你在跟他说话的时候,那种模式并不像是在与他交谈,比如你提出了一个想法,这个提议就会在莱特的脑子里自动连接 5 个到 10 个思考链,随即他就可以像在输出数据一样连"嗯"带"啊"地告诉你他的理解和一系列构想。

在我走进他办公室的那一刻,莱特就从椅子上高兴地跳了起来,握了握我的手,说道:"嘿,你试一试这个……啊,这是我最近刚发现的一个特别炫酷的玩具。"他递给我一个无线的控制器,操控的应该是放在地上的一个机械坦克;它对面还有另外一个坦克,那个坦克现在正被莱特控制着。他一边移动他的坦克攻击我的,一边好奇地看着我,好像是在观察我到底需要多长时间才能明白状况。我渐渐地感觉到手上传来了一种酥麻感,但一开始我并没有太在意——直到后来我才意识到:我正在被电击。只要每次莱特的坦克打到了我的,遥控器里就会有一股电流传送到我的指尖。

最近,莱特一直在准备一个别人请他做的《孢子》PPT 演讲。"说到这次演讲,他们本来想让我讲一讲我是怎么想出这个游戏的,但我真正想谈的是太空生物学的历史,所以我打算把两方面都说一说。"我们挪到了办公室中接有两台电脑的地方,他一边描述《孢子》的基本设计结构,一边给我浏览了很多图片。一开始,我听得一头雾水:这么多年来,莱特一直没有停止在一代又一代游戏中持续添加社会现实主义的成分,但《孢子》却始终与众不同。你打眼一瞧,这个游戏看起来就像一个……用游戏网站设计员的话说,就是"带故障的卡通小游戏"。游戏场景中的建筑没有《模拟城市》那种鲜明利落的线条感,它长得更像苏斯博士漫画里的楼房,十分简易抽象。莱特同时也在游戏里面加入了武器和征战的元素。暴力并不是无缘无故的，某些情况下，你必须杀死别人才能生存；同时，暴力也不是简简单单让敌人死亡——在《孢子》的世界里，你不仅要杀掉其他生物，你还要吃了它们。

在第一关，你只是在一滴水里面生存的单细胞生物，在屏幕上看到的场景也只是以简单的二维形式展现的，就像显微镜下的标本片一样。通过成功躲避敌人（其他彩色细胞）的攻击，你就可以分裂繁殖，你就会得到 DNA 积分（这时一个双螺旋的基因形状就会在你的角色上方跳出来）。这个 DNA 积分是《孢子》早期阶段的货币，随着你角色的进化就可以获得更好、更多的结构和功能：比如更大的鳍，这样就可以游得更快；更尖的爪子，这样就能快速击杀敌人。在第一关的最后，你就可以从水面浮出并进入第二关——陆地，然后你的任务就会更加复杂：一方面需要打败其他的生物，另一方面还要找到你的同类并与它们交配繁衍出后代（电脑生成的），最终你会得到一个完整的部落。玩游戏的时候，你可以选择玩族群互相征服的暴力模式，或者你也可以玩和平的社交模式。如果你根据模拟器的逻辑和规则去玩，并作出正确的选择，那么你就有机会去继续进化。在这个过程中，你可以有机会获取越来越强大的工具和武器，用来建设自己的住宅、小镇，甚至是大城市。当你的城市已经强大到把其他所有城市都吞并的时候，就可以打造一艘宇宙飞船，正式进入太空。到了最后一关，你就进化成了一位星系间的神，可以在宇宙间任意穿梭，进行星际外交和战争。

莱特在电脑上调出来的图片本应该是用来展示游戏场景的，但它们并没有很好地传达这一信息。其中有一页幻灯片还展示了重力公式，更甚者解释了有生源说理论（这个理论主张地球最初之所以有简单的生命,是因为击中地球的外太空陨石和彗星上面附着着很多有机物),还有一张20世纪80年代早期电视剧《正义前锋》的演员表。在滑到那张演员表的时候,莱特停下来跟我解释说,根据他的计算和无线电波的速度,如今大概已经有150个星球收到《正义前锋》的信号了。

与经典的《魔兽世界》不同,《孢子》是一个单人游戏。那种线上多人游戏是在"巨型平行计算机"(加入许多联网电脑的分布式计算机系统)上面运作的。至于《孢子》,莱特风趣地把它归为巨型平行计算机单人游戏。他这么说的原因是,如果你在玩游戏的时候打开了"互联网模式",孢子服务器就会把其他玩家创造出的元素和内容"传播"到你的游戏中去——这么做其实是为了营造出最符合每个玩家风格的游戏气氛。这就是莱特所说的"为你的生物量身打造的生态系统",也正如他所言,《孢子》会根据你玩游戏的方式,人性化地塑造出自己的模板,自动在服务器上搜索与你的模板风格相似的其他玩家创造出的内容。例如,若你创造了一个野心极大的达尔文怪兽,系统就会自动把一个杀人不眨眼的强大对手下载到你的世界里。换句话说,就是当你在玩游戏的时候——游戏也在玩你。

莱特问我想不想试一下《孢子》的生物编辑功能——整个游戏里的首要编辑工具。一开始,屏幕上显示的是一个肾形的色块,长得有点儿像没有五官的蛋头先生。随后,莱特给我展示了创作角色骨架、身体、眼睛和皮肤的菜单,我就用鼠标把那滩颜色拉伸成了一个躯干,并随之调整脊椎的长度。我从屏幕左侧的菜单里选择身体部位:鳍、喙,还有三关节的腿——到了这一阶段,所有这些特征都需要消耗DNA积分。莱特解释道:"你连嘴都可以随意选:肉食动物的、食草动物的、杂食动物的——它们不仅可以决定你的饮食结构，还可以决定角色的声音。"屏幕的右侧是一些图像图表，它们显示了你所选的每一个特征的进化优势和后果，如速度、力量、敏捷度等。做好选择之后，我切换到了涂色菜单，给生物上了紫色的皮肤底色，再加上点儿橙色的条纹，电脑还会自动给颜色加上适当的阴影，这样的话我的生物就有一种很专业的质感。

"好，现在进入预览模式。"莱特说道。

我点击了预览键，我的生物立刻就被赋予了生命，开始在屏幕上缓慢地移动——它看起来傻乎乎的，是一个有着大肚腩的雷龙，笨拙的四肢没有脚趾，长脖子，还多长了一双忽闪忽闪的狗耳朵。它长得非常有动画感，像是皮克斯公司塑造的角色一样，但我在3分钟之内就用电脑做出来了——不知道为什么，我有一种在玩电子黏土的感觉。

美国艺电公司是世界上最大的视频游戏生产商，拥有7000多名员工，其工作室遍布北美、欧洲和亚洲。不仅如此，他们还为许多游戏平台制作软件或授权软件，其中包括了很多Windows和苹果电脑游戏，任天堂、索尼和微软游戏盒的主机游戏，任天堂Game Boy（还有任天堂DS）以及索尼PSP等掌上游戏，网络玩家的线上游戏，等等。现在，艺电正在致力于研发"移动游戏"，是可以在手机上玩的线上游戏——一个正在蓬勃发展、前景无限的新领域。

美国艺电公司（简称EA），成立于1982年。它的创始人名叫特里普·霍金斯，是苹果电脑的前营销经理，当时的苹果公司曾被誉为"新的好莱坞"，本应该是电子游戏制作人的天堂。霍金斯提议将迄今为止被视为纯粹的工程师的设计师作为艺术家来对待，因为他们需要设计出能与游戏宣传互相映衬，且吸人眼球的包装，并把研发者的名字用加以修饰的字体印在最前面。"一个电子游戏可以让你哭泣吗?"这是公司早期发起的一个挑战。在过去的这段时间里,艺电将自己的策略目标转移到了一些基于"已证实内容"的游戏——是指已被赐予许可证,拥有正当版权的,以电影、体育、电视作品为原型的游戏故事。于是,公司在专业体育团队的基础上,研发了一些运动模拟游戏,里面的主人公都是真实球队里的球员。据史蒂文·L.肯特在《终极电子游戏历史》中的叙述,篮球游戏《J博士与拉里·伯德:一对一》的开始是在1984年,公司想要在这第一个体育游戏中使用两位球员的名字和外形,于是分别给朱利叶斯·欧文和拉里·伯德相应的版权费。而如今,艺电公司已经亲手打造了一个体育游戏的帝国——2006年版的《麦登橄榄球》(第一版是1990年发布的)在上架的第一周就已经卖出了200万份。在最近的几年里,美国艺电公司已因其精明的商业行为赢得了像微软一样的名声——他们经常收购一些无法承受如今游戏制作高成本的小型开发平台,并利用独家的上市许可权去击败其他的潜在竞争者。

艺电公司的总部基地位于加利福尼亚州的红木城,硅谷的北边。那里的员工都身着短裤,公司里还设有健身房、体育馆,而且员工商店里的游戏都是半价,好几个会议室还被设计成了体育酒吧的样子。你可能觉得在这样的公司工作一定很幸福,但两起关于"无薪加班"集体诉讼案的证据显示(一起原告是公司的游戏设计师,另一起是程序员),给艺电公司打工可没有表面上看起来那么光鲜亮丽。虽说两起案件都已和解,且公司也改善了加班政策——但在有些时候,每周80小时的工作量仍然是常态。

我在艺电公司参观的时候,他们给我展示了公司最近研发的新游戏:《教父》。一开始你只是一个低级别的罪犯,但通过巧妙地运用暴力和敲诈手段，你就有可能成为犯罪家庭的老大。这个游戏别出心裁的一点就是，除了杀掉对手，你还有射伤他们的膝盖和肩膀的选择——这样一来，你仍可以从他们那里勒索钱财，这样你在游戏里的进展就会更快。除此之外，我还亲眼见到著名高尔夫球手泰格·伍兹特许经营权的最新一期：他允许艺电公司在他的脸部还有四肢粘上运动传感器，并把他打球时的动作转化成电脑数据进行存储。最终，当游戏成型的时候，它最大的亮点就是泰格·伍兹的那个完美的招牌微笑——上嘴唇完全滑到了牙龈上，一口大白牙展露无遗。你如果在游戏里打了一杆好球的话，屏幕前的泰格·伍兹就会跟你说："兄弟，打得漂亮。"

展示完毕，我见到了拉里·普罗布斯特，随后还有1984年开创了营销部门的公司首席执行官。普罗布斯特解释道，当年艺电让莱特挑选一些最具天赋的设计师和程序员组建一个研发团队。随后，公司还专门为这个75人的团队在埃莫里维尔建造了一个新的公司分部，距离莱特在奥林达的住处有50英里。当时整个公司都在指望《孢子》支撑整个企业——自4月起，公司的股价跌了将近30%，2006年的销售数据也比前一年低了20%。普罗布斯特把这一切责任都归于游戏产业每四五年都会遭遇一次的周期性衰退，因为一般过了一段时间之后，新一代的游戏机器就会被研发出来。果然，在入秋之时，索尼的PS3、任天堂的Wii都上了打折促销的货架——因为在这种时机下，游戏玩家们都会停止购买现有的游戏机，静静等待下一代新型游戏机的上市。

但除了市场的正常波动，这其中也有许多充分的理由说明，如今艺电公司的不景气也有系统问题从中作乱——事实上，如今整个游戏行业都处在一个根本重组的边缘。记得上次行业前景这么模糊不清的时候，还是在 20 世纪 80 年代早期——游戏机从电玩城进入家庭的那段过渡期。随着游戏机硬盘的容量使画质越来越逼真（就像泰格·伍兹的笑），制作商们也必须将更多的时间投入程序编制与设计上，才能和那巨大的硬盘容量相匹配。倒退 20 年，一人就足以完成一整个电子游戏的创作，但在如今若想完成这项任务最少也需要 100 人的团队。此外，艺电的基础款产品——一款售价在 50 美元左右的盒装游戏已经没有从前那么受欢迎了。很多成年玩家都比较喜欢"休闲游戏"，就是可以随时在手机上玩的、耗时短的线上游戏；与其在实体店买完游戏带回家玩，人们觉得在网上购买会更方便。于是，就像一些影视行业的人在考虑那些成本 5000 多万美元的电影是否还有经济上的可行性一样，游戏行业的人们也在踌躇斟酌：在一个青睐廉价、短命、一次性的可下载游戏的环境中，大成本的游戏是否还能存活下去。

在我们的谈话中，普罗布斯特似乎对休闲游戏的市场最为重视——尤其是手机上的休闲游戏，仅在 2005 年就已为公司挣下了超过一亿美元的利润。"想象一下，等到 30 亿个亚洲人都有了手机的情形。"但问题来了：既然那些人是在寻求放松和注意力的分散，那么你如何说服他们去购买一些关于生物进化、城市建设、领土政府和星际旅游的游戏呢？我将这个问题抛给了普罗布斯特，他说："你就告诉他们，这个游戏是威尔·莱特发明的。"

莱特是属于成长在私家电脑和游戏机之前的上一代游戏设计师，他的童年是在建造模型中度过的。"弄一弄轮船、汽车、飞机，这些都是我最爱干的事"，他曾告诉过我。有一次，他曾造出了企业号甲板的软木模型，并在星际迷航大会上获得了奖项。除了做模型，他还对阿瓦隆·希尔的桌游非常感兴趣：比如《装甲突击队》——

一个以东部边界坦克战争为基础的策略游戏。

莱特的父亲老威尔，以及祖父都是佐治亚理工工程学院的毕业生，莱特一家一直都把每位成员的毕业照挂在本人照片的旁边，由此我也看出来莱特家族的先辈都是留着小平头、穿着笔挺西装的正经人，好像个个都要在制造实用产品的领域里大展宏图一样。一排照片的最后是小威尔，他从未大学毕业，是这个家庭里格格不入的一个成员，长着一副黑帮小伙子的样貌，脸上挂着一副温暖却又略显硬气的微笑。"不知道咋回事，这位好像是长错了一样。"莱特看了一眼照片，说道。

在20世纪60年代，莱特的父亲研发出了一种制造塑料包装材料的新方式，并创办了一家成功的公司，使一家人在亚特兰大过上了舒适的生活。同时，莱特的父亲还是个技艺高超的高尔夫球手，他的母亲贝弗利·莱特·爱德华兹，是一位刚入门的魔术师兼女演员。莱特小时候就读于当地的蒙特梭利学校，注重创造力、问题解决能力和自我鼓励。"蒙特梭利让我体会到了发现新事物的喜悦"，莱特告诉我，"他们教给我，其实人们也可以对非常复杂的理论产生兴趣：比如你可以通过玩积木来学习勾股定理——重点是不让老师把知识塞给你，而是用你自己的方法去学。《模拟城市》的灵感就来源于蒙特梭利的那段时光——如果你给人们一个建造城市的基础模型，那么他们就可以从中提取出设计原理。"

在平静的夜晚，莱特和他的父亲就会坐在前院一起谈论星星、NASA 的阿波罗项目，以及外星生命的话题。本来，莱特是计划着要成为一个宇航员的，他的人生目标就是在其他星球上建造殖民地，这样就可以解决现在地球上人口过剩的问题，他的父亲也非常支持他的想法。

天才闪光

在莱特9岁的那年，父亲因白血病去世了，母亲就带着他和妹妹惠特尼搬回了娘家巴吞鲁日。莱特被送进了主教学校———一个当地的传统预备学院，他虽然很喜欢和教职员工们讨论关于上帝的话题，但他仍觉得从前的蒙特梭利学校好。"在主教学校学习的过程中，我成为一个无神论者。"他说。在莱特16岁的时候，他进入了路易斯安那州立大学学习，两年后，他又转学到了路易斯安那理工大学。他的特点就是只在自己感兴趣的科目里拔尖，比如建筑学、经济学、机械工程学，还有军事历史。他怀揣的梦想也都非常不现实，除了要在外星球上建殖民地以外，他还想造机器人。在路易斯安那理工大学上了两年学之后，他再次辍学，开了一个夏天的推土机，直到1980年的秋天，他才去了曼哈顿的新学院（New School），在那里学习机器人。他住在格林尼治城位于巴尔杜奇市场楼上的一间公寓里，并且经常在运河街的电子商品店游荡，搜寻和讨要一些多余的零件来做机器人手臂。

1980年的夏天，莱特揭下了一个张贴在汽车杂志上的广告：理查德·多赫蒂，一位赛车热爱者，正在招一个定点越野赛的参赛选手，比赛双方是长岛的法明代尔队和加利福尼亚州的雷东多海滩队。莱特当时正好有一辆马自达RX-7，随后又和多赫蒂联手给车改装了一个更大的油箱和一个防滚架。二人为了躲避晚上的巡逻警察，还在驾驶的时候戴上了夜视镜——这样一来就可以不用开车灯了。"莱特建议说我们应该走南方路线，虽然路途略显遥远，但是万一我们被警察拦下了，他还能跟警官搭两句话，"多赫蒂跟我说道，"到了乔治亚州的时候我们果然被拦下了，那时候我们正在以每小时120英里的超高速在夜里飙车，但莱特没用几分钟就说服了警官，我们不仅没被扣留，也没被开罚单。"最终，二人赢得了比赛，并且还以 34 小时 9 分钟的成绩破了纪录。

在纽约新学院学习一年之后,莱特又回到了巴吞鲁日,和他最好的朋友一起生活。他的家人都期望着莱特能够接手父亲创办的塑料公司,但他并不感兴趣(最后家人没办法只能把公司卖掉了)。这一整个夏天,为了越野赛一次又一次地改装汽车成为他最主要的爱好——直到他室友的姐姐乔尔·琼斯进城来拜访。琼斯比莱特大 11 岁,两家一直都是好朋友,莱特也在自己青少年的时候就见过这位姐姐。现如今她住在奥克兰,是一位画家和社会活动家。她手腕上的一条神经因为意外断掉了,现在回到巴吞鲁日就是为了安静地修养。为了增大她手部的活动频率和范围,莱特为她用金属部件和橡皮筋做了一个装置。"莱特会满腔热情地跟我讨论在外太空建设殖民地的重要性,而我则会反驳他,说喂饱地球上的人口才是头等大事。"琼斯跟我说道,"后来不知怎的,我们渐渐爱上了对方。"当琼斯要回奥克兰的时候,莱特问她,自己可不可以随她同去——她同意了,唯一的条件就是他不会干涉她的画画事业。二人于 1984 年成婚。

20 世纪 80 年代初期,投币式机器逐渐衰退,家用电子游戏则变得越来越流行。原本称霸美国家庭的雅达利游戏机,随后却被以珍贵卡牌游戏起家的日本任天堂公司用任天堂游戏机系统超越了。从硬件角度上来讲,任天堂机器确实要比雅达利的更加先进(雅达利原本的立体操控杆被任天堂替换成了大拇指就可轻易精确操控的十字形控制)——但真正让任天堂成为电子游戏行业龙头的,是一个叫作超级马里奥兄弟的软件。宫本茂本是经典电玩城电子游戏大金刚系列的设计师,但在市场局势变换之后他选择了重新设计这一游戏:宫本茂把里面本身叫"跳人"的一位木匠改成了水管工马里奥，再给马里奥加上了一个叫作路易吉的哥哥和一大批新增道具（金币、魔法菇）和障碍物（喷火的小怪物），在此基础上还添加了一些地下通道路线，这个灵感主要是来自宫本茂儿时在索诺比他家附近探索山洞时留下的记忆。

从《超级马里奥》问世的那一刻起，"玩游戏"的官方规则就被正式建立了，并且成为未来许多游戏的永恒标尺。玩家可以通过击败游戏中的敌人来获取进度；利用路上找到的"升级道具"来为自己补充能量；累积够了分数就可以进入接下来难度更大的关卡——许多都叫作"boss"关。一般在 boss 关的时候，你必须要把终极敌人打败，才能获得游戏存档的权利，不然整个关卡就要重新来。虽然这款 1985 年在美国上市的《超级马里奥》有一个终极目标（把桃子公主从一只怪兽手中救出来），但它也同时鼓励玩家按照自己的节奏进行探索，所以与其说它是个竞技类游戏，不如把它看成一个可爱的"软件玩具"——这就是后来启发威尔·莱特"可能性空间"构想的概念。"这个游戏的规模和深度简直令我震惊，"莱特告诉我，"游戏的组成元素和规则都极其简单明了，但合在一起就变成了一个相当复杂的设计。"

风水轮流转，到了 20 世纪 90 年代末——索尼的 PS 游戏机成功取代了任天堂并成为家庭游戏系统的主导产品。随之而来的就是 2001 年出品的微软 Xbox，即刻成为第二畅销游戏机器。但到头来，无论是索尼还是微软，它们都无法取代任天堂在基础游戏设计上的地位。

1991 年，游戏界的又一个革命开始了。这次的领导者是一位叫作约翰·卡马克的年轻程序员，他和自己在达拉斯 id 软件公司上班的搭档约翰·罗梅罗一起研发出了在 PC 游戏机上载入并显示 3D 图像的方法，让游戏设计者们有了更多深度发挥的空间，同时打造出更逼真的动态。根据大卫·卡什诺的书《毁灭战士启示录》所述，当罗梅罗第一次见到卡马克的3D程序时，就惊叹道："时机到了，咱们马上就要改变世界了！"罗梅罗揽下了图像和玩法设计任务，将自己对20世纪50年代EC公司出品的恐怖漫画的热爱和重金属质感结合在了一起，做出了一款极其暴力血腥的游戏——《毁灭战士》（DOOM）。这款游戏是从主人公视角出发——一个类似于星际战士的角色，他的任务就是一步步深入地狱，并将一切阻挡道路的僵尸赶尽杀绝。它的绝妙之处就在于游戏的每一个细节都能触发一个青年男孩对权力的渴望，同时也给家长们造成了严重的困扰。1999年，长辈们对于这种第一视角射击游戏可能造成的恐怖影响的猜测成真了——那一年，迪伦·克莱伯德和埃里克·哈里斯，科罗拉多州哥伦拜恩高中的两位学生在校园射杀了自己的12位同学，据后续调查显示，两位凶手皆为《毁灭战士》痴迷玩家。当然，随之而来的就是关于暴力电子游戏的国会听证会。除此之外，最近圣安地列斯版本的《侠盗猎车手》系列（任务就是通过偷盗和拉皮条走上巅峰，抢劫妓女还可以得到额外奖励），导致了希拉里·克林顿和国会共同发起了《家庭娱乐保护法》，其目的就是禁止商家向未成年人售卖暴力游戏。克林顿还指责了那些制造暴力色情游戏的商家，说就是因为他们，"偷走了我们的孩子的童真，让本来就千难万阻的家长之路变得更加艰难。"

有一天我们在莱特的办公室里，他给我看了一封来自海峡群岛加利福尼亚州立大学政治学教授劳拉·M.布朗的电子邮件，邮件的内容是对莱特在《连线》杂志发表的关于电子游戏教育价值文章的评论。这位经常在教学过程中使用电子产品的教授写道："我认为对于现在的这代在电子游戏中长大的年轻人，有一件事情我们可以达成共识：孩子们从中学会的是反应，而不是普通儿童应有的活跃；更糟糕的是，因为这些电子游戏已经把活生生的画面、音效和情节放在他们眼前，网瘾儿童自此失去了想象力和创新力。如今我的学生们已经不太会发起疑问、提出假设，或者主导一场辩论了——因为学生想要看看什么样的结论会来'找他们'。与此同时，学生们发现自己对环境（历史或者生态地点）渐渐没有了概念，除非你（作为一个老师）能在文字的基础上配上图片和视频……总的来说，孩子们似乎已经无法再用自己的大脑来看世界了。"

但在莱特看来，电子游戏反而能够教你如何学习，唯一需要改变的就是教育孩子的方式。他曾跟我说过："如今教育系统最大的问题就在于，我们把学习定义得过于狭隘，过于简洁，过于经验主义。教育的根本目的并不是为了给一个复杂的系统做实验，然后用自己的直觉在其中闯荡，最终找到出口——这是游戏教给你的东西；它也不是用来让人愈挫愈勇的——那也是游戏让你学会的事情。说实在的，我觉得相较于成功而言，失败能教给一个人更多东西。试验然后失败，这种逆向工程思维（孩子们与游戏互动时的方式）才是学校应该教给他们的。而现在随着社会变得越来越复杂，事情的结局又越来越不局限于成功和失败——游戏反而变成了一个很好的预备工具，教育界意识到这一点是迟早的事情。事实上，很多玩游戏长大的青年教师已经渐渐进入了教育界，他们注定会在教学生涯中利用游戏与学生们互动。"

与琼斯同居后没多久，莱特就开始在自己的电脑上设计一个直升机模拟器［成型后叫作康懋达64（Commodore 64）］。最终，模拟器被改造成了一个经典射击游戏，玩家可以开着直升机盘旋在各大城市和建筑上空，然后肆意轰炸。莱特把这款游戏展示给了加里和道格·卡尔斯顿——最早的 PC 游戏软件公司之一布罗德邦德（Broderbund）的两位创始人。1984 年，布罗德邦德公司将莱特的模拟器包装成了 PC 游戏《救难直升机》并将它搬上市场，第二年又新增了一个任天堂卡盘版。对于 PC 来说，这只是一个小有成就的游戏，但任天堂的卡盘版却在日本市场卖出了 100 多万份。不仅如此，因为任天堂公司与布罗德邦德版税合同的宽松，莱特自己还告诉我："这个游戏带给我的财富够我好吃好喝很多年了。"

在设计《救难直升机》的过程中，莱特意识到了一件事情：相比炮轰和毁灭，他更喜欢建造这些大楼的过程。所以他开始想要设计一款大楼，甚至是建造城市的游戏。听闻这一想法，莱特的一个邻居建议他去读一读 1969 年出版的《城市动力学》，作者是麻省理工教授杰伊·赖特·弗雷斯特。在书中，作者主张电脑模拟器会比人类更理性并有条理地做出城市规划，因为电脑不会被一些直觉上的偏见所蒙蔽。在他的下一本书《世界动力学》中，弗雷斯特直接在书中提出了他对可以经营整个地球的模拟器的构想。

其实，电脑模拟器这种东西在 20 世纪 50 年代就已经出现了。早先是一些军事规划师、气象学家和经济预测员开始利用特定场景和动态的程序模型，并使用它们来预测结果。其中一个早期并非常著名的生物模拟器叫作《生命游戏》，是由一位名为约翰·霍顿·康威的数学家于 1970 年创造的。这个模拟生物生死循环过程的游戏，本是基于"细胞自动机"的原理：游戏中，程序员会将简单的规则分配给分离开的单位或者细胞。你可以在二维的方块网格上玩这个游戏，黑色方块就代表活的细胞，变成白色就表示这个细胞已经死亡，每一个细胞的状态和反应都取决于它周围的细胞是活是死。

基本规则如下：（1）任何一个周围少于两个活细胞"邻居"的活细胞都会孤寂而死；（2）任何一个周围多于3个活细胞"邻居"的活细胞会因拥挤过度而死亡；（3）任何一个周围活细胞数量在2~3个的活细胞会继续存活；（4）任何一个周围有3个活细胞"邻居"的死细胞会复活。康威这么设计游戏的目的就是让大家意识到，在算数的基础上，细胞结构的模拟能够有多么简单。那么同理，算数也同样可以从简单的角度出发，成功地模拟一些纷繁复杂的，并且极其容易出现意外的仿生系统。

最终，莱特研究出了一种把康威和弗雷斯特的理论二合一的办法——模拟城市的动态。为了使城市蓬勃发展，玩家必须担起适当操控和调整超过100个游戏中的变量的重任，其中比较显著的变量有：交通运输网、电力网、医院和学校。玩家每做一个决定，都会产生一连串的链式效应——比如犯罪率的提高会直接降低城市人口的数量，随之侵蚀税收基数，最终迫于财力限制，玩家必须减掉一些基础服务设施：比如扣掉部分医疗基金。

莱特先是做出了这个游戏模版，并为布罗德邦德公司开发了这款游戏。但公司似乎从这个不分输赢的游戏中看不出什么营销潜力，所以最终把所有权还给了莱特，莱特也再次踏上了寻找"金主"的旅程。

一天晚上，在阿拉米达的一个比萨派对上，莱特遇到了杰夫·布劳恩——一位正在寻找电子游戏项目的年轻商人。布劳恩说："莱特给我展示了他的游戏，并说：'就因为它没有胜负之分，就没人喜欢它。'但我觉得这个游戏很棒，因为我预见到了一批客户——他们的灵魂十分狂妄，充满统治世界的欲望。"于是二人开始了合作，并创立了明讯公司，于1989年将《模拟城市》正式发行。（布罗德邦德最终以分销商身份加入了企业，到了那时，莱特已经加入了可以让玩家用一些灾难来毁灭城市的功能，比如火山爆发、地震、陨石撞地球，甚至还有外星人突袭。）

《模拟城市》并不是那种一鸣惊人的产品，但是通过经年累月的积累，17年后，这个游戏已经为公司赚了2.3亿美元。在那时，第一批因玩这个游戏而对城市建设感兴趣的玩家中已有相当一部分成为建筑师和设计师。这一现象也使得《模拟城市》成为城市设计理论创造的最具影响力的成品。

1986年，莱特和琼斯生下了一个女儿，取名叫卡塞蒂。琼斯为了不让孩子影响自己的画画生涯，特意和莱特达成协议：平等分担照顾和教育孩子的责任。"他的确没有食言，"琼斯跟我说道，"他和卡塞蒂相处得非常好，他花了很多时间陪伴卡塞蒂。"在与女儿相处的过程中，莱特的脑海中又浮现出了一个新的游戏灵感：一个适合大人玩的互动性娃娃屋。"接下来我就在家里观察所有的家具和物品，并问自己：房子为什么会有这么多乱七八糟的零碎？我到底有什么需求，什么理由让这么多东西囤积在这里……应该是有理由的吧。"

1991年的一个早上，莱特在他奥克兰山的房子中醒来，并感觉家里有烟味，于是他就拨打了紧急电话。过了半个小时，烟味更重了。"我心里就想着：糟了，照这样下去我们可能就真有麻烦了。"所以莱特和妻子就决定撤离（卡塞蒂在朋友家玩）。他们慌忙地随手抓了几张家庭合照，一起开着琼斯的车便逃离此地。等到3天之后，他们返回了奥克兰山的住处，前几日的山火已经把整个地方烧得片甲不留，他们看到的只有一片废墟和他们另一辆车的几片融化的金属残骸。在接下来的几个月里，莱特都在为了重置家具而四处奔波，并开始思考平时生活中需要用到的东西。"我真的很讨厌逛街，"他说，"但我现在没别的选择，必须到处挑选家用物品，从牙膏、餐具、袜子一直到衣橱、床、洗衣机。"

在这个过程中，有三部文学作品帮助莱特勾勒出了新游戏的蓝图。第一部是《模式的语言》——一本克里斯托弗·亚历山大与他在伯克利大学环境结构中心的同事共同创作的书。书中给读者展示了253种永不过时的家居建造方法，并用图案和模式对它们进行了分类："楼梯椅""儿童王国"，等等——它们是如何给人们提供一个舒适的居住环境的。整本书的理念就是，居民的生活幸福指数直接影响了这个居住空间的价值。第二部是心理学家亚伯拉罕·马斯洛于1943年发表的一篇论文《人类动机理论》。在这篇文章中，马斯洛描述了一个金字塔图形，并利用它将人类的各种需求进行了等级划分。在图中，"生理需求"在最底层，然后从下至上依次是"安全感""爱""自尊"，处于最顶端的是"自我实现"。第三部的灵感来源是查尔斯·汉普顿·特纳所作的《心智地图》，其中作者把超过50个关于大脑运作方式的理论进行了对比。通过阅读这三部作品并把它们整合一处，莱特做出了一个可以根据娃娃屋中人们的状态、受欢迎度、成功度、玩家为他们打造的起居环境质量等指标来评估他们的幸福感的模型——房子越舒适，人们就越开心。莱特跟我说道："我不认为任何一个人类心理学理论是客观正确的，《模拟人生》最终只是一些在游戏里有用的东西。"

从专业技术角度上来看，莱特在《模拟人生》中取得非凡成就的原因是，他设计了一种新型的"面向对象"操作系统，可以逼真地模拟社会动态的复杂性。《孢子》团队中一位研发员克里斯·赫克曾跟我解释道："在莱特的游戏里，角色本身已经被设定成了可以与周围环境进行互动的模式。在这种情况下，如果你在《模拟人生》游戏的线上商店里买了一个咖啡机装载到游戏里，你不需要做任何的改动或者控制，人物就可以自动学会做咖啡。你所要做的唯一事情就是把物件放置到环境当中，其他事情也就顺理成章地完成了。照我们的话讲，角色自己创造了'动词'。"

原版《模拟人生》中的人类有8种基本动机或需求：饥饿、卫生、排泄、舒适、能量、社交、娱乐及居所——所有这些需求都会随着人物周围事物和环境的改变而改变。游戏中人物的生活目的就是要追求幸福，但他们的幸福取决于社交和消费，但消费需要钱财。举例来说，《模拟人生2》中最便宜的床要花300"模拟币"，可以给你的人物带来1点舒适度和2点能量；但一个3000"模拟币"的床每次就可以增加7点舒适度和6点能量。莱特说他想让这个游戏成为消费主义的写照，因为"如果你就坐在电脑前建造一个大别墅，里面还必须装一大堆乱七八糟的东西，在不作弊的情况下，你会意识到：这些本该给你节省时间的东西，最后倒是耗了你大把的精力"。

莱特还说，在所有的资深《模拟人生》玩家中，没有几个是正儿八经循规蹈矩地从头玩到现在的——因为想要在游戏中提高生活质量，就必须要花好几个小时重复地做一些乏味的工作。大部分的玩家都会用网上一些程序员做出来的"作弊码"（破解码）——说白了就是一串你可以输入游戏里的密码，让你不受某些规则的限制。比如说，你要是在《模拟人生2》中输入"motherlode"，就可以直接获得5万模拟币。但在这个游戏中，利用"作弊码"并不会让你有作弊的感觉，因为《模拟人生》并不像个游戏——它会让你感觉是在培育花园，或者是在修补房子。然而这恰恰也正是这款游戏的成功之处：它让你把干活当成了一种乐趣。我前段时间问我 14 岁的侄女为什么喜欢玩《模拟人生》，她告诉我：" 你有一个需要去学校的人物，一个需要去单位上班的人物，他们的孩子前天晚上哭了一夜，现在心情还不好，房子也是一团糟——你看，这就有一堆事情等着他们去做呢！"

当莱特带着他的想法提交给明讯董事会时，杰夫·布劳恩说：" 董事会看了一眼这个游戏并问道：' 这是什么玩意？他难道是想做一个互动性的娃娃屋？这家伙疯了吧……' " 娃娃屋是女孩子家的东西，而女孩子又不玩电子游戏。正因如此，公司也没有在财力和人力上给予莱特太大的支持——直到 1997 年，当艺电公司收购了明讯，这个新老板才对这个游戏提起了兴趣（莱特仅靠他在公司中的股份就获得了 1700 万美元的资金）。在所有艺电公司出品的游戏中，莱特的游戏是那么的与众不同、鹤立鸡群，让人难以将 " 莱特出品 " 和 " 艺电出品 " 联想成同一个公司的游戏产物。早年《模拟城市》的巨大成功已经为莱特的整个 " 模拟游戏 " 系列打下了非常强大的口碑，而当时已经成立 15 年的艺电公司，正成为宝洁式的品牌管理公司，也预见到了建立 " 模拟游戏 " 经营权之后会带来的无限前途。2000 年，《模拟人生》正式发行，首次亮相就立刻成为热门，销量一路飙升到成为有史以来卖得最好的 PC 游戏。自此，艺电公司就将这款游戏授权给许多其他的游戏平台，还定期发放包含新内容的《模拟人生》" 扩展包 "，如 " 美好生活 "" 欢乐派对 "" 燃情约会 "，等等（但莱特并没有参与扩展包的设计和研发）。到目前为止，艺电公司靠《模拟人生》的经营权就已经赚取了超过 10 亿美元的利润，他们在这条路上唯一的败笔就是《模拟人生线上版》——一款 2002 年上市的线上多人游戏，但那些经常玩线上多人游戏的玩家对这并不感兴趣,那个群体还是更喜欢《魔兽世界》或者《江湖》。

《模拟人生》将一大批新客户——女生,带到了电子游戏的领域。而这一结果完全在莱特的意料之内,因为早在游戏的研发阶段,团队里就有40%的女性。除此之外,他还请自己年仅14岁的女儿卡塞蒂为模型做修改。莱特跟我说过:"我小时候从来没玩过娃娃。现在想起来,娃娃要比火车更有社交意义——因为它关乎房子里的人,是卡塞蒂让我意识到了这一点。她和她的朋友们将游戏玩成了创意,而不是一味地追寻某个目标,这一特点给了我很大启发。"关于《模拟人生》的规则,有一条让卡塞蒂惊愕至极,甚至可以说是伤心欲绝——如果人物没有正确处理壁炉,就会引发火灾,房子就会因此被烧毁,人物也可能因此丧命。是莱特把这一规则加进去的。

《模拟人生》的成功还得到了一个意外的结果,那就是莱特似乎成功地把已经延续上千年的儿童成长经历——玩娃娃的触感,转换成了一种虚拟体验。但同时,《模拟人生》所取得的巨大成功也意味着如今的孩子们也不需要亲自动手做模型、做娃娃——那是莱特孩提时代最宝贵的经历,也是启发他研发这款游戏的灵感源泉。

一天晚上,莱特带我来到了奥克兰山火灾事件之后他和琼斯的新住处。他开着一辆两开门的黑色宝马,还装着豪华的雷达探测器——但奇怪的是,车子从里到外都脏乱不堪。原来莱特从来不洗车,理由就是他想让自己的车看起来像一艘《星球大战》里被撞坏了的星际飞船。莱特把车子停在了车库,把我领进了一个通往房子的一个短小的走廊——这个简单的小走廊的四壁还挂着各种奇形怪状的机械加工钢。莱特解释说,这些都是当年他参加一个叫作《机器人大战》的角斗机器人比赛时剩下的下脚料。《机器人大战》是一个工程师之间的比赛，主要是看谁能够造出杀伤力最大的、最有毁灭性的机器人车。这些"凶神恶煞"的机器们会一对一地在一个有机玻璃盒里面进行决斗，可以高速撞向对方，通过把对方打得底朝天来彻底毁灭机芯——这个联赛就像书呆子版的斗鸡一样。其中莱特有一个机器车，是女儿帮助他设计的，名叫小猫泡芙。这个名字呆萌的机器车和对手（其他机械车的名字都是什么"剔骨魔""死亡机器"之类的）的作战方式相对来说很简单：将一块纱布粘在对手的电枢上，然后自己绕着对手转圈，直到对面的机器车被纱布缠到无法动弹为止。这种战术使"小猫泡芙"一路下来所向披靡，以至于主办方最后不得不禁止了这种缠绕干扰战术。

　　莱特的新房子是错层式，坐落在奥林达镇的一个小山顶上，从窗户望下去就可以一览恶魔山的全景。屋里，琼斯的画作挂满了墙壁，她的画作颜色鲜艳且充满着生物主义抽象的风格；花园中，还摆着她做的雕塑，都是就地取材，利用一些随处可见的金属打造出的建筑风物品。尽管琼斯的作品很多，但莱特的东西还是占用了房子的大部分空间——首先横在一楼前门不远处的就是一个 20 世纪 70 年代的联盟 23 号飞船控制台，是他从前国务院官员手中买下来的；楼上还罗列着他收藏的所有稀有昆虫标本。我去的时候卡塞蒂已经离家上大学了，但家里还展示着她做的异想天开的拼贴画，上面有很多兔子和电源插座的涂鸦。除此之外，我还看见了她画的一本漫画，叫作《非亚洲女孩的冒险》。在客厅的门廊上，放着一大块雪花石膏，莱特正在用手工工具将其雕刻成光滑的布朗库西形状——这是琼斯为了让丈夫表现出自己艺术的一面而出的点子。从门廊地上的石粉和满到快要溢出的烟灰缸就不难看出，莱特最近花了不少时间磨石头。

3 游戏大师

　　抛去这一家三口的零七八碎，房子里的书籍更是插架万轴。其中有一些书被莱特看作"里程碑"——给他一个又一个伟大游戏的设计灵感的作品。"我研发的大多数游戏都是从书中找到的创意，"他告诉我。例如，模仿地球生态系统的游戏《模拟地球》的创意，是基于詹姆斯·洛夫洛克的盖娅假设；还有蚁群模拟器《模拟蚂蚁》的点子，是源自爱德华·威尔逊的《蚂蚁的世界》。在所有游戏中，有一个与众不同，它的初始构想并不是源于书籍，那就是《孢子》——它是德雷克公式和纪录片《十的次方》的结合。前者是莱特曾在办公室电脑上给我展示过的——1961年射电天文学家弗兰克·德雷克设计的公式，是用来估算银河系中可能存在有能力与我们通信的生物的星球数量（根据德雷克的计算，大概有一万个）；后者，则是查尔斯·伊姆斯和雷·伊姆斯两兄弟于1977年制作的纪录短片：开场映入观众眼帘的，是一名躺在芝加哥公园草地上的男子，随后又连续放出了同情景的一系列照片，每一张都比前一张的拍摄距离远大约10倍——视野无限缩小，直到最后观众看到了范围为10^{24}米的宇宙边缘。然后视野猛地回到了起始照片并向和刚刚相反的方向发展，逐渐放大到男人的皮肤，最后一直到微观世界的极端：10^{-16}米——质子内部的空间。

　　"我非常喜欢《十的次方》，"莱特说，"我一直是伊姆斯兄弟的忠实粉丝。同时，我对德雷克方程式的条件也很感兴趣。在我刚开始研发《孢子》的时候，就在利用德雷克公式来设计玩法框架，然后在设计的过程中我发现，德雷克方程中的术语竟完美地映射了《十的次方》影片中的图片比例，所以我把这两者混搭在一起，加进了我的游戏中。"

　　相比将他自己的想法融入一个连贯的哲学理论，莱特还是更喜欢单纯地研发游戏。比如说，如果你玩《模拟人生》有一段时间了，你就可以逐渐意识到它与现实生活情况不符的所有方面（2004年上市的《模拟人生2》在上一版的设计基础上又多了一些完善，比如每个人物除了有8个基本需求，又多了4个不同的愿望）——因为这款游戏即便做到极致，也只能和它基于的社会理论一样现实，而这些理论也不是根据客观的科学法则，而是纯属为了娱乐而编纂出来的。《模拟人生》并没有在真正意义上模拟人类社交动态，它最多只是为你提供了一个模型，以便让你探索自己对家庭运作方式的构想（就像女孩子玩娃娃屋一样）。莱特不是一个有远见的人，就像他不是靠世界观创作一样，他只是将自己的想法和创意，根据模拟的技术参数和游戏逻辑裁剪成合适的样子。无论这是一款跨星际大战，还是模拟气象变换的游戏，模拟器只会根据其自身的逻辑进行运作。莱特可以算得上是游戏界最伟大的创作者了，但在很大程度上，他已经放弃了自己作品的署名权。

　　琼斯回家的时候带了一些墨西哥菜外卖，我们就在客厅里拿着饭盒吃了。琼斯说话细声细语的，有些忧郁，但她在家里却似乎有无形的权威。我问她有没有玩过她丈夫的游戏，她摇摇头说，"不，我不玩游戏，对那种东西不太感兴趣，"她笑着说，随后又补充道，"我们的女儿小卡曾经说过：'我们已经亲身经历了游戏的制造过程，就不需要再玩了。'我知道莱特可能因为我不玩他的游戏有些沮丧，因为我看得出来，他研发的那些游戏对很多人都有着非常深远的意义。就拿那些网友写的《模拟人生》线上日记来说吧，我的天哪，我都不知道他们是在躲避生活还是在学习生活。至于我呢，我不想通过玩一个游戏来了解自己是谁。"几个月后，我听说莱特和琼斯好像在考虑分手，然后莱特就搬走了，我记得琼斯是这么跟

3 游戏大师

我说的。

随后我就问莱特,是不是又在着手研发一个新游戏,他说,并没有——这是他职业生涯中第一次没有在研发新东西。莱特最近在忙着搜集一个苏联航天项目的资料,并打算以这个题材做一个纪录片。他还说,自己正在认真考虑回归拉力赛车生涯,要参加11月的Baja 1000越野赛——一个横跨沙漠的车赛(但他后来又改变主意了)。现如今他请了一个好莱坞的经纪人,还与ABC电视台签下开发协议,开了一场真人秀,来探索了我们与家中科技产品之间的关系。但至少那天晚上,他看起来没有对以上任何一件事特别关注。因为《孢子》的上市已经近在眼前了,莱特似乎有些迷茫。

2006年5月,我参加了在洛杉矶市中心举行的一个游戏界的大型贸易博览会——电子娱乐展览会,别名E3。里面有超过两万人出席,包括游戏开发者、营销商、分销商、买家、媒体等。博览会并没有对莱特会将游戏完全准备好上市这件事抱太大希望,所以他们改成只是给会议代表机会观看莱特展示游戏,地点设在艺电公司巨大展览馆旁边的一个小棚子里,取名叫"孢子营帐"。

星期三上午10点,交易大厅正式开启,莱特也在棚子里准备就绪,里面的空间大概可以容纳30个人。不久之后,想进"孢子营帐"参观的人已经排两个小时了,长长的队伍像蛇一样蜿蜒伸展,几乎要横跨整个大厅。莱特在这个博览会的任务就是在这两天里连续不断地循环展示,把游戏在17~20分钟从头玩到尾(据他自己的计算,如果一个人要把这个游戏的每一个功能和方面都玩遍的话,需要79年,所以他设计了一些"作弊"的方法)。

在交易大厅里,巨大的荧幕展示着枪支、汽车、橄榄球员,而且还有穿着莱卡衣服的模拟婴儿——据一个游戏博客声称,这个游戏打造了"更好的乳房立体感,更优质的物理性质以及更个性化的定制"。这个大厅给了我一种大家都在一个巨型电子游戏机里的感觉——一个诺兰·布什内尔 35 年前想象过的地方。

在艺电展览馆里,我加入了一帮玩《战地风云 2412》的队伍,那是一款热门艺电射击游戏的后续。好不容易到我了,但玩的过程中我却一直在不停地流汗,并且还要面对着自己大屏幕上反射出的惊悚面孔——扭曲的五官和那通红得像魔鬼一般的面庞。从艺电展览馆挤出来之后我到了网络部分,试玩了一些不那么暴力的游戏,比如《吉他英雄》——在这款游戏中,设计者巧妙地将控制器变成了可以通过按钮弹奏的吉他,就像卡拉 OK 空中吉他一样。除此之外我还试了试《摇滚歌星!》,那是一款 PlayStation 游戏,它可以通过测量你的音调、吐字和节奏把控来在你唱歌时实时评分(遗憾的是,我选了难度很高的涅槃乐队的 Come as You Are,并且还不自量力地试图用科特·柯本的音调演唱,这让我的表演更是雪上加霜。最后游戏给我的评分是"真糟糕",让我郁闷了一整天)。最后,我看了《末日迷途》的演示——一款以蒂姆·拉海和杰里·B.詹金斯所作的同名热门系列小说为原型的一个基督徒主题游戏。玩家会在游戏中扮演一位走在后启示录的曼加坦街道上的基督徒,目标就是在审判日降临之前说服并转变尽可能多的非信徒。你可以通过寻找一些经文碎片得到技能升级,祈祷会提高你的精神等级——这些状态都是通过屏幕上方的一个滑块显示。但是,有时你会因迫不得已而杀死一些有攻击性的非信徒,且可以因此获得一些合适的武器。行使这些暴力行为会降低你的精神等级,但玩家仍可以通过按祈祷键将它再次升上来。

威尔·莱特的大名并没有对交易发生明显的影响——他的沙盒

美学风格在由旧金山的林登实验室创建的《第二人生》等在线虚拟社区中更为引人注目，而且这些社区使用的操作系统和《模拟人生》线上版差不多。《第二人生》玩家可以在一个与《模拟城市》相似的社区购买空间并将其用于广告和交易，这个虚拟世界用的都是一些线上的虚拟金钱，但交易完成后可以兑换成真实货币。一些有理想、有抱负的音乐家就可以在台上表演的同时把他们的音乐通过广播节目传上网络。《第二人生》似乎是莱特模拟游戏的一个非常合乎逻辑的衍生物，严格来说它算不上一个游戏，当我跟莱特说起《第二人生》的时候，他告诉我："我认为你以后会在《第二人生》平台上看到人们在逐渐开发游戏——一开始有人会在平台上邀请你踢两脚足球，之后的一切就会向更大的方向发展。"

现在，莱特在小棚子里的处境和他在游戏行业里的有点儿相似：既像统治者一样引人注目，满手权柄；却又像阶下囚一样被无形地禁锢着。在走近棚子的时候，我还隐约期待着布什内尔在棚子门口站着，向那些想参观这个"呆子"的人们收每张25美分的门票。高台上的莱特快要被人群淹没了，他坐在观众席前一排电脑的后面，控制器上的几抹彩光反射到他的眼镜上，游戏被打在了一个巨大的荧幕上。我到达的时候，他已经把《孢子》连续不断地展示了整整5个小时了，虽说艺电那边的管理员给他从星巴克带来了他最喜欢的摩卡星冰乐，但莱特还是连吃午饭或者抽根烟的时间都没有。

我找了个位置坐下来。往上一看，天花板上有几个小洞，后面放了一盏打光灯来模拟星空，其他玩家设计的生物模型还被挂在小棚子的四壁当装饰品。灯光暗了下来，一个生物在水滴里诞生了。"好，那我们现在就开始了。我要尽可能在这里生存下去……哎呀，刚刚那个东西想吃了我。"整个游戏下来，莱特都在用第一人称给游戏作旁白，看起来还挺享受的。利用生物编辑器，他造出了一个半爬虫类、半禽类的生物，身上长了4个细长带钩爪的四肢和黄紫相间的条纹——长得既可爱又凶狠。"好啦，我现在要在生存的同时捕食——哎呀，我得远离那个生物……唉，不对不是这么走——现在的生活环境很残酷呀。"然后他的角色成功地吃掉了另外一个生物的卵。"现在我吃饱了，是时候交配繁殖了。"于是他用电脑锁定了一个自动生成的配偶，生物就在烟雾缭绕的情况下开始交配，游戏还放着舒缓的爵士背景音乐。"这是程序自动产生的交配。"莱特说道，发出了几声戏谑的笑声。

莱特在接下来的游戏中快速地晋级，随着他的生物获得了房屋、工具、武器、车辆，并打造了城镇，生物在以超快的速度进化。莱特在旁边解释生物的冒险的过程中，还不忘告诉观众：在逐渐升入更高级别的过程中，玩家也在体验电子游戏的历史进程——从吃豆人类的电玩城二维游戏，宫本茂的《超级马里奥》，一直到第一人视角的立体射击游戏。在部落级别，你就像在玩彼得·莫力纽兹风格的上帝游戏，在星球级别，你会感觉自己在玩席德·梅尔的《文明》。最终，莱特到达了星际神的终极状态，掌控着自由出入各种世界的大权。"现在我们要去这个地方，你可以通过滑块识别出这个星球有高级智慧生物。哦，这好像是一个卫星，这边这个气态巨行星的卫星上面有外星文明，我可以在这里做很多不同的事情——我可以用外交手段！我……对了我其实可以试试烟花，嗯，他们很喜欢。唉，现在他们正在开始把我当成神来崇拜，那我就试试把一个外星人拿起来吧。"一束像UFO一样的光从莱特的宇宙飞船上打了下来，并把其中一个外星人吸了上去，其他人就开始朝飞船射击。"哎呀，他们好像生气了。"

在演示进行到一定程度的时候,《孢子》所象征的一个疯狂的野心已经暴露无遗:莱特在模拟生命本身无限的可能。这个模拟游戏的理念介于达尔文主义和智慧设计论之间,它开拓了一个新的概念领域——莱特已经得出了生命算法。哲学家丹尼尔·C. 丹尼特在《达尔文的危险思想》中写道:"这,就是达尔文想法的危险之处:算法级别是最能够解释羚羊的速度、鹰的翅膀、兰花的形状、物种的多样,等等,很多其他大自然的未解之谜的级别。但问题是,这些一直以来困惑人们的谜团难道真的仅仅是一系列以概率为基础的算术流程的结果吗?"早年那几位研发出《太空战争》的麻省理工黑客曾怀揣的梦想,在电脑上再造生命的梦想,在40年之后看到了成真的曙光——而这束光就在此时此刻的小棚子里,化成了一个细胳膊细腿的,满身条纹的,还有点儿像莱特的小东西。

在莱特拜访完那个星球之后,他把视野拉远,屏幕上展现出了一整个星系的世界——有些是电脑自动生成的,有些是其他到达神明级别的玩家创造的。"这里面放着任何一个玩家一辈子都拜访不完的世界。"莱特说道。正当观众们在感叹可能性空间的浩瀚无垠之际,莱特的飞船开始放大,直到屏幕前出现了一个星际沙盒,沙盒正在寻找一个没有生物居住的星球来占领——就像童年时期的莱特和他父亲憧憬的那样。

——写于 2006 年

 # 孩子的游戏

　　1913 年，有一位名叫查尔斯·帕乔的石匠，看见自己孩子玩铅笔和空线轴之后灵感迸发，亲手打造了一款玩具——并把它取名为"万能工匠"。1916 年，约翰·劳埃德·赖特（那个著名设计师弗兰克❶的儿子）发明了"林肯原木"玩具，灵感来自他父亲设计的东京帝国饭店中的防震"浮动悬臂结构"。第二次世界大战期间，有个叫理查德·詹姆斯的机械工程师正在研究轮船的悬挂系统——突然，一个扭力弹簧从他桌子上滚了下去，还在地上翻了个个，理查德看着弹簧扭动的样子突然感觉很有趣，于是他的妻子贝蒂就翻阅字典，最后给这个玩具起了个名字：机灵鬼。1982 年，NASA 的核工程师朗尼·约翰逊正在家里修理高压泵，一不留神一股水流就从漏缝里涌了出来，像喷泉一样直射到对面的墙上。自此，全球就卖出了超过两亿的热水火龙发射器。

---

　　❶ 译者注：这里是指弗兰克·劳埃德·赖特（Frank Lloyd Wright，1867 年 6 月 8 日—1959 年 4 月 9 日），美国最伟大的建筑师之一，在世界上享有盛誉。

4 孩子的游戏

17年前，查克·霍伯曼还是个做动力学雕塑的艺术家，已经拿下了库伯联盟学院的艺术学位和哥伦比亚大学的机械工程学位。他的妻子卡洛琳也是一位艺术家，他们住在位于运河街尾的一栋破旧的无电梯公寓楼的第七层，外面还立着一个牌子，上面写着——"先生，请您不要在门上撒尿。这真的非常不卫生。"查克对变形物很感兴趣：一些不改变其自身形状却能自由改变大小尺寸的机械物体。"我曾经痴迷于把一件物体弄消失这个想法，"他跟我说，"但并不是魔术的那种障眼法，而是这个物体可以自由变形——通过自身来改变自身。"他试图去想象一个剪刀铰链（就是那种老式电梯门上可以伸缩的菱形活零件），但这回铰链是三维形状的——这样一来它的结构就可以扩张为圆弧状或球状。这样一个奇妙结构的几何形态是什么样子的呢？每天清晨，在他要去工程公司上班之前，查克都会坐在他的"书房"里（其实就是在床和书桌之间挂了一张床单），把一张张纸折成三角形、五边形和各种多面体……他就这样年复一年日复一日地研究了好几年，还是没有任何进展。

霍伯曼夫妇❶是一对佛教徒，1987年春日里的一天，二人前往哈德逊山谷农场上的一间静休所，他们的老师就住在那里。"我正在听一位伟大的西藏喇嘛传授心灵的哲学，主张一砖一瓦地逐渐砌成正确的意识观，"查克回忆道，"每一点有详细的介绍，而且还是分别从好几种不同的佛教思想流派的角度进行的考量，然后综合得出结论，再转至下一个点。我当时本该静心冥想，但我走神儿了——那是一个多么美丽的春日啊，房间里也是十分温暖。突然我的脑子'咔嗒'一声，我似乎看到了我多年来这份执着的答案：我看到了

---

❶ 编辑注：霍伯曼夫妇，指查克·霍伯曼和卡洛琳·霍伯曼。

一个联动装置——在太空中不停移动的连环碎片。我可以看出两个、三个、多个链接是如何互相衔接,如何一起组成一整个可变形的装置。"

查克给这个主意申请了一个专利,并给它起了一个专业的名字:双曲桁架结构。查克视他发明的结构体为一件艺术品,但与此同时他也想让人们看到它实用、能赚钱的一面——实用性是查克派美学最重要的组成部分之一。他还和NASA兰利研究中心的结构概念部主任马丁·米库拉斯进行过多次交谈,米库拉斯本人也在研发他自己的太空旅行项目。除此之外,查克还找了一个帐篷工匠帮他做一个不需要竿子支撑的帐篷;一个行李箱工厂老板帮他做省空间的可折叠行李箱和后备厢;还有一个医用设备生产商来给他生产一些无创手术仪器。所有这些跟查克谈过话的人都确信他发明出了有价值的东西——但没有人知道那到底是什么。

查克·霍伯曼的发明灵感源自安东尼·詹蒂尔,他与他的孪生兄弟约翰是艾布拉姆斯詹蒂尔娱乐公司的合伙人,该公司是专门为大型制造商提供玩具和经纪人创意的。大部分独立发明家都需要玩具经纪人来联系企业和生产商。像孩之宝和美泰这样加在一起能占上全业界200亿美元年度国内销售额35%的玩具商巨头,根本不会去考虑招揽个人生意。

詹蒂尔兄弟曾在《时代周刊》的专利栏中看过查克的发明,并立即邀请他来办公室见面。二人的办公室位于百老汇莱格兹·迪亚蒙发廊对面,西五十四街上。"约翰和安东尼这两位是典型的热情的纽约都市人,语速也特别快,"查克回忆道,"兄弟俩长得一模一样,他们二人一左一右坐在我身旁的时候,我感觉是在听环绕立体音响一样。"

4 孩子的游戏

"我们和查克见面时,他已经把自己的目标放眼外太空了,"安东尼跟我说道,"你知道查克性格的,他是个大思想家,曾经还说过要自己造太空站之类的话。我们听了之后立刻就说:'这主意听起来真不错,但是查克,要不你考虑一下这个——一个小到可以塞进口袋的折叠玩具屋!'"

詹蒂尔兄弟决定聘用查克来研究那个玩具屋,顺便再做几个其他玩具。后来果不其然,二人想要的玩具屋研究出了模型,詹蒂尔兄弟就立即找到美泰,希望可以得到一个授权协议。"美泰简直爱疯了这个玩具,"安东尼说道,"除了它的报价——大概是 50 美元。而且我跟你讲哦,这玩具界生意的命门就是价格。"在最近的几年里,随着玩具在"玩耍时光"的霸主地位渐渐受到电子游戏的挑战,玩具生产商就开始越来越注重成本和价格——超过 65% 的美国玩具售价都是在 20 美元以内。"我能让一个没有牵线的木偶跳起来——奇迹!但唯独实现不了这 19.95 美元的价格。"安东尼叹道。

查克在詹蒂尔兄弟的公司干了两年,其间一直在创造新的玩具,但一个都没卖出去。他的合同到期之后,查克就打算再次回去当自己的艺术家。一天,有一位现代艺术博物馆的策展人邀请查克为近期的展览会创造一个作品,查克就着手做了一个像虹膜一样,可以从中心打开的圆顶。此外,他还为泽西城自由科学中心做了那个两层高的巨型变形球——游客们至今还能在刚进正门的地方看到它。这些项目并没有给查克带来多大的财富,但却赢得了很高的艺术信誉——那也正是他想要的。

卡洛琳却有一个不同的憧憬。"我经常去玩具展览会参观,认识了很多人,我发现玩具世界非常有趣。"她告诉我。于是,她说服了查克去做出一个玩具球。最后查克做出的成品看起来并不像是

天才闪光

个玩具：一个随着体积扩大而变形的物体，从开始长得像海胆一样的团，因铰链的慢慢扩张变成了由许多细小支撑杆组成的球体。在变形的过程中，每一个铰链都在展开的同时旋转，这样每个铰链与其他所有铰链的位置关系就不会改变。小支杆都被组装成了彼此相交的一系列三角形和五边形，一个个交点形成了短程线型球体，形状非常像查克的灵感人物——巴克敏斯特·福勒所描述过的图形。

卡洛琳找到了可以做玩具球的一家新泽西工厂，随后两口子一起筹齐了生产材料的费用，卡洛琳还设计了玩具的包装盒。他们把玩具取名为霍伯曼球，每个球体由400多个亚克力零件组成，而且需要查克和卡洛琳手动组装在一起。霍伯曼夫妇在日后将这个球带到了各大玩具展览会，有纽约的、旧金山的，甚至还去了纽伦堡——霍伯曼球并没有得到很多零售商的赏识，倒是很多玩具制造商给出的建议十分中肯，令夫妇二人受益匪浅。值得一提的是西雅图"地球空间"国际公司创始人丹尼斯·宾克利，他建议霍伯曼夫妇，从资金角度考虑，这款产品应该在中国生产。"他还说，我们玩具的包装丑爆了。"卡洛琳大笑着说。

1995年5月，卡洛琳陪同宾克利再次访问中国。"那边的工厂问我们：'你们想做成一个拼插玩具吗？'"卡洛琳回忆道，"我们答道：'不，我想不是。'然后他们说：'那我们能用聚丙烯做材料吗？'我们就说：'行啊。'"到了年底——一个轻便，聚丙烯制，无须手动拼插，直径30英寸[1]的霍伯曼球样品就从大洋彼岸运到了卡洛琳手中。随后，霍伯曼夫妇还在1997年发行了一款直径12英寸的霍伯曼球，而且几乎所有的库存都被当时的高端玩具连锁店——

---

[1] 编辑注：英寸是英美制长度单位。1英寸≈2.54厘米。

4 孩子的游戏

知识之店一扫而空。

霍伯曼夫妇命运的重大转机终于在1998年8月16日到来了。华盛顿特区铸造联合卫理公会的沃尔特·小什罗普郡牧师,在一次关于大爆炸理论的布道中,使用了一个霍布曼球作为视觉辅助。比尔和希拉里·克林顿二人当时也坐在观众席,总统先生要在次日早晨就莫妮卡·莱温斯基案在大陪审团面前作证。布道会结束之后,希拉里·克林顿上前询问牧师这个神奇玩具的来头,因为她正在给比尔找一个合适的生日礼物。牧师欣然交出了霍伯曼球,希拉里还没出教堂就把这个新鲜玩意递给了总统。门外,记者们熙熙攘攘地挤成一团,大声地询问关于莫妮卡·莱温斯基的问题,而当晚看新闻的所有群众都看到,总统无视媒体,像个孩子一样笑着端详霍伯曼球,慢慢地打开,合上,再打开……

"我们俩当时根本不知道怎么回事,因为我们的女儿8月11日刚降生,所以一家人都没对外界新闻做任何关注。"查克说道,"等到我们后来拿起手机查信息时,看到所有人都联系我们说:'祝贺啊,你们出名了!'"

到了2003年,霍伯曼球已经遍布了全国的每一个角落——从科技馆礼品店到沃尔玛和玩具反斗城。霍伯曼夫妇还在曼哈顿下城的一个高顶阁楼开了一家霍伯曼设计室,雇了20来个人,仅仅一年就做了价值1000万美元的生意。随着霍伯曼球的销量接近500万个,这款产品的"经典玩具"地位似乎已经唾手可得,即将成为21世纪的"机灵鬼",而且是近年来少数可以风靡多年的玩具之一。

这本可以是这个故事的结尾,一个幸福、快乐的结局——或多或少像"机灵鬼"的发明者理查德和贝蒂的一样(理查德最后放弃了产业和家庭,加入了一个玻利维亚的宗教组织,因此贝蒂接管了公司。她将"机灵鬼"工厂挪到了位于宾夕法尼亚州的詹姆斯的故乡霍利迪斯堡，在那里它仍是全城最大的雇主。在霍利迪斯堡，"机灵鬼"一步一步地变成了如今世界闻名的经典玩具。到了2000年，86岁的贝蒂·詹姆斯的姓名被加入了玩具界的名人堂）。

玩具业自第二次世界大战已经发生了变化，詹姆斯一家和霍伯曼一家经历的差异可用来衡量这一变化。玩具制造商首要目的就是制造能够吸引家长的玩具。早在1913年发行的金属拼插玩具"建造模型"和1935年的"大富翁"其实都是让家长相信了，他们的孩子只要玩了这个玩具，就可以成为建筑师和银行家。但在"二战"结束后的那段日子里，玩具制造商们开始生产仅仅对玩具的真正主人——孩子们——有吸引力的产品。而且一般孩子们喜欢的，大人似乎都极力反对——这也是"二战"后玩具的真正诱人之处。像1966年的"拳击机器人大战"（当时的广告标语："你把我的脑袋打飞了"让我学会了怎么吓弟弟）就是1995年"黏黏的路易"的前身（"把他的鼻孔挖到脑子爆炸为止"）；还有1934年的秀兰·邓波儿娃娃、1951年的金妮娃娃（这些娃娃幼稚的外表会激起与它们互动的孩子的母性心理，可以为姑娘们日后当妈妈做准备）也都给芭比娃娃铺下了成功的道路。这些娃娃在某种层面上，并不是孩子的宝宝，而是一个榜样，一个每位女孩都想拥有的形象。

约翰·布鲁斯特是一位专业的玩具历史学家，他曾在作品中描写过20世纪早期的玩具制造商："他们似乎在营销一种新的社会道德标准——一种强调勤奋、正直和个人努力的价值。"玩，本是孩子们的工作；而积木块和娃娃，则是孩子变成大人的工具。但到了70年代中期，玩具的初衷发生了翻天覆地的变化——它们给孩子铺的路所引向的终点，是一个永久的童年。塔夫茨大学儿童发展专业的教授，兼经典书籍《匆忙成长的孩子》的作者大卫·埃尔金德曾告诉过我："许多玩具都大不如前，已经达不到社交的目的了。如今的玩具已经沦为了普通商品——重要的只有营销。"

玩具设计与玩具营销的进化标志着历史上第一次12岁以下的儿童被明确赋予"消费者"的定位。玩具界给其他各种消费品的商家上了一节课：儿童是一个潜力无穷的高利润市场，而那种"理想年龄营销手段"（销售成熟感的魅力）也可以被运用在芭比娃娃和衣服之外的领域：快餐、美妆、电子产品。与此同时，随着时尚潮流对玩具界的市场方向影响越来越大，"经典玩具"和"不朽的童年回忆"这些概念也就随之消失了（甚至从1903年就开始生产著名绘儿乐蜡笔的宾尼公司和史密斯公司，都被迫重整旗鼓，推出新奇的"痒痒粉"色和"芝士通心粉"色）。对于现代玩具制造商来说，创造经典玩具更是远远不如推出一款可以定期更新颜色、样式、型号和周边商品的玩具。"零售商衡量你的标准就是：你家公司的玩具能在我的店里占地儿越多，你就越厉害。"安东尼·詹蒂尔告诉我说，"当顾客想要买芭比娃娃的时候，他想看到的场景是一堵壮观无比的粉色商品砌成的墙。"因为查克发明的是一款不需要定期改造的永恒性的玩具，查克只能让自己发明的玩具在零售店里偏安一隅。

在推出第一版玩具球后，霍伯曼夫妇又研发出了一整套全新的产品线：有12英寸版、夜光版，还有54英寸超大版。与此同时，他们还把专利的定义和概念延伸到了其他玩具上，其中受到影响的有翻翻乐（一个旋转时会变色的球体），还有长大机器人（一个可以变成机器人形状的可变形结构）。到目前为止，在这些查克研发出来的新概念中，知名度都远远不及经典的霍伯曼球，但霍伯曼夫妇还是对他们即将到来的度假季新品充满信心——音波球。

  2003年2月，在纽约贾维茨会议中心的美国国际玩具展览会上，霍伯曼夫妇首次将这款新玩具搬上了台面。为了能够一睹新玩具的真容，我还专门前往展览会去参观，加入了游逛在几百个货摊之间的发明家、生产商、批发商、包装商、零售商和各类记者的队伍。漫步在这开阔空间中的一行行小道上，我不禁感叹当今玩具之无所不及（唱歌、跳舞、教学、运动这些功能都应有尽有）——但与此同时，却又在这些琳琅满目的花哨商品中，找不到一个我想买回家给儿子玩的。玩具想要脱颖而出，就必须是两个常常相互矛盾的东西结合在一起：它们必须玩起来有意思，但当它们坐在商店货架上的时候，也必须看起来很有意思（业界内管这叫"可玩性"）——而这一点就会导致最后做出来的产品仅仅拥有华而不实的外表和抓人眼球的特质。在展览会上，能吸引到我注意力的也不过是我自己儿时玩过的玩具。（玩具商家已经学会去调节家长们的胃口，为了能够激起成年人的怀旧情感并将它们自己儿时的玩具体验复制在自己的孩子们身上，市场会每20年一循环地把收音机上的老歌之类的东西再次搬上货架。而这次我看到的一些复古潮流商品有草莓娃娃、忍者神龟、小马宝莉——这些都是20世纪80年代的标志性潮流。）

  至于为什么现代种类齐全、技术成熟的玩具并没有它们谦卑朴素的先辈出名——有一个原因：科技本身。20年前，电子产品一经问世，就被克莱科公司前董事长阿诺德·格林伯格誉为"自塑料以来最伟大的发明"。到了2003年，美国玩具制造商生产的玩具中首次有超过半数内置了电子芯片。但现如今我们可以发现，几乎在真正的好玩具里找不到现代科技的身影，虽说这新一代的玩具被宣传为"互动性强",但事实上它们在这一方面远远没有老一代玩具做得好。米切尔·雷斯尼克是一位麻省理工学院媒体实验室学习研究教授,现正在研究科技与玩具。雷斯尼克告诉我:"对于科技玩具,我想问一个问题:它们是在把'玩'这个概念传授给孩子们呢,还是在把'玩'传授给自己?"这些高科技玩具的设计非常复杂成熟,已经达到了自娱自乐的高度——那还要孩子干什么呢?

我在贾维茨会议中心的中间层一个写着"霍伯曼设计室"的大横幅下发现了霍伯曼夫妇,旁边的货摊还传来了钢鼓的敲击声。这个背景音乐本应该是怪诞风趣的,但放在如此空旷的场地,效果就显得格外渺小冷清——查克告诉我那烦人的音乐已经快把大家逼疯了。"但是这位鼓手签的是一整天的合同,所以我们也没法叫他停下。"他补充道。

查克身穿一套绿色的西装,一件橙色衬衣,戴一副金属丝眼镜;他是高瘦型,皮肤很白,留着剪短的红发。那天查克一直在宽敞的霍伯曼展区不停地走动,会见各类到访的人们,迈着他那标志性的大步——但他招呼人的热情态度似乎很勉强,不像我在其他玩具商人身上看到的那种天生的花言巧语。查克在公共场合上常常略显拘束(尤其当他自己是以"发明家"的身份出场的时候),而站在丈夫身边的卡洛琳却和其他人交谈得其乐融融。"我喜欢干销售,"她跟我说,"但是查克不喜欢,他太害羞了。我倒是十分喜欢和其他人聊天,听听他们的见解和想法,蛮有意思的。"

查克·霍伯曼,47岁,负责设计和产品研发方面;卡洛琳·霍伯曼,51岁,负责销售和保护公司的知识产权。对查克来说,最大的挑战是如何在不违背自己的艺术准则的前提下,在玩具行业获得成功。他解释道:"作为艺术家,我认为作品是个人与观众之间的对话;但作为一个发明家,我又十分享受专利对我单独一人的认可。所以在工作室刚刚创立的时候,我认为营销就是统计学的滥用——他们把人口分门别类,但我们都知道,一个人是不能被分类的。"在时间充裕的时候,查克还会继续寻找能够把他的设计用在艺术和建筑方面的机会——2002年在盐湖城举行的冬季奥林匹克中使用的机械窗帘就是查克先生设计的。

查克恨透了一个在玩具界中无处不在的概念——典型群众。毕竟,查克的公司与其他基于营销技巧的商家不同,他的产业是奠基于自己闭目冥想时划过脑海的神秘暗示。"我不想知道人们喜欢霍伯曼球的具体原因,"查克告诉我,"因为我喜欢,所以他们也喜欢。这就够了。"

2002年发生的一件事情,彻底颠覆了查克的思想。那年,霍伯曼夫妇向世界展示了"探索穹顶"——一个由印有关于星球和恐龙趣味知识的手工折纸覆盖的半球体。"我们就简单地说了一句:'如果我们建造,他们就回来。'"查克回忆道,"现在回想起来,我们好像都被群众催眠了。"霍伯曼夫妇的同行们十分欣赏这巧夺天工的穹体,但孩子们却不买账,再加上29.99美元的价格对大多数家长来说实在太高了。"探索穹顶"的销量"触雷",霍伯曼夫妇手里留下的只有几千份卖不出去的存货。

继穹顶事件之后,查克又得到了一个启示。"我突然意识到,是时候玩真的了。"他说道。于是,公司立刻在营销文案上宣布2003年,就是"球体年",而且查克本人的形象也被纳入了公司招牌(产品包装上印着他那戴着眼镜的红脑袋)。霍伯曼夫妇也开始调查一些典型群众——逐个走访纽约市的各大私立公立学校,并询问那里的孩子们喜好的玩具类型。很多孩子都说他们想要一个有音乐、有闪光灯的游戏——一个有"互动性"的玩具——所以音波球诞生了。

和很多其他参加玩具展的参展商一样，霍伯曼夫妇也雇了一个模仿小孩子玩产品的演员，以向大众展示这款玩具的好玩之处（真正的未成年人是不允许进入展览会的）。一个女人正在摆弄着音波球——随着球体的左右转动，中间的橙色塑料音箱就会发出各种不同的乐器声和嗓音；而当球体被伸展压缩时，声音的音调和节奏就会发生改变。"所以我现在自己一个人在卧室里，就能当 DJ 了！"那个女玩家边玩边说道。

音波球从其他的玩具制造商那里得到了一致好评。神经学会主席布鲁克·阿伯克朗比也来到了霍伯曼夫妇的摊位参观。"这种将动态转化为声音的方式简直绝了！"她说，但查克并不确定自己手中的这个产品是不是金子。"这个玩具跟我当时发明的球完全不一样，"他说道，"当时我只是在发明一个自己喜欢的玩具，最后孩子们也碰巧喜欢；现在我是在投其所好，想要直接地得到孩子们的认可——这是两个完全相对的立场。"

到了 6 月，霍伯曼夫妇再次来到了贾维茨会议中心，参加国际授权展览会。与铺张浪费、华而不实的玩具展不同，授权展会上没有实物——这是一场文字、言语和品牌的交易。已授权类玩具（大部分都属于影视作品和音乐界）曾经只是玩具界的很小一部分，后来它的地位稳步提升，如今已经占据了国内玩具销售额的 30% 以上。电影联合玩具的光景已经大不如前，主要因为孩之宝上次为新版星球大战生产的手办撞了南墙；但许多电视节目的联名玩具（如海绵宝宝公仔）反而开始崛起（2002 年，仅仅海绵宝宝一个品牌就生产了差不多价值 5 亿美元的授权产品）。

天才闪光

当一堆玩具制造商在讨论一个玩具是否会成为金牌商品时，都会用到"可玩性"一词。电影《黑衣人》的上映掀起了一大波授权热潮，但它并没有很高的"可玩性"，因为所有的角色都只局限于一种颜色的服装。同样的道理，大红大紫的《哈利·波特》系列也没有被证实为有很高的可玩性——也许是因为孩子们对书比对玩具更感兴趣吧。

在他玩具制造生涯的起始阶段，年轻的查克从没有考虑获取授权的想法——玩具制造商给娱乐公司缴费，以换取使用它们角色肖像权的权利（大多数情况下，被授权者都要给授权者保证最低费用，无论玩具是否能够热卖）。一个授权玩具并不需要有多么让人眼前一亮，因为它的吸引力并不在于它的功能，而是它背后的象征——霍伯曼球体的理念则与这种产品完全对立。此外，授权玩具还有另一个缺点，它们剥夺了孩子们最有趣的游戏玩法：故事创造。一个简单的卡纸包装盒在孩子的想象力面前就可以变成一个秘密城堡，但要玩一个基于荧幕角色或者童话故事的玩具并不需要太多想象力。授权，就是玩具版的垃圾食品——你需要做的唯一事情就是消化。

不过，同他对待典型群众的态度一样，查克对授权产品的看法也在渐渐改变。"我感觉这是美国最独具特色的一点，"他在国际授权展览会上谈到品牌特色的时候说道，"最近关于《古墓丽影》象征着一部分全球经济的说法，也十分具有21世纪的风格。"在尼克儿童频道展区的海绵宝宝提基小屋，查克戴上了3D眼镜看完了一整集的动画片，并和尼克的工作人员探讨要不要做一款以这块黄色海绵为原型的霍伯曼产品，如果赶在2004年《海绵宝宝》大电影上映时同时间上市的话，有没有营销价值。

4 孩子的游戏

今日的查克还是在和一个授权交易僵持不下——"说真的,这有什么意义呢?"他无精打采地对我说。但在一旁的卡洛琳的看法却十分开明:"你知道吗?我们得往大处想,"她说,"有时我会想象一个霍伯乐园。世界上有了乐高乐园,为什么不能有霍伯乐园呢?"

转眼间又到了玩具热卖季,若是今年的玩具季和往年记忆中的相同,那我们就会看到买玩具的家长在玩具反斗城门外排开了蜿蜒曲折的队,为了在上千款上市的产品中,买到唯一一个每位孩子必须拥有的"必备玩具"。必备玩具这个概念是将玩具当作时尚配饰营销的典范——今年的必备玩具会是在沃尔玛售价为 39.88 美元,费雪出品,可以教孩子读写能力、礼仪品德的凯西幼儿机器人(家长们一般会愿意在能够分担他们父母教育责任的玩具上多花些钱),还是来自 Homies 系列的 P-Rico 毛绒娃娃呢?或者,会不会是来自霍伯曼设计室的音波球?

2002 年没有必备玩具,前一年也没有——最近的一个官方"必玩"是 1998 年颁布的菲比精灵,一个长得像猫科动物的机器毛绒玩具。一些业界分析师,比如《伯纳德的零售趋势报告》作者库尔特·巴纳德,将这一现象看作玩具和电子游戏博弈中玩具渐渐失势的证据——最近几年的"必玩"已经不见玩具的身影,反倒变成了 PS2 和 Xbox。"玩具界需要弄明白的是,到底怎样才能把玩具做得跟电子游戏一样吸引人,"巴纳德告诉我,"若他们做不到,那问题可就大了。"但另外一位业界观察者,被誉为"玩具人"的独立玩具分析家克里斯托弗·伯恩将"必玩"地位下降的形势看作是消费者对待玩具越来越理性的征兆。"家长们觉醒了——他们意识到自己拼了老命抢来的玩具其实并没有想象中的那么物有所值。"他跟我说道,"有个无可否认的事实摆在我们面前:在那 4400 万个卖出去的菲比精灵中,有几个不是孩子们玩两下就放下的?"

音波球已经占满了全国沃尔玛和玩具反斗城的货架,与此同时,霍伯曼夫妇也在每周例行数据统计。"实际销量并不惊人,但整体的趋势很乐观,"查克说,"目前看来一切是顺利的。"出乎我意料的是,查克还跟我说他想要争取到海绵宝宝的授权。"哎呀,我知道我在出卖自己之前的信念,"他在看到我扬起的眉头后笑着解释道,"但海绵宝宝好的地方就是他可以肆意改变自己的形态,这一点完美契合了我对玩具的审美。"过了一会儿,他又继续说:"我们正在商榷几个创意,其中一个是做一款正在爆炸的海绵宝宝头,或者把原本的形象替换成一个菠萝脑袋。"

我从未见过查克用如此自信的语气讲话。我本来在想:这个在不断改变中一直追寻他一生兴趣的男人,终究还是把自己改变了——从艺术家变成了玩具制造者。但我错了。在我们谈话后不久,查克又放弃了那个海绵宝宝的构想。"那个海绵宝宝玩具可能会给我们带来一笔财富,但终究不是我们想追求的,"他解释道,"我必须坚信——在世界的某一处一直都有一群人,一群在沃尔玛和玩具反斗城逛街的普通人,当他们的指尖触及这些塑料连杆,这些体现了自然结构下几何形状的塑料连杆时,心中也会和我一样,充满着感叹和遐想——不管它上面到底安没安海绵宝宝、蜘蛛侠的脑袋。仅仅为了一个可能卖出去的商品而制造一件一次性的玩具,这毫无意义可言。我们要做的还不止这些。"

——写于 2003 年

 未雨绸缪的"种子库"

圣彼得堡❶下起了冰冷的毛毛细雨,灰暗的晨光从礼堂肮脏的窗户透进了室内——那是位于圣以撒广场的瓦维洛夫植物工业研究所,世界上最古老、最富传奇色彩的种子库之一。在研究所的某个房间里,一位身着罩衫的女人坐在一张桌子旁,手里拿着一个棕色的小包,里面的豌豆种子散在她面前的桌子上。即便门前有两人经过,正在挑种子的她也没有抬头看一眼,只是自顾自地工作,嘴唇微微地颤动,似乎正沉浸在自己的思绪或祈祷中。

卡里·福勒约好了和瓦维洛夫研究所的所长尼古拉·迪祖本科见面,想要和他探讨研究所的种子问题。福勒是个美国人,是世界种子库的管理者——这个职位的定义可能略显敷衍,但却十分重要。作为全球作物多样性信托基金会执行理事,福勒为挪威斯瓦尔巴群岛的

---

❶ 编辑注:圣彼得堡,俄罗斯第二大城市,列宁格勒州首府。1703年建城堡,称"圣彼得堡"或"彼得堡";1914年改名为"彼得格勒";1924年改名为"列宁格勒";1991年恢复原名"圣彼得堡"。

全球种子库提供资金，福勒身上肩负了一种"诺亚的使命"——他需要收集全球超过两百万种食用植物的种子（既有我们熟悉的种植农作物，也有许多它们野生的亲戚），以便创造第一个全球种子库。

在我们的认知中，那种天大的灾难一般都会以原子弹、小行星撞地球，或者海啸的形式闯入人类的生活中，但如果一种大祸降临人间，导致全球最普遍的一种稻谷批量性死亡，那么作为人类与世界饥荒之间的屏障，也就只有福勒和他身边的种子库专家了。从如今美国活跃的一系列农作物病害中任取一样——侵蚀大豆的锈菌、土豆的晚疫病（和爱尔兰土豆荒属于同一病因，会让土豆变黑、腐烂）、以玉米为食的西豆角虫，都足以发酵成一场毁灭性的全国性饥荒。若有朝一日此事的确成为现实，作为唯一补救方法的遗传抗性，可能存在于种子库里一个不知名的植物品种当中。

瓦维洛夫研究所，是人们为了保存种子而做出的所有伟大牺牲的丰碑。1941年至1942年冬天，当希特勒的军队包围了列宁格勒，切断一切食物和补给时，在那里工作的科学家们拼尽全力保护了储存在研究所里的种子——这些种子相当于几吨的营养食品，但他们不让饱受饥饿之苦的俄罗斯人吃。到了夜晚，成千上万只猖獗的老鼠就会侵入实验室，那里的工作人员就整夜地拿着铁棒守卫贮藏在里面的种子。在冬天的时候，某些品种的土豆需要重新播种，研究所的工作人员就在列宁格勒前线附近开出了一小块土地——最后，研究所的大部分库存都穿过冷冻的拉多加湖，被运到了一个位于乌拉尔山的隐秘之处。其间，花生专家A. G. 舒金和水稻专家D. S. 伊万诺夫双双被饿死在研究所里——身边还散落着数千包的种子。

当年在瓦维洛夫研究所发生的事情在每个种子库工作者的心中都引起神话般的共鸣。福勒带着敬意环视四周，穿过阴暗的大厅。

5 未雨绸缪的"种子库"

他的个人英雄之一就是尼古拉·瓦维洛夫,一位俄罗斯著名的生物学家和植物育种者,同时也是全世界第一位想到全球种子库这个创意的人。对于福勒来说,到这里来管理研究所的种子寄送,以保证2008年2月斯瓦尔巴群岛的仓库可以如期运营,从某种意义上来说,他就完成了瓦维洛夫开始的使命。而瓦维洛夫本人从相关记载之前就一直在坚持保存种子的传统。

据科学家推测,人类的农耕文化历史可以追溯到公元前8000年,最早的遗址是在美索不达米亚半干旱山区——考古学家在那片区域发掘到了燧石镰刀和磨石,这也就证明了第一批农夫是靠割野谷子填饱肚子的。随着时间的推移,他们又找到了更好的替代,比如小麦和大麦。除了美索不达米亚,植物也被世界其他地区的文明大批种植,而且几乎可以肯定是独立种植。在东南亚地区,人类农业是在公元前6500年,从水稻的种植起步的;在中美洲,玉米和南瓜是在公元前8000年到公元前5000年开始的人工种植。在以下的例子中,在谷物种植的同时,豆类也自然而然地被带了进来:地中海有小扁豆和小麦,南美洲有大豆和玉米,亚洲有大豆和水稻。有了两种食物混搭着吃,早期人类身体中的蛋白质和脂肪得到了很好的均衡。在现如今世界上已知的25万个植物种类中,只有200种是有明确食物用途的,且世界上绝大部分食物都只来自大约20种庄稼,总共属于8个植物家族。我们今天几乎所有的农业植物都是早在文明历史之前就被人类种植了的,这一结果无疑衡量出了早期农民的种植技能。

起初,早期的农民们想必已经意识到了种粮食"用七分留三分"的道理,这样可以保证第二年的收成无忧(在伊拉克的贾尔莫,考古学家发现了可追溯至公元前6750年的种子贮存物),可以说，农业部落自古以来最重要、影响最深远的举动就是存种子了。存起来的种子得保护起来，既不能让动物（昆虫和哺乳动物都算）瞧见吃了，也不能让风霜折腾坏了。早期的贮存方法还是有一些的，比如把烟灰和种子包起来，再放在篮子里一起埋进土中；或者把种子密封在土坯结构中，并保存在高架茅草屋中。如果整个部落要搬迁，那他们的种子也会随行。

从生物学角度上讲，种子是一棵植物的胚芽，胚芽的周围还有一层胚乳，是用来存储胚芽营养的。胚乳周围是种皮，种皮会一直保护胚芽，直到其水分和热敏性素告诉它，是时候发芽了。如果各项条件适宜，种子可以存活很多年，但不是永远。在19世纪90年代，当古埃及法老的陵墓首次被考古学家挖掘出来后，一些小商贩就试图推广所谓的古埃及小麦种子，还说种子休息的时间那么长，成活率肯定特别高。但目前为止，没有任何证据证明这些种子能发芽。

此外，种子也可以算是植物的腿。风和水，还有很多动物（如鸟、熊、狐狸等）都有助于种子的传播，但科学研究显示，人类才是最长距离的传播者。1493年，哥伦布第二次登上了新大陆的土地，他带来了"旧大陆"独有的一些植物种子——如小麦、洋葱、柑橘、蜜瓜、萝卜、橄榄、葡萄和甘蔗；同样，他离开时也从新大陆捎走了一些新种子——如玉米、土豆、番茄、辣椒、南瓜、菠萝和红薯。在殖民时期，随着人工种植的农作物被带到更远的地方，用来在世界其他地区建立农业经济体系，世界的生态边界也被重新划定了。伦敦郊外的基尤皇家植物园是大不列颠植物帝国的总部，从那里，管理人员将区域植物站的植物收集者的工作从牙买加协调到了斐济。在1979年出版的经典书籍《科学与殖民扩张》中，作者露西尔·布罗克韦向读者们解释：经济作物的种子大多来自严重缺乏劳动力的拉丁美洲,然后它们被种植在劳动力充足的亚洲。金鸡纳树皮(又名奎宁)的原材料金鸡纳树,也是英国人从安第斯山脉运到印度种植的,最后因其能有效治疗疟疾,英国人也得以殖民非洲。除此之外,英国人还从巴西那边得到了橡胶(巴西就是橡胶的原产地),并在东南亚创立了橡胶工业帝国,且在20世纪20年代反抢了巴西的许多橡胶生意。甘蔗,本原产于印度,也渐渐向西传播,如今成为西印度群岛种植园的主要植物。同理,源自埃塞俄比亚的咖啡也被阿拉伯人种植并引入印度,最后由荷兰人在爪哇种植。现如今绝大部分长在拉丁美洲的咖啡树都可以将自己的血脉追溯到来自爪哇的同一棵树——一棵1706年被带到阿姆斯特丹植物园的咖啡树。

在见迪祖本科之前,福勒在一名研究所的员工的带领下参观了几个老房间。那位员工很高很瘦,留着长长的胡子。福勒看到的大部分展品都有关于瓦维洛夫的生平——瓦维洛夫生于1887年,是一位莫斯科富商的儿子。瓦维洛夫接受植物育种教育时,恰逢奥地利修道士格雷戈尔·孟德尔的著作被重新发现,孟德尔在1884年就去世了,但是人们后来才发现他生前被认为不值一提的豌豆培育实验竟在生物学领域具有极其重要的影响。孟德尔的实验创立了遗传的基本规则,在所有人中,唯独瓦维洛夫具有足够的先见之明,及时意识到了这一成果意味着什么——迄今为止一直被视为一门艺术的植物育种现在已变成了科学。通过子代与母代的杂交和回交,每个品种的优越性就可以被过滤出来——种质高,根茎强韧,有抗冻性。育种者可以从很广的范围中选出想要的生物特性并将所有优点结合,得到一个基因优越的种子。但想要这项技术真正实现并奏效,育种者们必须能够随时轻易得到大批遗传多样性的样本——这就是瓦维洛夫一生心血的投入所在。为了培育出更耐寒、更高产的俄罗斯农作物,瓦维洛夫开始了一系列考察活动:他收集了古人最开始种植的各种小麦、大麦、豌豆、小扁豆和其他品种的农作物(有时还要加上它们的野生亲戚),并将它们重新分类。因为瓦维洛夫坚信,这些野生亲戚虽无人重视,但多年的荒野生存经验一定给它们的血脉里种下了值得俄罗斯农作物借鉴的优秀基因。在接下来的20年里,瓦维洛夫凭一己之力游历了64个国家,收集了超过6万种植物样本;他的团队总共算起来,也收集了25万种样本——成为如今研究所里种子收藏的基础。

大多数人对农作物基因多样性的了解都是来自各种选择——比如姬娜果的甜腻奶油味和澳洲青苹的酸甜口味之间的区别。但事实上,农业多样性要比表面显示出来的复杂得多——它身上镌刻着人类与农作物近一万年的渊源,以及在变幻莫测的生态系统和气候中为粮食生产做过的抗争。农作物的多样性,可谓是大自然赐予人类最珍贵的瑰宝。全球最大的种子公司之一——先锋国际种子公司的研究员史蒂芬·史密斯曾跟我说过:"人类如何在农业中利用基因的多样性无时无刻不决定着我们的食物、健康和经济状况——同时也会间接影响我们的政治安全。"像玉米和土豆那样的农作物曾常常被迫适应遥远地区截然不同的气候;对于农作物来说,这千万年以来的各种气候变幻已经成为它们生命中的家常便饭。所以,种子库在此就显得尤为重要。这些植物血脉中流淌的基因可能就是我们在这逐渐变暖的星球上生存下去的最大希望——这就是种子库(作物多样性的主要存储库)如此重要的原因。

经研究,瓦维洛夫发现农作物的多样性是极其不均地分散于世界各地的。有些地区物种丰富,如小亚细亚半岛盛产小麦、大麦,安第斯山脉盛产土豆;而有些地区则种类单一,如俄罗斯、美国和

5 未雨绸缪的"种子库"

北欧。瓦维洛夫最终在世界地图上圈出了 8 个基因多样性聚集地，它们全部集中在地球中间一带附近——热带〔科学家们猜测这种现象背后的原因是上一个冰河世纪扼杀了北半球的大部分多样性基因，最后只留下了在地中海周围的一小圈（最早是在这里养殖芦笋）和东欧部分区域（大麦和豌豆得以在那里大量繁殖）〕。以之前一位名叫阿方斯·德康多尔的瑞士植物学家的研究成果为基础，瓦维洛夫研究出了一套理论：既然基因的多样性是经过时间的推移而慢慢沉淀出来的，那么亿万种基因多样性的核心也必存在于这些农作物最根本的起源之中。1926 年，瓦维洛夫发表了《栽培植物的起源核心》，他的见解（随后也正好被其他研究人员证实）成为国家对种子拥有主权这一理论的依据。

福勒对于瓦维洛夫生平的很多细节都已了如指掌，但他还是耐心地听完了工作人员的讲解。福勒 6 英尺高，57 岁，长着一头红色的卷发，戴着眼镜——因为从小在田纳西州的孟菲斯镇长大，他彬彬有礼的措辞中带着十分浓厚的南方口音。房间里很冷，福勒也就忘记了脱掉自己的派克大衣，他手里还拿着一个公文包，里面装着许多艺术家为斯瓦尔巴群岛的仓库设计的效果图。那天去拜访时，福勒穿了一件蓝色的西装外套，纽扣衬衫的领子松垮垮地耷拉在脖子周围——他看起来像一个为了班级照而精心打扮过的小男孩。福勒的眼睛非常深邃，他那突出的额头让人有时候辨别不出来它到底是睁着还是闭着。在我们一起离开酒店时，福勒告诉我，他在去研究所之前脸色苍白，感觉自己好像染上了什么流感一样，但他自己明白，就算是天塌下来，他都不会放弃与所长的约会。

除了讨论研究所部分种子的转移事宜，福勒还想问一问关于种子目前的健康状态这一敏感话题，因为作为一个种子库，瓦维洛夫研究所一直在走下坡路。"任何一个我认识的人都不会告诉别人自己知道这里的真实情况,"福勒在启程之前给我的信中写道,"现在最重要的问题就是,所有收藏的种子中,到底还有百分之多少是活着的?很多肯定已经死了,但具体占多少呢?一些特殊品种农作物的专家声称大部分仍然存活至今,但从研究所对种子的保护情况和再生技术来看,损失可能已不计其数。"

尼古拉·迪祖本科现如今工作的地方在广场的南边,就是瓦维洛夫从前的办公室。当我们走近那个房间时,地上的木地板吱吱呀呀地响,声音极其刺耳。迪祖本科鼻子上架着一副粉红色的眼镜,双目神情十分呆板,倒是他座椅正上方的瓦维洛夫画像笑容灿烂、神采奕奕。这间办公室看起来非常豪华,却又透出一股说不出来的俗气——所有陈年的典雅之气都像世俗烟尘一样浮在天花板上,附着于精美的雕花石膏线和水晶大吊灯上。此时的福勒,一边为了在加重的流感症状下遮掩病态而咬紧牙关,一边拿出文件开始为所长讲解斯瓦尔巴群岛全球种子库。

"种子库位于北纬78度,地理位置十分偏远,当地的小镇有很完善的基础设施,"福勒说道,"2月的时候会有一个非常盛大的开业典礼,我们希望在大日子到来之前跟您商榷妥当,将部分种子及时运送到那边。"他说完后旁边一位身材魁梧,穿着印有黄色"澳大利亚"字样的绿色帽衫的男人在旁口译。

迪祖本科的回答是:"严格来说,将这里的种子运到斯瓦尔巴群岛并不难。但因为我们并不是一个私立的研究所,瓦维洛夫在这里的所有藏种是公共财产,所以我们必须跟我们在莫斯科科学院的上级商议,仅仅我们这里是无权做出这种决定的。想得到答复,还需等待一段时间。"我瞥了一眼福勒,想要看看需要等待俄罗斯官

5 未雨绸缪的"种子库"

僚主义这一"拦路虎"是否磨掉了他的锐气,但他只是双唇紧闭,微微地点了点头。

谈话完毕,迪祖本科猛地打开了一扇门,这扇门通向的是另一个房间,里面摆着为了给美国人面子而准备的丰盛菜肴:糕点、水果、冷肉、芝士、果汁,还有伏特加。福勒已经反胃到吃不下任何东西了,但他还是在干杯的时候用嘴唇轻抿了一下伏特加。到了所长安排好的贮藏设备参观时间时,我本以为福勒会婉拒,但他还是硬着头皮挺了下来,而且还去了一趟新建的冷冻室。其中有一个房间十分壮观,里面摆满了装着液氮的不锈钢桶——但后来福勒发现除了一桶,所有的液氮桶上的电子读数都显示着"错误"。

在铜器时代,农业已经正式成为食物的首要来源。对人类来说,已经没有什么灾难会比种子库毁灭、庄稼尽死能对他们的部落造成更大的打击了。但反观现在,这样的天灾似乎已经千年不遇了。2003年3月,在以美国为首的众多国家入侵伊拉克期间,伊拉克国家考古博物馆的抢劫事件受到了全世界的关注,但国家种子库遭到了破坏的事情却无人问津。种子库位于一个叫作阿布格莱布的城市里,其中收藏了许多小麦、扁豆、鹰嘴豆和其他曾经在美索不达米亚生长的农作物的古老种子品种。幸运的是,有几位伊拉克科学家将国家最重要的几种农作物种子包进了纸箱,送往了叙利亚阿勒颇的国际种子库。在那边一间阴冷的储藏室里,这些种子们静静地在异乡等待——等着自己的国家稳定下来后,接它们回家。

阿富汗国的种子库中,珍藏了许多罕见的食物品种,包括杏仁、核桃、葡萄、蜜瓜、樱桃、李子、杏子、梨,且绝大部分都是本地品种。但这一切都在2001年塔利班学生军起义时被破坏,为此喀布尔的科学家采取了额外的保护措施,将国家种子藏在加兹尼和贾拉

天才闪光

拉巴德镇两所房屋的地下室中。起义军被镇压后，科学家们返回地下室时发现此地已被抢掠一空，一包包的种子都被胡乱地撒在了地上。"很明显，他们是冲着装种子的罐子去的。"福勒告诉我。如今眼前这洒满地板、乱七八糟的种子，代表了几十几百个独一无二的农作物品种——那是大自然留给阿富汗的农业遗产。

除了人为破坏，自然灾害也有可能摧毁种子库。2006年，菲律宾的一场台风淹了当地的一个种子库，当时还有报道说有许多种子罐最终漂进了海洋中。1998年，米奇飓风摧毁了洪都拉斯的国家种子库。1971年，尼加拉瓜也因一次地震失去了自己的国家种子库。或者，面对天灾人祸，种子库也只能选择屈服或被无视吧。

世界上共有1400所大大小小的种子库，其中大部分都处在岌岌可危的状态。种子库中，有存放着自己国家所种植的农作物种子的国家农业库，也有由60多个国家共同资助，并交给国际农业研究协商小组联网管理的国际种子库，里面存放的都是一些农作物的特定品种。那些伊拉克科学家把种子送去暂存的地方——阿勒颇种子库，藏有全世界最全的小麦、大麦品种。水稻种子的总部在菲律宾的罗斯巴尼奥斯，玉米种子则大部分藏在墨西哥城。除了农作物，也有专门收藏野花、树木和植物野生品种的种子库，有一些是"异地"的（意思是不专门培植），有一些则是"原地"（指在田地里生长）。新英格兰野花协会在国家整个东北部的"保护区"中用种植的方式保存了许多北美洲本土植物。2000年，英国皇家植物园创建了异地千禧年种子库——这是一个极其雄心壮志的项目（同时也是查尔斯王子非常钟爱的），它的终极目标就是收集到英国本土的所有带种植物的种子。目前，科学界正在为即将灭绝的家养动物品种建造基因库，方法就是将精子和胚胎在-196 ℃的温度下低温保存在液氮中。但是，对于世界上所有的野生动植物，人类目前所做的保护工作还是远远不够。在2007年6月德国的G8峰会上，科学家们曾预测，由于自然栖息地遭到破坏、过度捕捞以及气候变化，全球多达2/3的野生物种将于2100年灭绝——这将会造成一系列农业领域的毁灭性灾难，导致的害虫数量激增和传粉昆虫的丧失仅是对农业造成的毁灭性后果中的两个。

放眼望去，那些经营得有声有色的种子库也不是能和灭绝之灾抗衡的铁打盾牌。绝大部分种子库都只能达到一个短期储存的效用，因为科学家总是要研发出新种子——所以它就如同一个基因图书馆。在过去的30年里，种子库渐渐地被改装成了带有长期存储设施的仓库，用来保存不再在田间种植的品种——如此一来，种子库就从图书馆变成了博物馆、动物园。但是，许多基因库并没有足够的设备和资金来支持所有物种的长期保存。福勒曾跟我说过："我们认为大约有50%的发展中国家所贮藏的特色物种基因处于濒危状态——一半啊，你要是仔细想想还是挺惊人的。记得有一位科学家跟我说过：'与其叫那些仓库种子库，不如说它们是停尸房。'"

自美国历史之初，这片土地上的人们就一直对种子这件事非常投入。最早在美国定居的欧洲人开始所面对的是大片大片的野蛮之地，除了玉米几乎没有几株人类可以利用的农作物。值得一提的是，这种植物是早期印第安人从中美洲携带过来的品种。在所有经济作物中，蓝莓、蔓越莓、啤酒花，还有一种向日葵都是从北美洲起源的，所以我们也不难看出，如果只用那里当地的食材烹饪出一顿正餐，得到的结果会非常单一贫乏，所以，从其他国家进口一些农作物及其种子是必不可少的。托马斯·杰斐逊曾在书中写道："服务一个国家最伟大的方式就是在其文化中添上一种有用的植物。"就连他自己也曾将意大利的水稻种子缝在自己大衣的内衬里,将它们走私到了美国。从另一方面来讲,世界各地的移民不仅为美国带来了文化的多样化,他们也不经意地用自己的帽檐、衣摆将自己国家的种子带到了大洋彼岸,为植物界注入了新鲜的血液。1862年,美国正深陷于水深火热的内战之中,在亚伯拉罕·林肯的督促下,国会在此时设立了国家农业部,目的就是"收集新型并有价值的植物和种子,并将它们发放给美国的农学家们"。一些伟大的植物探索家,像大卫·费尔柴尔德(他是亚历山大·格雷厄姆·贝尔的女婿)和弗兰克·迈耶(迈耶柠檬就是以他的名义命名的)将许多新品种农作物带到了美国,并让它们得以在此繁衍生息,世代繁荣。

1898年,美国农业部成立了外国种子和植物引进办公室,那时的政府每年要向全国农民分发2000多万个种子包。国家所建立的以州为单位的培植站网络让每一个地区都出奇地高产,将各自的潜力发挥到了极致。在20世纪40年代后期,政府建立了专攻当地特定农作物品种的地区种子库:比如爱荷华州艾姆斯镇的一个站负责玉米;负责苹果和葡萄的研究所是在纽约州的日内瓦;威斯康星州的斯特金湾则专门种植土豆。到了20世纪50年代,美国终于建立了属于自己的国家种子库——种子界的诺克斯堡:位于科罗拉多科林斯堡,如今国家植物种子系统(NPGS)的前身。这间仓库贮藏了大概50万种不同的种子——库存中包含国家百姓常吃的农作物,还有一些国际品种的备份——日后,它也成为斯瓦尔巴群岛种子库的基础模型。在这所国家种子库中,最大的主储存库的室内处于-18℃的恒温状态,我手中钢笔的墨水都在我进房间的一刹那冻住了。

福勒给我解释了一些种子库储存种子的基本原则。如果种子是直接从田野中来的,那么它们就会被分类、贴标签、清洁,并风干至水分只剩5%。干燥和低温是储存种子的两个最重要的因素，前者保证种子不会滋生细菌，后者则可以减缓种子的新陈代谢速度。育种者收藏的种子一般会被放在室温或稍低于室温的环境下，这样的种子只能保存几年；基础种子的保存环境是在 $-20\ ℃\sim-10\ ℃$，在这样的条件下，有的种子可以活100多年（像小麦、大麦这样的谷物是存活时间最长的）。

在每一个经营状态良好的仓库中，工作人员需要定期选出几粒种子样本让它们发芽，这样是为了确保种子仍然可用。如果这一批种子的萌芽率降到了一定程度，这批种子就必须再次被撒进田野，生根发芽，长成植物，并为人类提供新的同类种子。"过程其实并不复杂，但需要很多的人力，人力在美国是很大的开销。"福勒说道，"再有，机器不定期地罢工、管理不当、资金短缺、自然灾害、研究所内乱——只要是你能想到的，一切意外都有可能发生。"

福勒最早对农业的兴趣是在他外婆家位于田纳西州麦迪逊300英亩的农场中萌芽的，那时年幼的他每年暑假都会去那里玩。"田里有棉花、玉米、大豆，房子后院中有好多鸡和奶牛优哉游哉地闲逛，那是一个非常传统的农场。"他告诉我，"那时我们会到当地农业站中的实验土地取一些种子来，外婆就会给我们讲解不同的植物种类并择出好用的种子。外婆一直有意让我继承这片农场，因为她经常问我'你将来想不想当农民呀？'我们经常在乡村的土路开车兜风，外婆就会在旁边对沿路的庄稼和土壤进行评论，一一指出它们的优缺点。但作为一个学生的我还是对学校里教的东西更感兴趣些，比如哲学家萨特、自由和决定论，还有个人在社会中的角色这样的事情。我深信自己将来要活跃在政坛上，只是我并不确定具体是哪一个领域。"

在上学期间，福勒和他的父母住在田纳西州的孟菲斯市，爸爸是一位辩护律师，后来还当上了法官。福勒积极参与跟公民权利有关的事务，当年马丁·路德·金进行最后一次演讲的时候，他就在那个教堂的现场。马丁·路德·金第二天就在孟菲斯被杀害了。1971年，当福勒从加拿大的西蒙·弗雷泽大学毕业时，他得到了"出于信仰拒服兵役"的身份。福勒告诉我，"这件事可把我爸爸气坏了，他是当年珍珠港事件第二天入的伍。"在北卡罗来纳州的一家医院当了一年职员后，福勒就计划去瑞典的乌普萨拉大学进修社会学博士，那个地方离首都斯德哥尔摩40英里。

但就在那年，福勒在自己的肚子上发现了一个形状怪异的痣——等到它被活检时，癌细胞已经扩散到他的整个身体。

"'你有人寿保险吗？'当时医生这么问我。"福勒回忆道。

"'没有，'我说。'怎么了？'"

"'你只有6个月可活了。'"

很显然，医生们已经尽力了。他们切除了福勒最初长出黑素瘤的地方，但愈后仍然很差。

"于是我就万念俱灰地回家等死，"福勒说道，"每次我只要感觉到身体里的一点点抽痛，我就会不自主地想：这是不是癌细胞又扩散了，是不是要开始发作了，我是不是要死了？"一年之后，他并没有因此去世，于是福勒觉得不能再这么颓废地活下去了，便回到了他追求博士学位的道路上。听说了这件事，医生们震惊不已，以至于他们把福勒送到纽约的斯隆·凯特林纪念医院，对他的免疫系统再次进行了一次全面的检查。虽然免疫系统在抵抗癌症时似乎效果稍弱，但是癌症开始扩散之后却变得非常有效。

"10年之后，我被诊断为睾丸癌。"福勒跟我说。他经历了一个

5 未雨绸缪的"种子库"

极其痛苦的治疗过程,中间用到将染料注射到脚中,然后靠身体循环让染料通过淋巴系统,这样 X 射线就能显示出癌症扩散了多少。"我一下子像一个圣诞树一样亮起来了,"福勒说,"癌细胞蔓延了我的全身,当时医生并没有告诉我他们从来没见过哪个病人能在这种癌症中幸存下来。"最后,医生选择进行全身放射治疗,甚至,福勒的全身被文成了一张"地图",这样才能指导放射机器的工作路线。福勒再次告诉我:"癌细胞就这么消失了。"

我问癌症对他保存种子的工作造成了什么影响,福勒答道:"第一次,我没能够很从容地应对它——我真的怕了,怕得要死。然而我害怕的原因就是我什么还都没有做,一点儿建设性的贡献都没有给这个世界留下就得离开人世——那才是最可怕的地方。"

在 20 世纪初,农民们渐渐摒弃了保存种子的古老方法。在那时,育种者们发现当两个自交系相互杂交,下一代会爆发出超常的"混血活力",它们会比随机授粉(又称开放授粉)的植物更加强壮;如果两对自交系的植物后代又进行了杂交(又称双杂交),它们后代的生存能力将会更上一层楼。但是,如果这些杂交与双杂交所得的后代重新回到了自然繁殖、开放授粉的环境中,只有一部分后代会显现出过人的生命力。

玉米是所有植物中最容易杂交的:因为它们的雄性花蕊(是用来运载花粉的,长得很像流苏)和雌性花蕊(就是玉米的穗子和长须)隔得非常远。尽管这种方式的劳动强度很大,但如果在田里相邻的列中并排播种两个品种的玉米自交系,并将其中一列的雄蕊去除来保证玉米是从另一列授得的花粉,那么杂交玉米这件事就会相对简单(这种"阉割"玉米的杂交方式为美国中西部上千名青少年提供了暑假兼职工作)。总体而言,美国的农业家在认识到杂交玉

天才闪光

米潜质速度上相对迟缓，但有几位育种者在这一技术上达到了登峰造极的水准。其中有一位育种者叫作亨利·A. 华莱士，他碰巧就是美国第 29 任总统沃伦·G. 哈定的农业部部长亨利·C. 华莱士之子，所以华莱士从小对植物的浓厚兴趣就被国家的高层所熟知。1924 年，他研发出来亨利·A 杂交玉米（随后被他命名为铜十字架）在爱荷华州玉米产量测试的玉米展上获得了金牌。1926 年，华莱士为了售卖自己研发的种子，成立了玉米杂交公司（公司名中的"Hi-Bred"与英文单词杂交"Hybrid"谐音，因此叫杂交公司），日后又更名为先锋杂交玉米公司，以便与其他杂交公司区别开来。

先锋公司并不是史上第一家民营种子企业。早在 19 世纪，就存在一种为了迎合那些不想花时间清理和整理种子的农民的种子交易形式。农民们劳动强度大，只能偶尔腾出时间集中买一次种子，日后自己拿这些种子种地收种，往复循环。等到杂交技术成熟之后，农民们如果想要自己的植物一直保持上文所说的"杂交活力"，那就必须每年从别的地方进新种子种。从商业角度上来看，育种者们真的是中了头彩——一个种子的"生物专利"。先锋公司从这一契机中获利，并最终成为世界上最大的种子公司之一。

在 1933 年，杂交玉米的总种植面积约占美国玉米种植面积的 0.5%，在美国农业部的大力支持与推销下，这一数值到了 1945 年直接飙升到了 90%。在 20 世纪 30 年代经济大萧条情况下，那些本可以自己通过传统开放授粉方式种植玉米并自己生产种子来存储的美国农民们，选择了从玉米公司购买杂交种子，日后得到的丰厚产量也证明了农民们这笔开销是值得的。

为了培育出一种矮到有力气支撑更大、更高产麦穗的小麦品种，美国育种家诺曼·伯劳格选用了一个日本半矮小麦品种（又名诺林

5 未雨绸缪的"种子库"

10号）进行培育，并在盟军占领日本期间育成。1946年，该品种被带到美国。这一研发成果先是在墨西哥，然后是在巴基斯坦、印度，都让当地的农民得到了双倍甚至是四倍的麦子产量。1966年，国际水稻研究所列出了一些被称为IR8的发育不良水稻，它们是印度尼西亚品种和中国品种的杂交水稻，当时在亚洲被广泛地种植。

在福勒与加拿大激进分子帕特·穆尼1993年联合出版的书籍《震裂》中，福勒指出：新型的杂交品种"不仅仅生产了庄稼，同时还有一开始产生它们的农业系统的复制品。二者是成套来到我们面前的，但这个套餐的一部分带来的是传统文化、价值观和世界各个角落的权力关系的巨大变革。"如今，农民不再局限于只种植供给当地的农作物，而是开始种植一些可以出口的庄稼。而且，就像他们之前的美国农民一样，墨西哥、非洲和亚洲的农民也渐渐失去了存储种子的动力。

1973年，福勒开始为一家叫作《面向南方》的杂志工作。"这家公司主要工作目标是改善南方的形象，他们正在研究有关近年家庭农场消失的问题，"他说道，"我对这个话题非常感兴趣，因为我自己就是在这两种截然不同的世界都生活过的人。我的心中有着对农业的满腔热爱，却完全无法将其适用在我真正感兴趣的东西上——政治、法律、社会正义。如今我终于可以把这些碎片拼在一起了。"两年后，他成为弗朗西斯·摩尔·拉佩手下的研究员。拉佩正在撰写《食物第一》。拉佩也是1971年畅销书《一座小行星的饮食》的作者，那本书中传达了一条这样的信息：美国人只要将自己的饮食改为以素食为主，那么就可以显著地帮助世界解决饥荒问题。饥荒有时不仅仅是粮食短缺的结果，还可能是因为农民一直执行的传统且可持续性农业生产系统被国外农业公司塑造的全球出口系统所替代而酿成的大祸。拉佩在纽约的哈德逊河畔黑斯廷斯租了一栋房子，福勒就在那里与她和她的合著者约瑟夫·科林斯共事了一年。

在调研过程中，福勒读到了杰克·哈伦写的关于农作物多样性丧失的文章，其中还包括"灾难的基因"和"我们正在消失的农作物基因资源"。哈伦是伊利诺伊大学的基因学教授，曾有力地论证过现代杂交种子在世界范围内的采用将农民种了几千年的传统品种逼向了绝路。相比之下人工品种是彻头彻尾的农场作物，如果它们离开了人类的栽培，就无法在野外存活。对于植物来说，杂交品种创造出的都是单种栽培，而且因为杂交品种是从纯种而生的，因此这些单种植物中基因范围较窄。这就意味着，仅仅一种疾病就可以让一个国家大部分的植物一夜之间暴毙而亡。在1970年的春天，一种玉米疫病横扫了美国南部的玉米田，到了年底，全国15%的农作物已经死亡，一些南部州甚至失去了一半的玉米。到了1972年，美国国家科学院发布了一份关于主要农作物基因脆弱程度的报告，其中发现美国70%的玉米农作物只有6个品种。

通过"不懈的努力"，植物育种者们的成功之处就是成就他们工作的原物种完全被淘汰了。在美国，20世纪那些曾经琳琅满目的农作物品种到了如今却一个个从农民们的田地中消失了。1983年，一个调查得出如下结论：从1903年开始到现在，所有一应俱全的卷心菜品种数从544骤降到了28；胡萝卜品种数从287降到了21；菜花品种数从158降至9；更甚者就是梨子，它们原本由2683个家庭组成的种族如今只剩下了326个。大多数情况下，那些取代原先天然品种的杂交品种往往都没有以前的好吃，因为它们并非为味道而生，而是为了产量。

5 未雨绸缪的"种子库"

现在的农民们正享受着杂交农作物带来的丰厚果实,想让他们回到从前种天然品种的穷酸日子根本不现实(但是,对工业式单种栽培的强烈反对也激发了人们对"传家宝"种子的兴趣:这一切都始于 1975 年,种子保存和交换组织正式成立,直接引领了区域农民市场的兴起,至少在那里,我们还可以找得到某些传统的天然品种)。对于大部分地方品种来说,避免灭绝的唯一方法就是将其保存在育种者们的异地存储中心处——种子库。但大部分种子库都是短期或中期的保存仓库,即便有像科林斯堡那样的长期储存中心,也时不时会面临资金短缺和人手不足的问题,根本无法成为抵御地方品种大面积绝种的最后防线。

福勒的本科论文聚焦于让·保罗·萨特(Jean-Paul Sartre)的政治中的人类能动性概念上,他想集中讨论的是基因资源保存问题。1977 年,福勒开始与帕特·穆尼共事,后者说服了他在决定粮食政策问题的主要国际场所——位于罗马的联合国粮食与农业组织(the United Nations Food and Agriculture Organization,FAO)开展政治行动。随着 1970 年《美国植物新品种保护法》的通过,他们共同就种子专利问题提出了反对意见。美国联邦最高法院于 1980 年加强了该法,通过了一项补充决定,对新型细菌进行了专利授权,为植物育种者提供了拥有基因资源所有权的宽泛的法律基础。

早在卢瑟·伯班克的时代(卢瑟是一位著名的美国植物育种专家,他和托马斯·爱迪生是同代人,也是朋友),育种者们认为尽管一种新品种植物能使数百万人受益,可授权者只对新颖的机械装置给予知识产权保护,却否认植物发明的知识产权保护,是不公平的。拿大豆来举例吧,它是世界第四大农作物,自花授粉,不易杂交。在《美国植物新品种保护法》之前,想要开发改良大豆品种的育种者不能指望获得多少利润，因为所有农民只需要购买一次种子。但后来保护法的颁布让所有存储已授权专利的种子成为违法行为，种子行业就可以理所当然地在研发上进行更大的投资，因为农民每年必须购买新种子或支付授权费用。

但是，在许多发展中国家来看，美国引领的这次种子专利运动是对他们的一种羞辱。原因就是，北方的工业化国家从南方的天然多样中心帮助自己获取了各类基因，并利用它们创造了农业商机，现在反过头来倒要求南方以专利种子的形式将这些基因再买回来。据杰克·克洛彭堡，一位威斯康星大学的农村社会学教授说，源自中东和拉丁美洲的庄稼占据了全球庄稼产量的66%，来自北美洲与欧洲的庄稼加在一起还不足5%。因此北方犯下了"生物剽窃罪"——这是20世纪80年代兴起的说法。以瓦维洛夫的"多样性中心必须为起源中心"理论为护盾，印度、巴西和伊朗以及其他国家开始在FAO中争取其对这些资源的主权。如果北方要在这些授权种子上宣誓主权，那么南方将是创造这些种子的基因的主人。种子大战一触即发。

到了20世纪80年代中期，一个"基因版欧佩克大会"正在渐渐成型。在中美洲的咖啡种植园里，一种被称为咖啡锈病的病害常年在此叫嚣，育种者们便想返回到咖啡原生地的埃塞俄比亚，并在当地的种子库中找到可以抗这种锈病的品种。但没承想埃塞俄比亚那边竟禁止育种者进入仓库。同样，牙买加政府也拒绝出口任何多香果遗传基因；印度给他们的黑椒和姜黄种子也定下了同样的规矩；伊朗在开心果品种的使用权方面将全世界拒之门外；还有，中国台湾地区对甘蔗下了禁运令。

在1979年的时候，福勒和穆尼就开始参加FAO在罗马举行的年度会议。当时的FAO基本上是由第三世界国家的代表组成的，它创造了一个极富同情心、并对种子作为遗传共享资源的概念表示极度支持的平台，他们认为这是人类共有遗产的一部分，不应该被当作商品贩卖。在1981年的大会上，墨西哥代表团在咨询了福勒和穆尼之后，提出了建立国际种子库的想法：里面将会含有来自各个国家的和国际的种子库，以及由私人种子公司创建的专利种子。北方可以免费使用南方的多样化中心，反过来南方也有权使用北方的专利种子。这个提议一出，立刻受到了很多发展中国家的极力欢迎，并在1983年的会议上成功让国际种子库成为一项法律文件的核心，该文件由全球110多个国家或地区签署。

但该种子库的设立遭到了美国和其他发达国家种子公司的严厉谴责。美国种子贸易协会认为这是对"自由企业和知识产权核心的打击"。种子商们认为，那些获得专利的种子本身就代表了劳动和资本方面的巨大投资，埃塞俄比亚的种子在这些研发工作成功之前并没有什么价值。但福勒坚持认为，即便是原始的地方品种，它们也代表了生活在多样性中心附近的农民一代代人经历的自然选择，这些文化距今已有数千年的历史了。正如他1994年出版的《物竞天择》一书中写道："难道我们真的能说，与早年间第一批认识并保存下来植物抗病特征的农耕社会相比，这些研发出免疫版番茄、小麦或者大米的现代育种者们就这么伟大、高人一等吗？"因此，福勒和穆尼就开始提倡"农民权"，要求建立一种可以承认发展中国家（他们拿种子的地方）的农民所做贡献的金融制度。福勒是这么跟我解释的："我们指出了这一切的不公平之处：在长达一个半世纪的时间里，基因都畅通无阻地在南北方国家之间穿梭。然后等到北方研发成功之后，就突然跳出来说，哦，是这样的，你们现在得

天才闪光

花钱买这些基因——我们从你们那拿走的基因,因为现在我们给它上专利了。"

基因剪接是由斯坦利·科恩和赫伯特·博耶于1973年第一次进行的操作,这一技术让众多种子公司的产品范围扩张到了无限大。当今的植物育种者甚至可以将两个彼此无法天然交配的植物的基因整合在一起。他们能如此操作的原因是,自然界的所有生物都使用相同的 DNA 编码语言,这样一来,育种者们选择基因的范围就不局限于植物界了,细菌甚至鱼类的基因都可以被用来创造新型的转基因生物,这种生物的简称是 GMO。再从另一个角度看,转基因技术也孕育了另外一种种子公司,它的化身是总部位于圣路易斯的农业化学公司孟山都——世界上最大的种子公司。还有其他在行业领先的种子公司,包括拜耳、先正达和陶氏,它们都根源于化学或制药领域,而非种子贸易领域。相比之下,先锋公司是一家种子公司,将基因工程用作改良其产品——种子;孟山都公司是一家化工公司,将种子视为产品——基因的承载工具。孟山都公司没有像先锋公司那样通过杂交渠道生产种子,而是研发已被编辑过的基因特征并给种子公司使用权。孟山都公司出品的 Bt❶ 玉米于 20 世纪 90 年代中期问世,他们在里面掺入了来自土壤细菌的苏云金芽孢杆菌的基因,该基因可以使所有 Bt 作物拥有对一些害虫免疫的能力。到了 2006 年,Bt 玉米已经占据了美国的玉米作物总产量的 40%,用这种玉米以及其他转基因农作物做成的食物也已然登上了几乎每家美国超市的货架,而且也没有被要求挂上特殊标签。但在欧洲和世界的其他国家,转基因食物被广大消费者群体反对,也遭受着更加严苛的

---

❶ 译者注:Bt,即 Bacillus thuringiensis,意为"苏云金芽孢杆菌"。

管制。

种子行业的整合和巩固是从 20 世纪 70 年代开始的，且到了基因工程时代仍在继续：用来种植的供养全世界人民的种子中，有 55% 是通过 10 家国际种子企业卖出的。今日的超级种子之所以能够做成，背后是需要极高的资金支持的：生物技术公司估计，在市场上获得一个新的基因编辑而成的生物性状研究和管控成本高达一亿美元；一颗拥有两到三个"叠加"基因编辑形状的种子（如今最先进的种子科技）可以花费 3 亿美元之多。这些被重新设计的新型种子可以长出更耐旱、更扛热、更高产的果实，能够帮助人类应对气候变化以及人口增长等一系列问题。在保罗·杜邦于 1999 年收购的杂交先锋玉米公司中，3/4 的种子都属于转基因一类，为了提高乙醇产量、耐旱性和对根虫、玉米蛀虫和真菌病的抵抗力，人们正在开发玉米植株。如今很多新的植物品种正被设计用于工业领域，玉米、大豆、向日葵及油菜籽都能用于生产乙醇和生物柴油。大豆也被开发用于生产更高产量的油墨油，生产者们甚至期望这种油有一天能够取代传统的石油基打印油墨油。在美国，玉米产量一直在持续上升，到了 2006 年，美国农民生产了将近 1100 万蒲式耳❶的玉米，每英亩的平均产量达到了 149 蒲式耳。

同时，他们很担心转基因食物的长远影响，这也是为什么有些菜市场禁止转基因食物的出售。很多欧洲人认为，基因工程学是一门新技术，有很多方面尚未完善，会带来意想不到的灾难，例如，从因不被转基因植物需要而渐渐被淘汰的授粉植物，到食用转基因食品引发的意外健康和饮食影响，还有那些可以把转基因单种栽培

---

❶ 译者注：1 蒲式耳≈35.238 升。

一举抹杀的疾病……杰克·克洛彭堡在 2004 年的《种子先来》(*First the Seed*) 一书中写道的："现在,一小撮公司在肆意掌控并使用生物技术这一强大工具。这些公司打着希望使用它们来消灭饥荒、保护环境和治愈疾病的旗号,但实际上只是想尽可能快地利用它们赚钱。"

育种者和种子商们对福勒和穆尼将有关遗传资源的辩论政治化的行为进行了严厉地批判。很多科学家认为,政治在基因保护这块根本无权插手。而且,很少有人希望农业植物的治理方针——1993 年生效的《生物多样性公约》最后还用来引导药用植物贸易。有了这个公约,像巴西这样雨林茂密,吸引了众多生物勘探者寻找新的植物性药物和疗法的国家,终于确立了对其境内基因的主权。在运用到药物生产方面时,这一公约起到了非常合理的作用——因为这一行业的市场十分集中,且范围偏小。但食物这全球性资源可就另当别论了,即使是处在基因多样性中心内的国家,也同样非常依赖进口粮食来养活自己的百姓。一项类似世界农业条约的文书上可能会说:为了利用世界各国的"血统"来研发出多种小麦,其中牵扯的每一个国家都必须两两互相商榷,并签好合约——这根本不是我们敢想的。

在福勒参加的 1981 年 FAO 会议上,一位已过杖朝之年的老先生——世界上最杰出的植物科学家之一奥托·弗兰克尔,在一家罗马餐馆里愤怒地当众谴责了福勒。福勒告诉我:"我当时真的觉得自己是好意,所以当众被一个行业中的领军人物往我身上撒火真的令我怀疑自己是在做什么。"在这场冲突的众多目击者中,有一位就是杰克·哈伦——启发福勒去追求基因资源事业的人。在弗兰克尔离席后,福勒继续说道:"我问哈伦我们是不是做了一件没效率且消极的错事,他告诉我:'我永远都不会这么说你的',后来他又补充道,'可能这5年来会不停地有人反对你,给你起外号,但总有事情好转的一天,再过10年到15年,他们就会承认并采纳你所有的意见和创意,但却是为了将它们据为己有。'最后事情也的确是与他的预测如出一辙。在1983年第三届国际技术会议上,我被归为危险激进分子的行列,但刚到了1996年的第四届大会,我摇身一变,成了管事的。"

1993年,FAO聘请福勒监督"植物遗传资源的交流和可持续利用全球行动计划"的起草——这是迈向全球级种子库的合理运作方案的第一步。《粮食和农业植物遗传资源国际条约》于2001年被联合国通过,并已得到世界上大多数国家的认可,为地球种子库奠定了法律基础。对于福勒来说,这款条约既是成功,又是挫折:一方面,条约在某种程度上承认了"农民权",并建立了给专利种子研发做贡献的基因的补偿系统;另一方面发展中国家为此付出的代价却是放弃了自己对专利种子的反对立场。福勒不再坚守自己对共同遗产的信条,成全了另外一个原则。

至于种子库的具体位置,福勒和他的同事们早已敲定了主意——就在挪威的斯瓦尔巴群岛。虽然从1925年起,斯瓦尔巴群岛就正式属于挪威,但这片土地自古以来就是一处国际公认的无人区。在20世纪80年代初,人们在朗伊尔城附近的煤矿中建立了一家北欧基因库的备份站点,其中贮存了来自冰岛、芬兰、挪威、瑞典和丹麦5个北欧国家的农作物种子。挪威曾经提议将该站点扩建为世界种子库,但因当时种子战正如火如荼,这个想法也不实际。但事到如今,有了条约的保障以及人们对气候变化构成的生态威胁的认识,世界上所有种子的终极备份——末日仓库——的想法进入了罗马和挪威官方的视野。2006年6月,在斯瓦尔巴群岛举行的历史性奠基仪式成为全世界新闻媒体关注的热点。

但现实中的种子库并不是福勒20世纪80年代所构想的那样——一个公共的饭碗,全世界所有的国家都可以从中摄取营养的地方,恰恰相反:每个国家只有拿取自己种子的权限;不仅如此,仓库的构造也与瓦维洛夫当年设想的每种植物的种子都存放得整整齐齐的育种者乌托邦大相径庭。2006年,转基因植物的种植面积相较前一年增加了3000万英亩,将转基因植物的世界总种植面积升至2.52亿英亩,占地球农田总面积的7%。算起来,总共有来自22个不同国家超过2000万的农民在这一年种下了生物技术作物,在如此庞大的数据下,却很少有转基因植物的种子被放进斯瓦尔巴群岛的种子库。因为一方面种子公司对将种子存进仓库一事毫无兴趣,另一方面挪威也严令禁止任何转基因植物迈进他们的国土半步。正如福勒跟我说过的,仓库里的种子"先被里三层外三层地包上,再被封在箱子里,然后放到足有-20℃的深山中有几道铁门把守的气密室里。当然,在北极的极端气候中,即使有种子能'逃'出来,也无法存活。"

随着转基因作物的种植量不断增长,仓库里所存放的种子所能代表的田地里实际播下的种子也就越来越少。这一事态很合理地体现在了农业发源地伊拉克的身上——这一现象紧随当年美军入侵事件而产生。虽说伊拉克的传统植物品种的种子在阿勒颇还有所保留,但当时美国提倡使用美国生产的种子(它们大部分都来自转基因植物),是由美军以"琥珀潮流"行动为名分发的。2004年,联盟临时负责人保罗·布雷默颁布了81号法令,剥夺了伊拉克农民使用自己种子的权利,迫使他们不得不改为向企业购买许可证,每年定期

5 未雨绸缪的"种子库"

领取新种子。

我随福勒到斯瓦尔巴群岛参观传说中的"末日仓库"。我们从奥斯陆飞到了朗伊尔城,约有为数2000的人口定居于此,是地球上提供定期往返航班服务的最北端的目的地,距北极约800英里远。在空中,我看到了高达5000英尺,崎岖不平堆满积雪的山峰冲入云霄——这就是1596年荷兰探险家威廉·巴伦茨在走遍世界之巅的旅途中发现的山脉。在这之后的200年里,斯瓦尔巴群岛成为天下捕鲸人必来的地方,到了18世纪末,这一水域所有的弓头鲸就被捕杀至濒危了。在18世纪到19世纪那段时间里,斯瓦尔巴领土上住着大批来自俄罗斯和挪威的猎人,他们定居在此的最大奖赏就是那些漫游在这些岛屿和周围浮冰上的北极熊身上厚实雪白的"外套"(北极熊在当时的极端处境下勉强存活了下来,但现在正趋向变暖的全球气候又将它们推向了死亡的边缘)。那个时代一些最著名的猎人木屋和设下的陷阱仍零零星星地散布在皑皑白雪之上。

朗伊尔城位于斯瓦尔巴群岛最大的岛屿——斯匹次卑尔根岛上,其名字用荷兰语翻译过来意为"锯齿状的山"。那里的居民住在整洁漂亮、色泽明艳的木质房子中。早在20世纪初,斯瓦尔巴成为煤矿宝地——在这座城市上方的悬崖上,还可以看到当年用来运煤出矿井的古老采矿格架,凸起的框架之间缠着粗大的电缆。如今的斯匹次卑尔根仍有一些还在运营的矿业,但朗伊尔城的主要经济支柱已变成了成千上万的游客,这些游客会在夏季来此处探索欧洲存留不多的天然景色,并在斯匹次卑尔根岛北侧的克罗斯峡湾观赏7月14日的冰川如何逐渐潜入巴伦支海。

斯瓦尔巴群岛的首席环境官鲁内·伯格斯特罗姆将我们带到了

位于朗伊尔城一座山的半山腰上——那里就是种子库的根据地。当我们开车经过小镇边界时,他沿路指出了埋葬在1918年流感中丧生的矿工的墓园。1998年,一些想了解这种病毒的科学家们从那些人尸体中提取了组织样本来研究。我们沿着蜿蜒的小路走上一条陡峭的山脊,上面覆盖着一层细细的干雪——那是一种北极沙。沿路上,我们还看到了两只斯瓦尔巴驯鹿:那是一种奇特的、山羊大小的动物,短小的四肢十分滑稽,有点儿发育不良的样子,鹿角也长得不太美观。

这座种子库建在了从其中一座山的砂岩岩壁打入的隧道中,位于一座放置北欧基因库备份的古老的矿山附近。种子库设计得非常直观:从入口开始,就有一条由钢筋混凝土建成的狭长隧道,隧道的尽头直接将我们引到了3个矩形的大混凝土房间,里面层层叠叠的架子上就存放着种子。围绕竖井入口的是一个高达27英尺的混凝土结构,顶部还嵌着一系列彩色的灯光———看就是艺术家所作。到了11月,随着长达4个月的极夜在斯瓦尔巴群岛上空落下,光线开始闪烁,产生了一道随着北极光照变化的光幕。站在巴伦支海岸,我们可以清晰地看见远远的对岸上那些在浮冰上漫步的北极熊。2月下旬,当太阳重新降临,光幕退去,大地如镜,反射着永不落山的太阳的光芒。

为了更好地体会身处深山的感觉,我们参观了北欧的种子库。当天相对来说还算暖和,有大约 -7 ℃。在一个采矿棚里,我们换上了蓝色背带裤、头盔、头灯和防毒面具,然后跟着一个矿工顺着废弃的矿井攀至地下,小心地跨过了隧道地面上的铁路栈桥。在路上,我们还能时不时地看到石壁上露出的一些未被开采煤矿的黑色缝痕。走到了距矿口约200米的位置时,一扇巨大的木门挡在了我们面前,那扇门已经被长年累月的冰霜封锁得死死的。那位矿工不得不拿出大锤用力敲打，最后才将其打开，露出一扇更小的门——不出所料，还是被冻住的。小门后面是一个装满板条箱的黑色的大铁笼，笼子上的栏杆布满了冰霜，结下的冰晶在我们头灯的照射下熠熠生辉。福勒爬进了大铁笼并打开了其中一个木箱的盖子，里面是用泡沫填充物层层包裹的密封安瓿，上面还刻有磨砂玻璃质感的采集编号。安瓿里面装着的是植物的种子——每种约500粒，算下来有237种。

  回到室外，我就开始思考：如果海平面像某些科学家们所预测的那样涨势凶猛，这里会是一番怎样的景象。"我们这里的海拔只有130米，"福勒说道，他嘴里呼出的白气正在结晶，"如果气候突变到我们可以想象的最坏情况，海拔也不会上涨超过80米，所以这些种子待在这应该是安全的。"但是话说回来，谁又能预测冰川融化之后会发生什么呢？一条北方的天然海道有可能就此常年在亚欧两洲之间通航（就是1596年，威廉·巴伦支想要找寻的航线，但最后被困在了冰川中），斯瓦尔巴则可以取代马耳他长达几个世纪的重要战略地位（当年马耳他是基督教和伊斯兰教两大世界的地理中点）。在这日渐转暖的世界里，种子自己是否还能存活？即便可以，他们进化出的防御系统也远远不够抵抗那些新的病害和虫害。也许，保险库内的一部分种子有一天会成为未来农民疑问的谜底。"仔细想想的话，这些植物其实只是重访故里"，福勒说道，"就拿玉米来说吧，当年哥伦布将它们带到欧洲时，就经历了一次气候变迁，后来玉米传到了非洲，那又是一次生活环境的颠覆。我们必须研究出植物能够适应这些极端变化背后的原因，并将这些性能重组起来。"

天才闪光

　　在远方，我望见了一个古老猎人们的木屋，联想到了 18 世纪被捕鲸者赶尽杀绝的弓头鲸，还有在浮冰上挣扎求生的北极熊。物种灭绝似乎是人类与自然世界之间关系平衡的底线，而庇护所这个概念既相对新颖，又比较脆弱。但群山映衬下的，是福勒那嶙峋又坚毅的脸庞。

——写于 2007 年

我的家谱

为什么作为第一个推翻出身决定论的国家,美国的人民会对自己的祖先如此着迷?据马瑞兹调查问卷显示,1.2亿美国人对自己的家族史有浓厚的兴趣。美国国家家谱学会估计,家族史似乎成为继园艺之后在美国第二受欢迎的业余爱好;与此同时,族谱也是互联网上搜索量第二大的主题(当然,色情位列第一)。FamilySearch.com是由耶稣基督后期圣徒教会经营的数据库,在成立的头两年点击量就超过了50亿次。有许多家族史网站都将丰富的家谱资源与赤裸裸的兜售捆绑在一起。例如,在 www.familyheritageshop.com 上,你完全可以获得自己姓氏的详细历史记录,但必须要花19.95美元购买一份记载在羊皮纸上的"姓氏历史名著卷轴"。随着家庭网站逐渐取代家庭圣经的地位,成为家族历史的标准资料库,家族血脉的控制结构也似乎正从树枝系统演变成了树根系统——像收养关系的家庭、两个妈妈的家庭、精子库爸爸的家庭等,那些特殊且与树枝类型家庭结构毫不相干的旁枝末节,让族谱变得像树根一样毛躁不堪。

谱系学满足了两种通常不相容的人性追求：对自我认知的渴望和对名誉地位的渴望。一方面，家谱学者提出了我们能够反问自己的最深刻的问题：我们从哪里来，又要到哪里去？另一方面，家谱还是世界上最早的社会地位上升渠道。在比古希伯来人编纂家谱以证明自己是"上帝的选民"更久远的时代，人类就已经通过宣示自己祖先的优势来要求地位并继承特权。在英国贵族世袭制上千年的统治下，金字塔顶端的少数人占有了绝大部分的产业和财富，造成这一现象的部分原因是他们坚信：权利是通过血脉继承的。

虽说我们的开国元勋废除了贵族世袭制，但取而代之的则是极为多样化的世袭社团——其中包括早期定居者社团、殖民地社团（革命和保守派都有）、宗教社团和民族社团（全国兰尼米德男爵女子后裔协会，这个协会的成员必须是曾在1215年担任大宪章担保人中的一位或多位男爵的女性直系亲属），一直到福吉谷华盛顿军人后裔协会，应有尽有。在纽约，其许多世袭社团的总部都位于纽约家谱传记协会，那是位于东58街的一幢宏伟的意大利建筑物，保留了许多失传已久的纽约人的古老习俗：在纽约荷兰协会的会议上（会员包括1675年之前在新荷兰定居的男性居民后裔），一个象征着皮草贸易的海狸毛绒吉祥物会被一位护旗手端着，一边在房间里走来走去，一边就会有一名卫兵高呼："先生们，海狸！"

近年来，人们已经通过使用DNA分析开发了鉴别祖先的新方法。DNA除了包含一整套关于创造和维持生命的指令代码外，还是一个庞大的人类历史新档案。它不仅可用于回答关于每一位个人的祖先问题，还可以用来揭示整个人类物种的祖先之谜。在我们的DNA里，有一段基因遗传的历史，包含的不仅是人类祖先，还有黑猩猩祖先、鱼类祖先和原生动物祖先，甚至还可以一直追溯到"终极共同祖先"（last universal common ancestor，LUCA）——一种存在于大约40亿年前的嗜热细菌，它的DNA中的性征是所有生物共有的。

但是，如果DNA可以帮助发现我们是谁，那么它也可以揭示我们不是谁。如果家谱的唯一目的是生物祖先，那么就应该以母亲的姓氏作为线索——因为任何谱系学家都会告诉您：父亲永远只是推定的，而母亲几乎永远都是从遗传角度而言的。据估计，美国的亲子关系错误率在2%~5%，这个数值并不高，但是这种"非亲子事件"的错误血统绵延十代人后，误差就可能接近50%。所以从生物学角度来讲，很多名门望族所珍视的华丽家谱可能并不准确。在DNA时代，兰尼米德男爵的女儿们最终可能被归为古生代无脊椎动物的女儿了。

我当业余家族历史学家已经有一段时间了，然而我从未认真研究过自己的家谱，直到我成为一个父亲，真正踏入"祖先"的队列了——我不再是家族树上的嫩芽，而变成了强壮的枝干。不知道为什么，我会对自己的祖先如此感兴趣，其实我和父母、兄弟姐妹还有堂兄弟姐妹之间并不亲近。我们的亲近是一种不言而喻的方式，但是我并不了解他们，他们也不了解我，而且我们大多数人都对这种相处模式感到十分满意。但是，来自祖先谜题的诱惑和与亲戚亲密相处的渴望完全不是一回事。大多数祖先都早已过世，而这也是最大的问题，先辈们几乎没有在他们人生的关键时刻记载下足够的思想历程，但这也正是他们让人着迷的原因——他们不太可能让你难堪，更不会突然出现在你面前然后黏着不走。

天才闪光

和许多美国人一样，我是最先对自己的"跨时代祖先"[1] 产生兴趣的，那一代人给旧世界与新世界之间砌筑了桥梁，这让现在的几乎每个美国家庭都有一个类似的故事讲述给孩子——我们是怎样成为美国人的。在非裔美国人的家庭历史中，那次转折是一场充满压迫的噩梦，一个关于苦难和迫害的故事。但与此同时，那也是他们骄傲的源泉，因为这是一种精神传承的开始。跨时代的民间故事很少被录入书本之中，它们通常由家里的长辈娓娓道来，存于他们是如何到达这里的口头传说中。而在这些传说中，事实最终会给一个好故事让道，成功勾勒出一位彪炳千秋的祖先伟人。

追溯我父亲那边的跨时代祖先——将我这支西布鲁克后裔带到这片土地上的人，要比我的母系祖先（一个姓图米的人）更容易，因为一切数据的记录和保存都偏父系。这个人就是我的高祖父塞缪尔·西布鲁克（Samuel Seabrook）。塞缪尔是在 1855 年至 1860 年间与家人从英国来到了这里。这个时间点相对于其他家族来说已经太晚了，以致我们的家庭没有机会加入任何世袭社团。我父亲似乎也觉得我们一家人移民不够及时，这么多年来，他一直都想要证明我们的家族和南卡罗来纳州著名的西布鲁克家族之间的联系。他们的跨时代祖先，罗伯特·西布鲁克船长早在大约 1675 年就来到美国，他们家族在卡罗来纳沿海的埃迪斯托、约翰斯和西布鲁克 3 个海岛上拥有数个大型种植园。后来"内战"爆发，他们的万贯家财也随之毁灭。据我父亲从我祖父那里听到的故事，当年卡罗来纳的西布鲁克家族的一个儿子本是被送回英国并在剑桥大学接受教育，但他在那变成了一个废奴主义者。他的奴隶主家庭和他断绝了关系，后

---

[1] 译者注：那些在家族历史时间线中处于重要转折点的祖先。

来这位少爷就定居在了萨福克郡附近,塞缪尔一家的故乡。

事实上,我所了解的关于西布鲁克祖先的一切,都源于我祖父委托伦敦一位专业谱系学家编写的一本族谱。为了能让自己的族谱载入史册,他还付给了美国历史公司一笔钱,将其收入了共计65卷的大部头书《美国殖民与革命世系》中,这本书于1954年出版。我的祖父白手起家,与其他许多功名显赫却出身不高的美国人一样,在他生命中的某个时刻,也想要得到能够配得上自己现在身份的祖先。尽管我们西布鲁克家族既不是殖民者也不是革命先驱,但美国历史公司仍将我们列入了精英名单。那卷书的序言描述道:"这些人将我们的建国原则烙在了自己的信念中,对我们早期建国文献中所载的崇高目标和理想永不言弃。"此处的逻辑不言而喻——如今我们都相信人人平等,但不要忘记,那是因为我们当中有人起了这个头。

1998年,在我儿子出生后不久,我便开始尝试将我们家族传说中所有的虚虚实实分辨清楚。据我的研究,以下细节大抵是准确的:塞缪尔1815年出生于英国,他的父亲托马斯·西布鲁克是丹斯顿一家教堂的助理牧师,丹斯顿位于萨福克郡,在剑桥以东约20英里。托马斯的父亲名叫约翰,是一位农夫,1746年在丹斯顿出生,并于1801年在同地去世。约翰的父亲理查德也生于此地,尽管没有他的出生记录。比理查德更早祖先的真实记录都销声匿迹了,但我的祖父还是设法说服了编辑,让他加一段与我祖父同名的一位先祖的传说:据传说,查理二世在位时,伍德迪顿(Wood Ditton,现如今是萨福克斯的纽马克特市一部分)住着一位名叫查尔斯·西布鲁克的医生。一日国王在此处游玩,马车意外翻倒,摔断了胳膊和肩胛骨。查尔斯医生被传唤至国王处为他医治,又因为任务完成得出色而被带回伦敦，成为御前首席外科医生。

我并不知道塞缪尔为何来美国，只知道他的第一任妻子克拉拉·彼得斯早逝，他与第二任妻子范妮·皮特斯于1855年在伦敦完婚。据当年的结婚证书，塞缪尔的职业是"仓库管理员"。在接下来的5年里，他们移民来到美国，带着自己的一个孩子还有塞缪尔与前妻的两个孩子。在纽约靠岸后，一家人沿着哈德逊河逆流而行，最后在莱茵贝克定居下来。根据家族传说记载，塞缪尔在这里曾为《纽约论坛报》著名编辑霍勒斯·格里利当过看门人。这件事其实极不可信，因为格里利的农场位于查巴克——一个在莱茵贝克以南约85英里的偏远地区。即便如此，我也一直喜欢这个细节。在纽约的东19街上，坐落着格里利城里的府邸——130年后，第一次来到这个城市的我也住在了同一条街上。我曾沿着这条街散步，想象着格里利和我高祖父可能遇到的种种不同的景象。

19世纪60年代，塞缪尔一路向北，来到了新泽西州西南角，一个偏远到时至今日都甚少有人听闻的地方，混迹于科汉西河的菜农和捕猎麝鼠者之间。其实我一直好奇，世界如此之大，塞缪尔为什么偏偏要选这么一个穷乡僻壤！无论如何，反正自此我的家族就在这个地方逐渐扎根，我的童年也是在这里度过的。1871年1月，塞缪尔在到达此地后不久就去世了，葬在上鹿场村基督长老会后面一处名为"陌人墓"的坟地中。自从塞缪尔长眠地下以来，墓地后面的一条小溪就多次泛滥，多次淹了此地，标记塞缪尔棺材的那块墓碑也早就在经年累月的冲刷下随溪水而去了。

在一个炎炎夏日的午后，我来到了纽约公共图书馆的艾尔玛与保罗·米尔斯坦分馆，这里专门负责美国历史、地方历史和宗谱。米尔斯坦分馆在一个狭长的、天花板很高的房间里，这里原来是用

6 我的家谱

来存放科技藏品的,房间里的赤陶地砖会让人在闷热的天气里感到格外凉爽。我的目的是来查阅这里的人口普查记录,看看能否找到一点儿塞缪尔·西布鲁克的信息。1860年人口普查的索引存放在开放书架区,我在那里找到了莱茵贝克所在的达奇斯镇的清单——上面没有西布鲁克,却出现了一个塞缪尔·西布鲁德。索引给出了一个数字——934,其对应的就是关于西布鲁德条目所在的页面。

真正的人口普查记录被存储在了缩微胶片上,放在主族谱室旁119号房间的巨大铁皮档案柜中。房间的桌面上放满了缩微胶卷阅读器——教士斗篷风帽一样的形状,给人一种模糊的好像教堂的观感,使用者俯身祈求的姿势和昏暗的灯光使119室的研究有点儿像在祈祷。在我依次浏览死者的名字,耳畔伴随着微缩胶卷卷轴咔嚓咔嚓转动的声音,自己的生命也终将结束的感慨突然席卷全身。这不是生者在墓地游荡而产生的略带忧郁的庆幸与愉悦,那里的杂草和陈旧沧桑的石头会给人以感官上的抚慰。而这,是一场彻头彻尾的悲剧:卷上有名的人都死了。

如今是很难看清页面顶部那些已经褪色的数字了,但是经过一番搜寻之后,我找到了934页,那里赫然写着塞缪尔·西布鲁克——绝对是克,而不是德。在他名字的旁边,还有妻子和一个女儿与两个儿子,他们一起住在纽约州的达奇斯,并标有日期——1860年4月21日,那是人口普查员来访的日子。年龄45岁,原籍英国,居住地莱茵贝克,与我掌握的信息全都吻合。在"职业"项下,有一个词看起来像牧人(herdsman),也可能是零杂工(handyman)。这一发现让我出乎意料的兴奋,便不由自主地发出一声感叹——那是我在119号房间曾听到其他人情不自禁发出的同一种声音:一种人在狂喜的状态下发出的欢呼,是当你历尽大浪淘沙之后喜得一位名正言顺的祖先时的情难自已。那种感觉就像找到了一件遗失很久的东西，终于得到了情感上的救赎。

这是一个很有希望的开始，但在对图书馆和档案馆进行了地毯式搜索之后，我并没有得到更多新的有价值的信息。我祖父雇来的那位谱系学家似乎已经找到了历史记录锁定的东西，除此之外还有一些更有意思但无法证实的资料——无论是来自伍德迪顿的外科医生，还是格里利的看门人——虽无法推翻，却又无据可循。要是有一种更可靠的追溯祖先的方法就好了，这样我们就可以不用依赖于变幻莫测的记录，以及某些祖先一时兴起，为了让后代印象更深刻而肆意编撰和销毁的文件。为了找到这样的方法，我便开始浏览以DNA技术为基础的新型家谱网站。

我发现有很多服务提供DNA指纹鉴定，它们的主要目的是证实父系亲子关系。在这套鉴定流程中，实验室技术人员会检查人类基因组中染色体分布在各处的代表性位点。在人类体内的几乎每个细胞核中，都拥有23对紧密缠绕的双螺旋信息阶梯——每对都是由分别来自母亲和父亲的染色体组成的。染色体是一串化合物序列，其组成单位的专业术语"碱基"，有4种：腺嘌呤、胞嘧啶、鸟嘌呤和胸腺嘧啶，分别由字母A、C、G和T表示。通过将这些序列重新编辑排列，科学家们可以帮地球上的每个人获得独一无二的基因指纹。

多年来，一个父亲若对孩子的身世起了疑心，他唯一能做的就是开个牛奶工的玩笑。现在，他可以登录"基因树"网站www.genetree.com，订购一个基因拭子样本收集工具包，其中包括3种彩色的DNA拭子，网站还承诺会在7~10个工作日内给出答案（第一次鉴定的费用是290美元；此后每增加一个孩子就加收125美元）。

"基因树"还提供了一整条产品线来测试你的兄弟姐妹和你的祖父母，以及用安全基因DNA库来存储你的DNA，甚至还有"牙仙子"的DNA护照，专门用于存储孩子的DNA。

然而，尽管DNA指纹图谱可以在隔代人之间建立基因遗传的模板，但是如果你是要在远亲中，或者在相隔千百年的假定家庭成员中寻找特征性的遗传标志，这种方法就不起作用了。这是因为在男女生殖细胞形成的过程中，细胞核中的已成对的染色体会随机交换DNA——这一过程被称为重组。这样洗牌式的随机变化有助于形成多样化的基因库，但同时这也使得DNA指纹很难在多世代关系中进行追踪。

有一条仅由男性携带的Y染色体，它参与重组，基本上保持不变，除非发生了罕见的基因突变。由于在西方文化中，Y染色体和姓氏都是通过男性血统世代相传，所以谱系学家可以利用这一点将我们基因中的记录与文献记录进行比对，并利用前者来填补后者的空缺和谜题。例如，在1997年，有一位天资聪颖的业余谱系学家名叫尤金·A.福斯特，他意识到自己可以利用Y染色体测试来帮助平息一场族谱争论——托马斯·杰斐逊是否真与他的奴隶莎莉·海明斯生了一个孩子，这件事让很多历史学家忙活了一个多世纪。福斯特在1998年《自然》杂志的报道记载，测试将莎莉·海明斯男性后代的Y染色体与杰斐逊的已证实后代的Y染色体进行比较，结果表明海明斯当年所生的小儿子爱斯顿很有可能就是杰斐逊的骨肉（然而，负责监管托马斯·杰斐逊直系后裔墓地的蒙蒂塞洛协会仍不允许海明斯家族的任何一位后人安葬于此，他们的部分说法就是两方的共同的祖先可能是另一个杰斐逊）。

Y染色体也曾被用于证明古老的部落隶属关系。根据《旧约》

记载,摩西的哥哥亚伦的后裔是一个名叫科海里(Cohanim)的犹太祭司部落成员(科海Cohan在希伯来语中是"祭司""教士"的意思)。祭司的身份只能父传子继,而在过去的3000多年里,一些犹太男人一直告诉他们的儿子,他们是科海里族的人。迈克尔·哈默是亚利桑那大学的遗传学家,他对大约300名犹太男子进行了抽样调查,并和搭档们在1997年《自然》杂志上发表了一篇论文——《犹太祭司的Y染色体》。调查样本的结果显示,所有被父亲告知自己是科海里族的男性中,超过50%的人在Y染色体上有类似的特征,而在自认为不属于科海里族的人中,只有10%的人有相似的特征。另一项研究将Y染色体用作一种分子钟,以估算所有科海里人的共同祖先生活的年代。经计算,他们认为该男子大约生活在公元前1253年到公元103年,这与《旧约》中摩西和亚伦的时期相吻合。如今在www.FamilyTreeDNA.com上,哈默的科海里测试适用于任何想知道自己是否有祭司基因的人。

迄今为止,关于Y染色体家族史研究潜力最为惊人的例子,可能就是由牛津大学人类遗传学教授布莱恩·赛克斯和他的同事凯瑟琳·欧文于2000年证明的那个。实验中,赛克斯和欧文从48位赛克斯氏男性身上获取了DNA,且在被取样者认知范围内,他们中任何一人都与赛克斯博士或彼此之间都没有血缘关系。通过研究这些人的Y染色体,赛克斯惊讶地发现,在测试的48位男性中,有21人的Y染色体有独特的赛克斯家族特征,还有4人与那21人之间只有一处基因突变之差。在2000年4月,赛克斯发表在《美国人类遗传学杂志》上一篇关于该研究的论文指出,既然剩余那些赛克斯氏的DNA并无相似之处,那么可能幸存的赛克斯氏拥有一位共同的原始祖先,没有相似DNA特征的赛克斯家族成员一定是不断累积的"非亲子事件"或收养的结果。赛克斯在一个名叫oxfordancestors的网站上提供了该测试的商业版本,称为"Y血统",其座右铭取为:"我们将基因放入家谱中"。

我突然想到,Y染色体测试可以回答我父亲的问题,即我们的西布鲁克家族是否与南卡罗来纳州的西布鲁克有渊源。为了使测试正确开展,我需要找到罗伯特·西布鲁克船长的父系后裔,说服他将自己的DNA提供给我,并将他的Y染色体跟我的进行比较。在网络上投入了几小时,搜寻了数千个根据姓氏分类的聊天室后,我找到了德克萨斯州阿盖尔市居民杰弗里·斯科特·西布鲁克的邮箱地址,他手里的权威文件记录可以追溯到南卡罗来纳州的西布鲁克家族,一直到罗伯特船长——杰弗里的曾曾曾曾曾曾祖父。我给杰弗里发了一封电子邮件,他给了我他的手机、工作和家里的电话号码。我在他的汽车里找到了他,并解释说我需要他一点儿额外的信息——他的DNA。"没问题",杰弗里说,"我曾经在一家帮助开发DNA试剂盒的公司工作,所以我知道DNA是怎么回事。"

此外,我还要寻找其他西布鲁克氏男性采样。据 www.ancestry.com 上电话簿的数据库显示,美国共计有830人姓西布鲁克。西布鲁克并不像克莱珀(Crapper,29人)或朗普(Lump,63人)那么罕见,但也绝对没有邦迪(Bundy,3963人)、里德(Reed,91 414人)或亚当斯(Adams,142 720人)那样普遍。总的来说,这个姓氏可以罕见到每当我与另一个姓西布鲁克的人相遇时,都会迅速交换家族历史,看看我们各自的支脉是否有一位共同的祖先。互联网使这种随机相遇的可能性大大增加,近年来,我收到了来自世界各地的西布鲁克的电子邮件,每一位都试图在更大的家谱中找到自己的位置——如果这个家谱真的存在的话。在所有家族网络历史家中,最活跃的要数澳大利亚的西布鲁克,紧随其后的是加拿大人,然后是美国人,最后就是英国的西布鲁克。一般规则似乎是,姓氏的持有者离他们的祖国越远,他们对自己血脉根源的兴趣就越大。

要在纽约找到愿意给我 DNA 的西布鲁克并不容易。首先,许多居住在纽约的西布鲁克都是黑人,这是奴隶制的文化遗产,更具体来讲,这是南卡罗来纳州西布鲁克家族的遗产。他们在财富的巅峰时期曾拥有过 1000 多名奴隶,其中一些人在获得自由后就用了西布鲁克的姓氏。拉里·西布鲁克是前纽约州参议员,他的选区位于布朗克斯区,是威彻斯特的一部分;诺曼·西布鲁克是城市惩教官联盟("最勇敢纽约人")的负责人。这些西布鲁克有一点可能与我有某些共同的 DNA,但要是为了这点可能而请他们参与鉴定,又似乎显得不太尊重人家的感受(我的确给参议员西布鲁克的办公室发过传真,找他问 DNA 的事,随后又打了几通无人接听的电话)。

如果我想从一个相对较小的样本群体中发掘西布鲁克的"标志",那么成功概率较大的方法就是从我们的共同祖先——最开始的西布鲁克先生着手,从他可能的住处附近的西布鲁克身上采样。赛克斯的研究方式就是这样的:他从住在约克郡、兰开夏郡和柴郡的赛克斯身上采集了 DNA——因为历史记录表明,赛克斯名字的发源地就在那里(该词在古英语中意为"荒野溪流"),且是来自英格兰的赛克斯家族聚集度最高的地区。赛克斯研究的结果似乎证实了英国姓氏历史学家乔治·雷德蒙兹的研究,他著有《姓氏和家谱:新方法》一书(1997 年出版)。根据雷德蒙兹的说法,在大多数情况下,我们相信即使是相对普通的姓氏也能追溯到同一位祖先,而不是像一般人所认为的那样来自多个祖先。

6　我的家谱

雷德蒙兹参加了 2000 年 5 月在普罗维登斯罗德岛会议中心举行的全国谱系学会年度会议，作为嘉宾他就 DNA 检测及其在谱系学中的作用作了演讲，我从纽约乘火车赶去与他会面。这场会议可是被成千上万谱系学爱好者在日历上重重圈点的。我在陈列着家谱藏品的展览大厅四周环顾，看到有很多软件在出售，其中大部分是由耶稣基督后期圣徒教会生产的，他们迄今已积累了世界上最全面的家谱记录（稍后唐尼和玛丽·奥斯蒙还会亲临现场推销一个名为"一个大家庭"的软件包）。在摩门教的教义中，人们相信家人是永远在一起的，无论是生是死。因此摩门教徒的一大重任就是通过追溯自己的祖先，举行一种"封印仪式"，将家人永远联系在一起。多亏了他们对自己使命的热忱，摩门教徒一共收集了 20 多亿个名字，其中的大部分都保存在了缩微胶卷中，包括许多英格兰教区每个城镇的出生、婚姻和死亡登记，这些记录可以追溯到 15 世纪。这些珍贵档案的绝大部分都存放在盐湖城一处占地约 1.6 万平方米的家庭历史图书馆中，但有一些数据库是可以在全国近 2000 个家庭历史中心中的任何一个中进行搜索的。即便如此，这些记录也并不完整，因为有一些教区并不愿意将他们的文件交给摩门教徒，他们认为那些已经离世的教区居民不想接受摩门教徒的洗礼。在大屠杀❶发生之后，幸存者们成功地起诉了摩门教会，禁止摩门教会将大屠杀的受害者纳入摩门教门庭。

我在楼上的一家咖啡馆遇到了雷德蒙兹教授，他正在整理为接下来讲座准备的杂乱的手稿。他的妻子安·玛丽就坐在他旁边，有

---

❶ 译者注：这里的"大屠杀"，是指 1857 年发生的山地草场屠杀事件。1857 年 9 月 11 日，一批主要来自阿肯色州的移民，往加利福尼亚州行进时，在犹他州南部一个名叫山地草场的地方被屠杀的事件，据推测被残杀的人数为 100~140 人。

点儿紧张地看着那些将我们团团围住的大块儿头美国人，他们拿着会议主办方发放的手提袋，希望从大师那里得到点儿免费家谱建议（每次雷德蒙兹演讲时，他都会被家族历史学家们要求表演一种家谱小把戏：他们说出自己的姓氏，而雷德蒙兹则尽其所能说出姓氏的起源）。雷德蒙兹是一个60多岁的英国人，满脸胡须，一口参差不齐的牙齿，说话还带着浓重的约克郡口音。长期以来，他的姓氏单一起源理论与主流的学术观点相悖，后者认为同一个姓氏可能同时出现在多个地区，因巧合被不同家庭所选用。这些年来，他一直在维持生计，一边在为有需要的家庭做姓氏研究，一边带领一些团队进行遗产旅游，这是美国特有的朝圣之旅，人们会把家小拉回故土来重新体验祖先的生活。比如雷德蒙兹会将费尔班克斯一家带到与他们姓氏起源的同名小镇等。他通常会事先提出声明，说自己不能完全确定这就是当年真正的费尔班克斯城，但他的听众似乎并不介意——这里至少能给姓费尔班克斯的家人们留一张好照片，是个念想。

我们谈到了DNA测试及其对谱系学的影响。"DNA所代表的是权威的转变——从纸面上的理论变成了实操测试，从图书馆转至实验室。"雷德蒙兹说道，"以前在谱系学的研究中，我们从没有过绝对证据——作为学者，我们都是在此共识的前提下工作的。然后DNA技术横空出世，一劳永逸地回答了这个大问题。不管答案是否真的确定，人们对它的信任甚至大于他们对书本知识的信任。"

我向雷德蒙兹咨询了一些实用的建议，问问他什么才是找到西布鲁克姓氏来源的最好方法。他让我去看看英国地名协会出版的关于英国郡名发展史的读物，里面有很多关于"西布鲁克"起源的细节。回到纽约后，我又在米尔斯坦分部研究了几天，在那里发现了西布鲁克姓氏的一个变体——它最早出现在书面记录中是在 14 世纪，位于白金汉郡的伊文霍村附近。当年，一个名叫西布鲁克的小村庄就默默无闻地坐落在这里，但如今已经销声匿迹。我对照着雅虎网站上的电话号码数据库进行了排查，最后发现西布鲁克氏居民密度最大的地区仍在白金汉郡及其附近的几个县。由此看来，从英国东边中南部一直延伸到东安格利亚古老的盎格鲁－撒克逊王国，大致沿着奇尔特恩山呈条带状的一片区域，就是西布鲁克姓氏居住的中心地带。那儿才是我找西布鲁克人采样该去的地方。

Y 染色体分析仅适用于男性，但还有另一种 DNA 检测方法可以追踪母系的血统。这种测试用的是线粒体 DNA，即储存在线粒体内部的 DNA。在生物学文献中，这些住在细胞里的小帮手被生动地描述为"细胞的能量源"。每一个人体细胞中都含有数千个线粒体，且每个线粒体都具有自己独特的 DNA。人类的卵子和精子中也都有线粒体（它们有助于给精子尾巴提供能量），但只有母亲卵子中的线粒体 DNA 留在受精胚胎中，且很快它们就会在这个新的躯体里繁殖出满满的线粒体 DNA，与母亲的线粒体 DNA 是完全一样的。儿子虽得到了母亲的线粒体 DNA，但是，由于他们不具备卵子，因而无法将其传给自己的后代。

由于人类的每一个细胞中都有很多线粒体 DNA，线粒体 DNA 比核 DNA 更容易从降解的标本中获得。在谱系学领域里，线粒体 DNA 派上用场最著名的一次，也许是帮助鉴定 1991 年在西伯利亚的森林中出土的 9 具骷髅，这几具尸骨被认为是沙皇尼古拉斯及其家人的遗骸。为了证实这一猜想，伊丽莎白女王的丈夫菲利普亲王还提供了自己的线粒体 DNA 样本，菲利普亲王是沙皇皇后妹妹的孙子。最终的实验结果显示二者线粒体 DNA 相匹配，所以坟墓中发现的尸骨确实是罗曼诺夫家族的。随即，研究人员们将罗曼诺夫家族成员的基因序列与安娜·安德森·玛娜汉的线粒体 DNA 进行比较，她自称是沙皇一家遇害时幸存下来的安娜斯塔西娅公主。这一对比又揭开了一个久存于世的谜团。虽然玛娜汉早已去世，但她在 1979 年的一次手术中切下的肠道组织样本被保存了下来——线粒体 DNA 鉴定结果并不匹配，玛娜汉的谎言在死后被揭穿，全世界的人都知道她是个骗子。

线粒体 DNA 分析还可以用于追溯没有书面证据能够证明的自己的祖先。霍华德大学的生物人类学教授迈克尔·布莱基博士是纽约市一个非洲墓地项目的领队科学家，他们的任务是记录一个 1991 年于曼哈顿下城发现的 18 世纪的大型墓地。在分析骨骼的过程中，布莱基也在收集早期非裔美国人线粒体 DNA 的数据库——它有一天可能在非裔美国人要追溯自己祖先的时候派上大用场。从理论上来讲，科学家们也可以从西非各个地方的居民那里收集线粒体 DNA 的特征，非裔美国人就可以拿这个与他们自己的线粒体 DNA 进行比较，以期确定自己祖先来自非洲哪个村庄。2000 年 5 月，霍华德大学的里克·基特尔斯宣布了一项提供这种家谱服务的企业规划后，他办公室的电话就被非裔美国人给打爆了（基特尔斯本人也用 DNA 测试追溯了他在非洲的根源，最后意外发现自己从父亲那边还继承了一部分德国血统）。但同时，他的计划也招致了批评。马里兰大学的人类学家法蒂玛·杰克逊说："这就像逼着大屠杀的幸存者们亲口证实自己亲属是被毒气毒死的一样。"除此之外，其他遗传学家还指出，要想让基特尔斯的申请者得到有关其祖先的任何有意义的结果，他需要一个比目前的非洲 DNA 数据库大得多的数据库。

6 我的家谱

最后一点，也是最奇怪的一点是：线粒体 DNA 的数据竟然可以告诉存活于世的人们与自己几万年前的女性祖先的联系。这些祖先并不是从考古证据中挖掘出来的，而是通过比较世界各地现代人类的线粒体 DNA 样本而得出统计数据模型。1987 年在《自然》杂志上发表的一篇论文中，加利福尼亚州大学伯克利分校的丽贝卡·坎、马克·斯托金以及现在已故的艾伦·威尔逊宣布了自己的结论：全球线粒体 DNA 样本的相似性表明，历史的某一时刻一定存在着一个"线粒体夏娃"——一位生活在大约 20 万年前的非洲女人，她的线粒体 DNA 是全人类共有的。在亚特兰大埃默里医学院道格拉斯·C.华莱士实验室中，有一项研究确定了人类线粒体家族树的 28 个主要分支。华莱士对这些"夏娃的孩子们"用了不同的字母来代表，同样，在一部关于 DNA 祖先的电视纪录片《新星》中这些不同的世系也被一一赐名，而且很多血统分支是某些大陆所特有的。

事业心极强的布莱恩·赛克斯博士更进了一步，他创立了一个研究古代血统的企业，让有欧洲血统的人能够知道自己的祖先是"夏娃的 7 个女儿"（这是他给祖先们取的名字）中的哪一个。在迈出这步的那一刻起，赛克斯可能已经跨越了科学伦理和商业价值之间的界限——是告诉人们关于他们身世的真相，还是用一些不太确实的虚构故事来应付客户。赛克斯通过他的网站发布了服务项目"母系寻踪"（MatriLine），每次测试收费 180 美元。赛克斯给这 7 个女儿分别命名为仙妮亚（Xenia）、厄休拉（Ursula）、贾思敏（Jasmine）、塔拉（Tara）、韦尔达（Velda）、海伦娜（Helena）和卡特琳（Katrine）——和华莱士给 7 个欧洲线粒体 DNA 谱系（X、U、J、T、V、H 和 K）的单字母名字相对应。除此之外，赛克斯还在他的网站上对每个女儿在更新世❶时期的史诗性成就进行了稍显浮夸的介绍。塔拉居住在 1.7 万年前的托斯卡纳区,她的后代跨过了曾连接英格兰和法国的陆桥,并在那里建立了凯尔特部落;仙妮亚是上个冰河世纪的幸存者,她的一部分后代跨越了白令陆桥,来到了北美洲——X 是唯一一个在美洲原住民体内也发现的欧洲线粒体 DNA 血统(这一血统主要存于奥吉布瓦部落成员中,他们生活在大湖区附近)。在赛克斯的《夏娃的 7 个女儿》一书中,他又对女儿们的传记故事进行了扩展。

　　在我登录赛克斯的网站并查看了夏娃的女儿们的资料后,脑海里立刻产生了一连串的想法:(1)这骗局真离谱!(2)到底有多少人愿意为这个花钱啊?(3)要是能知道哪位夏娃之女是我的祖先的话,应该还挺有意思的。这项目的价格是贵了点儿,但是我马上就可以找到一个新的祖先——作为一个家族历史学家,我还能要求什么呢?

　　大约一个月后,一个装有几套 DNA 检测试剂盒的包裹被送到了我家门口。细长的塑料细胞刷,刷头上有细小的尼龙刷毛,被装在半透明的无菌信封里。我拿着说明书走进了浴室,只见上面写着:"手握刷柄,在口腔颊内两侧各刷动约 10 次以撷取细胞。"我漱了口,按着说明书的指示操作。当我感觉到粗糙的刷毛正在刺穿我口腔内壁的黏膜并收集"颊细胞"(操作时嘴里涌出了一股苦涩感,令我微微作呕)时,我试着勾勒出这位既是公主又是勇士的祖先的形象——那是我的夏娃之女。她的线粒体 DNA 从一个女人传到了另

---

❶ 译者注:更新世,亦称洪积世(从 2 588 000 年前到 11 700 年前),地质时代第四纪的早期。

一个女人，历时两万多年，如今来到了这个洗手间——好吧，这可能有点儿过于牵强了。

源自线粒体 DNA 和 Y 染色体的谱系其实都只是祖先对你基因贡献的较小部分。如果往回追溯 4 代，单我一个人就会有 16 个祖先——但是由于我体内的线粒体 DNA 只来自我母亲的母亲的母亲的母亲，而 Y 染色体来自我父亲的父亲的父亲的父亲，所以算下来这两个祖先加在一起仅占我实际血统的 1/8。往前追溯得越远，他们在你血液里所占的分数值就越小——但这正是赛克斯通过"母系寻踪"（MatriLine）所要销售的。

我给亚特兰大的华莱士博士发了一封电子邮件，内容关于赛克斯在做的"夏娃之女"生意。他回信说，他自己的团队从未试图从线粒体 DNA 的研究中谋取商业利益——字里行间暗示着他并不认可赛克斯的做法（这种批评我从其他遗传学家那里也听到过）。他还指出了以 DNA 为基础追溯祖先潜在的误导性因素：一个认为自己是盎格鲁-撒克逊人的人，通过线粒体 DNA 测试可能发现他久远的母系祖先实际上是中东人或非洲人。华莱士博士写道："举例来说，一个人可能会觉得自己祖籍在 A 族，他如果在接受测试后被告知自己的线粒体 DNA 来自 B 族，这个人就可能会被误导，认为自己一生所熟悉的身份是错误的，这会造成毁灭性的打击。可悲的是，这结论也是不真实的，因为这个人身体里绝大多数的基因还是 A。"

我完成了自己的 DNA 收集，将刷子放回信封中，用胶带密封，然后连同支票一起寄到牛津大学的分子医学研究所，赛克斯在那里与牛津大学合作建立了谱系研究事业。我还剩了两个 DNA 测试盒，于是就开始思考来拿他们干什么。我可以从儿子身上偷点儿 DNA 样本送到"基因树"，但我也没有理由怀疑他不是我亲生的——不过，那种肯定的安慰实在是一种难以抗拒的诱惑。但最后我还是拒绝了，因为我牢记着家庭遗传学时代的黄金法则：永远不要问你不需要知道的答案。

到了英国后，我拜访了赛克斯在牛津大学的实验室。他那时已经在分析我的线粒体DNA了，我决定也用他的"Y血统"服务来测评我的西布鲁克男性基因样本。我们在研究所的休息室聊天，当时49岁的赛克斯穿着深绿色西装，里面套了一件黑色T恤衫。他面色红润、满头金发，他那悦耳的声音、明星遗传学家的派头，想必曾吸引了满教室、满实验室的学生的注意力。赛克斯深谙在戏剧性的、有媒体渲染的环境下进行DNA测试的诀窍，从而让自己顺利登上头版头条。1991年，赛克斯所在的一个团队在意大利边界处厄茨塔尔山谷附近的一座高山处，发现了一具5000多年前的、冰冻的新石器时代猎人奥茨人的尸体，并成功地从其体内提取了线粒体DNA。除此之外，赛克斯还在1997年英国的萨默塞特郡的切达峡谷发现了一具有9000年历史的男子骨架，并将其线粒体DNA的信息提取补充完整——在对邻近峡谷的巴斯市居民进行检测后，赛克斯认定当地一位名叫阿德里安·塔吉特的教师是这位切达男子的亲属。

赛克斯对自己家族男性成员的研究使他名声大振。他主张只存在一个唯一的初始赛克斯祖先，而那些无血缘关系的赛克斯后裔是非亲子事件或收养结果。他的理论遭到了一些遗传学家的质疑。他们认为无血缘关系的那部分赛克斯人可能是那些子孙没有那么繁多的赛克斯祖先的后代。（英国一位业余谱系学家艾伦·萨文也曾对英国的萨文族人进行了类似的调研，但没有发现单一祖先的证据。）但是，同姓的人可能属于同一个大家族的想法还是受到了媒体的热烈追捧。

6 我的家谱

赛克斯本人是具有赛克斯族 Y 染色体特征的，他告诉我，即使他在调查自己的父系血脉时发现了非亲子事件的证据，这对他来说也无妨。"谱系学研究这行有两种方法，两种方法同样有效，"他说着，把一杯咖啡搁在了桌上，"有文化层面的家族，也有基因层面的家族——尽管很多人都认为它们差不多是一回事，但这两者可能并不一致。这一问题已经挑起了一些纷争，而且还会有更多纷争。因此，我们在进行后续研究时必须弄清楚：生物学层面的家族和文献记载的家族有所不同，但同样都有效。"

赛克斯说，他与牛津大学合作创建的企业算是个"趣味遗传学"。他还计划开设基因商店，人们可以在那里驻足片刻办理他们所有的 DNA 业务，就像在文印店一样，对自己的 DNA 信息进行样式排序、入库存储、数据库检索以及购买"夏娃之女"T 恤衫。"一切都在营销计划中。"他说道。

我问到"母系寻踪"，也就是"夏娃之女"的测试生意开展得如何。

"已经有成百上千的客户了。当然，大部分客源都来自美国。有时是儿女为了准备母亲节礼物把母亲的线粒体 DNA 进行排序，有时是朋友把这个测试送给新婚夫妇作为礼物。现如今人们确实还没有与自己的 DNA 建立私人关系，基本上，它还被认为是一种化学物质。但事实上，这是你个人历史的一部分。想想它们是怎样千里迢迢来到你面前。它们挨过了冰河世纪，过着与我们现在截然不同的生活。试想，在过去两万年左右的某个时候，只有一位女性身体里携带着与你相同的线粒体 DNA，她生了一个女儿，那个女儿又生了一个女儿，依此类推，在历史的长河中逐渐延续——这是一种非常强大的力量。它不像核 DNA 那样，追溯得越远祖先就越会成倍增多——这是一个女人的故事；而在 Y 染色体测试中，是一个男人的故事。这就是人们所关心的。"

赛克斯带我简单参观了实验室，那里的学生和实验室工作人员都参与了 DNA 样品准备和排序的劳动密集型实验。在他的办公室里，一位看起来很焦急的助手正忙于打印客户的线粒体 DNA 序列和"夏娃之女"家族树。赛克斯消失了一小会儿，随后手里拿着一张刚从彩色打印机出来的纸回来了。

"恭喜，"他说，"你是个仙妮亚——最稀有那个。只有 6% 的人是仙妮亚血统。"他停顿了许久以让我消化他刚刚的话，而后问："你感觉怎样？"

"只有 6%！"我说。

"你就是神秘的 X 支脉，"赛克斯继续说道，"让我问你个问题，你会去寻找其他的仙妮亚后裔吗？"

我可能还没有这个想法。不过，我可能会买件 T 恤衫。

赛克斯龙飞凤舞地在我的线粒体 DNA 序列上签署了他的名字。随后，就会有一张装裱好的牛皮纸副本邮寄到我家。

见过赛克斯之后，我在牛津租了辆车，开始向北方的西布鲁克核心地带驶去。在赛克斯的实验室里，到处都是试管架子和摆弄移液器的技术人员，我感到很不自在，那里没有米尔斯坦分馆能抚慰人心的书卷气息。而如今，我又一次走上了文献记录所引导的路，让我对自己更加信心满满（这次的信息大多是我在那本英国地名书中找到的）。我将所有的文件，以及对西布鲁克姓氏调查得到的资料放在了旁边的副驾驶座位上。和 DNA 一样，这个名称也随着时间的推移因为笔误、复制错误和音节省略等问题，逐渐产生了从 Seybroke 到 Sebroc 到 Seabrooke 的变化。Seabrook 是一个复合词，盎格鲁－撒克逊人喜欢这个词。它的第一部分"sea",修饰了第二部分"brook"。在中世纪英语里,sea 的意思是"在湖边或潭旁的居民",但在古英语中,sea 可能是 saege 一词的演变体,意为"缓慢地移动或滴淌"。又或许,它来自于"Saega",一个撒克逊人的名字——Saega's Brook,就是"希加的小溪"的意思。盎格鲁-撒克逊人有比我们更丰富的描述地形特征的词语,且他们似乎对水有着超乎寻常的关注度。除了西布鲁克(seabrooks),还有夏尔布鲁克(shirebrooks,清澈透明)、山姆布鲁克(sambrooks,沙地的)、斯基德布鲁克(skidbrooks,泥泞的或肮脏的)和霍尔布鲁克(holbrooks,流过山谷的小溪)。布鲁克(brook)似乎从古至今都是小溪的意思,尽管它曾经被拼成了意为沼泽的布洛克(brock)。据《牛津英语姓氏词典》所记,布洛克也是可以指"酸臭或肮脏的家伙"。

盎格鲁-撒克逊人只有一名字,有点儿现代流行歌手的风格,它们的名字区别之大足以使每一个都独一无二:塞尔迪克(Cerdic)、莱玛(Lemma)、皮姆玛(Pyma)、乌加(Ugga)、斯普罗特(Sprott)。但是在 1066 年诺曼征服之后的几个世纪里,部分原因是圣经和王室的名字很流行,在 14 世纪的英格兰有 34% 的人都叫约翰,所以有两个名字的必要性也因此凸显。在英格兰,大多数人是在 1250 年至 1400 年间选的姓氏。姓氏起初出现的目的并非世袭,仅如其字面所示,"别名"❶,就像如今的"名"。有些人是根据地名和地形特征选择姓氏的(如 Hawthorne,意为"山楂树";Goodwood,意为"好林木"),一些来自人际关系(如 Johnson,意为"约翰的儿子"),有些则来自生意(如 Arrowsmith,意为制箭匠;Cartwright,意为"修

---

❶ 译者注:surname,除了"姓"之外,还有"别名、绰号"的意思。

天才闪光

车工"),还有些是带有特征描述的绰号,有善意的(如 Armstrong,意为"臂膀强壮";Fairchild,意为"仙童"),也有残酷的(如 Vidler,意为"狼相";Greeley,意为"麻子")。

通往伊文霍的道路上散见着盎格鲁-撒克逊词汇的变体残存。我经过了一个叫"特陵"(Tring)的小村庄,在古英语中的意思是"有树木生长的斜坡"。伊文霍位于古老的皮斯通山脚下的山谷中。就在村外,我发现了一个名叫小西布鲁克的农场。当我沿着一个有奶牛标志的牧场边界的篱笆行走时,看到了另一头的农夫和他妻子。我喊着向他们打招呼,说自己姓西布鲁克,是来寻根的。于是他们请我进了田里,穿过牧场来到了昔日西布鲁克村坐落的地点——那位农夫,他叫伯纳德·基布尔,他是这么告诉我的。基布尔夫人指着那片斑驳的地面说:"大概,如果你从空中俯瞰此地,就能见草坪中一些有色差的斑斑点点。"再往前走一点儿,他们把我带到一条流过田野的小溪旁,伯纳德说:"您看,下雨的时候,溪水上涨泛滥,这片土地就变成了一片浅湖。"

"像大海一样。"他的妻子补充道。

我瞥了她一眼,看她是否在拿我打趣。一位踏上寻根之旅的美国人永远都处于一种轻信到可怜的状态,即便是当地人的胡言乱语,他们也愿意买账。但基布尔夫妇看起来很是真诚老实。我已经开始在脑海里构思即将寄给我父亲的邮件,它会像是德国考古学家海因里希·施里曼在特洛伊发现阿伽门农墓时所发出的电报一样——"我凝视着那条象征我们家族起源的小溪。"❶

---

❶ 译者注:海因里希·施利曼电报上的原文是 I have gazed on the face of Agamemnon,意为"我凝视着阿伽门农的面庞"。

伊文霍现已没有姓西布鲁克的人了，但其周围的城镇中还有一些。于是，我次日便找到那片地区，想看看是否可以找一些人收集DNA。当我不请自来地出现在第一家门口时，西布鲁克先生正好不在家。当我告诉他的妻子我的需求之后，她看上去十分戒备："我丈夫现在不在这里，但我很确定他不会对这样的事感兴趣的。"说着便关上了门。

在又一次被拒绝后，我决定最好的方法是先打电话，尽可能地解释我的需求是什么，最终找机会把登门拜访的提议讲出来。我打给西布鲁克先生们的电话总是被太太们接起——与男性相比，她们似乎对DNA采样的想法有更多的猜疑，这也许是因为女性更了解不经考虑将DNA随便传出的风险。

其中还有一位西布鲁克夫人说："天哪，别再是那些从木家具里爬出来的狡猾东西吧！"❶

"这片地区有很多狡猾的'西布鲁克'吗？"我问道。

"可不是嘛，一大堆！"

在漫长的一天结束时，我总共找到了3位承载Y染色体的西布鲁克，他们全部是老年人，在我打电话给他们时也似乎没有其他事情可做，所以允许我过来取样。第一位先生名叫杰拉尔德，他一个人住在赫默尔亨普斯特德镇的一条死胡同里；第二位是基思，我在贝德蒙德的大街上给他取样；最后一位是艾伦，我在他切舍姆住处的客厅里拿到了他的样本，当时旁边还坐着他正在喝茶的妻子。我的技巧是先聊聊关于我们各自家人的事情，然后等时机成熟时，从口袋里取出采样器。我分别问了这3位西布鲁克对自己的祖先了解

---

❶ 译者注：当地方言，西布鲁克也有意指白蚁。

多少，然后很惊讶地发现，没有一个人能了解到比祖父母的名字更多的信息。不过话说回来，所有的西布鲁克先生们都对自己的房子以及所住的城镇的历史了如指掌。难道美国人对族谱的迷恋是因为我们对建筑物和城镇历史兴趣的匮乏？在美国，所有东西都会以惊人的速度被淘汰或被拆毁，直到最后剩下的只有我们的基因。

星期六，我开车去了萨福克郡，想看看能不能找到我的"跨时代祖先"——托马斯·西布鲁克的坟墓。据我祖父的家谱记载，他被葬在斯特拉迪什尔村。于是我离开了高速公路，开往我祖先扎根的地方。地形渐渐从平原变成了丘陵，在最高的一处山坡上，我瞥见了远处的古老集镇——纽马基特、萨弗伦沃尔登——教堂的尖顶跳出了古墙，高耸入云，我的祖先必定在眼下的这番光景里行走了至少140年。让我印象最深的是，这片土地很像我在南泽西长大的地方。也许这就是塞缪尔最终在那儿定居的原因，他听说那里像家一样。

我下午抵达斯特拉迪什尔时是大约3点，小镇上一片荒芜和寂静。几只乌鸦高高地憩在教堂墓园周围的几棵紫杉树上。这栋教堂建于14世纪，保存得并不好：内部阴冷潮湿，还散发着一股浓烈的霉味。登记册上写满了前来寻根的美国人的留言："在这里找到了我的曾曾曾曾祖父！就在后面！"于是我走出了教堂，开始寻找托马斯的坟墓。墓地里的杂草又长又湿，地面也不平整，教堂后院安置古墓的地方尤其如此。

我一路向后院走去，土壤在脚下塌陷了。我向后踉跄了几步，然后谨慎地往洞里瞥去，它似乎一直通往地下的坟墓。

我四处寻找，但就是找不到叫西布鲁克的。突然，我注意到一排4块石头，上面爬满了常春藤，以至于刚才我误认为它们只是地面的一部分。我把常春藤从第一块石头上拨开，可惜字母已饱经风雨磨砺，肉眼实在是看不出来。不过当我的指尖沿着石头凹陷倾斜的地方摸索时，就能依稀拼出字母 S，然后是 e，还有 a，直到最后的 Seabrook——那是 DNA 无法触及的一刻。

在我为了取样，在网上搜索关于西布鲁克的信息的那段时间里，我给科林·西布鲁克发了一封邮件，他住在英格兰东南部的中型城市伊普斯威奇郊外。回到纽约后不久，我收到了他的回信。科林拒绝了我 DNA 测试的请求，但在将家谱进行比对之后，我们发现理查德·西布鲁克，我的五世祖和科林的六世祖是我们的共同祖先，这使我们成为第六代堂兄弟。科林还补充说，自己有一大堆关于托马斯·西布鲁克牧师的信息。"以我对牧师的了解，都可以写一本小书了。"科林说。显然，我在斯特拉迪什尔发现的坟墓里的并不是真正的托马斯，他根本住在另一个村庄。"如果你哪天再为此事来到英国的话，我可以带你去牧师入葬的地方看看。"科林在信中写道。

于是，在 12 月的一个阴冷天，我驾着一辆道奇 A12 轿车从伦敦出发，向东北方驶去。途中经过了英国最古老的定居城科尔切斯特，最后在中午到达伊普斯威奇。当年塞缪尔跨洲移民之举引起了家族两个分支的分离，如今历史性的聚首发生在玩具反斗城外的一个停车场。我不知道科林长什么样，虽然我们有着相同的 Y 染色体，但其所能表现的唯一已知生理特征，除了雄性外，就是印度男人独有的毛茸茸的耳朵和牙齿的形状了。正当我向雨中的人群四处张望的时候，我发现了一个鼻子——长得和我哥哥脸上的那个一模一样：诺曼人的尺寸、盎格鲁-撒克逊人的形状——显眼的大鹰钩鼻。果不其然，是科林。

天才闪光

科林年 51 岁，灰白鬈发，长脖子，就像我一样。他很友好，一点儿也不粗鲁。他的父亲是个屠夫，祖父是个农民，而他现如今是英国电信公司的机械工程师。科林制作了一棵很大的西布鲁克家族树，并用连续辊式打印机打印了出来，这种打印机是工程师用来制作电路图的。我们坐在科林的车里，将卷轴铺开，科林就开始用食指在纸上指点、划分着我们之间的联系。在这个过程中，我不停地找机会偷窥他的牙齿。

我急着看科林带来的文件，但他提议我们先吃午餐。他向我介绍了他在英国电信公司的工作，以及他的两个孩子，一男一女，分别是 20 岁和 18 岁，还有他的妻子安吉拉。他说，他对谱系学的兴趣是从他祖父去世之后开始的。"那时的我意识到了一个人的死亡是多大的损失。所有可以口述的历史、谁对谁做了什么，所有的回忆和认知都消失了。"

午餐后，我们将所有的文件摊开浏览。而事到如今我也意识到，那"一大堆"的资料不过是一种比喻而已。科林的确有点儿零零碎碎的好东西，比如一个现改名为菲茨帕特里克，住在加利福尼亚的西布鲁克分支家庭的电子邮件地址。但他也无法告诉我托马斯的长相，或者他的儿子塞缪尔离开英国的具体原因。和我一样，科林没有比理查德更远的任何信息，甚至他也从来没有听说过查尔斯·西布鲁克医生给国王治疗手臂的故事。

不过，这次旅行让我对住在萨福克郡这一地区的牧师的生活有了更好的了解。科林向我展示了巴纳迪斯顿区登记表中的一份文件，该文件原存储在伯里圣埃德蒙兹的档案室中，上面说托马斯是一位助理牧师。他每年的底薪是 100 英镑，还有其他费用（包括婚礼、葬礼、洗礼）都是由斯坦斯菲尔德教堂的教区牧师约翰·马迪亲自下发。尽管合同表明他在周日的行程不需超过 15 英里且还会"进一步为其分配带有办公室、马厩和花园的牧师住宅",但托马斯的负责范围是 3 个教堂,分别在不同的村庄。

那天晚上风很大,大到吹翻了卡迪夫市住宅的屋顶,虽然没有像东北风或者飓风那样强劲,却也是对城市的致命一击。正当我躺在酒店房间静听狂风怒吼之时,我想起了科林的鼻子,自打我在玩具反斗城停车场看见他的第一眼,那个鼻子就在我的脑海里挥之不去。虽深知它与哥哥鼻子的相似多半是巧合,但我仍忍不住抓住这点儿可能的血缘关系不放:也许这就是我兜兜转转寻根觅祖所要寻找的东西——一点儿自己的影子。

第二天早上,我刚从餐厅吃完早餐出来,就看到科林正在酒店大堂等着我。他起得早,因为要送妻子安吉拉和她朋友去英法隧道的法国一侧的奥特莱斯购物。我带上我的东西,上了科林的车,前往伯里圣埃德蒙兹——东安格利亚殉国君主埃德蒙德的安息之地。公元 869 年,埃德蒙德被维京首领无骨者伊瓦尔❶开膛破肚,肺被生生挖了出来。远离了喧嚣的现代英国,我们渐渐驶入了世外之地般永恒的英国乡村——那里有完美的田野、深邃的小巷和古老的树篱。

正当我们走进托马斯堂区最北边的雷德教堂墓地时,就听到有什么东西在隆隆作响——只见隔壁牧场几匹极为高大健壮的驮马正向我们奔腾而来(想必是因为好奇我们是谁),汗水在它们热气蒸腾的身体四散飞溅。它们旺盛的生命力与潮湿、布满地衣的寂静墓

---

❶ 译者注:无骨者伊瓦尔(Ivar the boneless,约 830—873 年),9 世纪时的一个维京人的首领,他的绰号"无骨者",有资料记载他无法行走,需要别人抬着走,这很可能跟他患有先天性成骨不全症(又称脆骨症)有关。

园形成了强烈的反差。天空乌云密布，眼看着又是暴雨将至。周围到处都是鼹鼠挖的小土丘。

"和蠕虫一样多的鼹鼠。"科林道。

我们继续前往威克汉姆布鲁克村，这是托马斯正式继承约翰·马迪的教区牧师身份的地方，尽管最后只在这个位置待了一年，他次年就去世了，享年58岁。

建筑的内部有一种老教堂特有的阴气重重的彻骨之寒，这也许是托马斯英年早逝的原因。教堂原始建筑的一部分被保留了下来，还有一个北门，是维京教堂的典型风格。教堂窗户上的彩色玻璃也在17世纪几乎被清教徒尽数捣毁，只有祭坛上高高镶嵌的几扇得以幸免于难。

我在教堂里缓缓踱步，凝视着墙上的铭文。然后我猛然听到科林说："你刚刚踩着托马斯了。"我低头一看，脚边有一块开裂的石头，上面刻着他的名字和生卒日期，还说他是这里的牧师。石头显出了五六条明显的裂纹，字也早已不成一体，字母都开始互相挤撞在一起。我给科林拍了一张他和石头的合照，然后又拍了张近距离的特写，这样我回去就可以把科林的鼻子给我哥哥看了。

圣诞节前，我从赛克斯的实验室拿到了前6份西布鲁克DNA样品的检测结果。赛克斯分别比对了Y染色体上的9个位点，结果表明我采样的前两位英国西布鲁克——杰拉尔德和基思，在9个位点上都成功匹配。而第三位英国西布鲁克——艾伦，虽未能完全匹配，却也与杰拉尔德和基思的DNA极为相似。除此之外，还有一位实验志愿者——来自长岛法明代尔的美国白人威廉·西布鲁克，他的9个Y染色体位点竟与我的完全匹配。相比之下，我们二人与艾伦只有一个位点基因突变差，与基思与杰拉德有两个位点突变差。在6

个样本中,唯一未与其他西布鲁克配对成功的是德克萨斯州的杰弗里·斯科特——南卡罗莱纳州西布鲁克的后代。

新年过后不久,我接到了赛克斯的电话。他告诉我一个我一直想听到的消息——赛克斯认为这项研究表明我的 Y 染色体显出了一个典型西布鲁克的家族基因特征:"这确实是一个非常有趣的研究。虽然很难确定具体时间点,但它的确表明除杰弗里·斯科特之外的所有人都在某一时间点有一位共同祖先。这位祖先可能活在大约 500~1000 年前……不过,保险起见还是说成 1500 年吧。言归正传,我想说的是,这个世界上明显存在过第一位西布鲁克先生,而你们 5 人都是他的后代。更有意思的是你和威廉的基因是完全相同的,你们可能是直系亲属。你是他的兄弟吗?"

"据我所知,不是。"我说道,同时脑子里飞快地盘算着各种可能。我询问了杰弗里·斯科特·西布鲁克基因样本与我们 5 人的差异,以及这是否意味着我们与南卡罗来纳州西布鲁克家族毫不相干。一想到要把这个消息告诉父亲,我就十分头疼,他定是会很沮丧的,但我倒是庆幸自己不必再为此给自己加一重"白人愧疚"❶。然而,赛克斯还是给我们的家族之谜留有了一些回旋余地:"从这个小范围样本中可以看出,尤其在 3 个样本来自这个名字的故乡的情况下,杰弗里·斯科特在他这一脉的某一处发生了非亲子关系事件。"此外赛克斯还补充说,6 个西布鲁克中有 5 个具有相似 DNA 特征这一事实充分证明了西布鲁克太太们的正直,"他们的子孙后代应该为父辈们择偶方面的智慧感到骄傲。"

---

❶ 译者注:尤指美国现代社会对昔日白人奴役、歧视黑人的谴责,而使白人产生的一种愧疚和悔恨的情感。

天才闪光

我给威廉·西布鲁克打了个电话,告诉他 Y 染色体测验结果证明我们有很近的血缘关系。我在他工作的保险公司找到了他,他的单位在曼哈顿市中心的派恩街,离我家有大约 10 分钟的步行距离。若这次寻根行动的目的是与家族成员建立更紧密的联系,那么找到一个活着的亲戚难道不应该比找到一个只存在在历史文献上的祖先更重要吗?但现如今,我找到了一个新堂兄弟,而他就住在城市的另一头,我的心里除了好奇,更多的是谨慎。

原来,比尔❶也是个族谱迷,他知道他的跨时代祖先弗雷德·西布鲁克是在 1880 年携家小从萨塞克斯而来,在皇后区落脚扎根。他没有再往前追踪,所以他的族人原先很有可能就是我在萨福克郡的族人,然后在移民之前搬到了萨塞克斯。

"我想知道的是,"比尔说道,"咱两家是否与南卡罗来纳州的西布鲁克有关系。"他的意思似乎是那些南卡罗来纳西布鲁克们在他们家族神话中的地位更重要。他给我讲了一个故事:在 20 世纪 50 年代,一些代理南卡罗来纳州西布鲁克岛的律师给他在皇后区做木匠的祖父写了封信,把该岛的所有权交给了他,说他是这个岛的合法继承人——"所有的土地,老种植园,所有的一切,只要把税钱补上。"但他的祖父还是拒绝了律师的请求。

"我是说,你能想象如果我祖父接受了这个提议,会发生什么吗?"他说着,声音非常严肃,正如一个人讲述家族历史时会用的语调,"那整个岛就都是我们的了。"

——写于 2001 年

---

❶ 译者注:比尔是威廉的昵称。

碎片知识

2005年10月，一辆卡车驶入了雅典的国家考古博物馆的停车场，随即工人们就开始卸载一台8吨重的X射线扫描机。这台机器的设计者——英国的X-Tek系统公司，称其为"银翼杀手"——60岁的英国数学家兼电影制作人托尼·弗里斯，驻足在博物馆地下仓库门口，看着身着白色T恤衫的工人们全力以赴地将这台路虎车大小的机器抬到大门处，再沿着斜坡推入博物馆。弗里斯是安提凯希拉装置研究项目的成员，该研究项目所涉领域极其广泛，研究对象是20世纪初，人类在爱琴海发现的几块2000年前古代机械装置的碎片——从其重见天日起，就一直是科学界的一大谜团。

弗里斯是个沉默寡言的高个子，嗓音低沉。他曾是布里斯托大学的一名数学家，在那里拿下了集合论（数学逻辑学的一个分支）的博士学位。然而，他后来渐渐疏远了学术生活，把自己职业生涯的大把时间花在了电影制作上——其中有很多是科学题材。大约在5年前，弗里斯第一次听说了安提凯希拉装置，这个传闻重新点

· 165 ·

燃了他在大学时对数学、逻辑和问题解析的热爱，以至于弗里斯在研究它的过程中，几乎放弃了他的电影工作。在众多为破解安提凯希拉之谜而投入毕生精力的人中，弗里斯算是来得最迟的。另外有一位在安提凯希拉装置领域工作了20多年的英国研究人员迈克尔·莱特，碰巧在"银翼杀手"完成任务之前抵达了雅典，但莱特并不是这个项目的参与者，人们对他的到来有些惶惶不安。

事实上，是弗里斯想出了联系X-Tek公司的主意，希望在他们那儿找到一台高分辨率的三维X射线仪器，来观察装置内部构造。当时，X-Tek公司正在研发一台CT扫描仪样机，该机器将使用计算机断层摄影技术为飞机涡轮内部的叶片进行三维X射线扫描，以进行安全检查。罗杰·哈德兰——X-Tek公司的老板兼总工程师对弗里斯的提议很感兴趣，于是就和他的团队为这项研究开发了一种新技术。

在核心机器被装进博物馆之后，技术人员又花了一天的时间来安装外围设备。最后，一切准备妥当。第一个接受检查的D号碎片被放置在"银翼杀手"的转盘上，它的周长只有一英寸半左右，比起直径六英寸半的最大号碎片A小多了，它看上去就像一块发绿的小石头，或者是一块被掰下来的珊瑚。零件因历时过久而被严重腐蚀钙化——残片本身与包裹在其周围的被石化的海泥没有区别。自然资源保护主义者们也无法在这些残片毫发无伤的情况下清除掉所有的腐蚀物，所以一窥古老科技内胆的希望就全寄托在现代科技的身上了。

"银翼杀手"开始旋转了起来。随着转盘的运作，仪器上的电子枪开始向一个钨靶发射，放射出一束正好穿过碎片的X射线。这样一来，仪器的转盘每转动0.1°，一张新的图像就会被记录下来。

完成一个完整的360°旋转，会有3000多张的图像，需要大概一个小时。在上述步骤完成之后，电脑又花了一个小时将这3000多张图片组合成装置碎片内部的三维模型展现在我们面前。

当弗里斯焦急地等待着"银翼杀手"显示屏上跳出第一批图片时，他尽量让自己不要抱太大期望，而是对现场的学者和技术人员抱有足够的信心。

众人中，有几位也怀着同样的期望等待着：塞萨洛尼基亚里士多德大学的天文学教授约翰·塞拉达基斯、雅典大学天体物理实验室主任色诺芬·穆萨斯，还有一位名叫亚尼斯·比沙基斯的物理学博士研究生。（英国卡迪夫大学的天体物理学家迈克·埃德蒙兹虽是这个研究项目的学术领导，但未能亲临现场，他留在了威尔士。）"我今天只将注意力集中在最让我欣慰的一点——那就是这件事情经过4年的拖延，终于发生了。"弗里斯对我说，"说句实话，有时候我会怀疑自己永远等不到这一天。"

1900年春天，一群从北非返回的希腊海绵潜水员路遇风暴，被迫在位于克里特岛和吉非拉岛之间的安提凯希拉小岛的背风处避难。等到风暴平息后，潜水员伊利亚斯·斯塔提斯穿上由风管连接着压缩机的加重潜水服，准备下水找一些巨蛤，当作大家的晚餐。

只见海底坡度急剧下降，潜水员沿着水下悬崖来到了距海平面约140英尺的一个大陆架。大陆架的另一端，是陷入一片漆黑的深渊。斯塔提斯环顾四周，看到了一具古代沉船的残骸。接下来发生的事情令他大吃一惊：暗礁上覆盖着一堆堆碎尸，无一具完整。为了证明自己的所见，他在浮出水面之前拿走了其中的一块，后来发现那是一条青铜手臂。

次年秋天，现在为希腊政府工作的那批海绵潜水员重返故地。

在接下来的 10 个月里，他们从海底沉船内带上来了许多雕塑碎片，有大理石的，也有青铜的。随后所有这些碎片都被带到了国家博物馆进行逐个清理和重新组装，这是世界上第一个大规模的水下考古挖掘。最终，从船上的硬币、双耳酒壶和其他货物上提取的证据总算帮助研究人员确定了沉船的日期：公元前 1 世纪的上半叶——辉煌的古希腊文明正日渐衰败，紧随其后的就是罗马人对希腊城池的征服与占领。船上有一些硬币来自珀加蒙，那是一个希腊古城，位于现在的土耳其境内，这也证明了此船曾在珀加蒙附近的港口停靠过。而精致的两耳细颈酒罐充分说明了这艘船也曾去过同在希腊国东部的罗德岛，该岛以其惊人的财富和发达的工业而闻名。众所周知，罗马帝国各省贪官污吏不在少数，这艘船上的货物可能是从希腊庙宇和别墅中劫掠而来，正准备去装饰罗马贵族的住宅。单是货物的重量就可能促成这艘船的毁灭。

　　由于长期浸泡在盐水中，大部分大理石碎片都已经变得坑坑洼洼，黑黝黝的。反观青铜雕塑虽然被严重腐蚀，却还有挽救的余地。虽说青铜雕塑在古希腊很普遍，但幸存下来的只有极少数（青铜在古时通常被当作废品出售，重铸为武器），其中的大部分还都是从沉船里打捞上来的。在安提凯希拉水域发掘的艺术品中，有一位留着胡须的哲学家的青铜肖像，还有所谓的安提凯希拉青年——一个比真人比例稍大的裸体青年男子雕塑，那是一件罕见的青铜雕塑杰作，大约是公元前 4 世纪的作品。

　　船上的其他文物还包括木制家具的青铜配件、陶器、一盏油灯和 15087 号文物——鞋盒大小的青铜块。青铜块的外壳是木制的，里面似乎是熔铸在一起的金属碎片，但因为青铜表面布满了藤壶和钙，很难辨出它的真面目。由于研究早期大家的兴奋点都集中在雕塑上，这件文物并没有得到太多的关注。但 1902 年 5 月的一天，希腊考古学家斯皮里东·斯泰斯注意到，可能因为近日暴露在空气中的原因，木制的外壳已经裂开，内部的文物已经裂成了碎块。在仔细观察后，斯泰斯看到了一些仅有 2 毫米高的古希腊语铭文，刻在了一个看起来像青铜刻度盘的东西上。后来，研究人员还注意到被精确切割的不同大小的三角形齿轮锯齿——整个东西看起来像是某种机械钟。但这是不可能的，因为直到 14 世纪，也就是这艘船沉没后的 1400 年，科学精确的齿轮装置才开始被广泛使用。

人们最初对这块被后人称为"安提凯希拉装置"的分析主要遵循了两种逻辑。以国家博物馆的 J. N. 斯沃罗诺斯为首的考古学家们认为，该文物一定是"某种星盘"。星盘是希腊人发明的天文仪器，在 8 世纪的伊斯兰和 12 世纪早期的欧洲都广为人知。星盘常被用来测定时间，还可以根据星宿的位置锁定纬度。此外，穆斯林水手经常用它来计算祈祷的时间和寻找麦加城的方向。

然而，另一派以德国语言学家阿尔伯特·雷姆为首的其他研究人员认为，这种装置的构造看起来比星盘复杂太多。雷姆认为它可能是传说中的阿基米德球体：古罗马政治家西塞罗曾在公元前 1 世纪将其描述为机械天文馆，能够再现太阳、月球和 5 个不用望远镜就能从地球看到的五大行星（水星、金星、火星、木星和土星）的运转形态。还有一些人在得知这款装置的复杂性之后，认为它一定来自一艘很久以后沉在同一海域的船，可能只是恰好落在了古船上方（尽管这个装置显然已经被船上其他的货物压碎了）。但在没有任何确凿证据的情况下，相对中立的星盘解释一直被大家认可，直到 20 世纪 50 年代回想人们对安提凯希拉装置前 50 年的研究历程，你会意识到现代学者是多么不愿意承认古人有能力掌握这样的精密技术。希腊人被承认使用粗木齿轮搬运沉重的建筑材料、打水和起锚,但历史学家一般并不认为他们能用金属裁切出科学精确的齿轮并排列成复杂的齿轮传动链——将动力从一个驱动轴传递到另一个驱动轴。IBM软件开发员,同时也是《希腊化时代的希腊科学》一书作者的保罗·基泽告诉我说:"那些研究科技历史的学者倾向于相信科学是从哥白尼、伽利略和哈维开始的,并且经常断言在此之前科学并不存在。"看来我们现代人似乎一直有将全部先进科技成就归功于自己的企图。就现代文明来讲,虽说想要再做一些像希腊人在科学上的基础性的发现,如欧几里得几何、三角学和杠杆定理,等等,已经有些迟了,但我们在利用这些基础发现来制造机器的领域却是达到了登峰造极的水准。这些文物就是我们人类天赋异禀的产物和证明,然而我们却不愿与早期的文明共享荣耀。

事实上,有证据表明,早期文明在技术上远比我们想象的更加娴熟。正如彼得·詹姆斯和尼克·索普在1994年出版的《古代发明》一书所述,某些古代文明已经对自然电现象和磁力的无形力量有了认知(尽管这两个概念在当时都不被理解)。希腊文化孕育了许多伟大的发明家,首先是锡拉库扎的阿基米德(约公元前287—前212年),除了著名的天文馆,他还被认为是一种由大钩子组成的可怕的爪形装置的发明者。这种装置被埋在海里,由一条缆绳将其与陆地上的升降机连在一起,这样一来该装置就能够将一艘满载的战舰船头高高举起,并将其击碎在水面——据传闻,古希腊人在公元前212年前后发生的罗马围攻锡拉库扎之战中使用了该武器。除了阿基米德,拜占庭的菲隆(生活在公元前200年前后)还发明了弹簧驱动的弹射器,但最天赋异禀的要数来自亚历山德里亚的赫伦(生活在公元1世纪前后)。他阐述了蒸汽动力的基本原理,据说还发明了一种蒸汽动力装置——装置中溢出的蒸汽能带动一个带有两个喷嘴的球体旋转。此外，赫伦还发明了机械老虎机、水力管风琴以及用于寺庙和剧院的各种机械设备（如旋转门）。在他如云的成就中，最为人熟知的或许就是那些精美的机器人——动物和人的模拟器，它们被巧妙地设计出唱歌、吹小号、跳舞等栩栩如生的动作。

虽说赫伦流传至今的《气体力学》一书详细描写了以上发明，但一些学者却认为他的描述只是幻想。而学者们给出摒弃此书的理由就是因其缺乏证据——没有任何人曾发现过上述神奇装置的实物或迹象。但正如小部分学者所主张的那样，实际考古证据的稀缺其实并不令人惊讶。毫无疑问，这些饱经风霜的机器最终坏了，而掌握技艺的人早已离世，周围没有人能修好它们，所以它们大抵都被当作废品出售回收利用了。只有很少的技术图纸或著作留下来，正如保罗·基泽观察到的，"幸存下来的文本往往是更受大众欢迎，也就是那些经常被复制印刷的文字和教科书，显然，研究性著作或超前的科技发明文献不属于这一类。"最终，随着罗马帝国的瓦解，希腊人所掌握的先进科技作为陪葬，也从西方世界完全消失了。

但是，如果希腊人确实拥有比我们想象的更先进的技术，那么他们为什么不把技术运用在更实际的领域（如省时省功的机器），而只是制造精巧的唱歌机器人呢？或者，与我们现代人认为"技术实用才有价值"的观点不同，希腊人认为有价值的东西在于娱乐、启蒙、让自己高兴？有一种理论认为，由于希腊奴隶繁多，希腊人并没有多大动力，也没有必要去发明省时省功的机器——实际上，他们可能已经发现这一想法很不恰当。尽管有"阿基米德之爪"，但正如基泽所说，制造高科技战争武器存在着文化上的阻力，因为"希腊人和罗马人都重视个人在战争中的勇敢"。但无论如何，由于

天才闪光

希腊科技缺乏显著的实用性，人们到底还是更倾向于相信它根本没有存在过。

1958年，普林斯顿高等研究院有一位名叫德瑞克·约翰·德索拉·普莱斯的研究员前往雅典考察安提凯希拉装置，他对此装置的兴趣介于传统定义的学科上。他出生于英国，接受过物理学训练，但后来又转行，成为耶鲁大学由阿瓦隆资助的科学史教授。他被公认为科学计量学的创始人，科学计量学是一种对科学活动进行计量和分析的方法。而集考古学、天文学、数学、文字学、古典历史和机械工程于一身的机械学，就非常适合像普莱斯这样博学的人，他也为装置的研究倾注了他余生的心血。

普莱斯认为安提凯希拉装置是一种古老的"计算机"，可以用来计算近期或远期的天文事件，如下一次满月。他发现刻在大表盘上的是标记历法的铭文，有月份、日期和黄道十二宫——普莱斯还认定这上面是有指针的（只不过丢失了），可以用来代表太阳、月亮，甚至是行星。指针在表盘上的每一次移动，都代表着天体在不同时间的位置。

于是普莱斯就根据齿轮装置的基本特性开始证明自己的理论。齿轮的工作原理是通过旋转运动传递动力并实现齿轮之间的数学关系来运转，而安提凯希拉装置的原理更侧重于后者。普莱斯似乎已经断定，在碎片A中可清晰看到的装置里最大的齿轮，与太阳的运动有密切的联系——自转一圈等于一个太阳年。假设另一个代表月亮的齿轮是由太阳齿轮驱动运转的，那么这个齿轮系的尺寸比例必定是按照希腊人对月球运动的理解设计的。只要数出每个齿轮的齿数，便可以计算出齿轮传动比，再将这些比率与天体天文周期进行比较，就可以知道哪些齿轮代表哪些天体的运动。

遗憾的是，由于仅有少数齿轮残留在装置表面，并且许多齿轮都有残缺，普莱斯必须想办法从残存的齿轮数中估算出总齿数。终于，在1971年，他与希腊放射技师C.卡拉卡洛斯博士获准对这个装置进行第一次X光扫描，而这些二维图像不负众望地描绘出了几乎所有剩余的轮齿。随后普莱斯根据这些发现绘制了一幅原理图，对这一装置的内部工作原理进行了假设重构。1974年，普莱斯将他的研究成果以一本70页的专题论文形式发表了出来，取名为《希腊人的齿轮》。论文中写道："世界上任何其他的地方都没有发现过这样的仪器，任何古代科学文献中的言语所及都无法与之相比。而恰恰相反，以我们目前对希腊时代科学技术的了解来看，这样的设备是不可能存在的。"

普莱斯期望着自己这次在装置上的研究能够改写科技史。这个装置"需要我们彻底重新思考我们对古希腊技术的认识，"他后来补充道，"它理当排在有史以来最伟大的机械发明之列。"普莱斯还指出，这种装置放在当年不可能是唯一的一件——如此复杂的技术产品不可能突然出现，还处处精致圆满。这个装置不仅证明了我们对古代技术概念的了解根本上是不完整的，它也与新达尔文主义关于技术进步的概念相矛盾，即技术进步是一种逐渐向着更加复杂的方向发展的渐进演化的概念（科技史已经是19世纪人类进步信仰的最后避难所）——这一观点被深深地嵌入了阿尔伯特·佩森·厄舍1929年的经典研究《机械发明史》里。正如普莱斯所写："一想到古代希腊人的伟大文明在衰落之前，他们不仅在思想上，而且在科学技术上都已经与我们的时代水平如此接近，这让人有点儿胆寒。"

尽管普莱斯的研究得以在各大学术期刊上发表并广获评论，却也没能改写古代世界历史。著名数学和科技史学家奥托·诺伊格鲍

天才闪光

尔在前文普莱斯的齿轮论文发表一年后，就出版了自己的《古代数学天文学史》。他在这一大部头著作中将安提凯希拉装置贬为一个小小的脚注。学者和历史学家不愿意改写技术史，就是要避免那些尚存疑虑的研究跻身其中。此外，普莱斯的书出版于《诸神的战车》最受欢迎之时——该书于1968年由瑞士作家艾利希·冯·丹尼肯发表。丹尼肯认为远古时期的高级外星人曾在地球留下了星星点点的科技遗产，因而普莱斯的发现也被人与UFO、麦田怪圈等奇闻怪事联系在一起了。最后，还是回到了保罗·基泽跟我说的那句话："古典学术是非常文学化的，它关注文字资料，如荷马、索福克勒斯、维吉尔或贺拉斯的诗；或者，它是老式的、历史的，通过希罗多德和修昔底德的史书，关注领袖与战争的；要么就是人类学、考古学方面的，关注人口分布，诸如此类。所以当一个像安提凯希拉装置这样的有关古代技术的考古产物出现时，它格格不入，因为它是新颖的，是科学的，且非文字的。还有一点就是，装置只有一件，这种独一无二的设备往往会使学者和科学家们忧心忡忡——因为他们更喜欢模式化和大型数据的收集，当然这也在常理之中。"无论出于何种原因，就如学者罗伯·赖斯在1993年首次发表的一篇论文中所写的那样："安提凯希拉装置共沉没了两次——一次在海里，另一次在学术上。认识这一点绝非易事，但并非毫无意义。"

雅典国家博物馆并没有在这些青铜块的展示上费多大心思，15087号铜块实在没什么可看的。1980年著名物理学家理查德·费曼来访此地时，也几乎没有什么信息能解释这装置究竟是什么。在费曼博士的一封家书中（这封家书后来还被收入他本人的新作《你在乎别人想什么》），他曾写道，他觉得这个博物馆"有点儿无聊，因为我们以前见过太多这样的东西了。但有一样，在所有展品中，有一件与其他完全不同且异常奇特，近乎不可能。它是1900年从海里打捞上来并修复成的，是一种带有齿轮传动装置的机器，与现代发条闹钟的内部结构极其相似。"当费曼问及关于15087号藏品的更多信息时，管理员们似乎有些失望，其中有一位还说，"博物馆里那么多展品，为什么他偏偏看中了那件，它有什么特别的？"

对希腊人和其他古代文明来说，天文是一种重要且实用的知识形式，太阳和月亮是历法的根基，帮助人们标记时间。太阳的运转周期告诉农民何时播种、何时收割，而月亮周期通常被当作公民义务的基础。当然，对于水手来说，星星也在夜间航行起了很重要的导航作用。

诺芬·穆萨斯，是安提凯希拉装置研究项目中两名希腊天文学家之一，他身材矮小精壮、温文尔雅。童年时期的穆萨斯在雅典长大，每当参观博物馆时他都会对着这个装置沉思，现如今他作为一名天体物理学教授，也拿它当作与本科生交流的话题。因为对于学生们来说，古代的技术往往比古代的理论更有说服力。

一个冬天的夜晚，穆萨斯带着我在雅典市中心的考古公园里进行了一次令人难忘的散步，那里还有罗马和希腊的集市。残月当空，照亮了漆黑的夜空，银光点点洒在了荒颓的庙宇和集市上。穆萨斯讲述了一个故事，关于古人如何慢慢学会识别恒星运动的规律，并利用它们来分辨时间和预测天象。"这种方法所记录的并不是我们所了解的时间，"他告诉我说，"而是恒星的运转——一种更深远的时间。"

与他们之前的巴比伦人一样，希腊人的一年有12个"阴历月"，即从一个新月到另一个新月的周期，平均每个周期持续29天半。但阴历的问题就在于，12个阴历周期会比一个阳历周期短11天——这就意味着，如果不定期地去调整日历，季节很快就会与月份脱节。大约18年后，夏至就会在12月出现。所以，想出一种能够协调阴历、阳历年份的体系是历法制作的巨大挑战。

大多数古代社会调整历法的方式是每3年左右加一个第13月，即"闰月"。但至于如何计算这些月份的长度，或者应该何时添加，从没有个定数，直到巴比伦的天文学家偶然发现了一个改进的诀窍。他们发现每19年有235个阴历月，换句话说，如果你在今年4月4日看到一个满月，那么在19年后的4月4日，月亮就会以相同的形态在同一地点出现。这就是最终以雅典的希腊天文学家默冬的名字命名的"默冬周期"，它成为帮助阴历和阳历保持同步的重要工具。（甚至如今的基督教会仍会用默冬周期来计算每年复活节的确切日期。）除此之外，巴比伦人还创制了被后人称为"沙罗周期"的历法——那是一种估算日食、月食发生概率的方法。巴比伦的天文学家通过观察得知，每隔18年11天零8小时，就会有一个几乎相同的日食、月食出现。许多古代社会都认为日食、月食是一种先兆，根据不同文化的理解，它可以预示帝王的未来或者战事的结局。

随后希腊人又发现了"卡利巴斯周期"，等于4个默冬周期减去一天——是一种更精确的协调太阳与月亮周期的方法。但希腊人的真正高明之处在于他们提出了解释这些周期的理论，尤其值得一提的就是他们把几何概念带入了巴比伦的天文学。如多伦多大学的古典学教授亚历山大·琼斯对我说的那样："希腊人看到了巴比伦公式里的几何学——天空中的圆都在围着对方旋转。当然，这完全符合齿轮的工作原理——每一个齿轮都有着自己固定的小轨道。"在历史的长河中，定是有某个希腊发明家意识到了通过建造齿轮组模拟天体运动，重现宇宙循环的可能。

但这位发明家是谁呢？普莱斯只将这位发明家称为"某个不知名的天才机械师"；而有些人则认为是希帕克斯——古希腊最伟大的天文学家，他也被认为是三角学的创始人。希帕克斯在公元前140年到公元前120年间生活在罗德岛，他在那里写出了一个可以详细解释月亮在绕地球运动的过程中变速的异常现象的理论。此外，人们还认为希帕克斯在罗得岛上创建了一所学校，他去世后学校由波西杜尼斯维护管理。波西杜尼斯曾在公元前79年与西塞罗一起学习，西塞罗的一封信曾提到一个"由我们的朋友波西杜尼斯亲手制造"的设备，听起来与安提凯希拉装置如出一辙——"它的每一次旋转周期都再现了太阳、月球和5颗可见行星每个日夜的运动轨迹。"

走在通往雅典卫城的山路上，穆萨斯给我指出了当年默冬的天文学学校和太阳天文台的所在地。在下山返回的途中，我们在著名的风之塔停了下来，它是昔日古代雅典著名的中央钟，现在只剩下一个空落落的躯壳了。钟表的设计者是安德罗尼卡·西尔哈斯，人们认为它的内部是一个精致的水钟，外部是一个日晷。"鉴于我们现在对这个装置的了解，"穆萨斯说，"我开始怀疑，这个大钟是否比我们想象中要复杂得多。"

1983年，德瑞克·普莱斯死于心脏病突然发作，他对机械装置的研究还没有完成。虽说他对这个设备的基本见解入情入理，但还没来得及弄清楚所有的细节，也没有成功地完成一个在各个方面都能正常运转的工作模型。那一年，在伦敦，一名黎巴嫩男子走进了博览会路的科学博物馆，身上揣着一个用纸包起来的古老的齿轮装置。他把这件东西拿给了机械工程馆的馆长迈克尔·莱特，随后另一位馆长 J. V. 菲尔德就被叫来检验这件包含4个主要碎片的文物。

据莱特说，这名男子称，他几周前在贝鲁特的一个街市上买了这件文物。最终科学博物馆掏腰包把它买了下来，莱特和菲尔德证明了，这是一个可以显示太阳和月亮在黄道十二宫位置的齿轮日晷。而且，莱特还特意照着原样重做了一个模型。刻度盘上的文字样式可以追溯到公元6世纪，这使它成为迄今发现的第二古老的齿轮传动装置，仅次于安提凯希拉。

除了履行馆长的职责，莱特还会帮助维护在博物馆展出的旧钟表。其中有一件是世界上有记载的最古老钟表的仿品。它是由圣奥尔本斯修道院院长理查德·沃林福德于14世纪初建造的。这是一个巧妙绝伦的天文仪器，叫作"阿尔比恩"（All – by – One，意为悉数合一）。另一件是14世纪中叶由帕多瓦的乔瓦尼·德·东迪建造的著名行星仪和钟表合体，被称为星象仪（astrarium）。与许多学习机械史的学生一样，莱特注意到了欧洲这股奇怪的钟表潮流——几乎所有的仪器都同时出现在了多个不同的地方。莱特也了解古人早已熟知发条装置的理论，随着西方的衰落，这些专业技术流传到了伊斯兰世界，这就像许多希腊文本被翻译成阿拉伯语后得以幸存一样。在9世纪，巴格达的班努·穆萨三兄弟出版了《精巧装置手册》（*Book of Ingenious Devices*），其中详细介绍了许多齿轮传动的机械装置。10世纪的哲学家和天文学家阿尔·比鲁尼描述了一个月亮盒子，那是一个用8个齿轮造成的阴阳日历。莱特越是深入研读古老的伊斯兰文献，就越相信古希腊人的齿轮知识在伊斯兰世界仍然存在，并在日后重新回到西方，具体而言，可能是在13世纪被阿拉伯人引入了西班牙。

在进行这项研究的过程中，莱特渐渐开始对安提凯希拉装置产生了浓烈的兴趣。在细细钻研过普莱斯的记录后，他意识到了普莱斯在整个齿轮装置方面犯了几个根本性的错误。"我立刻意识到，普莱斯所重建的模型并不能解释我们在这个装置上的所见。"他告诉我说，"制造装置本身的人没有犯错，他用了最简练的方式去实现他的所求。"莱特决心要完成普莱斯未竟的事业，并建造一个机械装置的工作模型。

普莱斯的研究主要停留在学术层面，从数学和天文理论的角度来研究这个装置；而莱特充分利用了他有关心轴、冕形齿轮的丰富实践知识，以及齿轮系设计中的其他机械技术。莱特在修理老式钟表方面有经验，而老钟上面一般都会有展现月相的天文显示器，这使他对机械装置的构建有了一个重要的见解。莱特推测前表盘上一定曾有一个用来代表月相的可旋转球体——一半是黑色，另一半是白色，会随着月亮的圆缺转动。此外，莱特还向人们展示了针槽结构是如何模拟月球运动的。

58岁的莱特言谈举止中都透着英伦公立学校的风范：他们通常都彬彬有礼、热情诚恳，看上去很理性。但莱特却时常被阴郁的情绪所控，狂乱失控的情绪爆发常常折磨着他，使其陷入过于复杂的个人纠葛——他称之为"混乱状态"。即便如此，莱特告诉我："我真的讨厌冲突，以及任何形式的对立，甚至是竞争。"因为他意识到自己总是与那些本应是盟友的人吵得不可开交——本来学术研究人员是惯于合作并时常分享资源和见解的，但莱特在气质上更像是个孤独的发明家，离群索居地做着自己的工作，直到找到解决方案。

莱特确实有过一位合作伙伴，他的名字叫艾伦·布罗姆利，是悉尼大学的计算机科学讲师，以及查尔斯·巴贝奇的研究专家（查尔斯·巴贝奇是一位19世纪的数学家，第一位提出可编程计算机设想的人）。布罗姆利过去常来科学博物馆研究巴贝奇的论文和图纸，莱特经常与他共进午餐。1990年,二人对安提凯希拉装置进行了继普莱斯之后的第一次X光扫描。但事后布罗姆利就将数据带回了悉尼,只允许莱特查看资料中的一小部分。(据莱特说,布罗姆利承认自己已经拿定主意将名字和这个难题的解决方案联系在一起,而且最好是单独署名。)

与此同时,莱特又和他科学博物馆的老板闹翻了,这个"不折不扣的恶霸"逼莱特将所有研究机械装置的工作挪到空闲时间("我们不是靠研究古代世界吃饭的。"莱特记得另一位同事这么对他说)。这样一来,每当莱特的妻子带着孩子去度假时,莱特就泡在雅典博物馆。(多年这样的生活之后,妻子终于忍受不了,跟他离婚了。)

20世纪90年代末,莱特赶去悉尼见癌症晚期的布罗姆利,布罗姆利最后把大部分数据交还给了他。然而,就在莱特终于将二人的研究结果整理就绪,准备发表出来的时候,他听到了安提凯希拉研究团队正在想办法拍摄一组新的X光照片的消息。他没有把这次新的调查看作是一种有利的潜在机遇,而认为这是对自己地盘的不当侵犯。"在古希腊文物研究领域,有一条不成文的规矩:如果一个研究人员正在研究某些素材时,那么在他完成研究之前,其他任何人都没有权限使用这些资源。"他在给我的信中写道,"而这件事一轮到我,原本的共识就被团队的阴谋弃之不顾。"所以当他到达国家博物馆,看到"银翼杀手"正在进行X光扫描时,并没有像其他人那样兴奋不已。相反,他生气、疲倦、沮丧。

出现在"银翼杀手"显示器上的第一张D号残片图像就惊呆了众人:"比我们敢于想象的结果要好很多,"弗里斯对我说道,"它让人屏住了呼吸。"在被腐蚀的岩层内,好似是个齿轮胚胎,一个

7 碎片知识

历经千年才得萌芽的工业时代胚胎。

然后,研究小组发现了一处古怪的铭文。此时 X–Tek 公司的计算机断层摄影技术专家安德鲁·拉姆齐正在操控观测仪,他试着将 3D 图像的几处放大,直到找到了正确的切片。齿轮的侧面刻着字母 M 和 E——ME。这是制造者做的标记吗?或者,ME 是"第45部分"的意思(在古希腊语里,ME 是一个符号,代表45)?旁边的弗里斯还打趣说是迈克·埃德蒙兹把自己名字的缩写刻在了碎片上。❶ 一些人则认为,也许装置中的这一片零件是回收利用的产物,而上面刻着的字就是更早的设备上遗留下来的。

最后算下来,这个团队从整个装置中补救了约 1000 个新的字母和铭文,是普莱斯掌握的数量的两倍。再加上早期的图像,这些新得的铭文证实了普莱斯和莱特之前的理论。例如,在 E 号残片上,研究团队发现"螺旋齿轮上有 235 个分区"。"这让我十分惊讶,"弗里斯说,"这完全证实了普莱斯的观点,即在表盘背面的上方有一个转盘代表默冬周期 235 个阴历月。"此外他们还读到一些解释性文字,说在"指针的末端有一个小小的金色球体",可能是指装置表面黄道十二宫转盘的太阳指针上用来代表太阳的小球体。莱特提出表盘背面的环应该是螺旋形的,E 号残片上的"eliki"一词就是"螺旋"的意思。在 22 号残片上,研究团队又看到了"223"的刻字,说明装置上有沙罗周期盘,且有预测日月食之用。

正如诺芬·穆萨斯对我所说,我们就像"在机器内部找到了一本用户说明书一样"。原来基本被视为考古文物,带着纪实艺术风格的人工制品,变成了一个重要的天文学文献。更难得的是,这个

---

❶ 译者注:迈克·埃德蒙兹的全名是 Mike Edmunds,ME 是他名字的缩写。

时期遗留下来的原版天文文献极其稀少，我们现代人对于古代天文学的大部分认知都是来自后期的天文学家。希帕克的作品几乎无一幸存，我们很大程度上依赖于亚历山大的克罗狄斯·托勒密，而且有些人认为他鸠占鹊巢，窃取了很多希帕克的成果并冠以己名。

  刻在装置上的许多铭文都需要花数月时间才能读懂。其中有一位名叫亚尼斯·比察基斯的博士研究生与弗里斯和 X – Tek 团队联手，将 X 射线数据重新着色转换为计算机图像，著名的希腊古文学家阿伽门农·特塞利卡斯负责所有的阅读和大部分翻译工作。正如比察基斯曾向我解释的那样："阅读这些文本最困难的地方是，古希腊语中的单词之间没有空格，且有很多不同的解读方式。雪上加霜的是，每行文字的边缘都是残缺的，导致我们根本不知道连续的文本是什么。"他与特塞利卡斯总是一读就是一个通宵，还经常给团队的其他成员发邮件或打电话，更新他们的发现。这样的工作一直持续到 2006 年的春天，穆萨斯每每回想起来，都认为这是"我一生中最有趣的时光。"例如，穆萨斯发现"球体"和"宇宙"这两个词的时候，心灵上感到了极大的触动，他告诉我说，"我觉得自己好像在通过这个装置与一位活在古代的同事交谈。"

  一天，我去迈克尔·莱特的家里拜访他。他的家坐落在伦敦西部，到处堆着书籍和钟表。我进门时，莱特正在阅读古希腊历史学家色诺芬的著作。他放下书，从楼梯下面的储藏室里拿出他为安提凯希拉做的机械模型。它在尺寸上与笔记本电脑的大小惊人地相似，只不过稍微厚了一点儿。在前表盘上，除了有普莱斯假设应有的太阳月亮指针，莱特还添加了各个行星的指针和一个单独代表一年中某一天的指针。后表盘有 223 个分区，标志着沙罗周期的月份；上面还有一个类似的表盘，显示着默冬周期的月份。机制内的齿轮全部被藏在一个木制的匣子里，匣子一侧有一个大木把手。

当研究小组在 2006 年 11 月 30 日的《自然》杂志上发表他们的研究结果时，莱特为文章的表达过于笼统而心怀不满。为此莱特还差点儿没出席研究小组在 12 月初为期两天的会议。最后，他决定带着 1998 年结婚的妻子安妮前往，"为了防止我忍不住拿膝盖怼某个家伙的裤裆。"

我们来到了楼上莱特的工作室，那里面装满了各类工具和金属零件，空气中弥漫着刺鼻的机油味，竟也让人有些身心愉悦。桌子和地板上散落着莱特用齿轮做成的精巧装置——各种钟表、星盘，还有发动机。我想起了普莱斯对装置制造者的评价——某个不知名的天才机械师，并开始猜测这位神秘的制造者是不是和莱特有些相像，他是否也有一个堆满机器的杂乱小作坊。

莱特把他的模型拆开，向我展示里面齿轮的装配。我注意到在装置的中间，一个长方形的金属板上刻着一些字。莱特告诉我，那是从一个机器上回收下来的黄铜碎片做的。

"所以你觉得那字母 ME 是——"

"没错，"莱特插嘴说，"我觉得它一定与那块金属以前的用途有关。"然后莱特把机器重新组装起来，转动了对应太阳齿轮的把手。把手通过多个齿轮传动链与较小的齿轮啮合，指针开始绕着刻度盘旋转——其中显示一年中天数的指针是以固定速度移动的；而月球和行星的指针则沿着偏心轨道旋转，会时而改变路径往反方向转动——和夜空中行星的运动规律一样。在以上机械运作的同时，背面刻度盘上的指针会依次爬过沙罗周期和默冬周期中的每一个月份——日食、月食随之而来，也随之而去。我注意到，此刻的莱特，只要不停地转动旋钮，他就显得异常冷静。

天才闪光

直到这一刻，我仍和许多人一样，在疑惑如果希腊人有能力制造出如此精致复杂的设备，为什么会用它来制造一个本质上是玩具的东西，一种智力上的消遣。但当我的目光随着装置移动——它旋转着，转出一曲由金属奏成的交响乐，完美地模拟了一个机械的、逻辑清晰的宇宙，我才意识到自己的见解是多么的愚蠢浅薄。这台机器的意义比玩具多出了太多：它体现了一种完整的世界观，对古人来说，那是一种可以凝望的信念。

——写于 2007 年

 隐形金

在80号州际公路穿过内华达州那一段漫长路途的中点附近，坐落着一个名叫巴特山的小镇。对大多数旅行者来说，它只是一个休息站——一个可以加油、顺便在24小时营业的咖啡馆里吃个汉堡的地方。在另一个时代，它也以相似的方式服务着南太平洋铁路上的过客；而如今从这条路上呼啸而过的只有那些甚少停歇的货运车。铁路整齐地把小镇分割成了贫富两边。右侧的房屋大多是一层楼的框架结构，庭院整洁，没有树木，围着白色的尖桩篱笆，混凝土人行道在严冬酷暑肆虐之下已经变形。相比之下，对面房子更显破旧，很多房子都是用褐色的石棉瓦砌成的，周围停靠着破旧的汽车。实际上，镇上的房子看上去华丽讲究的只有两家风俗场所：三色猫俱乐部和沙漠俱乐部，而居民区的房子其实不过是简陋的棚屋而已。咸涩、带着沙砾的狂风肆意席卷着铁路两边，整个小镇笼罩着一层薄薄的尘幕。再加上沙漠泛起的热浪，让人们很难在白天从远处看出，哪里是巴特山小镇，哪里是沙漠的海市蜃楼。到了晚上，巴特山就

成了一个小小的霓虹灯绿洲,在地平线上形成一片浅碟形的微光。

20世纪80年代,人们在巴特山镇周围挖出了4000多万盎司[1]的黄金。4000多万盎司,那比美国传说中的任何一个显赫的富矿都要多——包括1849年的加利福尼亚州富矿。巴特山地层中有大量黄金,包括小镇东南部的大片范围、西边的冲积层中、西北部的黑石沙漠里,以及东北部羊溪山脉和塔斯卡洛拉山上,漫山遍野都埋藏着黄金。相比下来就数塔斯卡洛拉山的金矿最为丰富。在绵延40英里的细长卡林矿带中,隐藏着12个矿床。有一些人坚信,卡林矿带之下埋藏着一片更加丰富的矿层,甚至可以与南非黄金礁相媲美,它绵延不绝,可能有3000英尺深,比目前最深的矿还要深两倍。当然,也有人认为这种言论只是刚刚崛起的小镇捏造的疯狂噱头——这个国家的上次淘金热发生在1904年内华达州的金田镇与牛蛙镇,它们早已渐渐从人们的记忆中淡去,以清醒的历史视角来看,这更像是一个例外事件。

猫头鹰俱乐部是这座小镇的地理和社交中心,它集咖啡馆、餐厅、酒吧和赌场于一体,一年365天每天24小时不停休营业。任何时候,这里都有被当代淘金热吸引、慕名而来的人,他们当中有钻井工、矿工、建筑工人、土地勘测员、地质学家、冶金学家、工程师、联邦执法官、股票推销商,还有公司高管。各类人等的喧闹声盖过了老虎机的叮当作响——杠杆棘轮的运转声、计数器的嘀嗒声、旋转声、报账铃声,还有硬币如流水般倒入铝盘时左敲右碰发出的清脆金属声。矿工们身揣金属市场上最新的黄金报价走进酒吧,就像当年他们的祖先带着一袋袋闪闪发光的金沙冲进酒馆一样。两个

---

[1] 编辑注:盎司是英美制重量单位。1盎司 = 1/16磅 ≈ 28.3克。

8 隐形金

工程师讨论着从海水中提取黄金的经济性，日本最近尝试了这种办法。旁边一位冶金学家描述了一种能分解硫的微生物，它们可以"吃掉"一些难熔金属中的黄金。在某个角落，还坐着一位"黑匣子地质学家"，一个现代版的矿脉占卜师，讲解着他发明的装置是如何工作的："你看，我往里面放了块磁铁，它附在石英弹簧上。这个理念很简单，我只需要到那里走走，而每当我脚下走过一个大型金属物——一个矿体时，我的磁铁就会被吸引并轻拽弹簧，弹簧就会向我的仪器发出一个信号。"另一边的钻井工也讲着钻井的故事：身高2米、体重200多斤的斯特雷奇，正在给身高2.1米、体重270斤的蒂尼聊自己一个伙伴，"以前我有个老伙计在圆山上钻洞，突然矿顶板塌了。眼看钻探机向他滚来，他就想：'天哪，我要被压死了。'然后泥土石块又开始接二连三落在他身上，他觉得自己会被活埋的。就在这时冷不丁又有水——那里有很多地下水——开始喷到他身上，他立马觉得自己要被淹死了。然后他又发现喷出来的是热水，于是又认为自己就要被煮熟了。事后他也感叹，在短短两秒的时间里，他历经了4次生死。"

虽说黄金已经吸引了3000多人来到小镇，却使原先的人口差不多翻了一倍，大型房车把停车场堵的水泄不通，汽车旅馆人满为患——这些暂住的旅客几乎都是业内的专业人士。我仿佛看到那颇具浪漫意义的淘金热景象——大批怀揣着暴富梦想的人们蜂拥而来，一辆辆出租卡车沿着80号州际公路排成了蜿蜒曲折的长龙。镇上只有一位业余的阿尔戈英雄❶，是来自纽约雪城的一位前维修工，他

---

❶ 译者注：阿尔戈（Argonaut）原指希腊神话中陪同伊阿宋搭乘阿尔戈号出海寻找金羊毛的船员，后泛指寻找金子的人。

在《宝藏》杂志中读到此处有富矿的报道后,决定到西部来寻找自己命中注定的那份财富。但到目前为止,幸运女神还没有眷顾他,所以他只好暂时在猫头鹰俱乐部重操旧业做维修工作,但没多久又因为在上班时间玩老虎机被炒了。

尽管如此,住房仍是一个严重的问题。潜在开发商将住房短缺看作一种机遇,但当地政府却意识到泡沫破裂之后的毁灭性后果——周围沙漠中的幽灵城镇就是给巴特山镇最好的说明与警示——于是决定谨慎处理。幸运的是,镇上的主要开发商,一位性情随和、身材魁梧的红脸大汉——比尔·埃尔奎斯特也恰好是县委员会的主席,因此一些符合民意的解决方案也逐渐被纳入计划中。"多建房车公园,"埃尔奎斯特一边说,一边指向最近刚卖给回声湾矿业有限公司(Echo Bay Mines Ltd,当地最大的公司之一)的一块地。于是小镇上的第五个房车公园将在不久后出现。公园旁边坐落着一片模块化住宅群,同样也是埃尔奎斯特名下的一个企业。

埃尔奎斯特说,他并不介意亲眼看着这座小镇有条不紊地将整体规模扩大一倍,但他认为这并不可能。巴特山的百姓大多对这种矿业热潮所带来的繁荣持有怀疑态度——无论世人将它的未来描述得多么天花乱坠——因为他们实在经历了太多次了。巴特山 20 世纪 50 年代出铀,60 年代出铜,70 年代出汞和钼,七八十年代之交还出现了重晶石矿——所有这些矿产所带来的繁荣都和黄金一样,在小镇里散播着瘟疫般的盲目乐观情绪。"这些矿工小子们都说这次的繁荣之景会一直持续到 2000 年,我倒希望他们是对的。"埃尔奎斯特说,"但没有人对此抱太大期望,你懂吗?"人们都不想重蹈昔日重晶石崩盘的覆辙。重晶石是一种用于钻油井的矿物,它的价格在 1978 年猛然飙升,正好此时人们发现巴特山周围贮存了大量重晶石。为此，地方政府修建了一个与 8000 人小镇规模匹配的污水处理系统，盖了一所新高中，铺设了主要道路。一些当地矿工因一时的狂妄，决定在 80 号州际公路上立了一个牌子，写上"巴特山——世界重晶石之都"。事实证明这一举动并不明智——不仅是因为他们把"首都"这个词拼错了，写成了"议会大厦"❶，而且在重晶石价格上涨后不久，石油市场崩溃，重晶石的价格也随之急转直下。到了 1982 年，繁华散尽，小镇尽显凄凉之景。纳税人还在为这次市政建设买单，而高速路上的那块牌子也只能悲寂地站在沙尘风暴中，无人问津。

如今当地商会在原地竖起了一块新牌子，上面写着"巴特山——不打哑谜，不卖关子"。

"这标语说起来倒挺朗朗上口。"埃尔奎斯特说道。

"但它到底要表达什么呢？"

"好吧，没有人真正知道这句话的意义是什么，这就是吸引人的地方。"

在城外大约 6 英里的地方有一处孤零零的盆地，星星点点地长着几株鼠尾草。盆地中央停着一辆全身镀金的凯迪拉克——轮毂盖、车头的格栅、前照灯、挡泥板，甚至车门上的锁，都镀上了金——这种抛了光的铜色金在阳光下熠熠生辉，发出耀眼的光芒，在一英里外的州际公路上就能看到。引擎盖上的凯迪拉克标志和顶篷两侧的凯迪拉克徽章镶嵌的绿宝石、钻石和红宝石闪闪发光。车牌上赫然写着"P. 戴维斯"，后窗上还贴着由红色霓虹灯组成的"戴维斯金矿"字样，灯的开关连着刹车踏板。距其仅几步之遥的地方停着

---

❶ 译者注：在英文中，议会大厦 capitol 与首都 capital 仅一个字母之差。

天才闪光

一辆破旧的白色房车,车门附近还挂着几个"禁止入内"的标牌。

菲利普·A. 戴维斯鲜少在镇上露面,许多居民都将他看作一个行径古怪的隐士。他也不怎么在猫头鹰俱乐部出入,倒是那里的客人常常拿他的事八卦消遣。据传,自从 7 年前菲利普的金矿开始能够定期产出固定利润后(最近平均是每月 7.5 万美元),他就变了。他变得"有点儿奇怪""特别多疑"——大家这样描绘着他,有些人还挺同情他。然后,他们就详细讲述了菲尔[1]是如何被一个女友和几个在附近农场工作的牛仔洗劫的故事。女友的名字叫桃红(也可能叫小红,人们都记不大清楚了),她知道菲尔把他的第一笔钱(他坚持现金支付)藏在了房车地板的下面。一天晚上,女友等菲尔睡熟后打开了房车的门,把牛仔们放了进来,一帮人用棒子把菲尔打得不省人事,下巴脱臼,一只眼睛受伤。随后他们撬开地板,匆匆拿着钱逃跑了。这件事发生在 1982 年,从那以后,菲尔就不怎么和他的老朋友来往了(当然他也学会了把钱存在银行里),有些人说他变得薄情寡义,但更多好心人则认为他的坏脾气只是给外人做样子,私下里还是个好人。举个例子来说,他会随时在口袋里备着糖果,好分给遇到的孩子们。

镇上有很多人坚信在不久的将来,可能是下一个春天,他们也会靠着自己在此地的产权发家致富,但到目前为止,只有菲尔·戴维斯[2]得以如愿。他的金矿叫迪伊矿(Dee),是卡林矿带的 12 个矿床之一,其余有 10 个都属于纽蒙特黄金公司,第 11 个,叫金击,属于美洲巴利克资源公司。与相邻企业所拥有的矿石储量和生产能

---

[1] 译者注:菲尔(Phil)是菲利普(Philip)的简称。
[2] 译者注:菲尔·戴维斯即菲利普·A. 戴维斯。

8 隐形金

力相比，迪伊只是家芝麻大点儿的小公司。纽蒙特公司旗下的矿内埋藏着约 1600 万盎司黄金，按当下时价计算，价值约为 63 亿美元❶。1988 年，他们从中生产出了 89.5 万盎司黄金，一跃成为北美最大的黄金生产商。同年，美洲巴利克公司产量为 34.1 万盎司，迪伊则仅生产了大约 5 万盎司。据预测，在生产进度不受干扰，且没有新矿石被发现的情况下，迪伊矿床将在 1994 年正式告"竭"，而菲尔·戴维斯本人从中获得的总计利润大约为 900 万美元。

菲尔喜欢称自己为"小虾米"，就是那种"食物链末端的小虾米"，还说："我跟你讲，人家那些大老爷公司根本不把我们这些没嚼头的虾米放在眼里。"当年我和菲尔是通过名叫唐·史密斯的当地人介绍相识的，那个唐也自称是小虾米，很多当地人都给自己封了这么个名号。唐的座驾也是凯迪拉克（那是一辆没镀金的 1976 年版埃尔多拉多，里程数快满 30 万英里的老爷车），当时我们正开着这辆车沿前街行驶，正好瞧见菲尔下车走进雪佛龙加油站旁边一家新的经济型超市。我们停下车，跟着他进了门。

"我听说这里有卖那种马克杯，"菲尔一进门就说，"我必须要买到那种杯子。"他一边走一边扫视货架，拿起一罐豌豆和一罐男厨牌意大利面，对着它们咕哝了一会儿，又放了回去。他看见了销售经理，立刻急匆匆地赶上前去，热情地和他握手，把他的店夸得天花乱坠，然后才询问杯子的事。"对！就是这个，就是这个好东西。"菲尔在店员将杯子拿给他的时候大叫道。我看了，那不过是一个普通的杯子，寻常咖啡店用的那种。菲尔买下了杯子，又跟经理说长论短一番恭维，边说边在手里把杯子翻来转去地把玩。

---

❶ 译者注：本文发表于 1989 年。

等我们从超市出来后,我说我对他如何找到金矿的故事很感兴趣。

"似乎所有人都想知道,人人都在问我这个问题。"菲尔说道。他神采奕奕,穿着靴子的双脚上下踮来踮去。尽管此时已是黄昏,他仍紧眯着眼睛,我们头顶上巨大的雪佛龙霓虹灯招牌在他的镜片上反射出樱桃红色的光芒。他继续说,又似乎是在扪心自问:"是啊,'你是怎么做到的,菲尔?有什么秘诀吗?'"

"那你是怎么告诉他们的呢?"

"这要看是谁问了。手无寸铁的小虾米也没有什么靠山,能控制的也只有自己这张嘴了。"说着他就列举了一大堆他这种小虾米公司的敌人:大型矿业公司、银行、政客、国土管理局、林务局、华尔街。

唐立刻表示赞同。就在去年春天,他为了和东部的两名金融记者谈话而不得不推迟了和妻子去雷诺的旅程。"你知道吗?到头来他们的文章里对我的公司只字未提,字字句句都离不开对大公司的赞颂:你们纽蒙特有多厉害,美国巴利克有多伟大。"

"那太糟糕了,"菲尔说,"真的很糟。"

"你看,局外人一般都是这种想法,"唐有些激动地说,"他们认为全世界的黄金都跟华尔街有关。你以为起初是谁坐拥真正的金山?是那些所谓的投资分析大师,还是什么自以为是的地质学家?不,正是我们这种无名的小企业家,因为我们是这块地的所有者,明白吗?"

菲尔笑着摇了摇头,对唐的愤愤不平无动于衷。他懒洋洋地从后裤兜里掏出了一个小皮套,用手掰开一点儿缝隙好让我看到躺在里面的一把手枪。只见菲尔夸张地眨了一下眼睛,又把皮套塞回了裤兜。"有些人做了他们不该做的事，"他说，"我得小心点儿。"他压低声音，神秘地说，"我一到山里就有人跟着我。是的，你没听错。他们就坐在那边的山顶上，用望远镜观察我。有很多人想要我的东西——明白吗？"他突然大笑起来，提高声音道："猪肉和豆子罐头太多了，懂我什么意思吗？"他边笑边爬上了他那辆丰田皮卡车，那是他的日常用车之一。我和唐则站在原地，看着他开车走了。

"我猜他可能不轻易开那辆凯迪拉克出街。"唐严肃地说。

唐·史密斯是"矿业公民"组织的主席，这是他在1977年参与组织的一个地方保护团体，用他的话说，建立这个组织的目的就是为了保护商业链底端"小虾米的权益"。人们几乎每天都能看见他坐在猫头鹰俱乐部的一个窗边位吃早餐，一份枫糖饼；当然有时他也会坐到午餐时分，于是就会再来一份枫糖饼。他看着窗外来来往往的过客，脸上露出一丝愤世嫉俗的表情。唐是个挺结实的老头，62岁，斜眼睛，高颧骨，总是穿着一套一成不变的短袖机械师工作装，露出他满是文身的前臂。他"咯咯"的笑声又尖又高，与他壮汉的形象完全不符。和巴特山镇的许多老居民一样，唐当矿工更像是业余爱好，而不是为了谋生。他有时间就去勘探，一时兴起就去采点儿金子。砂矿开采最大的优势就是工作相对简单，成本也更低。大自然的冲蚀已经替人类完成了最艰难的工作：它把黄金从高山巨岩下冲入了山谷，以小颗粒、薄片和金块的形式深藏地下，与冲积层混在一起。人们只需淘洗碎石沙砾，昔年的原始矿工是用平底锅完成这项工作的，而现代的矿工都会用挖泥船——一个大型的浮动装置，配有铲子、好几个转桶和一个斜面可以沥水的淘洗台。但凡事有利必有弊，砂矿开采虽省时省力，利润却远不如硬岩开采，硬

天才闪光

岩开采也被称为矿脉开采,卡林矿带那边就是硬岩矿。大自然将沙金广洒在天下各处,唐其实内心一直都期望着自己哪天能挖出个大金块,但他顾忌着自己平时雇的那3个帮手会先于他找到,中饱私囊。于是,他试着通过发放奖金来鼓励忠诚,但同时也立了一个规矩:"保持鹰眼一样的警惕性是最好的策略。"唐还存在现金流问题,他不喜欢卖掉自己亲手挖出来的黄金。他在自己的天美时手表表盘周围焊了6个葡萄干大小的金块,不到走投无路之时,他绝不会变卖自己的存货。有一年他的妻子心脏出了点儿问题,唐卖掉了挖沟机支付医药费,金子却丝毫未动。当他看着自己的金子时,他会变得沉默,这对唐来说是一种罕见的状态。他讲述每一块金子背后的故事:他发现它的时间、地点、随行的人、天气,甚至是太阳的角度。

但"大钱"都在矿脉,而不是在砂矿里。唐当时拥有345个矿脉,与历史最高的782个相比确实逊色了些,但以每处产权20英亩计算,也是一笔不可小觑的财产了。每一处产权都应当代表一个发现,1872年《采矿法》上就是这么规定的,这部典型的美国法律赋予了美国公民在公共土地开采硬岩矿物的权利。然而,《采矿法》没有明确界定"发现"一词,一位内政部长❶在1894年写下了一个很模糊的法律定义:"已经发现了矿物,且有证据表明,一个具备通常审慎能力的人有正当的理由对其增加劳动和经济方面的花费,并且有合理的成功前景,可以开发一个有价值的矿地。"唐在这些产权上押注时,可能表现出了"通常的审慎",也可能没有,但他的审慎能力在法庭上受到质疑的可能性很小。所以在实践中,法院

---

❶ 译者注:美国管理矿业的部门是内政部 Department of Interior。

8 隐形金

依据的是"实际占有原则"❶——说白了就是"先到先得"。

那时在内华达州,买一个矿脉所有权要 15 美元。但《采矿法》规定,矿权所有者每年必须对其投入不少于 100 美元的开发费用,其产权才能持续有效。在 1872 年,115 美元的价格足以限制人们大批购入矿权或囤积大量矿田,但多年来 115 美元的价格一直保持不变,放在现今非常划算了。尽管如此,唐每年要为他的 345 项产权支付 3.45 万美元还是相当高的——如果他不得不支付的话。但实际上,他一分钱也没付,他的承租人替他付了这笔钱。有家矿业公司,可能是家大企业,也可能是披着调查机构外衣的一群不可靠的股票推销商,出钱在固定期限内研究唐名下的一系列矿地。价格会根据这块区域的热门程度与矿田大小有所波动,其中卡林矿带的金矿就被公认为是黄金地段,唐在卡林矿带的北端也有那么一小块地。一般来说,产权所在地越接近已知矿床,其租金价格就越高,任何一点确凿的证明都能连带着提高相邻矿地产权的价值。唐会时常听矿工们八卦什么,拣着对他有利的一些谣言就会煽风点火地去散布,还去查阅法院的土地产权状况图,看看那些有潜力的土地中是否还有无人认领的。他的所有租约中都包含着一个"发现"条款,要求承租人为发现的任何东西支付 3%~5% 的特许权使用费,然而这一条款却从未有机会生效。

如今猫头鹰俱乐部就好比他的办公室。

"你最近去哪儿了,唐?"一个穿着干净的靴子和熨烫平整的格子衬衫的男人问道,这显然是个城里人,刻意打扮质朴想让自己看

---

❶ 译者注:此处原文 pedis possessio,是一个拉丁文法律术语,根据《元照英美法词典》意指:对不动产的实际占有,主要用以保护探矿人在发现矿藏前继续勘探有价值的矿藏,免遭其他探矿人的干扰,但限于探矿人实际留在矿地并积极搜寻矿藏。

起来像乡下人。

"哦,"唐说,"就出出门,看看风景。"

"听说你还去了山城。"

"嗯,那边的风景真不错。"唐从胸前口袋里抽出一根波迈牌香烟,"推荐你有时间去看看。"

"乐意至极,唐。"

"我就知道你会喜欢的。"

"你的表真漂亮。"那人说着弯下腰看了一眼,然后说,"糟糕,我要迟到了。我得赶紧走了,回头再聊啊,唐。"

"嗯,你知道去哪可以找到我。"

"推销员,"唐在那人离开后说道,"他们从温哥华远道而来,想要租我的一些地。哦,他们还跟我玩欲擒故纵,总是说'哦对了,顺便说一下',或者'既然碰巧说到这事了,那我这里有点儿钱,租给我们几块地吧。'其实他们对挖金子并不感兴趣,只是想建一家可以在温哥华证券交易所上市的勘探公司。然后他们就四处宣扬自己得到了一座金矿,公司的股票就上涨——可能从每股 0.25 美元涨到每股 2 美元——那位推销员和他的伙伴们就会将这些股票迅速抛售,赚个盆满钵满。不过当然,这种方法也不是百试百灵。"唐发出一阵"咯咯"的笑声,接着说,"有时他们没有拿捏好时机,就会反亏一大笔钱。不过话说回来,我大部分生意都是和这种人做的,我觉得这很好,因为这样直截了当。如果他们真的在我的地里挖出金子,哦,天哪,那我就真的要头疼了。合同、律师、各种头疼的麻烦。"

"但你能靠这个大赚一笔的。"

"哦,我现在就很好。"

"那你靠出租矿田大概能赚多少钱呢?"

他又"咯咯"笑了两声,说:"大约上乘的牛排能做到顿顿管饱吧。"

唐认为《采矿法》是"有史以来写得最棒的法律"。它是"社会上艰难生存的小虾米唯一可以依赖的朋友"。他时常听到人们争辩,说许多小公司是在滥用法律,因为国会通过这项法案的本意并非想让不动产商成为探矿人,相反,他们希望鼓励探矿人开拓国家的矿产资源,借机开发西部的荒地。这种观点认为,在目前的实践中,《采矿法》实际上是在抑制采矿:它给那些擅自占地者、投机者还有敲诈勒索者颁发许可证,最后真正发现矿床的人将面临一连串噩梦般的产权诉讼和合同谈判,他们时常会遇到三五个,甚至十几个人拿着证书找你主张各种权利。

唐认为,国会通过《采矿法》,意在给独立个体创造与资本家竞争的条件,而个人在尽其所能维护自己权益的行为,是符合法律精神的,即便字面上没这么说。"在过去,像我这样的人可以自己出门探索,运气好的话就能发现浅矿。这种情况下,我再找几个朋友,扛着铁锹锄头就能自己开采了。现如今浅矿因开发过度早已无处可寻,钻矿机就成为发现矿体的必要条件。每钻一个约600英尺的洞,就要花费2.5万美元,而你可能需要钻10个,甚至20个洞才能发现矿体。小公司从哪儿弄这么多钱呢?银行?才怪,哪个银行会把钱给'小虾米',他们只肯贷款给大公司。这时候人们就会说:'好吧,那如果小公司下不了这个本儿,就应该卷铺盖走人。'但我就会想:'为什么要把黄金给那些已经富得流油的人呢?'如果这是国会想要做的,那它根本不会通过《采矿法》。"

1987年,众议院的矿业与自然资源小组委员会就《采矿法》举行了一次监督听证会,其中讨论的主要议题是:目前人们可以在国有土地上自由开采硬岩矿物的政策是否应该被某种后续自由商定的许可制度所取代,就如为石油、天然气和地热资源设立的开采许可制度一样。在这一制度下,探矿人们在国有地产挖矿的权利只能通过向联邦申请而获得。若是政府批准了探矿人的申请,就发给他一份租约,上面的条款与唐写的那种很类似:对一定的租赁时间明码标价,而政府将从勘探方所挖出的东西总价值中拿走一部分。如果不只一方对同一块矿地感兴趣,政府就会将此处租约进行拍卖。这一制度的倡导者,其中最公开坦率的是塞拉俱乐部,它认为与自由开采政策相比较,新政策具有若干优势:它符合1976年《联邦土地政策和管理法》的宣言,即"将公共土地归为联邦所有……是美利坚合众国的国策"。这一新举措将为联邦政府带来数十亿美元的财政收益,而且,通过促进矿物勘探法律的合理化,也将刺激采矿业发展。

"这会成为小虾米的末日"——这是唐对矿产租赁制度发表的看法,他很有可能是对的。像唐这样的人永远也不可能希望以高过某个大企业的竞拍价格来获得公共土地的开发权。然而,也许是小人物的时代气数已尽,也许是唐与那条成就他的19世纪的法律一样的不合时宜。对于这一说法,唐给出了两种回答。第一种比较感性,"当你们说到消灭探矿人时,那是在消灭最美国式的探矿人"——政客们很吃这一套。第二种回答就是,小公司们是探矿过程中不可缺少的,他们完成的是枯燥乏味,且对许多工业地质学家来说无法接受的初期勘探任务——他们踏遍沙漠和山脉寻找地表异象。然后,他们可以把这些信息提供给那些有足够财力去采取挖掘行动的公司。唐认为,如果探矿人被挤出市场,采矿业必将遭受致命打击,为此他还举了当年关于铀的故事为例。1946年的《原子能法》将铀排除在《采矿法》的适用范围之外，并专门建立了一个由原子能委员会管理的租赁制度。随后一小队地质学家就被派去为政府收集这种突然具有战略意义的矿物，结果只有很少的铀被发现。直到1954年《原子能法》被废除，私人勘探家们在此后仅仅两年，给国家挖出了供过于求的铀。"矿物的工作是万万不能交给地质学家的，"唐说出了这样的结论，"我宁愿让一个拄着拐棍儿的人在我的地上一点点试探，也不愿让一个地质学家来做这件事。"他说出"地质学家"这个词时，是一个音节、一个音节地缓缓从嘴里吐出来的，像是在把它一点点拆解。

　　唐的观点经常得到安迪·汉普顿的支持，他与唐一样同是探矿人，也是猫头鹰俱乐部的常客。安迪86岁了，是个矮胖却不失可爱的老头，像一个上了年纪的小天使。猫头鹰餐厅的女服务员都很喜欢安迪，总是轻声细语地跟他闲聊天，被他的求婚逗得花枝乱颤。21年前，安迪从工具设计师的岗位退休，和妻子格蕾丝搬到了巴特山，正式开始从事勘探工作。格蕾丝于1984年去世，安迪最好的朋友兼挖矿伙伴也在1987年去世，享年91岁。但安迪表示自己并没有感觉到孤苦和衰老："某种程度上，整个人生都在我面前，可以说是前途无量——我可能会成为百万富翁。有多少我这个年纪的人能这么说？"他说，他花了很多时间研究他自己的"微型鱼"，意思就是他在搜寻无主土地时所着重研究的地盘的状态透明度。他在小镇以西15英里的地方有一块含有72项产权的地盘，附近有一个名叫金盏花的老矿。

　　"这算是我财产中较小的一部分存款，矿里大约存着22.5万盎司黄金。"一天早上，安迪在猫头鹰餐厅，一边往煎饼上倒糖浆一边说道，"所以按照现在黄金的单价来算，我记得今天早上是452美金，算起来总共是多少钱，唐？"

"大约1.02亿美元。"唐说，那神态好像讨论9位数存款对他而言是家常便饭。

"因此，如果我把矿租出去，就可以获得3%的净冶炼厂特许权使用费……"

"嗯，那照你这么说1%能赚100万，那么3%就能赚到300多万。"

"那就算350万吧。"安迪还没能学会唐那种面对巨大财富脸不红、心不跳的沉着，当然他尽力了，他把嘴唇抿在一起，频频点着那颗粉红色、近乎光滑的脑袋。

"你可能有机会争取到4%，"唐说着又抽出一根波迈香烟，"菲尔·戴维斯就拿到了4%，或者他本就该拿4%。"

听到菲尔·戴维斯的名字，安迪的脸瞬间就拉了下来。想到小镇里那么多人中，菲尔·戴维斯竟成了一夜暴富的那个，这让安迪认为自己的正义感受到了挑战。"事实上，"安迪说道，"我和唐才是真正找到迪伊矿的人。你说对不对，唐？"

"嗯……不，"唐说，忧心忡忡地瞥了一眼我的笔和本子，"倒也不完全是。"

"但菲尔能得到这些矿地的产权，难道不是因为我们吗？"

唐叹了口气，吐出一缕烟，闷闷不乐地望向窗外。从私心出发，他看起来更倾向于同意安迪的观点，即财运更偏爱菲尔·戴维斯，而跟镇上其他的探矿人开了一个残酷的小玩笑。但在思想上，他感觉自己对菲尔有某种忠诚的义务。

"唐，说说菲尔是怎么得到这些产权的吧。"安迪道。

"好吧，"唐把视线从窗外转了回来，"那是在1975年，菲尔·

戴维斯把他的房车停在我的地界上,我让他免费用电,他就在我的院子里住下了。他时不时地帮我钻地,以前他是个机械师,好像还去过一次巴基斯坦。"

"是的,巴基斯坦,"安迪插话道,"也可能是泰国。"

"不管怎么说吧,1975年他在埃尔科遇到了一个叫拉塞尔·佩里的人。佩里是一个石油商,他当时在埃尔科为了离婚的事需要待6个星期。我不知道菲尔是怎么认识他的,不大可能是在酒吧,因为菲尔老弟不喜欢喝酒。我记得有一次,一个家伙站在门外喝啤酒,菲尔就跳过去把他打了——没错,就因为人家喝啤酒。"

"他还是个健身狂。"安迪说。

"哦对,没错。他每天早上第一件事就是做50个俯卧撑,一下床就做,我亲眼见过。不过言归正传,他认识了佩里,佩里说既然他还得在内华达州待6个星期,那还不如在矿上做做投资。就像我说的,当时是1975年,那会儿这里的每个人都十分沉迷于重晶石,现在是黄金——反正当地人总是想挖出来点儿什么东西。不管怎样,当年流行重晶石,菲尔和佩里签了一份契约:佩里出钱让菲尔替他找几块地下注,买下产权,挖重晶石矿。所以菲尔回来后就问我:'我该去哪里挖重晶石呢?'我说,'去岩溪矿床,我在那里有一处地,你可以在我旁边挖啊。'"

安迪清了清嗓子。

"该安迪接着讲了。"唐说着伸手拿了根烟。

安迪向前倾了倾身子说:"菲尔问我是否愿意帮忙,而我当时因为没有什么事情干就应允了下来,何乐而不为呢?好吧,于是我就做了。我还叫上了一个朋友一起来到了指定地点。然后你知道发生了什么吗?我们两个人几乎是干了所有的活儿,菲尔从头到尾干的唯一工作就是用他的皮卡车从镇上买些木桩运过来，仅此而已。"安迪和唐讽刺地笑了一会儿。

"当然，我们最后一个子儿都没瞧见，"唐说，"那位老佩里后来去了欧洲之后又结了一次婚，随即搬回了纽约或是别的地方之后便杳无音信。在接下来的几年里，菲尔一直进行着各种评估工作以保持产权的有效性，突然有一天他就把佩里'广'出去了——你知道广出去是什么意思吗？"

"就是在当地报纸上登一个广告，"安迪解释道，"说如果谁谁谁还想要这些财产，就速来'认领'。"

"佩里自然是不可能再站出来发声了，所以产权就自动转给了菲尔，"唐说，"然后，约翰·利弗莫尔的人——也就是科迪克斯财团，便在那儿找到了金子。"

"咱们不是听说佩里在路易斯安那州卷入了某个石油丑闻吗？"安迪问道。

"是啊，但后来好像又没有这回事了。但不管怎样，菲尔就是靠这样的手段拿到产权的。哦对了，还有就是你知道菲尔开始赚钱之后是怎么做的吗？他就直接把房车从我的院子里开走了，一句感谢和道别都没留下，连个招呼都不打。我有一天早上醒来，他就不见了。我给你讲过吧，安迪？"

"你的确说过。"安迪道。

唐点了点头，又望向了窗外。"嗯，没关系。反正那钱来路不正，我也不想要。"他轻轻地灭掉了香烟，"你呢？"他问安迪。

安迪咬了咬上嘴唇。

"其实，如果能拿到 200 万也是不错的。"唐说。

"没错，我跟你想的一样，唐。"安迪说。"有 200 万就可以了。"

8 隐形金

要从巴特山开车到卡林矿带,你需要沿着州际公路往东走 18 英里,途经一小片由可移动房屋组成的邓菲小村庄,在那里有护牛栏的路口左转,然后一路北上穿过博尔德山谷(Boulder Valley)。这条公路会沿着博尔德河蜿蜒几英里,向上攀爬,然后在山谷顶端分岔——在那里,羊溪山脉与更高、更陡峭的塔斯卡洛拉山交汇在一起。右边的岔路被当地人命名为黄砖路,通往靴襻矿(Bootstrap)、蓝星矿(Blue Star)、金击矿(Goldstrike)、哨岗矿(Post)、金石场矿(Gold Quarry)以及著名的卡林矿(Carlin mines);左边的岔路则通向迪伊矿(Dee)。虽说这些矿床的大小区别明显,地质构造也不尽全然相似,但它们全部采取了同样的开采方式。以上所提及的都是露天矿,所以矿工们也不需要挖地下隧道,而是沿着逶迤的矿脉,炸出梯段形开采面或矿口。他们只需爆破并挖出一个巨大的楔形土坑就可以了。对于某些认为金矿就意味着戴着头灯安全帽的矿工推着小矿车的人来说,看到这些大土坑之后可能会觉得扫兴。其实这项工作的本质就是运土作业,而大家想象中的矿工实际做的是卡车司机的工作。但这些矿坑也有自己独到的魅力——如果你站在这样一个矿坑中间,就会开始怀疑自己平常对于尺寸的感觉。百吨卡车的车轴离地面有整整 10 英尺,德马格 285S 型挖掘机上的铲斗有 11 码❶宽——所有东西都大得好像从动画片里走出来的一样。一个典型的矿坑会看起来像是许多同心圆呈阶梯状依次下移,两层之间有 20 英尺深的距离,有条不紊地直达底部。有些矿坑的形状像体育馆,还有一些坑则是从半山腰切入,更像古希腊的露天剧院。有时候,挖露天矿就是撕开一座大山,因此,附近总会有一座新

---

❶ 编辑注:码是英美制长度单位。1 码 = 3 英尺 ≈ 0.9 米。

山——废石堆成的山，随着时间的推移，越堆越高。要说他们中间最大的矿井，要数纽蒙特正在挖掘的金石场矿。预计到1994年，里面的存矿完全被开采出来时，陆地上会被挖出一个椭圆形、1英里宽、1200英尺深的巨坑。若是你从空中向下俯瞰，它会长得特别像月球上的陨石坑，但从博尔德山谷公路上看，很难区分这些人工坑洞和自然侵蚀形成的沟壑。只有凭着土坑里偶尔发出的沉闷的爆炸声，以及无风的日子里凭空升起的沙尘，你才能断定这山里发生的事情并非自然所为。

一天清晨，我和一个名叫安迪·华莱士的地质学家开车来到这里。华莱士为科迪克斯财团工作，这是一家开发迪伊矿的合伙企业，整个公司由其中一名合伙人全权运营。在路上，我提起与菲尔·戴维斯的相识。华莱士说他从未见过这个人，却一副"很快就会得到这份荣幸"的表情。"在法庭上。"他补充道，"你知道我们之间有场官司吗？没错，是真的。哈哈，不过这年头一个金矿要是没有一两个官司纠纷，都算不上是个货真价实的好矿了。"他说，纠纷的核心就是科迪克斯财团应付给菲尔的特许权使用费。如果公司每日开采矿石超过1000吨，费用是黄金净值的4%；若每日开采未达千吨，或者一吨矿石价值超过了50美元，则按6%收费。其中这模棱两可的地方就在于"开采"一词里。按照菲尔的思维方式，"开采"意味着"碾磨切割"，既然工厂每天只能处理850吨矿石，菲尔认为他应该在这部分矿石中拿到6%的使用费。但科迪克斯财团主张开采之意只是"处理"，既然公司每天要炸碎并搬运约1800吨的矿石，所以全部矿石应按4%的价格支付。"我想这是要害之所在，但这些年来，菲尔一直琐事缠身，自顾不暇。他如今认为我们是在勘探重晶石，所以就经常抱怨我们根本没有在他的地盘上认真挖金子，其实他从一开始就觉得我们不懂怎么挖金矿。这是非常普遍的现象,地主们只知道自己的矿上有黄金,而且他们觉得自己知道金子在哪里,绝不会接受任何不同意见,尤其是我们这些张口闭口不离学术的地质学家。他们认为这是自己的地盘,他们比谁都了解这块地。好吧,我承认在某种程度上,这确实是他们的土地。我承认《采矿法》是一部伟大的法律,但如果法律允许人把大片的土地圈占起来,你若不依,它就不允许你在上面勘探,这对任何人都没有好处,对国家没有好处,对他们也没什么好处。"他无奈地摇了摇头,"菲尔·戴维斯的事,你可以去和约翰·利弗莫尔谈谈,他是唯一和菲尔直接打交道的人。"

我们来到了通往矿井的岔路口。迪伊矿是挖在山的另一边,所以我们一路向高处开去时,是完全看不见它的。密密麻麻的蝗虫在汽车两侧此起彼伏地叫着,如冰雹落地般不绝于耳。山坡上满是碎成一片片的角岩页岩和参差不齐的旱雀草,在清晨的炎热中,地面微微冒着热气。山脊的顶部有一扇四周围着铁丝网的电动门,一名保安在里面控制开关。华莱士通过对讲机和她说了几句话,门就打开了,我们开车来到了一座活动房屋式的办公楼。

华莱士去拿安全帽和防护眼镜,我则在接待区等他。那里挂着一张电脑生成的矿体三维图片,被裱起来,还装了相框。矿产行业的人在谈到自己的矿体时,都有一种夸大比喻的习惯,他们总是说他们的矿石是多么美丽,多么诱人,看着多么赏心悦目,他们一边说话一边比出沙漏状的手势,用手指揉捏,用手掌摩挲这些矿石。呈现在我眼前的矿体看起来像一个平躺的保龄球瓶,在漆黑的背景下好似波浪状的粉红色绸缎,高质量的那部分的颜色更粉嫩,低质量的部分有点儿像贫血的颜色。

天才闪光

对一个不懂现代采矿方式的人来说，看到矿工能用 X 射线扫描矿石，就像医生用 X 光扫描人体一样，会觉得这是件非常神奇的事。很多矿业公司意识到这些扫描照片对于紧张的投资者能起到很大的安抚作用，于是会在他们的年度报告中大肆复制使用这样的照片。在迪伊矿正式开采之前，科迪克斯财团就公开宣布，0.115 含量的金矿石有 267 万吨，0.025 含量的金矿石可达 300 万吨❶，共计约有 382 050 盎司的黄金。其实这些数据是有一些过于美好的想象的成分在其中的——它们是基于统计模型，基本可以理解为一个三维版"连连看"游戏，每一个点代表从一个钻孔中提取出的化验结果。在迪伊，在直径为 100 英尺的中心区域，一共钻了 247 个洞，平均深度为 600 英尺。每 5 英尺就进行一次化验，最后一共有将近 3 万次化验结果，组成了预测黄金储备量的基础数据。事实上，仅仅 5 英尺的间隔就可能挖出价值完全不同的黄金——比如 245 英尺处的矿石金含量是 0.120，到了 250 英尺处就变成 0.009，且在矿床可开采部分中，矿石与废石的比例为 1∶6。不管怎样，将所有化验数据输入对数模型，计算机还是能够对矿体的大小、形状和品级做出合理估计的。综上所有的这些生成了我刚刚在看的那张图。

华莱士带着保护装备回来之后，我们便爬上吉普车来到了坑边。巨坑是在一瞬间映入我眼帘的：里面一会儿是一片杂草，一会儿又是极陡的深崖。这个坑是椭圆形的，约有 900 英尺长、400 英尺宽、300 英尺深，待真正完工时这个深度还要整整翻一倍。

---

❶ 作者注：0.115 是指每吨矿石含金量为 0.115 盎司，相应的，0.025 是指每吨矿石含金量为 0.025 盎司。

8 隐形金

燕子在高高的坑壁上筑巢,还有乌鸦在坑底爆出的热风中盘旋。坑壁上有刻痕,应该是铁铲锯齿上的。有趣的是,上面还有紫色、靛蓝和橘黄色的条纹,仿佛有一个巨大的彩色蜡球被高温熔化,彩色的蜡液就顺着坑壁淌了下来。这些颜色其实是矿化的燧石、页岩和粉砂岩所显,而有多色交杂的地方便是褶皱、地质断层、岩脉和岩床。

爆破队人员正在井下工作,将硝酸铵和柴油调成的黏稠胶状物质滴入深20英尺、相隔12英尺的爆破孔。从这些孔洞里挖出来的岩石就是样品,人们会把样品里的优质矿石、劣质矿石和废石分组放置并分别插上红色、黄色和白色的旗帜,这样矿工们就知道是把这堆石头拉到磨坊垒起来,还是扔到废堆里。在矿坑的另一边,矿工们正在处理前一天刚被炸出的岩石矿物,一铲一铲地将它们装进拖运卡车。装着优质矿石的卡车开到了粗碎机前,一组巨大的钢齿会将大小不一的矿石粉碎成直径为0.75英寸的碎片,再"吐"到传送带上,送至加工厂外不远的筒仓里。拖着废石的卡车会开到山的东头,把东西直接原地卸下。劣质矿石则会被归入四个露天堆中的一个,其中最大的一个有30英尺高、几百英尺长。推土机会把堆顶铲平,灌溉喷头则会给石堆喷洒一种弱氰化物溶液。金是一种惰性金属,也就是说,除了极少数的几种物质,金不容易与其他物质发生化学反应,而氰化物就是其中之一。在接下来的3个星期里,氰化物溶液会逐渐渗透到石堆里,把里面的少量黄金萃取出来。最后这种含金的氰化物溶液,也被矿工们称为"怀孕溶液",最终会到达石堆底部一个有坡度的橡胶垫,并沿其边缘流进洗矿槽。我们开车路过这些洗矿槽时,那些珍贵且含毒的"怀孕溶液",正汩汩而下，顺流来到橡胶衬里的贮液池——"怀孕池塘"，从那里再进入磨坊。

这种提炼工艺被称为堆浸，是一种处理劣质矿石的廉价方式，卡林矿带的所有矿山都是用的这种方法。一吨的原始矿石从开采到过滤，科迪克斯财团只需花费5美元。看似便宜的数字意味着这种金含量为0.0125的矿石，只有金价在每盎司400美元以上时才有利可图。然而，这种提炼方法只对一种特殊的黄金有效，人们称它为"隐形金"：它们大多会均匀地分布在岩石里。如果一个金块藏在石堆中，氰化物只能分解它整体的一小部分；但若是只有沙粒1/3000大小的金粉，氰化物就能轻易将其滤出。总体算下来，堆浸提金工艺的回金率通常在60%～75%。

一位名叫弗兰克·汉勒根的冶金学家带我们参观了这里的磨坊。这里的磨坊和外面的矿坑一样，都能给人带来感官上的混乱，只不过这次受到震撼的是耳朵：磨床有节奏的啃咬声震耳欲聋。这地方是一个铝制壁板做成的洞穴状仓库，没有窗户，光线昏暗，隐约可以闻到氰化物的杏仁味。我们来到一个地方，那里的优质矿石被粗碎机处理后，从筒仓进入棒磨机处。棒磨机是一个旋转的钢桶，里面装满了500磅重的钢棒，可以彻底粉碎夹在中间的任何岩石。氰化物和水会被注入钢桶内，为了防止氰化物反应变成气体，工人们还会往里面加些石灰。棒磨机输出的矿浆会一路向上进入离心机，在那里，相对较大的颗粒会被带入另一个装满50磅钢球的破碎机。当岩石被磨成400目（也就是说，它可以穿过每平方英寸有400个孔的筛网，稠度和滑石粉差不多）时，它从棒磨机流出，进入一个开口的大缸里。在充分沉淀澄清后，最上层的液体会流入一个五柱阶梯，每个柱子里都含有磨碎并烘烤过的椰壳——活性炭。它对黄金的吸引力甚至超过了氰化物。这些炭会从氰化物中分离出金，留下氰化物自己再接受一次无菌处理，并回到循环的起始位置——棒磨机。

此时附满黄金的活性炭进入4个装满高温氢氧化钠和防冻剂的容器，这些溶液将黄金从活性炭中洗出来。然后这个新的富液流入电解槽——一个带有负电荷钢丝绒的料斗。带正电荷的金离子被镀在钢上。这些金属"金羊毛"[1]被放到一个蒸馏器中，加热到1100℉[2]来将金提纯出来，并达到氧化部分钢的目的。然后在混合物中加入几种以苏打和硼砂为主的助熔剂，将其在流炉中再次加热至2000℉，使其完全液化。最后剩下的炉渣，主要是钢丝绒残渣，被倒入一个鞋盒大小的矩形模具中，并在模具表面形成了一层含铅玻璃外壳，炼厂工人会用锤子将其粉碎。一系列流程下来，我们最终得到的是一块淡黄色的金条，里面的金银含量大致相等。富国银行会把这些浅色金条运到位于盐湖城的庄信万丰金银精炼公司，在那里进行二次融化提纯，得到纯度0.995的黄金。像这样的淡黄色金条，迪伊矿的加工厂一星期能生产1000盎司。

约翰·利弗莫尔是探索与开发迪伊矿的主要负责人，已经发现或协助发现了4处矿床。如今这一片繁荣的富矿宝地的前身——卡林矿床算是他的第一批发现。他的非凡成就让探矿人和地质学家都对其刮目相看——这本身就是一件了不起的事，因为探矿人和地质学家很少能达成一致。以利弗莫尔的资历，他完全有资格自称地质学家，他有斯坦福大学学士学位，有在美国地质调查局的两年工作

---

[1] 译者注：来自希腊神话伊阿宋寻找金羊毛的故事，比喻来之不易的珍宝。
[2] 编辑注：℉，华氏度的符号，是计量温度的单位。℉ = 32 + ℃ × 1.8。

经验,而且如果他喜好故弄玄虚,也完全有能力说着那些佶屈聱牙的专业词汇到处显摆,但约翰更把自己视作一个探矿人,于是我问他两者之间的具体区别。"探矿人就是徒步去摸索山丘,看看岩石,熟悉它们的特征性质,却不会安排一个明确的勘探计划。当然,他自己对金矿的位置心里有数,但他没有地质学家那种有逻辑且科学的方法:假设、实验、结论。地质学的方法在把金矿位置缩小到一定范围时非常管用——虽然还没有击中靶心,但已经接近目标了——然而探矿人的方法更适用于基本勘探。"

  我见过的大多数探矿人都把他们生活中的寂寞乏味和一成不变视为一种令人遗憾却又无可非议的罪恶,一种通往神秘莫测、梦寐难求的目标的必经之路:黄金、百万美元和可望而不可即的奢侈。利弗莫尔则恰恰相反,他生于旧金山一个富庶之家,寻找黄金对他来说是逃离安逸生活的一种方式。利弗莫尔是旧金山的大姓,尽出英杰,本地各式各样的纪念碑上都有利弗莫尔这个姓:旧金山湾的安吉尔岛上有一座利弗莫尔山,利弗莫尔的母亲卡罗琳曾帮助保护这座岛屿的天然生态,使其免于进一步开发;格雷斯大教堂东门上方有五个彩色玻璃人像,每个人像下方都写着一位利弗莫尔兄弟的名字:约翰、乔治、帕特南、罗伯特,还有诺曼。其中约翰在俄罗斯山❶高处的一所大红木房子里长大,如今这栋房子仍完好如初。而约翰的姨妈伊丽莎白就曾住在他旁边的一处较小的房子里,这个房子现在属于他的弟弟帕特南。在约翰·利弗莫尔仍是顽童的20世纪20年代,俄罗斯山是一处公认的波西米亚风社区,但当时利弗莫

---

  ❶ 译者注:俄罗斯山是旧金山的一处景致优美的居民区,得名于在此处发现的一个小型俄罗斯墓园。

尔这样的名门望族并没有与那里的风情环境格格不入。卡洛琳·利弗莫尔在环保主义风靡全国之前就已经成为它忠实的追随者。同时，她还是计划生育联合会旧金山分会的创始人之一，利弗莫尔的姑姑还与诺曼·托马斯和卡尔·桑德堡有不浅的交情。约翰的父亲诺曼经营着一家机械制造企业，从他的爷爷那里继承了蒙特索农场。约翰的爷爷在 19 世纪 50 年代来到加利福尼亚州买下的这片农场，现在位于纳帕以北约 25 英里处的海岸山脉，占地 7000 英亩，约翰和他的 4 个兄弟每年夏天在那里度过。"总的来说，我想你会说，我有一个非常完美的童年。"他对我说道，"但你知道吗，我长大之后人们就越来越关注我的一举一动。如果我带一个女孩出去约会，人们就会议论纷纷。我会受邀参加很多社交活动，因为我是利弗莫尔家族的人。我的兄弟们都选择留在城里，但我真的不喜欢那种生活方式，我想做点儿什么来摆脱这一切。"

　　探矿人的生活对于约翰来说无疑是一次翻天覆地的变化——在恶劣的气候里度过的那些日子，在廉价的汽车旅馆里度过的那些夜晚，数周的孤寂，年复一年地在诱人的金矿线索和与成功失之交臂的叹息中辗转。但不得不说，这种半流浪的生活更适合利弗莫尔。他 71 岁了，仍未婚娶，尽管他把结婚列为仅次于找新金矿的第二等大事，但现如今似乎也找不到什么理由让这两种势如水火的追求能在短时间内得以协调。约翰在里诺有一套一居室公寓，在蒙特梭牧场留有一栋度假屋，但这两个地方都算不上家，因为他已经记不起来上次在一个地方连续住一个星期是什么时候了。据我所知，他的行头总共也就是一双登山靴、一条卡其裤和几件衬衫。他的座驾是一辆破旧的 AMC 鹰系汽车，且他将这辆车开得狂野不羁，不带一点儿小心。他自觉这些探矿赚来的钱令他尴尬，因此对这笔财产十分敏感。尽管他极不愿意承认这一点,但约翰已经给各类慈善机构捐赠了数百万美元。

他在里诺的第二街道上有一间办公室,这条街的西边倒还繁华,那里能看见巨大的哈拉斯酒店赌场那醒目的钢筋玻璃墙,向东穿过特拉基河后,景象便疾速转衰:人行道上杂草横生,破石而出,10美元一晚的房间到处都是;风里捎带着粗粝的砂石,如尖刀刺面。在利弗莫尔办公室两个街区内有3家保释担保机构——阿特公司、马克公司和大吉姆公司。它们的隔壁是里诺血库,每天早上7:30,就会有十来个家徒四壁的倒霉人聚在门前,等着以8美元一品脱❶的价格出售他们的血液。

一天,利弗莫尔从南美探矿回来不久,我和一位名叫惠特·德·拉梅尔的探矿人来到了他的办公室里。桌上放着的那只大约3英寸高的小铜驴几乎被利弗莫尔的日常勘探文件淹没:地质报告、化验数据、地图、合同、航拍相片、电磁调查表、重力仪读数、诉讼案卷,还有各种来信——写信的要么是自认为自己的矿里有黄金,要么就是认识地盘上有黄金的人。除此之外地上成堆的纸箱也满满当当地装着类似的东西。办公室的天花板很低,为数不多的装饰就是一张旧到发黄卷边儿的哥伦比亚地图和一些落满灰尘、摆着各类石头的玻璃架子。对里诺来说,这是一个不寻常的天气,雨水不断地从屋顶滴落下来。

利弗莫尔开始在书桌抽屉里翻找一本日记。他是一个英俊的男人,天庭饱满,而现在额头却因困惑平添了几条细纹,因为他找不

---

❶ 编辑注:品脱是容积单位,1品脱于英国和美国代表的是不同的容量。在美国,1美制湿量品脱≈473毫升,1美制干量品脱≈551毫升。

到自己的日记了。他虽有一身找矿的本领,却总是丢三落四,帽子、手套、汽车钥匙、钱包,什么都丢。他的一位生意伙伴就曾说他是"我见过的最心不在焉的人之一"。尽管如此,他却对石头有着出众的神奇记忆力。"你要是和约翰一起出去探矿,"他的同事拉里·麦金托什说道,"就知道他若是发现了一处喜欢的露头,就会变得兴奋异常,边跳边说:'哦,天哪,我的妈呀'——约翰是不会爆粗口的——然后就会接着说:'我的天,这让我想起了1965年我们在比蒂附近采到的那些碧玉样本,检查到第五个样本就发现里面有0.195盎司的黄金!'后面又会说很多很多。说实在的,他脑子里装的那些东西真的很奇妙。然后当你们要离开那片岩层,爬到另一个山脊上时,他就会突然说:'哎哟,我的岩锤落在那儿了。'然后就一溜烟儿跑回去把它捡回来。"

"哦,这儿,在这儿。"利弗莫尔拿起一个封面上写着"1981"的蓝色小本子。他将笔记本打开,很快就找到了他要找的地方:"1981年1月18日:联系菲尔·戴维斯商量博尔德河产权事宜。"他望着房间另一头年过七旬,有着一双瓷蓝色眼睛的虚弱老人——德·拉·梅尔说,"所以你当年是圣诞节前后才赶到那儿的吧,迪?"

"有那么晚吗?"德·拉·梅尔(大家都叫他迪伊)用尖细似笛的声音说道。"哦,我想那年冬天是挺暖和的。"

迪伊继续着他昔日未讲完的故事。1980年,他还在科迪克斯公司当探矿工时,就注意到一张博尔德山谷北端的航拍相片上有一些奇怪的线条,他称之为"线性轮廓"。尽管其余看到这张照片的人都没有发现那几条从东北横穿盆地山脉一路北上的深色条纹有何异样,迪伊似乎也并不在意,但其实他自己心里再清楚不过。根据多年积累的科学知识和实践经验,他推测图中条纹是山艾树变色的结果，乃地下水增多所致，而地下水的增多可能源于地质断层，这处断层像是一个"导液管"——矿物质溶液的管道。于是他决心赶往那片区域采集样本。利弗莫尔推算了一下，这段往事发生在1980年12月。

迪伊开车来到了博尔德山谷的顶端，爬上了一座低矮的页岩山脊，这段山脊将羊溪山脉和更陡峭威严的塔斯卡洛拉山融为一体。"我爬上山顶，脚下是一个山谷。我开始下坡，沿路看到了这块大露头，它是那种你喜欢看到的迷人的紫色。于是我敲掉了一大块，但随后又寻思着，如果那翘出来的一大块真是矿体，那未免也太明显了，应该早就被人发现了。所以我又在周围搜寻了一阵，然后在大约50英尺远的地方，就又发现了一处露头，石质颜色都和刚才的一样，是那种异类石灰岩，但尺寸要小得多，也没有先前看到的那么惊艳了，似乎是把自己的锋芒藏起来了。我同样从这片岩层上取了一个样本。最后我统共取了8个样本——并不算很多，然后就跳上卡车离开了。后来，我从实验室拿到的化验结果完美印证了我的猜想：那个长得又大又漂亮的露头是个死矿，小小的露头反而是个很活跃的矿苗。"

利弗莫尔站了起来。在听迪伊的回忆时，他一直坐立不安，想方设法地把自己一米九五的大块头和那小得可怜的桌子协调开。他试图用胳膊肘撑着身子向前倾，可是不行，这样他的身子就会像折叠刀一样对半卡住；他想往后仰，但膝盖又因为中间的抽屉而被卡住了；最后他把两只大脚抬起，搭在桌子上的文件上，暂且舒坦了一会儿。随后，他又意识到这里有客人，感觉自己应该表现得文明一点儿，就又把脚撤了下来。于是他又慢悠悠地来到陈列着各类岩石的架子前，拿起了一个样品。

有一些样品很是吸引人，比如天然银，柔软的蛇形细脉在主岩中蜿蜒，出其表而入其里；还有斑岩铜，那是一种精致的绿色晶片，有点儿像蕾丝饼干。而利弗莫尔拣选出的那块石头并不那么出众，那是一块毫无光泽的灰色石头，上面还有一些锈色的斑点。"这就是迪伊取的样本，"他说道，"钙质砂泥岩是由极其精细的沙粒与石灰岩天然紧密黏合而成的。整块东西在矿化液中被严重硅化了，也可以说是煮熟了。铁锈留下的斑迹很明显，你还可以看到这里有黄铁矿晶体留下的小孔洞。"

迪伊听到这些地质术语后笑了笑，然后继续他的故事。"我在那里发现一些地方贴着声明产权的布告，所以我和约翰就下山去市政府查阅产权地图。取来的这些样品属于拉斯矿业，主人正是菲尔·戴维斯。于是约翰就去找他，想争取一下探矿权，但是……菲尔根本不想商量。约翰，我说的对不对？"

利弗莫尔又开始查阅日记。"1981 年 1 月 22 日：第一次与菲尔谈论博尔德河产权事宜。1 月 31 日：与菲尔见面。菲尔不感兴趣，"他继续读道，"菲尔想亲自去勘探那块地，他认定那里藏有重晶石。他没有问我们要找什么，我也没有告诉他迪伊拿样品的事。这是标准程序。但话说回来，那块样品能真正代表一个可开采的矿体的概率可能只有百分之一，可我就是不想这样放手。所以我又给他打了几次电话，最后我想到了一个好主意，邀请他参加我们平森矿业公司的开业典礼。"他接着将日记往后翻，"4 月 10 日：在平森开业时遇见菲尔。菲尔被平森的经营方式折服。进入谈判阶段。"

"那几场谈判真是太棘手了，对吧？"迪伊说道。

"好家伙！首先，整个谈判过程中我从来没和菲尔本人打过交道。他有个叫弗兰克·索莱吉的朋友会过来和我一起讨论合同,转头再向菲尔汇报。然后菲尔就会给我打电话大发雷霆,过一会儿又打回来说:'我们还是好兄弟,对吧,约翰?'"

"结果你发现他根本不识字,对吗?"迪伊问道。

"对,没错,几个月前我还蒙在鼓里呢。我想这是他那么容易生气的原因之一——他经常感到挫败。我感觉这场官司也是因此而起,毕竟当你连合同都看不懂时,心就始终放不下来,各种各样的忧虑就会出现在你脑子里。"

1981年6月26日,菲尔和利弗莫尔签署了一份租赁选择权协议。后者同意支付给前者15 000美元作为3个月的勘探费,第一个90天结束时再支付10万美元,之后每6个月加付10万美元。而在90天期权到期之前,他们就知道,自己找到东西了。像所有我访问过的参与勘探的探险家一样,利弗莫尔记不起任何特别喜从天降或大功告成的时刻:从来没有喊过"尤里卡!我找到了!"[1],或者不禁跳起华尔特·休斯敦式的欢快的吉格舞。现代的探矿过程已被过度削减,无法提供一些意料之外的悬念。由于现代的探矿人一般没有机会直接看到黄金,必须要等待化验结果从实验室回来,这就大大减小了戏剧性惊喜发生的概率:如果哪天真地迎来了一个值得庆祝的时刻,也只能是在电脑终端面前。而且,在冶金学家完成对矿石的测验之前,无论多么被看好的发现都只能是一个可能性。矿石可能还没有被氧化,里面的硫化物必须经过焙烧才能析出,它若是含碳,就需要更多的氰化物。某些情况下,金粒子可能被锁在二氧

---

[1] 译者注:Eureka,"尤里卡"原是古希腊语,意思是:"好啊!有办法啦!"源自阿基米德发现浮力定律的典故。

化硅分子的结构阵中,这意味着这些矿石的研磨过程必须变得极其精细。即使冶金实验得出了一个有利的单位盎司成本估算,矿山工程师仍然必须在矿井设计上找出一个经济可行的方案。他们可能发现矿床顶部或内部堆有太多废石,结果发现剥去废矿层的费用将大于矿石的真正价值。最后,假设这处矿体在各方面都被认为是可行的,赞助方还必须拿出一笔资金才能正式让这处矿体投入挖掘生产。因此,尽管迪伊矿在1981年7月就被发现,但科迪克斯财团直到1983年4月才弄清楚它是否有金矿。勘探和可行性测试花费了大约200万美元。尽管后来的事实证明这笔钱花得值,但当时他们这200万美元,有九成的概率是竹篮打水一场空。这之后又过了18个月,磨坊建成了,矿山也得到了开发。终于,在1984年10月15日,也就是迪伊注意到那个"线性轮廓"快4年之后,第一块金条被浇铸出来了。

"到那时,菲尔·戴维斯那边的酸气就越来越重了,"利弗莫尔说道,"他不喜欢我们用迪伊命名这个矿,而不是用他的名字。菲尔第一次的情绪大爆发是带着自己的一个朋友来到矿上时。他想给朋友看一些碳矿石(菲尔一定是搞错了,我们迪伊矿并没有碳矿),我告诉他没有,菲尔立即翻脸,不分青红皂白地骂我是骗子,而后愤然离去。我猜,其实真正让他生气的是我让他在朋友面前难堪了,他真是太敏感了。不过无论如何,经历那次事件之后他找律师对付我们只是时间问题了。我告诉你,现如今矿业律师,他们的生意可是真不错。"

采矿领域的人们都很崇敬利弗莫尔,不仅是因为他发现的众多矿藏,也因为他是被誉为发现"隐形金"的人。1949年,他开始寻找黄金,当时他在"标准金矿"——一个内华达州拉夫洛克城外利润微薄的小金矿——找到了一份工作。但是当年因为第二次世界大战，美国几乎所有的金矿都停止了运营，标准金矿也不例外。利弗莫尔和他的同事的任务就是让它重新运转起来。为此，他们需要在这块土地下找到更多的矿石。几个月以来，他们一直在寻找标准金矿的主结构，也就是矿脉，研究依据是科学界所广泛接受的北美脉状矿床形成理论。该理论认为，含金的滚烫溶液会顺着断层渐渐上升并穿过地壳，一旦它们在地表附近遇到较冷的温度，黄金就会从溶液中冷凝并沉淀出来，进入断层的围岩中。金子在岩石中的分散程度可能会有所不同：如果主岩多有断裂，或者随着时间的推移，矿化溶液反复上升，里面的黄金就会在矿床的富矿中心周围形成一种低品位矿石晕。在标准矿床，低品位区域的范围很广，覆盖了约36万立方英尺的岩石，但除此之外勘探人员也找不到任何有利可图的矿石。经过了几个月的努力，矿主的钱花光了，利弗莫尔也失业了。

　　接下来的两年，他一个人在内华达州继续独自勘探。他试图让矿业公司以预付金的方式雇佣他（这是他在科迪克斯公司工作时提出的一种方案），却处处碰壁。利弗莫尔在四处游荡的时候，也有更多的时间去思考黄金的事情。他在脑海里一遍又一遍地分析着标准矿床的地质特点，就愈来愈笃定，他的地质学同事们把这里的矿体看作典型脉状矿床的低劣版是一种谬误。一方面，黄金存在于沉积岩中——石灰岩、粉砂岩、角岩、页岩，虽说根据目前流行的矿床理论，黄金应该存在于像花岗闪长岩和玄武岩这样的火山石中；另一方面，金粒子非常小，小到肉眼只有在最强大的显微镜帮助下才能看见，且金子这东西往往或多或少都均匀地分布在一片较大的区域，所以标准矿的矿体应该更偏向于典型的斑岩铜，而非黄金。

弄清了这些零零散散的知识，利弗莫尔开始整合自己的标准矿床及其类似矿床的形成理论。他认为这可能是一种从根本"基因"上完全不同的品种，一个还没有被矿床理论家正式归类定义的类型。他的理论认为，与脉状矿床的形成情况相似，黄金存于地球岩浆的热液中，在地质断层的引导下一路向上。然而，黄金并没有在断层的岩壁中沉淀并形成矿脉，而是本为酸性的含金溶液与主岩中的石灰岩发生反应，溶解了碳酸钙分子，形成孔隙，微小的黄金颗粒就可以通过孔隙流到里面。如果主岩已经大面积断裂，那就将更有助于黄金粒子的散布。因此黄金大多存于内华达中北部地区，那里的地壳运动十分剧烈。

在20世纪50年代初期，利弗莫尔参观了同处内华达州的两处一直在断断续续经营的小型金矿，格彻尔金矿和金亩金矿。在这两个地方，他都看到了与标准矿相似的矿床。这两处的矿石都不是什么高等货，但由于黄金在此处散布十分广泛且都处于地表附近，所以可以使用露天开采的方法——这可比地下开采来得更容易，成本也低了不少。如果他能找到一处矿石品位稍高的类似矿床，最后的利润会十分可观。

"很多人说：'得了吧，约翰。内华达中北部的每一条溪流每一片浪花都被以前的探矿人翻过了。'"利弗莫尔回忆道，"嗯，这倒是真的。但是以前的人们都只会用淘金盘：只不过是把样品磨碎，用水加以淘洗，如果盘底没有任何颜色，他们就走人了。所以他们永远也看不到我所说的那种黄金，因为即便它就在那里，也会悄无声息地被水冲走。相比之下，我可以把所有的样品送回实验室做化验，这是我的优势。"但他的劣势是他根本不知道具体应该看哪里，甚至大概看哪里都不知道。

"很多时候我只是出门走走,也没想着采集任何样本。"他说,"我自己也很难解释我具体要做什么,可能就是想渐渐熟悉这片土地。我会思考我所做的研究,以及我对黄金这种物质异常现象的了解。走着走着,我会恰巧发现一些与我心中想法吻合的东西,就会顺手把它捡起来放在我的麻袋里。但后来有很长一段时间,我连一个值得自己嗅一下的东西都没找到,尽管如此,我仍然坚信自己能发现黄金。当然相信归相信,我也有可能错了,这种类似的感觉我有过很多次,最终也被证明确实是错的。但作为一个勘探者,你必须乐观,你必须相信你终会找到一个矿体。很多地质学家深知找到黄金的机会渺茫,所以心态时常悲观消极。如果你的内心认为自己找不到金子,那你就铁定找不着了。我想,黄金总会给你带来惊奇,这种惊奇比其他任何矿物都要多,而且无法预知。某次你在样本中得到了含量不低的黄金,你就会想:啊哈,我可找到你了,这下你的秘密藏不住了吧。但事实证明你并没有,金子只是在跟你开玩笑。"

"所以,作为一个勘探家,你还需要极大的耐心。金子会一次次地戏弄你,还每每留下一线希望,挑逗着你的好奇心,驱使着你继续钻研下去,但到头来,它大抵还是会让你心碎。也许你发现的黄金并不属于有经济价值的矿床,也许已有别人抢先一步占了宝地,原因也许是国土管理局或林务局的限制,还可能是融资计划落空,总之对你不利的人和事太多了。反正我有时已经失望到想直接撒手而去,找别的事情做,但我最后还是一直坚持下来了。真的,我爱这门事业,我喜欢出门走走,来来回回地踏着脚下的土地。不过,有时我也怀疑这个世界是否在刻意地消磨我的岁月。看看我的朋友们,这个成了地质学家,那个当了副总裁,哪个不是壮志得酬,扶摇直上。而我在做什么？还是老样子，遛遛弯儿，看看石头。我有时也会感到孤独，住在汽车旅馆的简陋房间里，一个人一待就是一整天。我问自己为什么要做勘探：不是为了发家致富！有钱固然是好事，但老实说，这不是我干这行的原因。我自己也说不清楚追求的是什么，大概就是寻找和发现的过程吧。我一直告诉自己，如果我找到金子，那么一切都会好起来的。这是一个无穷无尽的谜，有时候，它对我而言比金子本身珍贵得多，找到它对我来说真的很重要。不是为了钱，不是为了……我不知道为了什么，反正我就是想找到它。"

1952年，他成为纽蒙特矿业公司的一名勘探人员，先后被派到南美寻找铜矿，到摩洛哥协助当地的一家法国公司经营锌矿企业，后来又去了土耳其，还在那里感染了肝炎。待他1958年完全康复，公司给他在纽约总部安排了一个行政岗位。时任纽蒙特公司董事长弗雷德·瑟尔认为利弗莫尔会成为一名优秀的管理人员，但利弗莫尔在办公桌前过得并不开心。他坚信自己如果有幸在内华达州做实地勘探，就很有可能找到金矿。于是，他向纽蒙特公司探矿项目的负责人罗伯特·富尔顿表明了自己的决心。1960年，富尔顿在把利弗莫尔分派到内华达州尤里卡镇的一个贱金属矿时，极不情愿地同意多给利弗莫尔一两年的时间去寻找黄金。

20世纪60年代，铜的风头正盛，相反黄金并不怎么被看好，每盎司35美元的价格自罗斯福1934年拍板以来一直没有改变，而在此期间采矿成本却直线上升。到1959年，美国唯一规模较大的金矿开采是位于南达科塔州利德镇的霍姆斯特克矿。自20世纪初以来，人们就再没有发现过大规模的黄金矿藏。当时采矿界内的人都普遍认为美国大陆所有可观的黄金矿藏都已被发现，像内华达中北部的兰德、尤里卡、洪堡和埃尔科等县更是最不可能找到黄金的地方。因为在长达一个多世纪相对密集的勘探过程中，只在这些地域发现了少量的黄金，总共约 12 万盎司。

到了晚上，利弗莫尔喜欢读一些采矿杂志和地质学通告，这是一个他保留至今的习惯。他偶尔会在那些报刊里面发现一些有用的线索：也许是一个非正常的化验值，或者是一个引人注目的岩层，反正就是一些和他研究重点相吻合的信息。1961 年初的一个晚上，利弗莫尔拿着一本美国地质调查局专业论文系列期刊坐了下来，就看到了一篇占版面两页半的论文——《内华达州中北部矿区分布》，作者是美国地质调查局的野外地质学家拉尔夫·J. 罗伯茨。

"我记得当时我刚读完那篇小论文时变得异常兴奋。这个叫罗伯茨的家伙，在完全不受我想法影响的情况下，提出了一个理论来解释我要找的黄金在哪里。我发现他很快就要去给东内华达地质学会讲课，地点就在伊利的内华达酒店，距尤里卡有大约 4 个小时的车程。现场还有大概 30 位勘探地质学家，他们大多数都是冲着免费的晚餐和一点儿宴饮之欢来的，因为在那个时代，内华达就是美国的西伯利亚。最后服务员上咖啡时，终于有人介绍罗伯茨博士了。这位看上去很有学者风范的先生站起身来，开始用低沉的嗓音和专业的措辞解释他为什么认为内华达中北部是一个寻找矿藏的好地方。一切都很枯燥，要是事先没有在那篇论文中了解过他的观点，我大概会和屋内其他人一样，什么也听不进去。不过话说回来，演讲结束后，人们都涌向了吧台。我主动走上前，向罗伯茨介绍了自己。我们互握了手，现在回想起来那是我一生中最重要的一次握手。然后我们一起走向吧台，开始交谈。"

在那次命中注定的见面后大约 27 年的一个夜晚，我在猫头鹰俱乐部的吧台吃饭。正巧看见一个高个子男人走了进来，他戴着教授式的厚眼镜，头发花白蓬乱。他低头沉思，两腿僵直地挪着步子——与其说是走路，他更像是在溜冰——经过21点牌桌，他进了一个名叫"矿工之家"的房间。第二天晚上，他又来了，第三天晚上仍是如此。每一次都能看见他后面跟着三四个男人，且从他们的谈话内容来看——"我们应该是在黑麦面包形地层中。""不不，应该是维尼尼地层！""但我们看到的是笔石……""只有你觉得那是笔石。"——这是一群地质学家。众人落座后，这个小团体的领导人会时不时地就谈话内容插几句话。他的声音有点儿魔幻，每句话的结尾都带着一丝古怪缥缈的上扬腔调，这使得即使最平常的话听起来也很有思想。但总体来说他还是沉默寡言，徐徐摇着头，嘴角挂着一丝微笑，像是一位放纵弟子们畅所欲言的大师。

餐厅里的其他人，特别是那些刚到镇上的，一路从丹佛或休斯敦飞来考察的公司高管，或者是和当地的探矿人谈价钱的地产商，都会先偷偷瞥一眼地质学家们坐的桌子，窃窃私语几句，然后更大胆些地盯着那边看，那表情似乎在说：就是他。

第三天晚上，我忍不住问服务员那人是谁。

"哦，那是罗伯茨博士，"她说。"他在这儿可是个大人物。"

最后我决定走过去介绍一下自己，罗伯茨也客气地邀请我去他的公寓聊天。他住在一个兵营式的煤渣砖平房里，总共有3个房间，屋子里胡乱散落着各种岩石样本和地图。他把装着燕麦饼干和软纸巾的袋子推到我面前，一本正经地说："我肯定，这种食物加入湿润的面巾纸会更新鲜。因为这些饼干一开始干得很快，现在我已经解决了这个问题。"我注意到他的右拇指，看起来真的有点儿吓人——褶皱裂纹本就不少，没有指甲，用夹板固定着，指头上还露出了一点儿针头,连绷带都没缠。他好奇而冷静地盯了自己的拇指几秒,又翻过来覆过去地看,几乎是在欣赏它。最后终于吐露,他在外城的一块露头上摔倒了。随后还补充说那是一块石灰质粉砂岩露头,沉积于宾夕法尼亚纪和二叠纪岩层。

我最后终于体会到,罗伯茨迂腐卖弄的言行举止中透露着很强的幽默感。这是一种非常冷的幽默,而且不管你是否悟懂,对他来说都是一样的,他只是给自己逗乐而已。他并没有因为同事们对他在地质学上的贡献提出了一点质疑而跟自己过不去(其中最遭批判的就是那篇内华达中北部古生代历史的论文),恰恰相反的是,他也很享受辩论。尽管万众瞩目的他在聚光灯下永远都自然从容,但仅仅被奉为业内的名人并不能满足他永远要与大众思想对立的野心。采矿界的人们把拉尔夫·罗伯茨称为"卡林矿带之父"。30年前,当他试图说服人们相信卡林矿带的存在而无果时,就被扣上了江湖骗子的帽子。他至今也承认自己对那段时日持有一种特殊的怀念之情。

罗伯茨在美国地质调查局工作了45年,直到1980年他70岁时才退休。矿藏只是罗伯茨在地质调查局任职期间的偶然兴趣。那篇让约翰·利弗莫尔兴奋不已的论文,是罗伯茨在过去10年投入大量时间的工作带来的一个附加收获。那段时间里,罗伯茨致力于钻研并绘制当地的结构和地层,试图揭示其起源的奥秘。"于我而言,"他说道,"矿床一直只是总体地质图景的一部分,是一张巨大拼图中的一小块,并不比其他部分更有趣。"然而,他并不像地质调查局的某些地质学家那样,认为"想成为一名好科学家,就必须完全不考虑任何商业因素"。调查局中流行着这样一种观念,即以科学的名义工作的地质学家要比以森蚺、肯尼科特、德士古或美孚等矿业公司的名义工作的地质学家更高一等。"调查局的有些员工很乐意与采矿企业合作，而有些则不喜欢。"他告诉我，"以我的经验来看，大多数人不乐意，但我也并不赞同大众的观点，因为我并不认为这有什么不妥。商业与科学两方面均可兼顾，做哪样都是有用的。你们既需要在科学上取得进步，也需要向大众传播这些知识。"

罗伯茨说，从19世纪50年代末起，他就开始参加内华达地区的各种地质学会议。无论是讲课，还是私下交流，都要把自己的观点讲给所有愿意听的人，在他看来，一条矿带，一条矿石排成的细长列阵，一路贯穿了内华达州的中北部。虽说这只是一种理论，但作为一个概念型地质学家，罗伯茨比他的大部分听众都更能领会到它的魅力。早在1878年，当时第40次平行调查的负责人克拉朗斯·金指出，内华达东西两边的古生代岩石有截然不同的岩性时，内华达中北区就成为万千地质学家瞩目的地方。东部的岩石是以石灰岩和白云石为主的碳酸盐岩，西部的岩石则是像角岩、页岩、砂岩和石英岩这样的硅酸盐矿物。碳酸盐岩形成于浅水区，那里富含碳（来自降解的海洋生物尸体）和氧，而硅则在较深的水区中形成。由此，地质学家们推断在远古时期的某一刻，内华达中部一定曾是北美大陆的最远边界——因为碳酸盐来自大陆架，硅来自海底。这样的理论的确解释了这些岩矿的来源，却无法讲明它们结构上并置的原因。一定是某种构造事件使深水岩石上升，并将它们向东推到浅水岩石上。如果是这样的话，那么岩石之间应该存在一个断裂带。1939年，也就是罗伯茨开始在内华达州工作的那年，两位年长些的地质学家，C. W. 梅里安姆和C. A. 安德森发现并绘制了一个低角度逆冲断层图，还十分凑巧地把它命名为"罗伯茨山脉逆冲断层"。他们从西北向北追踪了19英里，并在他们1942年发表的论文中推测，这处断层很可能比已知长度长得多。他们还在断层的上盘中发现了一些"构造窗"，就是一些下盘所藏匿的碳酸盐岩暴露在外后留下的被腐蚀的斑痕。他们认为，这上下两个板块边缘的重叠部分至少有13英里之长。

拉尔夫·J.罗伯茨在他1949年发表的博士学位论文中指出了造成罗伯茨山脉逆冲断层的具体地壳运动事件。他将其命名为"安特勒运动"，取自巴特山西南部高原耸起众峰之一的安特勒峰。他一路追踪断层的尽头，先穿过塔斯卡洛拉和独立山脉，最后抵达了爱达荷州南部，那里已经离太阳谷不远了。他还在论文中指出，西部岩矿的行程远比梅里安姆和安德森二人推测得要长，大约比东部岩矿群还要长出大约100英里。最后，他在断层上盘发现并命名了更多构造窗——林恩窗、针松窗、布特什拉甫窗和卡林窗。

在研究罗伯茨山脉逆冲断层的构造窗时，罗伯茨注意到了一个特殊现象：从内华达州中北部运出的矿石大多来自这些窗口内部，有时也在附近。这些矿场大多在20世纪50年代就关闭了，罗伯茨在探访它们时，在矿体附近发现了很多更年轻的侵入岩。据此发现他作出几项推论：一是携带矿石的溶液在大约3800万年前随着侵入岩体一同上升；二是有可能逆冲带构造较薄弱，其对入侵岩体的阻力与抵抗力要小于处在逆冲带东西两侧的岩石，因此入侵岩体得以在这块区域上升到离地表更近的地方；三是构造窗是在成拱作用下形成的，侵蚀冲走了这些穹顶的硅制外壳，就暴露了埋在地下的碳酸盐岩。

在罗伯茨参观的所有矿地中，有两个是金矿——布特什拉甫矿和金亩矿，两处的矿石都是藏在碳酸盐岩石中。和利弗莫尔一样，罗伯茨也明白这种情况并不寻常，他也认为石灰石的多孔性和高碱性质是这种现象背后的原因。此外，罗伯茨还觉得，覆于表面的硅质岩层起到了密封的作用，它浓缩了矿物溶液，也保护矿化碳酸盐免受侵蚀和扩散。矿工们在窗口密封层薄弱的地方发现了矿石，但这些发现纯属偶然。所以罗伯茨断定，如果能系统性且有规律地对所有构造窗进行勘探，一定可以找到更多的矿石，而且说不定还能沿着逆冲断层发现其他更隐蔽的窗口。他认为，在构造窗之间和现存的硅质外壳底下，可能躺着一条绵延不绝的珍贵矿带。

罗伯茨的听众大多是经济地质学家和采矿工程师，他们并没有如罗伯茨所期待的那样热情地回应他的理论。"他们只是不把我当回事儿，"他跟我说道，"没人当面批评我瞎说八道，他们只是在不停地打哈欠。在说服了一些人亲自跟我去实地考察之后，我就把几位肯尼科特的人带到了逆冲断层——我们站在波波维奇山上，俯瞰着卡林矿床。除了他们之外，我还从霍姆斯特克带来了一个同伴——他们公司要是有那份心，完全有能力坐拥整个卡林矿带。但这些公司地质学家根本不会听信我这种学术型的人，他们每天战战兢兢，就怕丢了工作。"

我问罗伯茨，他是否考虑过退出调查局，试着拿他自己的想法干出点儿事业。

"是，铜峡谷矿上市那年，我曾一度非常想离开。"他说道，"它的售价在当时是14万美元，我有一个有数百万美元家产的朋友愿意提供这笔钱。我知道，这是个绝好的价格，即使按当时的黄金价格计算。巴特山黄金公司现在在那个地段拥有价值6亿美元的黄金，换句话说，这几乎是个只赢不输的赌注，我也很明白这一点。很有可能，我可以拥有整条卡林矿带，毕竟我比任何人都早知道那里有什么，而那些黄金现在价值500亿美元。"他停下来算了几笔账,接着说道:"事实上,已经有600亿美元了。但那时候我正忙着自己的工作,忙着出版一些对我来说很重要的作品——也是对整个地质学领域很重要的作品,至少当时的我是这么认为的。所以我就继续沉浸在自己的世界里,讲着自己的小故事,期盼着迟早有一天我能遇到一个有足够好奇心的人来验证我的想法。"他停顿了一下,对着自己受伤的拇指审视了良久,"很多人会想,如果约翰那天没有从尤里卡一路开过来的话会怎样。如果他被什么事情缠住了呢?卡林矿还会在地下等待多久?"

不管怎样,利弗莫尔的确开车过来了。而且在与罗伯茨交谈后,他就与另一位纽蒙特公司的地质学家艾伦·库普在尤里卡郊外的金亩矿附近开始勘探,沿着罗伯茨山逆冲断层慢慢北上,最后来到了古老的蓝星矿附近的林恩构造窗。1961年10月,两人在伊利的会面过了3个月后,罗伯茨与利弗莫尔又在野外实地待了几天。

罗伯茨:"他们在区分东部岩群的矿化碳酸岩和西部岩群的硅质页岩时遇到了一些困难,我帮他们解决了这个问题。"

利弗莫尔:"拉尔夫非常怕我们把这块地区的地质形势摸清。当然,他对我说的话非常有意思,不过目前我们最关心的只是地表样品的黄金含量。"

罗伯茨:"在我看来,他们在那里忙活了半天,做的大多都是无用功。探索型地质学家喜欢干这种事——这边取点儿样,那边取点儿样。其实一旦弄清了区域地质,我就知道矿体在哪里了,根本不用费那事儿,跟瓮中捉鳖一样简单,真的。"

利弗莫尔:"拉尔夫想让我们调来一套钻孔设备,采集一些岩心样本,样品的深度越深越好。当然了,他最想知道一两千英尺以下的地质结构。"

罗伯茨："在矿地上又忙活了几天之后，我对自己说：'算了，至少我把他们带到正道上了，让他们按自己的风格行事吧。'然后，我离开了。"

利弗莫尔："在勘探进行到一定程度时，拉尔夫的建议反而对勘探效率起了反作用。我们并不想让他心存怨念地离开，只是……哎，不管怎样，他还是走了。"

到这个时候，利弗莫尔和库普已经收集了许多含金值较低的地表样品，平均每吨在 0.03 盎司左右。其中最有保证的样品来自波波维奇山——是以亨利·波波维奇命名的，他是一位曾经住在此处一间小棚屋的老勘探家。他们租来了一台推土机并用它挖了 3 条沟，在其中一条壕沟里，他们发现了一处 80 英尺深的矿，里面的黄金含量高达每吨 0.20 盎司。"自那一刻起，我们意识到自己发现了一些很有意思的东西，"利弗莫尔说，"我们还不知道它有多大、多丰厚，但我们知道它就在那里。于是到了第二年夏天，钻探就正式开始了。第三个洞里发现深达 85 英尺的矿石，品位大约是每吨一盎司！真的是太惊喜了，这个数值甚至比我们所有人想象的还要高。在接下来的两年里，纽蒙特探明了 1200 万吨平均每吨含量为 0.32 盎司的金矿。里面都是我当年在标准矿下第一次看到的亚显微金——分布均匀，冶金技术要求不高——就是这么一个美丽的矿体。我的天哪，它真的美极了。"

这个后来被命名为卡林的矿体的所在地，变成一处拥有 300 万盎司黄金的矿藏，一跃成为美国有史以来发现的第二大矿床。该矿于 1965 年正式投产。

利弗莫尔空前绝后的发现引得探险家络绎不绝地涌进了内华达州的中北部，黄金很快又流行起来。采矿业这种变化无常的情势也让唐·史密斯这样的人哭笑不得。"我一直想把名下的资产当铜矿兜售,"他跟我说道,"铜是在 1960 年在这里兴起来的,到了 1964 年,每个人都开始问:'你卖金矿吗?隐形金,我们要的是隐形黄金。'似乎在一夜之间,隐形金就抓住了所有人的魂魄。所以我只能说,'好好好,有——我这黄金可是真隐形的,我所有资产都是隐形黄金。'你看,在《采矿法》眼里,你是在找铜还是找金,对它而言都没有什么区别。"

然而,还没等 20 世纪 60 年代过完,人们对黄金的热情就有了衰退之势。在那段时间,只诞生了一处新矿体——科特斯金矿。在卡林矿被发现后,利弗莫尔随即便被公司调任到加拿大。待他 1970 年回到内华达州,带着一位名叫彼得·加利的地质学家一起,建立了科迪克斯公司。次年,他们俩和少数几位员工发现了普雷布尔与平森——两个卡林型矿床,只不过比卡林矿床小不少,利润也低得多。1976 年,一个探矿人在尤里卡附近还发现了鳄鱼脊矿床。但除去这些细枝末节,卡林矿带上所有真正引起轰动的矿床,如金石场、哨岗、金击,都是在 1980 年到 1985 年间才发现的。

从某种意义上来说,这些矿体直到 1979 年或 1980 年才真正存在,至少在这之前,它们还没发展成现在的规模。大自然创造黄金的过程十分漫长,但供不应求的市场却可以在一夜之间将一片废石碎瓦打造成一处矿体。金矿石的定义是——"任何一类可开采的盈利型岩石"。其实普通的岩石内也含有微量的铅、锌、铜、银、金等许多其他矿物质。用来建帝国大厦的花岗岩中就含有 5 pbb[①] 的黄金。如果未来黄金价格涨到一定高度,帝国大厦将变成一个金矿摩

[①] 译者注:ppb,即 parts per billion,意为"十亿分率"。

8 隐形金

天大楼。但假如后来发现，开采这栋金矿大楼的所有附加成本，比如买楼，请律师与地标保护委员会协商，还要处处遵循城市的环保规则，等等，超过了黄金的市场价值，帝国大厦在人们眼中又会变成一栋由废石头堆成的高楼。对于一位会计师来说，古时炼金术士要用大气锅和曼陀罗构想出来的东西，他都可以用一个计算器和一台电脑计算出来。世间时势的变化本无定数，原本坐在卡车车厢里的100吨岩石可能是以100吨矿石的身份离开的矿场，但到达加工厂时也许就变成了100吨废料。

这类计算在卡林矿体中占据着极其重要的位置，因为它们大多数都是低品位矿床。例如，迪伊矿床每吨矿石的含金量平均为0.07盎司，这还没有一个大空洞值钱。若黄金售价在400美元一盎司，那么一吨原矿石的总价是28美元，然后科迪克斯公司可以以19美元的费用开采、处理并运输这一吨矿石。所以这样一来这堆岩石就是金矿石，能带来肥厚利润的矿石，在这种市场下，1988年的迪伊公司净赚了1050万美元。但是，如果黄金的价格跌到了150美元一盎司，那么一吨矿石的总价就会是10.5美元，比把黄金从它里面提炼出来要花的钱还少，这块石头就被当成废物了。但同理，若提炼生产的成本降至10美元，那么这堆废石就又会变成金矿石。这种成本的降低有可能来自综合预算的任何一部分，例如，一项新技术也许会使碾磨的成本降低，也许州议会投票决定给金矿减税，也有可能财务部门的总经理找到了用更低利息贷款的方法。但我还是那句话，在黄金经济市场中，控制这些矿藏价值背后最大的变量还是黄金的价格。每一次价格上涨，巴特山就会有一部分围岩变成矿石；每一次价格下跌，就又会有一部分矿石变成废品。这种频繁的大起大落能给人带来一种奇特的感觉：你徘徊在一片远离城市、荒凉孤

天才闪光

寂的废弃牧场中，脚边躺着一具干得发裂的牛头骨，前面还有一个生锈的手推车轮，狂风暴尘如恶魔般在风滚草中一路疾驰，你望着眼前的景象沉思，也许因为明天中国香港市场的一次黄金抢购热，你脚下的弃土又将成为一处潜力无穷的金矿。

黄金价格日新月异的浮动是内华达州这块富矿带独有的现象，早年间的淘金热中并没有出现过这种情况。不过从20世纪70年代中期开始，一位美国矿工挖出的黄金所赚利润大小是由政府决定的，而不是市场。从1792年亚历山大·汉密尔顿将一美元的价值定义为24.75格令❶的纯金起，到1971年理查德·尼克松正式放弃金本位制的残余体制时止，黄金是一种货币金融制度。黄金（有时也包括白银）的市场价与纸币的价值息息相关，既然要让纸币价值尽可能保持稳定，黄金的价格就必须得到控制。尽管1933年的《紧急银行救济法》暂停了大多数人所理解的金本位制，即政府把任何人的美元兑换成黄金的保证，但11年后的布雷顿森林会议上通过了一个类似的制度——外汇金本位制，并从此用于控制国际贸易平衡。参与的成员方货币价值以美元为单位计算，而美元的价值则以黄金衡量。理论上，美国可将外国国债中积攒的美元兑换成等价金条；而实际上，美元因为被普遍认为和黄金一样好，就没什么人会做这样的交易。然而到了20世纪60年代，当整个美国陷入现在人们早就习以为常的年度贸易赤字危机时，这个体系就开始瓦解。外国债权人对美元的信用度和完善度不再予以信任，纷纷开始要求用金条进行交易。1971年，为了纠正长期的贸易逆差，尼克松治理下的政府将黄

---

❶ 编辑注：格令是历史上使用过的一种重量单位，最初在英格兰定义一颗大麦粒的重量为1格令。1格令=1/7000磅≈65毫克。

金的官方盎司单位价从35美元提高到38美元，间接降低了美元的价值。14个月后，黄金价格再度上涨至42.22美元，反观美元的市场趋势倒是异常稳定，因此尼克松政府最终决定放弃对黄金市场的严格把控。此后，美元将与其他主要货币互相衡量计价，而不是以黄金计价。在解除了货币权威身份之后，黄金变为商品，与小麦、糖、铜制品和牛马牲畜一样，黄金被允许在公开市场上进行交易，决定它的价值的也不再是政府，而是市场。1974年，福特总统废除了富兰克林·罗斯福总统建立的针对私人金银交易的惩处制度。1975年，纽约商品交易所开设了黄金交易市场。

当时人们普遍认为，随着对黄金所有权限制的废除，黄金的需求量将会上升，其市场价自然也会随之提高。事实的确就是这样。到1975年年底，纽约商品交易所给出的价格直接飙升到了每盎司140美元。后来随着人们对拥有金条的追捧与新鲜感渐渐退去，黄金价格也开始下跌。到1976年六七月的时候，金价已低于110美元。但神奇的是，金价在接下来的两年里再次回升，起初回升非常缓慢，后来速度越来越快，并于1978年8月突破了200美元。之后的6个月里，该指数时起时伏，同年11月再跌至200美元以下，次年2月又涨到了250美元。

20世纪70年代，内华达州进行的大部分勘探工作都是"井架"地质勘探，在老前辈们留下的洞口和隧道周围进行勘探，或者还有一些在废矿堆上进行的小型采矿活动，这堆废石头现在已经变成了老矿外围的排土场。但那时的矿业并没有涉足黄金市场。无论是天性还是经验使然，干挖矿这一行的人普遍谨慎多疑，他们对金属不稳定的价格极度不信任。他们当中没有一个人愿意在黄金项目上投入数百万美元，因为在5到10年后，等他们的开发工作完成时，这个空头市场极有可能又把他们的金矿贬成废物。

每一次采矿活动都必须与其开发的矿物价格的阴晴不定做斗争。相比之下，铜、重晶石与钼等重工业矿物的价格变化趋势比黄金更容易预测。社会对工业矿物的需求每年也都是基本保持不变的。钼是一种用于强化钢的合金，其价格随汽车工业的兴衰而起伏；铜的价格则主要取决于住宅、地产业的行情。而每年生产的新车和建造的新房数量则又取决于国家的总体经济状况。虽然没人能准确地预言国民经济的未来，但至少可以做出有理有据的推测。

再反观黄金，它的市场价就不会那么循规蹈矩地跟着供求规律走。黄金的供应量非常有限：如果你把过去6000年里人类开采的所有黄金熔化，然后满满倒进一个立方体模具，这个立方体的边长只有54英尺，总重137 500吨（现在如果美国所有的钢铁厂加在一起，4小时内就能生产出等重的钢铁）。对黄金有工业需求的几个行业：牙科、电线电缆和珠宝是它最主要的工业市场。而这几个行业在一些国家中只消费了年产量的67%，比如1986年的消费量为6300多万盎司。剩下已经生产出来的黄金则被政府、银行、金银交易商和个人购入，而这背后的原因或许只有历史学家或心理学家才能给出最好的解释。经济学家罗伊·贾斯特姆在他写的一本名为《黄金常数》(*The Golden Constant*) 的书中证明：几个世纪以来，黄金一直保持着其对面包、茶叶、布料与土地等基本商品和服务的购买力。他还证明了，那些通过购买黄金对抗经济波动的人——这一动机驱使着许多投资者为金子花钱，从长远来看，无一不会从他们的投资决策中获益。但是在分析快结束时，他觉得必须补充这么一句，"在黄金问题上，确实很难保持冷静，"他接着说道，"无论一个人多么相信科学，如何理性，总会有一种比有意识思维更深刻的感觉在嘀咕,它也许不是直觉,可能是一种种族记忆,会在不经意间扭曲你的观念。因为黄金命中注定与人类两种最原始需求紧密交织在一起:生存的必要性以及拥有和享受美的欲望。"

我们还必须考虑到贾斯特姆所说的阿提拉效应。许多人把黄金作为抵御经济、政治或自然灾害与变故的保险,作为一种可以藏在床垫下的资产,或者,如果必要的话,可以在逃难期间装在口袋里。不过这种对待黄金的态度在美国并不普遍,大部分对未来感到不确定的美国投资者更可能把钱投入蓝筹股、短期国库券或可靠银行的账户,甚至把现金换成手枪也不大可能换成黄金。但在北非、中东、波斯湾一带和东南亚等金融机构不太可靠的国家,黄金是基本的储蓄形式。所以每一次国际局势紧张度升级,黄金需求量就会随之提高。地震、战争、革命、金融恐慌,几乎任何一种悲惨的消息或灾祸对黄金价格来说都是一个"升迁"的好机会。在黄金领域的人,无论消费者还是生产者,往往对国际大事件抱有一种世界末日般的浮夸态度。我在巴特山遇到的每个人,从位高权重的首席执行官到普通的勘探员,几乎都能随口报出最新的金价。如果纽约的市场价与伦敦的总体相差较大,他们就很有可能报出两个价位。在夜色笼罩下的猫头鹰酒吧里,人们讨论着波斯湾战争、约旦河西岸的叛乱和伊朗班机坠落等话题,就像讨论即将到来的改装车比赛和街对面三色猫俱乐部新来的女孩那样热烈。美国月度贸易数据的恶化,消费者价格指数的飙升,这些都是喜讯。经济赤字的预测不仅存在于一些醉鬼的美梦中。在最理想的情况下,外国债权人最终会意识到美国永远无力偿还债务,随之而来的恐慌会击垮美元货币的价值。之后为了恢复人们对国家货币的信任度,联邦政府将再度沿用金本位制,黄金的单位价格就会被一举钉在 1000 美元,甚至是 2000 美元（政府所储金条的价值需要与货币供应量保持一致），那么今晚坐在酒吧里的每个人就都要发大财了。

在每个富矿带的淘金场的一生中，都会目睹这样一个时刻：探险家和小矿工们被投机者和企业家盖过了风头，人类的涌动被资本的涌动所取代。在内华达州，这一时刻发生在1980年1月21日。20世纪70年代末，国际危机层出不穷，如伊朗革命、大使馆人质劫持、苏联入侵阿富汗、美国经济衰退，导致黄金价格疯了一样地上涨。从1979年1月2日到1980年1月21日，纽约商品交易所的黄金单位价从222美元涨到了825美元。黄金，不仅是金币和天然金属，还有所有以黄金为基础的金融工具（期货、期权、有价证券），成为一种极为诱人的投资项目。其中黄金股的人气尤其高，因为从理论上来讲，股份持有者同时进行了两项投资：一项是投资公司的收益，另一项是投资地下的那些黄金。为了满足对黄金矿业股权的大量需求，几十个新公司瞬间成立并进入市场。北美金矿股票的总价值从1980年的2亿美元飙升到1987年的270亿美元。而在同一时期，大多数贱金属的价格下跌，银市崩溃，石油供过于求的局面也中断了这一产业的繁荣。主营钼业的阿麦克斯、侧重铜业的杜瓦尔和经营银业的回声湾等矿业公司都纷纷"转行"开始挖黄金。到了1985年，卡林矿带的12个矿床已经被发现了10个。同年2月，黄金价格跌破单位价200美元门槛，暂时减弱了金融世界对黄金的狂热。但没过多久它又迅速恢复到了300美元，且在接下来的两年中在300~400美元区间站稳了脚跟。因为开采卡林型矿床的平均成本是250美元1盎司，所以只要市场价在300美元以上，投资者们就能睡个安稳觉了。至于黄金市场，在经历了少年时期的轻狂浮躁，价格稳定在400美元左右，金属分析师开始说：黄金终于

8 隐形金

找到了它"真正"的价值。

在所有洞察到北美金矿业潜力的金融家中,没有比美国巴里克黄金公司的创始人兼董事长彼得·蒙克更成功的了。蒙克的公司自成立起就以惊人的速度发展:1987年,它就在纽约证券交易所排名第五(股价上涨了近178%)。作为北美第三大黄金生产商,巴里克最富饶的产业就是金击矿——沿着卡林矿带南下,距迪伊矿床仅几英里。

蒙克出生于匈牙利,在瑞士接受教育,最后拿的是加拿大国籍。他说话带着詹姆斯·邦德电影中反派人物喜欢用的斯拉夫口音,且在措辞方面达到了军事级别的精准度。20世纪60年代,他在加拿大靠卖高保真音响赚到了人生第一桶金,70年代他开始进军酒店行业,在80年代开始之前就与合伙人大卫·吉尔摩建起了南太平洋地区最大的连锁酒店。1980年,他又以1.3亿美元的价格卖掉了自己的酒店资产,开始寻找新的投资项目。在1980年的春天,蒙克跟我说,他在电视上看到了导致津巴布韦走向独立的事件:"我想到了伊恩·史密斯,他为阻止罗得西亚成为津巴布韦[1]奋斗了多年,但到头来他还是被该事件击败了。我就对自己说:哎呀!彼得啊,如果罗得西亚能出局,为什么南非不能?如果南非退出,那遍地的黄金将落到谁手里?"

我们谈话的场所是蒙克在多伦多的办公室,那是一间十分宽敞、四壁覆着丝绸的房间。房间的一个角落摆着一张桌子,上面放着水晶杯,蒙克走过去给自己倒了一杯水。"那些南非采矿公司把工人

---

[1] 译者注:罗得西亚和津巴布韦是一个地区两个不同阶段的命名,1980年前是罗得西亚。

送到地下1.2万英尺的地方，在43℃高温的非人条件下胼手胝足地工作，投资者们则通过这种方式获利，这完全超出你我的认知范畴。工人们就这样做牛做马，得到的报酬也只有40多英镑，且不是日薪，而是一周赚的钱。我时常问自己：'这样的情况还要持续多久呢，彼得？要多久？'"他喝了一口水，自答道："不会太久。"他从衣服口袋里捏出一块精心叠置的手帕，轻轻擦了擦嘴角，又一下掖进口袋，无声地放下水晶杯，开始在地毯上踱来踱去。

"现在，许多欧洲大型机构基金的经理都会将其投资组合的10%左右投在南非黄金股票上，因为它们有着良好的增长、严格的规制、市场价值高。但这一切还倚仗着一个最重要因素：安全性，我们得明白，这是他们最重要的防护墙。如果哪天有什么不测的灾难摧毁了他们投资组合中所有其他金融产品的价值，那么这个灾难就很可能导致黄金价格一飞冲天，至少理论上是这样的。但我在想，如果这次灾难发生在南非呢？你懂我的意思吗？我认为投资基金的经理们很快就能意识到不能把保障房盖在火山口上的道理。我预见到不久之后他们就会开始在其他民情和经济更稳定的国家建造自己的保障房。所以我再次向自己发问：彼得，世界上在哪个国家做投资最安全，最保险？当然，答案昭然若揭——美利坚合众国。"

这时一位助手通过对讲机告诉蒙克去接一个他一直在等的电话。于是我就被送到隔壁的餐厅暂时回避。等到大约10分钟后我回到房间时，就看见蒙克又开始来回不停地走动。见我回来了，他立即接着刚才的话讲了下去。

"我调查了一下纽约证券交易所，没有看到一家大型的多元化黄金公司在列。这个地方有数百家制造公司，大概150多家公用事业公司，还有世界上最大的股票指数，但上市公司里只有四五家是开采黄金的。而且当时没有一家公司是像欧洲人所要求的，专门从事金矿开采的。不过当然，这样的金矿公司在温哥华与多伦多证券交易所有数百家，但它们规模都太小，无法起到吸引国际金融机构投资者的作用。"

"所以你看，1980年的黄金开采业仍处于相当原始的状态。从经济角度来说，它就像是最后一只恐龙。放眼看看所有其他的北美产业，你能发现总会有人走进业内并把它们改造成与时俱进的模式，反观黄金开采业，它就像化石一样固化了100多年。这背后最主要的原因就是许多负债累累的小公司做事非常保守，没有享受到先进技术和现代金融带来的好处。"他悲伤地摇了摇头，"一家典型的公司往往都会招一位探矿人，他可以随处落脚，最后找到一个完美的地点，这里就变成了他的孩子。他不能容忍任何人往别处勘探，还会像一只倔强的老母鸡在那里蹲上25年，仿佛要用他无尽的耐心和惯性将这块地孵化。这里非常普遍的情况就是人们往往一叶障目不见泰山，最后走向了舍本逐末的道路。挖矿的开始越来越担心诸如磨矿机生产能力和难熔矿石这样的问题，而忽略了大局，这就是为什么像我这样一个从未涉足矿业的挖金小白可以立即踏进来搞出这么大名堂。"

蒙克走到其中一把扶手椅前坐了下来，并把声音放到了一个更低沉悦耳的程度。"你看，变革的最大动力就是钱，永远都会是钱，没有钱你什么也改变不了。我已经预见到未来黄金开采业将经历一段翻天覆地的急剧整合和合理化的时期，而这一切都是钱造成的，石油业、汽车业、计算机业都曾经是这样的。我的天哪！"他突然挺身站了起来，"看看过去的5年里发生了什么！一个全新的行业——黄金生产商——已经在北美各大交易所建立起来，这个行业

天才闪光

在1986年和1987年的大部分时间里中表现最佳，为我们孕育了一个朝气蓬勃、万人景仰的产业。淘金热，内华达州的淘金热成为人们茶余饭后酒桌宴席上的话题。我们这里是资本的淘金热：钱啊！"手帕又被提了出来，而这一次它被按到了蒙克的脑门上。"你看出来了吗，这就是钱。它的到来总是伴随着合并、兼并、收购，但这也是一个行业从稚嫩走向成熟的方式。越来越多资金短缺的小公司钻到了正直慈善的大公司的翅膀下，直至只剩下四五个富可敌国的龙头企业，正如南非现在的局面一样，这也将成为北美矿业的未来。目前北美排得上号的大型生产商有13家。"他掰着手指数起来，"纽蒙特（Newmont）、霍姆斯特克（Homestake）、巴里克（Barrick）、回声湾（Echo Bay）、巴特山黄金（Battle Mountain Gold）、阿麦克斯（AMAX）、普拉塞尔多姆（Placer Dome）、飞马（Pegasus）、费利浦·麦克莫兰（Freeport McMoRan）、富美实（FMC）、赫姆洛（Hemlo）、莱克（Lac）、科罗娜（Corona），太多了，13个！至少有一半会被兼并，我从最开始就意识到了这一点。"

"所以我的目标是为欧洲投资者们成立一家多元化的公司，为他们提供除南非之外的另一可行道路，这是我们从公司成立起就公之于众的目标。我完全致力于这一想法，因为我坚信，无论是出于经济还是政治原因，未来会有一次南非市场的资金大转移。所以我觉得这样的企业会给合伙人带来巨大财富。"

他的步子越来越快。"好，那么然后我就决定与采矿的传统方式背道而驰——我不去找黄金，也不雇任何人帮我找。我不想等着一群探矿人发现一处金矿，然后再让几个地质学家和工程师研究可行性，这整个过程轻轻松松就能花上10年，所以我们必须忘记探索环节。我要的是快准狠的实际行动，通过收购来壮大公司。因此，

8 隐形金

我想去调查一下那些在20世纪70年代末石油繁荣期几乎购空矿业资产的龙头石油公司。当然,那也是往昔峥嵘岁月,现在他们的时代已经结束了。于是我去找他们了。"他像演情景剧似的,假装打开一扇门,走进一间办公室,"我说,'你们这些年究竟在采矿业搞什么?你们以为投资方买你的股票是因为你的挖矿项目吗?不,只要看到你的资产负债表有所改善,他们就会掏钱买股票。我可以给你现金,反正你们本来也不愿意采矿,见鬼,你又不是矿工。'你猜怎么着?他们给我来了一句:'彼得,我们很同意你的看法。'"

"所以我在1983年买下了里纳比金矿(Renabie Mine),随后又收购了瓦尔迪兹溪矿。你看,我只会买那些已探明储量,或者至少已经证实有金子的矿山,我不愿意承担任何多余的风险。然后我需要人们来开采我的财产。所以我请来了分析师,双脚往桌子上一搭,问道:'就人才质量和密度而言,现在哪家矿业公司最好?'他们都说:'彼得,是卡姆弗洛。'所以我就把它收购了。1985年,我买下了默库里矿。1987年,我在卡林矿带的金击矿砸了6800万美元,将它收入囊中。那时每个人都跟我说:'天哪彼得,你花太多钱了,6800万呢。'现在我们在金击矿发现了价值60亿美元的黄金储量,人人听了都惊叹:'你只花了6800万?这么划算!'"

"不过当然了,现在收购矿山和矿业公司已经没有以前那么容易了,对此我深有体会。我在彭泽尔公司的董事长,休·利特克的办公室,与他对面而坐,试图让他把他的公司卖给我。然后我前脚刚踏出门,就看见投资银行家们等在门口,他们马上进去跟利特克说:'不要把公司卖给蒙克,我们可以把它公之于众。'"

"虽说会时不时地碰点儿壁,但不置可否的是,挖矿真是一门了不起的生意,我觉得这是有史以来最伟大的生意。我自打进入这一行起每天就像在过圣诞节一样，没有销售成本，没有广告成本，没有库存成本，可以借别人的产品以溢价出售，对我来说，这就是圣诞节。你可用250美元的成本挖出一盎司黄金，然后以几乎双倍的价格450美元将这一盎司卖出，我从来没见过这么赚钱的生意。其实只要黄金的单位价在350美元时，这就已经是个大买卖了。我办公室门口常年排着黄金交易商的长队，有杰润（J. Aron）的，有花旗银行的，他们都在等着买我的黄金。"他随即朝门做了个手势，好像那些人就在门外等着进来，然后把手臂快速向前一抖，让袖口往后滑了一些，显得双手更加利索。"看看我的手，上面没有金戒指，我不是什么狂热黄金迷。我每每走进那些我想收购的公司，都能看见他们满墙满壁，甚至都贴到天花板上的图表，计算着若黄金单位价涨到1000、2000、3000美元时他们会获得的利润。你看，这些人都活在美好的梦想中。我呢，我对梦不感兴趣。我可以做黄金贷款，可以拿我生产的一部分产品做现货交易和期权，我公司的长处和其带来的盈利用来弥补它的不足与亏损是绰绰有余的，我仍然可以把百分之百的利润交给我的股东们。"

对讲机再次响了起来，蒙克的下一个客人正在等他。他轻轻地扶着我的胳膊肘，亲自将我送到门口。

"很多干这行的人，都会在10月19日股市崩盘后，耷拉着脸到处走来走去。他们以为崩盘之时便是黄金价格猛涨之日，所有人都在赌，结果没赌赢，就天天垂头丧气的。但我反倒挺高兴。你看，10月19日的崩盘使得投资银行家们很难帮助矿业公司公开上市，矿业公司的股价下跌，这时候收购公司就很划算。这就是生意的规则：经济不景气的时候，公司会互相合并收购；赚钱的时候，大家会争相出售股票。这就是国际电话电报公司、飞利浦公司还有通用汽车公司都是这么成长的,现如今黄金生意也在遵循这一生存法则。如果金价再次下跌,局势将于我非常有利,当然我并不是要诅咒金价真的下降。不过……从某种程度上来说,目前黄金的价格的确低得有点儿可悲。话说回来,如果黄金价格下降,我就可以接管这家公司。毕竟,黄金价格上涨时,傻子都能赚到钱,只有在经济低谷时期让一家公司正常运转,你才配得上自己赚来的钱。毕竟,脑子不就是干这个用的吗?"

在巴特山逗留的最后几天,我再次遇到了菲尔·戴维斯。我偶然发现他从市中心的一家日光浴店走出来,肩上扛着一只很长的扁平硬纸盒。他把纸盒带到他的丰田车旁,小心翼翼地安置在后座上。"美黑机,"他说,"我给自己弄了个美黑机。每次到店来做,我还不如把它买下来!对,我就是这么说的,我还不如把它买下来!"

他几乎兴奋到了极点,把箱子放在车里,弯下腰在轮毂盖上擦拭着一块浮锈,又拍了拍口袋想找放在里面的收据。"你在干什么?我和我的律师谈过了,他们告诉我,不行,兄弟。我没法和你聊这件事。你看,(黄金股市)这个生意太大了。你看,有很多人想要挣这笔钱但却赔了。还有一些人把自己(的收益)夸大了。你明白我的意思吧?他们有点儿自吹自擂。所以现在那些人会被拉下来,他们觉得他们有权利侮辱你。好吧,随他们去,我不会记恨任何人。但是你已经和唐·史密斯交流过了,我也知道你正在和利弗莫尔谈。"他眨了眨眼睛,"对吧?所以我猜你对事情的来龙去脉清楚得很。"

这时,一辆从前街驶过的卡车里有人喊道:"嘿,菲尔!"菲尔猛地抬头,神情惊诧。然后,他认出了那个人,立刻挥着手示意他调头回来,但卡车自顾扬长而去。

菲尔钻进了他的丰田车。"其实,我并不是一点儿矿产没有,

天才闪光

四处招摇撞骗的人,我总共拥有58平方英里的矿产,想想吧,这可比任何一家大公司名下的财产都要多。这其中40平方英里都聚集在一个地方,现在我周围都是自己的矿产。我自己发现的矿藏,我就要自己去挖。罗斯柴尔德夫妇还想给我贷款,他们说要借我一亿美元。我一口回绝了他们——不,没门。告诉你们,我没必要跟罗斯柴尔德家族的人,或其他任何人混,绝不!"说着他愤怒地用手捶向卡车的侧壁。

我说我感到很遗憾,因为我没能有机会仔细观赏那辆镀金的凯迪拉克。

"对,所有人都想看那辆车。"他大笑了几秒,继续道,"好吧,那……你开车跟着我,我带你去看看。"

我们驱车向东驶进沙漠,然后拐入了一条通向菲尔家的小路。那是一块占地17英亩的方形院落,四周长满了山艾树,地上撒了一些白色的碎石子充当车道。白色的房车停在碎石子路的一边,另一边则坐落着一栋崭新的蓝色预制屋。这地方看起来像个机械场,到处都是机器:一辆装着凯迪拉克车头车尾的大众、一辆安装了凯迪拉克发动机的福特牌皮卡、一辆挖沟机、一辆履带式挖掘机、一辆拖拉机挂车,还有——这情景在干旱的沙漠里显得尤为新奇——一艘30英尺长的游艇,看起来还是全新的。"一次都没用过,"菲尔说道,"不过,如果我需要它,它就在那里。是的,它就在那里待着,哪儿也不去。"

当然,还有那辆比亚里茨款的镀金凯迪拉克。

菲尔探过身子,撇着嘴,用一种看透一切的表情端详着引擎盖上的装饰。"镶了3颗钻石,这儿,这儿,还有这儿。其余都是货真价实的绿宝石和红宝石。再往下蹲一点儿看,这样你就能看到太阳光反射过来的光泽。看见了吗？你开车的时候，太阳往这家伙身上一照，它就会像火球一样瞬间亮起来。好，现在请你移步到这边来，"他的语调随着这庄严的场合开始升高，"你看，这边有绿宝石、钻石、红宝石，那里也是绿宝石、钻石、红宝石，三样都有。"他像吟诵诗歌一样念叨着："绿宝石、钻石和红宝石。"我注意到了车身的颜色——黄褐色，菲尔说："对啊，当然了，这是最适合这个国家的颜色。""这可真是一个有意思的国家，"他继续说，"这里的机遇比一个人能歌颂的上帝的恩典都多。你知道吗，你在这里是自由的，你应该搬到这儿来。看到这边，还有那边，四周环绕着的山了吗？我从我房子的窗户向外看去就能把它们尽收眼底。"他指向了那栋蓝色预制屋。"看，我的新房子就在这里。我本来可以老老实实地按传统方法建一所平房的，但那太费时间了，我总是赶时间，所以我就把这东西拉过来了。我们进去看看房子里面吧，看看里面什么样。"

站在门口，他拿着一大串钥匙摸索了好一会儿才找到了正确的那把，然后我们就进去了。"你看，我的客厅在这儿，我大部分的时间都会在这里享受生活，所以我用心地把它装修了一番。整个控制台都在这里。"他朝着放成一排的电视、音响、录像机和 CD 机挥了挥手，"这些东西总共要花费 6000 美元左右。你真应该感受一下我把它们的音效调到最大时候是什么样，那冲击力简直要把你的耳朵轰掉。"因为当时还没有合适的唱片、磁带或者 CD 可以用来做测试，菲尔就把电视打开了。"来，坐在那边的沙发上，是不是挺舒服的？这些窗帘是我专门找人定做的，我自己感觉还不错。这里好多东西都是定制的，我对这些都有自己的要求。"

参观还在继续。走廊的墙壁上钉着一个玻璃展示柜，里面放着很多纪念品：有一个用莱茵石写着"爱尔法拉（El Farah）"字样的土耳其流苏毡帽；一张贝利·高华德的照片；一张宣布菲尔·戴维斯是一只当地斗牛犬合法叔叔的证书（菲尔说，这只狗是整个镇上凶猛好斗的勇士），上面还印着狗的一只爪印，意为授权（"你看，她还是个右撇子呢"）；还有一张卢卡的照片——那是一只跟了菲尔16年的阿尔萨斯狗。"我还给自己买了一个不用浇水的植物。"他说着指向一棵橡胶做的假绿植。"这里是我的客卧和健身房，我就打算在这里安上我的美黑机，然后这边是我的主卧。"菲尔郑重其事地把门一下子拉开，然后领着我走向壁橱，里面挂满了崭新的西装和衬衫，排列得十分整齐，一看就是精心整理过的。其中还有一套带黄色肩章的游艇装备。一排衣服上方的架子上还摆着许多帽子，总共大约有40顶。我们又参观了浴室里那个粉色大浴缸，然后就回到了厨房。"最重要的是我在这里存有足够的食物，所以如果我不想进城，就不需要强迫自己。"说着他打开一个橱柜，里面整齐地摆放着一排排豌豆罐头、青豆罐头、意大利面罐头还有黄色的能量饮料，每排大约15样东西，别的什么也没放。

外面，纯净而又热烈的大漠日光从白色的沙砾上反射出来，格外令人目眩。菲尔把我送到了我的车旁。我问他是否需要帮忙安装或者使用美黑机，他说不用，他回头有时间再弄。"现在我只想去那儿打个盹儿，"他补充道，随后便朝他的白色旧房车挥了挥手。我问他现在是不是还住那里，他说是。"是啊，在我得到金矿发家致富之前，曾天天窝在里面过夜，已经在那辆破车里住出感情了，久而久之就变成了一种生活习惯。现在我的生活似乎已经离不开它了。"

——写于 1989 年

 **售卖天气**

一个冬日的清晨，我早早起床，感觉这个城市似乎出奇的寂静，等我向窗外望去，才看到了满地的皑皑白雪。当天早上美国东海岸突如其来的一场"意外风暴"仍在继续，为罗利市的大地撒下了20英寸厚的雪，费城和纽约的积雪也分别达到了8.5英寸和6英寸。在过去的3个星期里，反常的温暖天气一直是各地老百姓闲聊的话题：为什么天气这么暖和，居然没下雪！这难道不奇怪吗？这是全球变暖的另一个迹象吗？现在，这个季节的第一场大暴风雪突然来袭，联邦政府的气象机构——国家气象局，直到前一天晚上10点才发布预警（就在一周前，他们还在网络新闻上发布了开始使用新型气象超级计算机的消息，声称这些计算机能提高预报的精准度）。天气预报员从国家气象局的卫星图片中发现，一股低气压正在向东南方移动，但所有主计算机模型预测结果都显示，风暴不久就会转移到海上。事后，宾夕法尼亚州大学城"精准气象"天气预报公司的首席预报员兼高级副总裁艾略特·艾布拉姆斯跟我叹道：

"我凭什么说数字预测是错的呢?"

和往常每次遇到大风暴时一样,我习惯性地打开了气象频道。天气预报可能不准确,但现场报道却非常热闹。在纽约市,气象频道的人员倾巢出动,拍摄汽车驶过泥泞的水坑,记者们把标尺插进中央公园的雪地里。我沉浸在一种别样的"天气娱乐"中,这种偷窥式的观察天气的体验已经成为现代生活的一种状态。

19世纪40年代,电报发明后不久,天气数据的收集就越来越流行,也是从那时起,精准的预测一直是天气预报努力的目标。但近年来,电视上的气象节目开始越来越注重实时天气图片。它们通常都只局限于观测区,但如果天气过于恶劣或者图片足够引人注目的话,他们也会扩大范围,这是在对传统的天气预报进行改造。从某些方面来看,这种广播似乎更像新闻,而不是传统意义上的"天气"预报。天气"事件"像政治和体育事件一样被炒作、报道和分析。(气象频道也在李岱艾广告公司制作的一则电视广告中默认了这一点,因为广告呈现了一群打扮成体育狂热粉丝的气象热爱者,他们的脸被涂成了气象图,坐在一个被誉为"前线"的天气数据条面前为它的上下起伏呐喊助阵。)与此同时,曾经只局限于人类事件的新闻领域,现在也开始报道越来越多有关天气的有趣故事。媒体与公共事务中心的数据显示,从1989年到1995年,天气报道并不在晚间新闻网的十大主题之列;1996年,它跻身到第八位;1998年跃居第四位,有关天气的报道的总数达到了1100多个。(美国红十字会数据显示,1998年是有史以来自然灾害救助花销最高的一年。)《狂野天气》也是福克斯和探索频道现实类节目的标准组成部分。在图书出版方面,像《完美风暴》《巅峰》和《艾萨克风暴》这样的畅销书为天气主题的悲情灾难故事创造了一个炙手可热的市

9 售卖天气

场。严格地来说,这并不是一个新的市场,更像是一次出版业中最古老的流派之一的复兴:克瑞斯·马瑟 1684 年出版的《非凡的天意》(*Remarkable Providences*)一书中,就有几章是描写当时新英格兰地区极端天气的,那算是新大陆最早的能让人肾上腺素飙升的天气读物之一。

新闻工作者对待天气的这种态度——关注天气的目的是提高收视率,意味着某些类型的天气会被过分夸大,而不那么"上镜"却同等重要的天气类型却被忽视了。以高温为例,在所有记录在册的 10 个最热年份中,有 8 个发生在 20 世纪 90 年代,另外两个是在 20 世纪 80 年代,一些气候学家预测,如果地球气候继续以现在的速率变暖,2100 年全球表面温度将上升 2.5℉~6℉,但高温这种天气并不容易在电视上呈现出引人注目的视觉效果。你可以用多普勒雷达跟踪一处沿东海岸上移的暴风雪,但你不能"看"高温。至于干旱,供职于大气科学研究大学联盟的作家,一本有关电视天气预报专著的作者罗伯特·韩森给了我答案:"根本连一件正经事都算不上,你通常只有在下雨结束旱灾的时候才会听到有关干旱的消息。"

一个老生常谈的抱怨:这种被收视率所驱动,"世纪风暴、前所未有"式的夸张报道让获取准确天气信息的目标变得越来越难实现,这样的抱怨声早在 1985 年媒体过度炒作"格洛丽亚飓风"时就充斥了纽约的大街小巷。但这样的局面不仅是由新闻传播者一方造成的,群众对恶劣天气的热忱显然是取之不尽的。我们对暴雪飓风的关注是否能反映一件事,那就是大众对天气的看法发生了比我们想象的更深刻的转变。自 1752 年 6 月那个闻名于世的日子,本杰明·富兰克林和他的儿子在雷雨中放风筝,成功证明闪电本质是电

天才闪光

之后,风暴科学就成为逻辑推理的标志性主题,而再不受清教徒神学者对可怕天气的迷信理论的束缚。如今人类对全球变暖的担忧可能预示着这段科学启蒙时代的终结。随着大众对气候变化意识的日益增强,我们的大脑随时都准备将这些变化与任何一种天气异常联系起来,我们的思想似乎离富兰克林的气象学派越走越远,反而向因克瑞斯·马瑟学派靠拢,越来越相信极端的恶劣天气是上帝在对我们没能好好管理地球而表达不满。

飓风弗洛伊德是1999年破坏力最大的风暴,它倾力诠释了什么是天气预报价值观和新闻传播价值观之间的冲突——一方面要给人们提供准确的天气预测信息,另一方面要把这些信息整合成一档好看的节目。从广播的角度来看,弗洛伊德是一个完美的风暴。9月10日(星期五)上午,它那可以被称之为恐怖的卫星图像出现在全国的电视荧幕上,给自己来了个完美亮相。当时弗洛伊德离佛罗里达东部仍有1400英里的距离,然后在接近美国的时候,它又享受了几个晚上的分析和评论,让媒体有时间在沿海部署他们的工作人员。到了星期二,弗洛伊德的故事不出所料地登上了全国新闻的头版头条。气象频道还因此打破了1996年1月7日"96大暴雪"期间创下的单日收视纪录;Weather.com天气网——气象频道的网站也刷新了浏览纪录,页面浏览量达到了2350万次。各个领域的广播公司都在试图实时呈现弗洛伊德的卫星照片(星期三的"今夜娱乐"节目以风暴为开场话题,场内还摆着"明星撤离"的大红标题)。克林顿总统此时正在新西兰试图调解东帝汶危机,也不得不临时缩短行程并立即回国。两位总统候选人阿尔·戈尔和乔治·W.布什都针对飓风发表了声明。为了巩固和提高自己作为气象候选人的人气,戈尔甚至参加了一次气象台电话连线的访谈。

9 售卖天气

但在这些铺天盖地的有关弗洛伊德的新闻报道中,不仅没有一个能真正帮助观众为这场风暴做任何实际准备,在某种程度上,它们可能还成了防范准备工作的阻碍。美国国家气象局的弗洛伊德天气预报引发了美国历史上最大规模的群众疏散,结果最后发现其实只有很少一部分人真正需要撤离。我们在电视上看到的那些富人区海滨别墅几乎都毫发无损,反而是很多靠内陆的农民的家园被随飓风而至的洪水洗劫,大多数人对此事都一无所知,自然也没做什么准备。

政府预报员在迈阿密热闹非凡的国家飓风中心的天气预报中说,周三晚上,一场极其强烈的风暴将猛烈袭击南卡罗来纳州的查尔斯顿市。于是,我周二飞到查尔斯顿市,加入了那些还在等待弗洛伊德的气象频道的工作人员中,同航班上坐满了紧张不安的业主和媒体人。我身后坐着一个住在波士顿的男人,他说他在富利海滩有一座度假别墅,他要赶紧飞过去把房子加固封好。"拥有一个海边度假屋是我一直以来的梦想,所以我当时说买就买了,"他说道,"但现在这种状况真的让我很害怕。"

飞机在查尔斯顿市上方开始缓缓降落,俯瞰 26 号州际公路,看到了我平生所见过最严重的交通堵塞:即使从 500 英尺的高空望下去,蜿蜒曲折的车队也一直延伸到了我视野尽头的红色的地平线。(后来当地报纸报道说,人们花了足足 15 小时才走了 60 英里。)查尔斯顿市的老格言"不成功便成仁"似乎已经让位给了一句新的座右铭:"如果气象频道说要走,那就赶紧撤。"

在往富利海滩行驶的路上,我感觉自己几乎将州际公路的东边包了下来。收音机里正播放着一个宗教节目:一位打进热线的观众正解释说上帝不可能在风暴中,因为在圣经里,耶稣曾谴责并亲自

· 251 ·

平息过风暴,如果他自己的父亲在风暴中,他不会那么做,不是吗?他的发言被一场突然的新闻发布会打断,州长吉姆·霍奇斯将自愿疏散令升级为对海岸沿线所有居民的强制疏散令。查尔斯顿市所有的酒店和商店都关门了。当我到达气象频道拍摄团队所在的假日酒店时,那里也几乎都关门了。

我站在富利海滩上,看着水岸交界处那条美丽的曲线,还有沿着它建起的一排排鳞次栉比的昂贵别墅。美国近20年钞票成堆的经济膨胀时代,以及与之相伴的大西洋飓风静默期,现在似乎已经接近尾声。我从海岸往内陆方向走过了几个路口,进了一家名叫"伯特"的很有现代街边风格的小便利店,他们还没有关门。我囤了一些日用品和物资,买了好多我小时候买过的东西——塔塔果酱饼、鸡蛋牛奶小饼干,还有夏威夷宾治饮料。这里的大多数顾客都是冲浪爱好者,他们都是为了这里的海浪慕名而来。收银台的姑娘一边抬头看着电视,一边心不在焉地把我买的东西装进袋子,自言自语地嘟囔着想去海边接受那个气象频道记者的采访。

杰夫·莫罗是气象频道的一位出镜气象分析员,现在他正在富利码头准备做现场拍摄。(在气象频道,预报员被称为OCM[1],但莫罗管自己叫"天才")。一名自由摄影师正扛着他的数字录像机调试镜头,他身着黑色牛仔裤,赤着脚,就是那种你经常看到的不修边幅的摄影师的样子。旁边还有一名摄影师正在外面拍摄人们匆匆忙忙为飓风做准备的场景,比如在家得宝家具超市狂买胶合板(家得宝是气象频道很重要的广告商)。

莫罗对他的媒体工作毫无厌嫌之意,这是他独特的魅力。因为

---

[1] 译者注:OCM是出镜气象分析员(On Camera Meteorologist)的缩写。

9 售卖天气

气象员专干介绍极端恶劣天气的活儿，这倒也不是任何人的错，但他们好像都能一直保持着那种朝气蓬勃的热情。（我遇到的每一位气象员都是从很小的时候就对天气表现出了强烈的兴趣。）此外他们在外景拍摄时也会受到热情的接待。"这些气象频道的记者真是被当成皇室成员一样供着。"布鲁斯·福泽这样告诉我，他是一名卫星卡车操作员，当时正和莫罗合作报道弗洛伊德飓风。"通常情况下，当地人看媒体人就像看人渣一样——不过是一群乘人之危谋取利益，盘旋在尸堆上空觅食的秃鹫。但是不知道为什么他们好像就是很喜欢这些气象频道的人。当我们在北卡罗来纳播报'丹尼斯'的时候，"——丹尼斯飓风在一周前威胁着东海岸——"人们纷纷端着肋排、冷饮、馅饼各种好东西围在卡车前迎接我们，那场面真是让人难以置信。"

在莫罗更新实况的空档，气象频道会不停地播出国家气象局给出的预测数据。在风暴期间，气象频道把平台的大部分时间都让给了热带风暴专家来发挥，其中就包括史蒂芬·利昂博士和已80岁高龄、带着点儿克朗凯特[1]风格的恶劣天气前台联合主播约翰·霍普。如果是恶劣天气预警，气象频道就只会播出国家气象局给出的公开报告。（在紧急情况下，以飓风为例，国家气象局的预报应该由所有的气象媒体一起转播。）即使有哪个气象专家不同意国家气象局的预测，任何天气频道都不会站出来打乱节奏，而一定会与国家气象局保持一致。气象频道副总裁雷·班总是再三强调"在天气方面永远保持步调、观点一致"的重要性。

---

[1] 译者注：沃尔特·克朗凯特，记者、冷战时期美国最负盛名的电视新闻节目主持人，CBS 的明星主播。

天才闪光

美国国家气象局的预报部分基于克雷T–90超级计算机运行的计算机模型，该计算机位于普林斯顿的地球物理流体动力学实验室。与此同时，伦敦欧洲中期天气预报中心使用的另一个计算机模型中心对弗洛伊德做出了不同的预报，报告显示飓风将在不久后减弱并转向北方，最终将在北卡罗来纳威尔明顿附近登陆。这一预测是在飓风来临前18~24小时做出的，比国家气象局的预测结果向东偏离了50~75英里，而最后的事实证明欧洲预报中心的预测结果是正确的。而有趣的是，"精准气象"作为一个在过去38年里一直向各大报纸、电视台和广播电台售卖天气预报信息的公司，到了周二晚上也开始用欧洲中心的预测结果了，它强大的客户网又把这一信息传递给了全国各地的市场。艾略特·艾布拉姆斯说那台电脑预测飓风丹尼斯时也表现不错："当一个模型用着顺手、算得走运的时候，你就得一直用它。"但是气象频道的观众并不知道另一个预报结果的存在。所以一整天都在看气象频道的我，也是在晚上回到酒店打开当地新闻台时，才听到了正确的预报。

我是在新泽西州的农业区长大的，那里直到现在都非常开阔，一马平川，多田少树，房子与房子相隔半英里左右。我父亲在一生中的大部分时间都是农场主，他的父亲、他的祖父也一样，所以我们对待天气都十分敏感，像对待敌人一样随时都要做好"战斗准备"，这鬼天气好的时候是个良性的竞争对手，坏的时候能像旧约里的天灾魔鬼一样折磨人。夏天的时候，我会为当地的一个农民干活，拖着金属灌溉管在一排排蔬菜间走动。当我走到距大棚已经一英里，且随身拖着30英尺长、能导电的灌溉管时，时常仰望天空观察恶劣天气的迹象就成为一种习惯。若天上电闪雷鸣，暴风雨即将来临，我却站在空旷的原野中被困在一棵孤零零的树下，真正面临

9 售卖天气

着被闪电击中的可能性，那是一种让人永生难忘的恐惧体验。

记得每天早餐时，父亲会读出报纸上的天气预报，然后一家人就会讨论天气对庄稼是好是坏。那时候的天气通常不是太干就是太湿，或者像1972年的"阿格尼斯"飓风沿着东海岸袭击南泽西一样——又干又湿。我至今还记得一位农民下地查看他的辣椒田时满脸堆积的愁纹，因为辣椒完全被泡在了两英尺深的盐水里。我住的那条街曾经是与一条堤道相连的，那条堤道在1938年被一股飓风摧毁了（国家气象局直到1947年才开始给飓风起名字）。那时的我会骑着自行车去到那里，透过浑浊的污水，惊奇地看着破碎的混凝土板被渐渐淹没在垃圾和淤泥之中。

那时候，也就是20世纪70年代，电视上的天气节目都还带点儿喜剧效果，部分原因是大多数人仍觉得可靠地预测天气的想法显得很可笑，也因为当时的气象预报员并没有气象学家的样子，言行举止像是在做一段独白。大卫·莱特曼职业生涯的开端就是在印第安纳州当气象预报员，至今他的深夜秀笑话仍保留了那个时代气象员特有的风格：气象员会用一记上钩拳击中一个低气压，希望能把它送回大海里去。威拉德·斯科特扮成卡门·米兰达读天气预报的日子已经一去不复返了，因为受气象频道榜样的影响，气象播报员们通常都被要求有科学家的风范，而不是娱乐艺人的风格。

我在20世纪80年代搬到了纽约城。美国人从乡村移居到城镇的这种普通经历（我的这种经历比大多数美国家庭都晚了一两代），对一个人的影响是多方面的，其中影响最深刻的就是气候的变化。在我纽约的第一套公寓里，能看到的风景和天气不再是莎士比亚笔下那种蓝天白云、青山绿水，我的窗户外面只能看到一条小巷和建在楼壁上的消防安全梯。至于天气方面的认知，在这个城市里真的就意味着"猜天气":仰头在耸入云霄的高楼之间找一小块天空,然后想象其余部分是什么样子的;或者通过观察办公室窗外的路标晃得多厉害来目测风速;还可以深入了解一下某个特定街道的气象模式,比如不管天气如何变化,这条街上的风似乎总是吹往同一个方向。

从那时起,我才真正开始关注天气预报。现在用卫星和多普勒雷达拍出来的天气报告配图是我在公寓里永远看不到的美景。由美国国家海洋和大气管理局(NOAA)进行维护管理,悬浮在地球上空22 000英里处的联邦政府极地卫星和地球同步气象卫星,在20世纪80年代渐渐开始将自己拍摄的图片展示在电视上,和国家气象局遍布全国的161个雷达观测网一样开始公开提供照片(许多私人广播公司和气象公司都已投资购买了自己的设备,全国广播电视台的多普勒雷达就是那个广为人知的坐落在洛克菲勒中心顶部的巨大白球)。多普勒雷达是气象领域一项至关重要的发明,它使预报员能够将动态的天气呈现在大众面前——云中的微粒靠近雷达时会压缩声波,远离雷达时则反之,而不仅仅是用油性铅笔在透明的塑料板上画实况锋面图。

我成为气象界所称的"追踪者":在长岛的一个炎热的夏夜,懒洋洋地歪在一把扶手椅上,关掉灯,打开窗户,任由蚊子在卫星图像的彩色灯光周围飞来飞去,看着一场还徘徊在1000英里以外亚特兰大州,正往佛罗里达州逼近的飓风——在我的世界里这就是最棒的电视体验。我和飓风"鲍勃"的故事是最好的一次"追踪"经历,它在1991年8月登上美国东海岸,和俄罗斯的那次政变就发生在同一个周末。记得那个周日晚上,我一直在气象频道和CNN之间来回换台,前者播放着"鲍勃"逼近长岛的画面,后者播放着鲍里

9 售卖天气

斯·叶利钦与坦克对峙的画面。旧世界的秩序正在瓦解，而新世界的规则尚不稳定，且越来越混乱——这一点和天气尤其相似。天气正在成为不确定性的代名词，作为一个载体——经常被用来隐喻存在于每一个大型系统中的不可预测的局面。政治，曾经被比作战争，现在也可以用来比作天气（"飓风乔治！"——2000年2月，在小布什赢得南卡罗来纳州的共和党初选后，《华盛顿邮报》头版头条上赫然印着这样醒目的标题）。此外，媒体也变得像天气——一件大新闻会对文化进行猛烈地冲击，用暴风般的影响力如海浪般一次又一次拍打着群众的思想，顺带淹没了所有反对的声音，事后又会迅速消失，留下一种怪异的死寂，像一场飓风过后的余波。

1999年7月，我去往坐落在亚特兰大的气象频道总部，当时正值夏日第一股热浪降临纽约。就在我准备启程的前一天，《纽约时报》报道称，长岛的"日出"高速公路（Sunrise Highway）的部分路段在高温下被"液化"了。不仅如此，我去机场搭的出租车也因工作环境过热直接在布鲁克林大桥上罢工了。那个来自海地的司机只能看着引擎盖下面，搓着两只手，跟我在太子港看到的那些可怜的三轮摩托出租车司机的机器坏了的时候做出的动作一模一样。我径自走路前往提尔利街，试图尽量沿着高速路内侧的边缘走，但那些从混凝土里长出来的结实的小灌木是乌黑的，开始蹭脏我的卡其布裤子，那是我第二天去拜访气象频道时要穿的裤子。所以我马上离开边道，随性地沿着大路走，不知不觉地就走到了公路转弯处的内侧，那真不是我应该待的地方。因为我突然想到，纽约的天气就是这样一步步把人整垮的。最后当我几经周转终于赶在规定时间内到达机场时，却发现航班已经被取消了。理由呢？——"天气"。

在1982年，气象频道正式开播时并不被看好。像《今天》和

天才闪光

《早安美国》这样的早间节目也会做全国天气预报,但一般都只占几分钟的时间。人们喜欢在电视上看天气预报——天气预报长期以来一直是各处本地新闻最受欢迎的板块,但谁会闲得没事蹲在电视前看24小时不间断的天气新闻,而且大多数还是跟自己所在地区无关的节目呢?从现在来看,气象报道的确是个很棒的创意:龙卷风、洪水、飓风、暴风雨、暴风雪,谁不喜欢看这些惊心动魄的自然奇观呢?据调查显示,每天有大约1500万人至少一次调到国家气象频道,且有超过7400万个家庭在1998年享受了该频道的订阅服务,总共产生了大约1亿美元的营业利润。

气象频道的创意来自20世纪70年代《早安美国》天气播报员约翰·科尔曼。科尔曼厌倦了自己的天气时间被明星的娱乐八卦新闻占用,并坚信如果有机会,人们愿意花更多的时间去关注天气。他提倡用最简洁直白的方式报道天气,无须天气广播那样连篇的笑话,他要他的节目有更多的分析和更严谨的科学态度。(其实科尔曼自己就是一个"快乐天气"老手:芝加哥的居民还记得,在参加《早安美国》节目之前,科尔曼是一名天气播报员,他曾放下狠话,说如果再下一天雨,他就倒立着给观众做播报)。他把自己的想法告诉了界标通信的董事长弗兰克·巴滕——界标通信是一家总部在弗吉尼亚州诺福克的私人公司,拥有《罗阿诺克时报》和众多媒体资产,界标公司听了他的提议后表示愿意投资。

科尔曼曾设想只专注做一个纯粹的全国气象频道,但界标公司坚持把区域天气预报包括进去(因为当地市场占气象频道广告收入的比重很大),并且开发出一种能使节目在全国播报中发布地区预报的技术,把美国领土最后划分成了300多个地区,这种技术后来被称为"恒星系统",向各家电视屏幕发送本地紧急警报信号用的

9 售卖天气

也是这种技术。

但出师不利，气象频道在第一季度就亏损了1000多万美元，因为他们居然采用了"当下雨时令人厌烦"这样的标题，多普勒雷达当时还没被发明出来，再加上图像画质粗糙，节目内容的设计也很单调。作为公司总裁，科尔曼在与界标公司就运营方式产生意见分歧后，最终于1983年离开（那年他还把界标公司告了，但这场纠纷最后在庭外得以和解）。科尔曼离开后，气象频道就开始从有线电视供应商那里收到了大量的订阅费，这笔资金也为电视台进一步发展提供了可行性。

多亏了1985年对飓风埃琳娜的报道，气象频道首次得到了大众的广泛关注。虽说气象频道的初衷是用冷静、科学的方式播报天气，但电视台还是注意到了每次大风暴来临的时候，收视率就会飙升。等到1989年飓风"雨果"袭击南卡罗来纳州时，气象频道已经成为所有人发生紧急情况时的第一求助渠道。4年后，飓风"安德鲁"让气象频道在原来的好名声基础上又火了一把，现在我们已经可以收看到《飓风季节》（这档节目持续的时间几乎和曲棍球旺季一样长，从6月1日到11月30日）、《龙卷风季节》、《东北风季节》《冬季风暴季节》等一系列节目了。

气象频道的气象学家使用国家气象局的卫星和雷达图片来解释他们的全国气象报告，这些图片是由国家气象局以相对低廉的价格提供的。他们通常会对这些图像进一步着色，以不同的色调来呈现云顶的密度：最核心是红色，周围是脉动的深橙色，再往外就是一种恶性病毒般的浓紫色——这是1999年天气频道调色板上的新颜色。（这些经过二次加工的彩色图像，无论呈现的是飓风还是气象频道专门命名的"细胞活动"般的微弱气流，可能并不总能精准地告诉我们地面上的风暴到底严重到什么程度,但照片永远都看起来很吓人。就比如"弗洛伊德",它的照片都能让人拖家带口地弃房逃走。)

每一小时的节目内容通常都遵循着同一个模板。节目中首先播出的是"气象中心",一段大约 7 分钟时长的对美国全国天气状况的概述;接着是针对商务旅行者设计的 4 分钟"智慧旅行"时间;后面又有 4 分钟的"每周计划"环节,会报告接下来 7 天的天气状况;到半小时的时候,"气象中心"会再进行一次更新播报;从 50 分钟开始到这一小时结束,则是"风暴监视"。大部分信息都是一样的——只是上下文会根据实际情况改变。你明白,也发现了这一点,但你还是忍不住要看,并在这种一次次的重复中让大脑变得越来越麻木。李岱艾广告公司委托的一项研究发现了该频道的成瘾潜力。"如果频道的固定观众一个星期都无法收看节目的话,"李岱艾公司的创意总监杰里·詹蒂莱在《华盛顿邮报》中说道,"他们真的会崩溃。这些人的生活就会没有方向,他们必须了解当天天气的状况,必须让自己有控制权,绝不能只通过看看窗外猜猜天气就了事。"

天气预报员的音色增加了频道的平静效果。他们的语调都给人一样的感觉,轻松愉快但不滑稽搞笑,全身透露着自信却不自以为是的气质。最近我对我的一个朋友说,"看起来好像要下雪啊"。他没有和往常一样挠挠下巴,再抬头眯起眼睛看着云彩对我表示赞同而是说,"其实,这团暴风会从这里吹过,再低空掠过海面,明天的图像应该就是晴天的样子了。"他这么一说我就明白他今天早上看的是什么东西了。宾夕法尼亚州立大学的气象学家李·格伦西曾为《纽约时报》撰写气象专栏。他告诉我说,来到气象学校的大一新生"打眼一瞧就已经很像气象频道的小徒弟了。相同的语言,一

9 售卖天气

样的措辞,就连动作举止都有一样的味道,一个个几乎都是奥威尔笔下的人物。但即便如此我也不得不承认,气象频道让气象学院的招生数量大大增加了"。

无论是否在气象频道节目中,几乎我采访过的每一位气象学家都提到了互联网为气象行业带来的改变——它把曾经只有专家才有权获得的信息提供给了社会上的每一个人。皮尤研究中心"人民与媒体"(the People and the Press)研究项目的数据显示,1998年,"天气"是人们线上搜索量最多的新闻类型。尽管在有些"意外风暴"上的预测难免会出错,气象预报的精准性总体来说还是一直在提高的。美国气象学会的执行董事罗恩·麦弗森表示,现在3天范围内的气温预报可以做到像30年前一天的气温预报一样准确,此外精准定位飓风地理位置的能力已经缩短了一天多。计算机模型虽说不是绝对准确或总是一致,但随着运行机器处理数据能力的增强,以及系统中的数据日益丰富,它们已经变得越来越可靠了。而且多亏了互联网,普通的天气爱好者也可以在多达8种显示同一地区不同情况的电脑模型中进行挑选。

美国共有100多家私人气象公司,它们都在面对这个气象信息无处不在的新世界。一个比较流行的应对策略就是根据商业公司的特定需求去量身定做合适的天气预报节目。"精准天气"的艾略特·艾布拉姆斯告诉我,"假设你是一个水泥浇筑工,你需要在某一天浇筑一大批水泥,那你就可以和我们签个合同,打电话告诉我们你要把水泥倒在哪里,我们就给你提供当天、当地的气象预报。"

长期天气预测是另一项正在蓬勃发展的业务领域。有一家叫"天气计划簿"(www.weatherplanner.com)的线上公司会专门为那些计划婚礼、度假或其他户外活动的人提供免费服务。你只要输入

天才闪光

日期和地点，就能够在屏幕上看到时长达一整年的天气预测概况。"天气计划簿"的母公司"战略气象服务公司"（Strategic Weather Services）除了做人口统计和市场分析，也会使用长期天气预报技术，因为它可以给需要提前做计划的公司做出提前长达一年的预测。尽管许多气象学家对提前这么长时间进行天气预测的做法嗤之以鼻，战略气象服务公司也并没有对此做任何评价。这种预测方式来源于欧文·P. 克列克博士（一位生活在20世纪中期十分有意思的物理学家）提出的关于反复出现的天气模式的理论，该理论长期以来受到军方的青睐（艾森豪威尔在第二次世界大战中采用了这些理论，战略气象服务公司的许多气象学家还在海湾战争期间被聘去当总司令诺曼·施瓦茨科普夫的顾问）。他们的一众客户包括西尔斯（割草机和室内漆）、久焰（原木）、北极猫（机动雪橇）还有凯马特（花园浇水软管、烧烤用品和庭院家具）等公司。

气象行业的另一个趋势是天气期货和衍生金融产品的交易，这些金融工具成为公司抵御极端天气的手段（如果你所在的企业是专门做"坏天气"生意的，那你们需要对抗的就是"特别温和"的天气）。天气真正开始被当作商品售卖是在1999年9月22日，那天芝加哥商品交易所正式开放了天气交易期货市场，投资者们可以在市场里押注某一天某些城市的温度是否会降到65℉以下或升到65℉以上（分别被称为"采暖度日数"和"降温度日数"）。一位曾经做天气衍生产品的交易商告诉我，现在许多经纪公司都设立了气象台，为每年数百名气象专业毕业生提供了一个全新的、报酬可观的就业来源。

气象频道似乎在这种崭新的、信息过剩的气象竞争环境中处于一个比较有利的局势，因为它并没有和其他大多数气象企业那么依赖预测技术。气象频道与其他气象节目的竞争其实没有那么激烈,它真正的对手是 CNBC 和 CNN 那样的有线电视频道,它们需要争夺那些没有特定喜好、自由换台的观众。他们整天开着电视随性地浏览,每当有什么社会或自然的大事件发生时就会立刻换到某个适当的频道。随着天气报道在互联网和有线电视新闻的占比变得越来越大,气象频道采取了一种侧重新闻化的方式。他们报道了科索沃战争的空袭事件,理由就是这里面掺杂着一点儿天气因素(多云的天空限制了空袭的规模和杀伤力)。它也报道了小肯尼迪飞机失事的悲剧(那件事还是和天气有关),并且会日常播报各种飞机坠毁事件。气象频道还会在一些大型高尔夫联赛中进行现场报道,还在福克斯的职业橄榄球大联盟赛前秀上报道了天气情况。在 2000 年的星期日超级碗比赛中,气象频道几乎是定时不间断地向观众播报亚特兰大天气的最新消息,但其实这与比赛并没有什么直接关系,因为比赛是在场内进行的,不过这些报道也让它可以播出很多气象员在佐治亚圆顶体育馆停车场的照片。

在亚特兰大的时候,我和气象频道负责市场营销的执行副总裁史蒂文·希夫曼进行了一番交谈。我们是在他办公室见的面,那里摆满了他之前在卡夫食品公司工作时的纪念品。有一个卡夫公司的微型拖车模型、一些塑料奶酪片,还有好多其他与奶酪有关的小玩意儿。希夫曼十分清楚地解释道,他销售天气和卖奶酪的方案其实是差不多的。他告诉我他在 1998 年接手这份工作时,采用了一种对观众"需求状态"进行"分段研究"的方案,最后该研究将气象频道的观众分为了 3 种基本类型(在气象频道,几乎一有机会就要把市场调研搬出来用一下)。第一组是"密切互动"型观众,这个群体占总观众数的 41%。"他们了解天气数据,就像体育迷了解明星的击球率一样。"希夫曼告诉我。第二组是天气规划者，他们占总观众数的28%。"他们大多要安排航班或周六的时候跟客户打高尔夫，总之就是希望能提前做好规划。"剩下的31%是单纯的商品用户。"这些人只想尽快得到准确的预报信息，并不在乎加利福尼亚州是落霜还是下雨。"希夫曼预见到了商品用户群体逐渐壮大的前景，他将这些用户比作自己在卡夫时不得不对付的"拒绝奶酪者"。

在希夫曼办公室外走廊的尽头，有两个电视正分别播放着CNN和气象频道，但屏幕上同时呈现着亚特兰大一栋公寓楼正在被大火熊熊燃烧的画面，前一天晚上它被闪电击中了，那个闪电正是产生于我来时坐飞机所穿过的同一块阴晴不定的云团。气象频道总是在设法加入更多新闻性镜头，以弥补气象学家常年站在地图前枯燥地讲解的不足。执行副总裁帕特里克·斯科特向我解释过："如果佐治亚州暴发洪水，有一个人因此丧命，CNN会说，'有人在洪水中溺死了'；而我们会说，'洪水爆发了，我们为那一位因此丧命的灵魂深感惋惜。'但是我们可以和CNN用同一张配图。"

越是这样的呈现方式，气象频道就越需要多加小心。因为它在扩大天气新闻报道的范围同时，也可能会因此丢失吸引忠实观众的那些特色：观众们相信他们给出的信息是100%的事实，且将它们播出来的目的不是提高收视率，而是整个社区的利益。"大众信任我们，"希夫曼说道，"因为我们播的是天气，而不是灾难。"在这种社会环境下，天气有着最直截了当的含义，对社会有帮助，且符合群众的思维。它和新闻不一样，新闻为了自己的利益在人们的灾难和痛苦之间忙碌。从传统意义上讲，真正让气象频道和新闻划清界限的是在每次自然灾害后对余波的报道。"我们很少播余震或者灾后事件，因为那是新闻，"希夫曼朝着熊熊燃烧的公寓大楼点了点头，接着说

9 售卖天气

道,"但我们正在想办法怎么增加它的报道量。"

2000年1月,气象频道推出了一档时长为两小时的早间节目——《您的今日天气》。这档节目与气象频道平时的节目设定有所不同,风格上更像互联网上的早餐节目(在播出10周后,该节目登上了有线电视新闻节目的收视率榜首)。它没有像气象预报那样走马灯似的每天用一个气象学家主持,而是有两位固定的常驻气象学家主播,坐在桌前,端着咖啡,聊着天气。气象频道的创始人约翰·科尔曼当年就是因为吸引收视率的废话占用了太多天气时间离开了《早安美国》,再反观《您的今日天气》,整个创意似乎兜兜转转了几十年后又回到了原点:一档天气本身就是"废话"的早间节目。

如今气象报告的核心本质就是一个悖论:人们看天气预报是为了它的真实性,这是政治丑闻和股市波动经常缺失的一点。但是我们在电视上看的天气越多,真正与天气接触和共处的时间和机会就越少。人们在天气预报的帮助下开始适应全球各地能量的运动,如急流、从北极来的高气压、风暴的行动轨迹,但与此同时也和窗外与我们真正朝夕相处的天气渐行渐远。

我至今记得站在南卡罗来纳查尔斯顿炮台上等待"弗洛伊德飓风"时的场景——那是1999年9月15日,星期三。被居民们抛弃的老城荒芜得令人毛骨悚然,佐治亚式房子那被切成新古典主义形状的窗户已经被胶合板保护了起来。电视台的工作人员在由石头砌成的宽大步行街上排起了队:天气狗仔们在海边的隔离绳带前精神紧绷,严阵以待"明星"的到来。气象频道的制作人德怀特·伍兹试着拍下了这样一个镜头:查尔斯顿湾为主体,萨姆特堡为背景。他看了看之后觉得不喜欢,于是决定去看看那个卫星转播车操作员布鲁斯·福泽早些时候找的码头能否提供更好的视角。气象学家杰夫·莫罗在正要爬上转播车的时候，指着天空说："顺便说一句，飓风来了，就在那边。"

我抬头一看，它真的就在那里。我还可以看到天上的云彩，不过现在又多了一个巨大的黑色羽状物盘旋在至少5万英尺的高空，那场景真是能让人惊掉下巴，景观的规模已经到达了圣经里的级别，尤其对比我平常看的电视卫星图像，实景真是大得可怕。电视根本无法传达天气那无边无际的气息，那种感觉只有在亲自仰望天空时才能切身感悟到。

工作组在码头附近，地处查尔斯顿郊外废弃的汉普顿酒店一块被遮蔽好的庭院安顿了下来，福泽把车停在了酒店和船用仓库之间。下午3点前后停电了，查尔斯顿市中心的地平线瞬间由亮转暗。尽管飓风风眼不会与我们正面交锋，但它携带的阵阵强风的力量已经大到让人无法直立，雨水打在身上像冰碴一样刺痛。光线极其微弱，空中已经开始出现了片片物品残骸。突然，一股极强的大风把汉普顿酒店遮篷的天花板掀了起来，里面的照明灯也被成排地吹倒，相机也随着倒下了。在气象频道上，这番场景的效果极好，很有《布莱尔女巫》的感觉，但不幸的是，它也把相机弄坏了。

那天晚上9点，查尔斯顿的风暴等级达到了顶峰。汉普顿酒店旁边的船用仓库已经要被吹垮了。天际线一片漆黑，但偶尔会有一道明亮的绿色的闪电倏然而逝——唉，又一个变压器（就是那种电话线杆顶部的金属盒，由于两条电线绞在一起并在它们之间产生了相反的电荷）爆炸了。所有人都被塞进了潮湿的车里，再加上空调的作用，车里面是又湿又冷。外面，狂风则像火车一样咆哮着。

"咱们做现场直播！"福泽大喊着，鼓舞着他的团队。他猛然套上应对恶劣天气的装备，就跳进了暴风雨中。

莫罗和摄影师紧跟着他冲入狂风中进行拍摄。他们正拍着的时候,附近的黑暗中传来一声巨响,一盏40英尺长的鹅颈街灯被吹倒了。

"那是什么?"莫罗喊道,在致命的狂风中有些畏缩。

"拍它!"刚刚要回卡车的福泽又喊道,"让所有人都看看!"

"这些东西飞起来的时候像导弹一样厉害,"莫罗似乎是扫视了一番电视机前的观众,说道。这场直播很棒,但天气却一点儿也不棒。第二天,曾为"安德鲁飓风"写新闻头条的迈阿密气象员布赖恩·诺可罗斯在《今日美国》上说,他觉得用不了多久,广大观众就能一起见证一个气象员在直播中被削掉脑袋的画面,到那时候我们是把它算作新闻,还是天气报道呢?

2000年3月8日,我身处华盛顿特区,这里的气温高达85℉。当我看到在新闻8台的天气播报员正就那些支离破碎的影像惊呼我们是多么的幸运时,我猛然意识到:尽管新闻工作者进行了各种创新,但气象新闻的报道的根基仍旧是20世纪六七十年代的快乐天气风格——风暴、热浪和暴风雪等气象报告,替代了越南死亡人数、城市种族骚乱,还有逐年飙升的犯罪率,是一种让人愉悦的消遣。

毫无疑问,全球变暖是我们这个时代最大的气象事件,可它几乎从来没有在气象报道中被探讨过。"他们不想听我们讲全球变暖背后的原因。"气象频道的一位气象学家巴兹·伯纳德告诉我。气象频道现在的处境是:如果看看过去的30年,地球变暖的铁证已经几乎让这个理论成为科学共识了,我们现在可能正处于过去一个世纪最暖的时期。但这种变暖到底是环境自然发展的趋势还是人类活动所致,我们还不能完全下定论,也不清楚这样的变暖周期会持续多久。斯图·奥斯特罗,一位气象频道的高级气象学家对我说,

天才闪光

"只要你一说全球变暖是人为造成的,你就得说清楚这是谁的错,你该怎么办,这不知不觉就把自己困入了一个非常棘手的政治处境。"

全球变暖的原因至今仍然存在很大争议。但许多气候学家现在有一个理论,那就是不断上升的气温会导致极端的天气更频繁地出现,不只是热浪和干旱,还有越来越多的风暴和洪水。美国国家气候资料中心(美国国家气象局的分支机构)主任托马斯·卡尔最近完成了一项对1910年以来美国所有极端天气的研究。卡尔一直是全球变暖怀疑论者的宠儿,他在研究中总结说,自20世纪70年代以来,"极端天气发生的次数一直在稳步增加",他将这种反常现象归因于全球变暖。

然而,每当电视上谈及全球变暖的话题时,本·富兰克林式的乐观主义——他在《穷理查年鉴》中主打的感情基调,仍然能压过马瑟在《非凡的天意》中表现出的悲观态度。也许这是一门好科学,整体气候变化的时间框架远远超出了每日的天气预报,尽管如此,它还是加重了我们对怪异天气的猜忌和紧张感,因为只要没有得到合理科学的解释,我们的疑心就只会越来越重,越来越关注那些短期发生的小事件,这也进一步削弱了我们追踪和总结长期变化规律的能力。

天气越来越热,人类可能就是造成这一问题的罪魁祸首。这类关于天气的消息,并不是人们希望在天气预报中听到的,所以他们就选择不听。这就是为什么,每当天气预报员提及温暖到异常的反季节气温时,他通常会告诉我们"出去兜兜风"尽情享受。

——写于2000年

 **慢车道**

长着一双蓝眼睛,脸上有雀斑的香农·索恩是纽约第七频道《目击新闻》节目的直升机记者。此时的她正坐在位于新泽西州北部林登机场机库后面的办公室里,一边拿着报纸给自己扇风,一边静待交通状况恶化。这间办公室看起来就像是人们昼夜颠倒加班工作的地方。沙发的坐垫上有一条身体长度的凹痕,饮料易拉罐和咖啡纸杯多到从废纸篓里漫了出来。

那是5月24日星期五下午,大概也就刚吃完午饭的时间。纽约第七频道称这一天为"出游日",是"阵亡将士纪念日"周末的开始,也是夏天交通旺季的开始。在这样的日子里,除了每天进出纽约城的出租车司机,道路上还加入了只在周末用车的住在市区的人们。如果你是亚特兰大或洛杉矶的交通记者,这样混乱的路况其实已经见怪不怪了,但纽约的记者可不是每天都会有这种经历。如果真的有骇人听闻的延误,索恩就有机会在6点新闻中打头阵。"作为一名直升机记者,这就是你要追求的,"她说道,"永远做第一个。"在纽约,直升机

天才闪光

记者们可没有在马路上飞车角逐的奢侈条件,因为路上有太多桥梁和隧道的阻拦。当然对于今天的索恩来说是越堵越好,不知道今天交通的糟糕程度能否达到她的预期呢?

"9·11"事件之后,任何一个在纽约开过车的人都知道,交通模式与以往不同了。朱利安尼市长使用他的特别紧急行政权对通过曼哈顿60街以下的桥梁和隧道的车辆进行了限制,交通拥堵也因此得到了缓解。真的,自第二次世界大战以来,这座城市的车流从未像现在这样的顺畅。今年❶4月,一部分十字路口的车流限制被取消,但在早高峰时段,曼哈顿的限制令仍对要开进14街以下的单人驾驶车辆有效。虽说清理世贸中心爆炸区的工作已经结束,但布隆伯格市长(当他还是候选人时曾在竞选期间承诺,要通过帮助城市减轻对机动车的依赖性来改善纽约人民的生活质量)决定在曼哈顿下城重建工作正常进行的同时,继续实施限制措施。于是自4月开始,交通状况就一直在不断恶化,不过倒也没有赶上去年的拥堵程度。

办公室里的电话响了,是位于曼哈顿的第七频道新闻台打来的。刚刚警方的扫描设备在曼哈顿发现了一起紧急事件,纽约州高速公路上所有北行的车道都被堵住了。索恩和她的飞行员阿瑟·安德森急忙跑出去,爬上了7号新闻机。安德森快速向我介绍了紧急情况下的飞行应急程序,还告诉我说,如果必须要迫降的话,他宁愿选择落在陆地上,也不要落在水里。我们起飞时,索恩拆开了一块棒棒糖,她已经怀孕14周了,在直升机上只能靠樱桃味的查姆斯棒棒糖来帮助缓解由直升机剧烈晃动带来的恶心。葡萄味的效果其实更

---

❶ 译者注:本文发表于2002年。

好，但上面的色素会让她的舌头发紫。

林登机场离新泽西州的伊丽莎白城很近，就在纽瓦克机场的南面。在开往西北方向的路上，当我们正驶过纽瓦克错综复杂的跑道上空时，索恩又从交通新闻服务台收到了新信息。就在中午时分，新泽西州莫沃市一个名叫斯科特·范·邓克的12岁小男孩，在提早放学后，就骑着自行车来到了拉马波河一段叫作"40英尺"的著名天然泳池——地理位置恰好刚刚跨过纽约州州界线。下午2点，男孩的尸体就在紧挨着高速公路的河段中被发现。他溺水了，警察现在已经将高速公路封锁，开始进行现场保护工作。

我们到达现场时是下午2:15，北行高速公路上的车辆已经在I-287立交桥外堵到了好几英里开外。几分钟前还在高速公路上飞驰的司机们现在被困在原地不得脱身，个个心情都很急躁。他们从之前的随意行驶变成了现在仅剩的一个选择：到底要不要换车道。对于堵车的司机来说，很少有人会想到前方的延误可能是一场灾难造成的，而这场灾难远比任何个人的不便都更严重。

7号新闻机的机腹上装有一个可遥控摄像机，它正沿着河边徘徊，为在家看电视的观众们搜寻着尸体或者其他可拍的无情悲剧画面，但最后只发现了几个从石点镇消防队赶来的人正在安装救援设备。范·邓克的尸体在我们到达的时候刚刚被带走。索恩派安德森去拍摄一些I-87号和I-287号公路上堵塞车队的照片，但她怀疑这条水泄不通的长龙是否有机会登上6点新闻："想上6点新闻，我们需要的是非常非常严重的堵车。"

自1970年到现在，美国人口增长了40%，而注册车辆的数量增长了近100%，换句话说，也就是汽车的增长速度是人口的两倍多。而在同一时期，道路通行能力只增加了6%。如果这一不对等增长趋势一直持续到2020年,我们生活中的每一天都将变成"出游日",通勤者、卡车司机和外出游玩者的车辆都将不顾是否高峰时段,全部涌出在大街上,造成全天24小时的拥堵:运输车不能按时送货,人们不能正常上下班,空气质量持续恶化,进而随着商业受到影响,我们的整体地缘政治地位下降,被迫变得越来越依赖进口石油。世界就是这样结束的:不是一场"砰"的一声爆炸,而是交通堵塞。

但我们又能怎样对付堵车的问题呢?乘火车吗?火车也可能出故障,美国铁路客运服务公司"美铁"(Amtrak)可能不久后就要倒闭了。坐飞机吗?为了弥补意外事故造成的严重损失,航空公司正在实施削减航班、提升票价的方案。好好治理一下交通?管理交通的方案和理论有很多种,但能真正有效减少路上机动车数量的方法却并不多(即使许多纽约人没有必要开车,但随着时间的推移,还是会有越来越多的上班族选择开车)。2001年,平均每个工作日都会有约360万人次涌进曼哈顿枢纽(即60街以下的区域),跟50年前平均每天的人数是差不多的。然而,1948年只有大约65万名通勤者开车上下班,50年后这个数量已经增长到了130多万名,而且现在大多数车辆里坐着的就只有司机一人。

仅仅建设公共交通是远远不够的,还必须让人愿意使用它才行,要么把火车和公交车改造得方便些,要么禁止一部分人群在高峰时段开车出行。但在美国,限制人们随心所欲地使用自己的汽车永远都会上升为一个政治难题,而布隆伯格市长在这方面的努力也引发了很大争议。新的限行措施让很多纽约市的居民感到欣慰,因为纽约市是全美国唯一一个大多数家庭都没有汽车的城市,但很多停车场行业、餐馆和剧院老板、零售商、劳工组织以及一些本地的政客

10 慢车道

都对此心怀不满。堵车的确很糟糕,但有一些纽约人却发现,如果没有交通堵塞可能会更糟。"我认为它正在破坏纽约的城市结构。"中央停车场的高级副总裁格雷·苏西克在2001年11月接受《纽约时报》采访时这样说。一次纽约的圣诞季过后,往年常有的连续5天的交通拥堵,而在那年只出现了一点儿轻微的堵塞。为此大都会停车协会就开始研究要采用什么样的法律行动来反抗纽约对单独驾驶者的限制令。

如果纽约有能力针对它的交通问题采取持久措施,美国其他的城市应该也能做到。在亚特兰大,因交通拥堵,上班族平均每年在交通道路上浪费的时间从1992年的25小时增加到了2000年的70小时。洛杉矶是美国交通最糟糕的城市,但旧金山、休斯敦和西雅图这几大城市似乎是想挑战洛杉矶的这一殊荣。这些城市可能只会在交通不断恶化、毫无回旋之力的时候才会发现对交通进行管理的必要性,这就是为什么纽约作为美国交通管制实验对象有着如此重大的意义。正在曼哈顿下城建设全美最先进交通中心的纽约,会同时成为第一个实施最先进交通政策的城市吗?在这个城市的交通历史上,汽车曾是一种特别的访客通行证,这样的历史会被我们永不满足的驾驶欲望击败,从而成为永远的过去吗?

出游日周五的12:15,纽约市交通局系统工程总监鲁迪·波波利奇奥正在交通部(DOT)的管理中心观察城市道路上的异常迹象。塞车的"塞"这个字❶最早是在1910年《周六晚间邮报》用于描述纽约成千上万汽车拥堵之状的,表达那一堆堆的汽车就像果酱一样黏稠,根本流动不起来。(英式英语的"阻塞"blockage 一词是

---

❶ 译者注:"塞车"对应的英语单词是 jam,jam 同时也有果酱的意思。

天才闪光

从马车时代流传下来的，这个词太文气了，不足以用来形容一堆汽车密集地挤在一个狭小空间时释放出的那种可怕的噪声和气味。）受空间和街道布局的限制，曼哈顿中心城区的核心地带在不造成连环堵塞僵局的情况下只能容纳 9000 辆行驶的车辆：一个十字路口的拥堵会连带着影响到一条大道的交通，进而影响到下一个十字路口。一个街区的拥堵会在几分钟内辐射到市中心的所有街道，这就是为什么像波波利齐奥这样的工程师会密切关注城市的道路，尤其是在这样的日子里。

波波利齐奥的报告显示交通似乎看起来很顺畅，没有什么问题。因此他怀疑很多人都没去上班。"我们今天的早高峰可能要出现在大约两点的时候了，"他在电话里告诉我，"但到目前为止车流还算顺畅，我看着 59 街大桥的摄像机，交通运行一切正常。"

交通管理中心位于长岛皇后广场附近一栋不起眼的白色砖瓦建筑内，一个没有窗户的水泥仓库里。几个月前，我就是在那里和波波利齐奥见的面。他和其他工程师在 34 个大型监视器屏幕的强光照射下工作，每个监视器都不间断轮流显示着 130 个远程控制的闭路摄像头传输过来图像，这些摄像头安装在市里事故多发的十字路口和城外常见的交通堵塞点。摄像头非常有效地减少了交通部对事故发生的反应时间——50% 的交通堵塞是由事故造成的。理论上讲，这些摄像头可以在 www.metrocommute.com 网站上找到并随意观看，希望能为公众提供一个提前预警系统——至少我们是这么期望的吧，但实际上，大多数司机在开车时都不会上网。

城市里有各种各样的道路使用者，除了汽车司机外，还有骑自行车的、踩直排轮滑的、滑踏板车的、推手推车的、开三轮车的，以及步行的，等等。交通信号是最能公平且有效地管理以上各类人群的措施。"只要安上了交通信号灯,每个人的注意力就都集中到了红色和绿色,"波波利齐奥说道,"就是'你走你的,我走我的'这么简单明了的规矩。"电子交通信号灯是一个相对古老的技术,由一位非裔美国发明家加勒特·摩根在1914年发明(除此之外他还发明了早期版本的防毒面具)。1924年,交通信号灯首次在百老汇大街被安装试用,如今它已经遍布在曼哈顿2700多个交叉路口。几乎所有的信号灯都以90秒的间隔运行,几十年来,交通部逐步改进和完善了信号灯协调工作的节奏。波波利齐奥告诉我:"在这样环环相扣、牵一发而动全身的交通网络中,你绝不能允许任何一个信号灯我行我素。"——就在两周前,计算机的一点儿故障就导致了全市数十个信号灯开始"独立思考",结果就引起了一阵骚乱。交通部对多数大街上的红绿灯顺序和时长依次进行了测量和设计。即使你不知道第九大街上的绿色信号灯持续时间是6秒,但久而久之你的直觉就会告诉你面前的绿灯信号还剩多长时间,之后你就会被红灯拦住。埃尔温·布鲁克斯·怀特(E. B. White)于20世纪20年代后期在《纽约客》上撰文指出:城市里的人们很快就将这种新发明的计时装置融入自己的内心生活。"仔细想想这些机械装置的运作节奏确实很精妙,"他写道,"正是多亏了如此精美的装置,人类摆脱了对小时、潮汐和月相这些倾向于直觉的抽象时间感的依赖。"

在5个行政区❶总共1.15万个信号灯中,有超过一半是和交通管理中心的计算机连接着的,而那里的交通工程师有权随时控制修改这些不同信号灯的持续时间。例如,早晚高峰时段,市中心的第

---

❶ 译者注:纽约市有5个行政区,分别是曼哈顿区、皇后区、布鲁克林区、布朗克斯区、斯塔滕岛区。

天才闪光

六大道会有长达 60 秒的绿灯，穿城街道上则是 30 秒；但到了中午因为有更多车辆要穿过市区，工程师就会把第六大道和穿城街道上的绿灯都改成 45 秒。曼哈顿大街小巷的每一个信号灯都对应着交通管理中心 40 英尺长的操作台上的一个小灯，这些小灯与街道上的信号灯实时相连。这样一个模型可以让人更直观地看清布满百老汇大街众多信号灯的闪亮次序，或者也可以欣赏一下时代广场信号灯设计的精妙。它代表了交通管理对交通难题斗争的胜利——一个设计得完美无缺的系统，没有哪个司机会搞错。"我们在城市中很少使用左转信号灯，"波波利奇奥对我指出道，"这里和郊区不一样，郊区的十字路口的车去的地方都是四面八方，毫无规律的。"

我参观交通管理中心是在 3 月的某一天，那天管理中心好像不是太忙，没什么需要处理的交通问题。所有高峰时段的限制令都在生效中，无论是市内还是市外的道路都比平时清净很多，一位工程师甚至还把一台监视器调成了日间电视节目。最后，在早高峰时段快结束的时候，一群纽约市环境保护局的工作人员在 96 街以南罗斯福路南段直接把车停在了大马路中间，一下子堵住了两条车道。工人们自顾走下卡车，不紧不慢地走到路边，就开始往下水道里面照来看去。跟在卡车后面的汽车立刻停了下来，借助交通局的摄像头，我们看到堵塞的车队以每小时 8 英里的速度向后绵延。司机们期待路面畅通的焦虑感瞬间汇集，很快就一路传到了三区大桥。与此同时，一辆警车在罗斯福路北段的左车道停了下来，警灯闪烁，警察径直走过去看环保局的车到底在干什么。总的来说，这是一场很小的交通堵塞，但也是那天早上发生的唯一一起意外事件，交通部的工程师一下子就精神起来了。"那些环保局的人在搞什么啊？"一个人喊道。"他们有工作许可证吗？" 15 分钟后，卡车继续前行，拥堵的路况也慢慢得以好转。

在出游日那天,波波利奇奥告诉我,"我们今天下午得把出城时段的计时模式提前一些,可能会从3点半至4点提前到1点半至两点,给出城的道路更多通行时间,只要能帮助人们尽可能顺利地离开城区。"

不幸的是,交通部门的工程师们本意是让人们顺利离开曼哈顿,但实际可能帮了倒忙,因为他们会使城市外的高速公路上挤满了超出设计容量的车辆,最终反倒放慢了司机们的速度。自20世纪70年代以来,纽约周围就没有再修建新的高速公路干道,一部分原因是实在没地方了;另一部分原因是许多人认为修建高速公路只会加剧拥堵,因为从前利用公共交通道路来避开拥堵路段的司机们也开始使用新的道路了。即使开到新路上的全是经验丰富的老司机,科学家们也已经证明,单是道路容量一个变量的增加就足以加剧交通堵塞的严重程度,这种现象有时被称为"布雷斯悖论"(是以德国数学家迪特里希·布雷斯的名字命名的)。在20世纪90年代人均新增道路最多的23个美国城市中,它们所有的交通拥堵度都增加了70%以上。

但不修建高速公路其实也会造成交通堵塞。比如说95号州际高速公路从纽约州到纽黑文的那段路最开始设计的日容量为7万车次,实际上它每天的接待量已经超过了15万车次。美国于20世纪50年代建设了总长达47 000万英里的州际高速公路系统,其中有很多路段也出现了类似的超流量问题。从政治角度上讲,修建新干道是几乎不可能的事情。美国西北大学基础设施技术研究所的主任戴维·舒尔茨说道,"当你一谈到修建新公路时,受益的人数很多,但若要具体到个人的受益,就太不值一提了;再反过来看,受损的人是少数，但对他们个人的影响是很大的。而恰恰是这些少数群体会参与到公众听证会中去，阻碍新道路的修建。他们的原则从'不许在我的后院修路'，发展到'不能在任何人周围的任何地方修路'，最后演变为'地球上哪里都不许修路'"。

20世纪90年代，美国联邦高速公路管理局在公路"智能化"建设上花费了数十亿美元，广泛部署了统称为"智能交通系统"的检测设备，旨在追踪、预测并尽可能管控交通。这项技术大部分是由美国军方开发并在海湾战争期间使用过的，现在已经成为我们新国土安全措施的一部分，这项技术还包括闭路电视摄像机、埋在路上的汽车传感器、高架测速雷达、光学图像传感器和E-Z通道感应器（就是贴在汽车挡风玻璃上的一个小塑料盒，可以与高空的"读取器"通信），这可能是继红绿灯之后人们在交通管理领域取得的最重大的成就了。华盛顿大学的华盛顿州交通中心主任马克·哈伦贝克表示，这个智能化的想法"是用信息给高速路加容量，和我们过去用混凝土加宽加高空间一样。过去，在高速公路管理机构工作的我们常常认为自己是在从事建筑行业。我们修一条路，离开，20年后再回来加建一条车道。现在呢，所有这些机构都必须学会如何通过加入智能系统来提高道路通行能力"。

周五下午，在与波波利奇奥谈完之后，我给新泽西城的跨部门公共交通管理组织Transom打了电话，想了解一下新泽西城外的道路状况。Transcom的部分职责是对95号公路途经各州所提供的信息进行组织协调。毕竟，交通问题是不会管州郡边界在哪儿的。Transcom的经理告诉我，他们今天正忙着提醒旅客注意避开康涅狄格州米尔福德附近高速公路的34号出口，就在几个小时前，那里出了点儿事故。早上6:30，一辆满载汽车电池的牵引式挂车正在I-

95号州际公路上向北行驶，突然撞上护栏，翻车起火。康涅狄格州的警察将双方向的所有车道悉数封闭，再把卡车给大卸八块清理干净，里三层外三层地检查以确保高速上没有电池酸残留，这一过程花了整整8个小时。到了中午，堵在这段路的车队已经排了13英里长。有关延误的所有信息都被打在了该地段高速公路的电子信息牌上，高速公路咨询电台也将这一警报告知了所有听众。目前，Transcom还没有为驾驶者们提供绕路的方法，但据其执行董事马修·埃德尔曼说，"很多司机都对这条路很熟悉，如果你告诉他们事故出在哪儿，他们自己就会想办法绕走的。"——当然，这是假定司机们全都按照系统指令行事的理想情况。但是，伊利诺伊州交通部的项目经理大卫·扎瓦特罗说，许多驾驶员会故意跟我们的意思对着干。"我们在肯尼迪和丹瑞安高速公路上放了各种各样的标志，"他在芝加哥的时候告诉我说，"这些标志会告诉你现在是本地车道走得快还是快车道动得快。但我只要在其中一个标牌上说快车道要快大概5分钟，有些司机就会开始反向推理：他们觉得其他司机看到了这条信息都会去走快车道，所以他还是会去走本地车道。"

在这样的出游日，无论哪个为了避开下午高峰想要早早离开纽约的司机，只要在动身前查看一下交通摄像头和网络公告，便会知道应该走从哈钦森河大道向北通往梅里特路这条路线，这样就可以避开堵在95号公路上的长龙了。但事实上，哈钦森河大道这条路也好不到哪里去。中午时分，一名卡车司机为了躲避95号公路上的拥堵，就试图非法驶入哈钦森河大道这条路线（大型商车是禁止上该车道的），结果被卡在了一个立交桥下。这意味着到下午1点的时候，整个新英格兰，包括那些之前波波利奇奥和他的同事们想帮助尽快离开的旅行者们，就会发现两条最主要的北行路线都被堵住了。

等我们下午 2:15 开着直升机到达时再往下一看,司机们的第三选择纽约州高速公路的北行路段也变成了停车场。

刚过下午 4 点,纽约警察局因在路面上发现一可疑包裹,就立刻封锁了布鲁克林大桥通往曼哈顿方向的一侧。当这些车道在下午 4:30 重新开放时,警察又把通往布鲁克林方向的车道关闭了半小时。结果给大桥两端都带来了"terrorlock"(恐怖级阻塞)——这个用来描述交通堵塞的新词汇已经成为纽约交通用语。隔壁的曼哈顿大桥已经被堵得水泄不通,罗斯福路上挤满了等着上桥的车辆。

7 号新闻机当时就在现场,它盘旋在布鲁克林大桥上空,静静地拍摄着地面上的警方活动。

"拆弹小组来了。"安德森说着,把镜头拉近到卡车上。我观察到布鲁克林市中心的街道逐渐被车辆填满。为了避免拥堵,这些司机在格瓦纳斯高速公路与布鲁克林皇后区快速路合并之前就下来了(这里本来就是一个麻烦地方,每年能给驾驶者们造成总共 750 多万小时的行车延误),再从希克斯街穿过科布尔山和布鲁克林高地。这种使用后备路线避开高速公路拥堵的方法确实是经得住时间考验且行之有效的,不过这些绕道司机的到来也给这些住在"后备街道"上的人们带来了交通不便,人家原本希望待在家里以避开假日交通阻塞的。

下午 4:45,当警察正在布鲁克林大桥进行搜查时(他们最后只发现了一个被丢弃的背包),一辆汽车突然在林肯隧道里失火,这场大火导致通往曼哈顿的车道被直接封闭,新泽西收费公路东段大拥堵。7 号新闻机立即飞过河去查看大火,最后发现也没什么可拍的。"如果你能及时赶到火灾现场,汽车起火的照片会很好看,"索恩说,"问题就是消防部门扑灭汽车大火的速度太快了。"

10　慢车道

　　索恩和她的飞行员有预感，乔治·华盛顿大桥是他们上 6 点新闻的最佳筹码了，所以我们在下午 5 点后不久就开始往那边赶。我们沿途还拍下了一些城市天际线的美照，它们将被放在天气预报前的预告画面里。索恩拍照时十分谨慎，没有让一辆车进入她的镜头。她说："观众看城市美景可不想把糟心的堵车现场也看到眼睛里去。"

　　我们赶到乔治·华盛顿大桥时，已经能看到塞车的壮观场景了：车队从新泽西收费高速公路一直延伸到大桥的收费广场，然后向东穿过跨布朗克斯高速公路❶，再北上一路排到了韦斯特切斯特县。狄根少校高速路、大广场街、史瑞丹街和布鲁克纳街也全部挤满了卡车和小轿车。眼前的景象中，只有桥上的车还能开动——这本是我们以为拥堵最严重的地方，这段路在两大交通堵塞之间给旅客提供了一个短暂的喘息机会。

　　"看那边。"索恩满脸欣喜地说道，她指导着安德森把新闻机开到了新泽西州里奇菲尔德公园上空，95 号高速公路和 80 号高速公路就是在这里合二为一，然后新的道路一起向东到"乔治桥"，她在那里可以拍到效果最好的照片。她把其中一些照片发给了第七频道，静静等待。快下午 6 点了，索恩从口中取出棒棒糖，把仪表台上的"口红相机"摆好，这样相机就可以对准她的脸，随时准备接到呼叫就可以立刻开始直播。

　　乔治桥的拥堵早在几个小时前就已经开始了，具体时间大约是下午 1∶30，源头是因为桥底层部分发生了一点儿小事故：一辆卡车

---

❶ 译者注：跨布朗克斯高速公路（The Cross Bronx Expressway）是连接新泽西、曼哈顿、布朗克斯和长岛的一条主干高速公路。

天才闪光

和一辆汽车发生了碰撞，短暂阻塞了一条车道。但这一小小的事故就足以把一条畅通无阻的高速公路变成一块黏糊糊的大板油。这件事作为一个例子，很典型地诠释了交通工程师经常说的"威利狼效应"。就在最大"吞吐容量"曲线（尽可能高效地在道路两点之间让尽可能多的汽车有效地通过）刚达到峰值时，就猛然跌落悬崖，被拍在曲线图最底部的基线上。

交通工程是一门使吞吐量最大化的科学。交通堵塞之所以这么让人难以理解（尤其是在传统交通工程需要实践的时候），是因为它们往往发生在路况完全按工程师对高峰的预测正常发展的时候。1992年，德国科隆大学的物理学家凯·纳格尔和麦克·施莱肯伯格开始将一种叫作"元胞自动机"（CA）❶的计算技术应用于交通，这对帮助人们理解这种"非线性现象"有很大帮助。在CA模型中，公路通行能力是以二维网格的形式表示的。网格中的每个单元格都只具有以下两种状态的其一：空白或被粒子占据（当然在这种情况下每个粒子是代表一辆汽车）。它与交通工程师平时使用的假设所有驾驶员相同的传统数学模型不一样，CA模型可以给粒子分配数值，以方便不同类型的驾驶员：喜欢开快车的、喜欢开慢车的、天天追尾的和经常变道的，这些人群类型都可以在模型中被表现出来，最后得出的结果就是一个很接近现实的虚拟交通状况。

利用各种各样的计算机技术，工程师们可以在计算机上构建虚拟道路，再放上虚拟汽车，然后让路况自由发展，静观其变。长岛亨廷顿站的KLD联营公司给我发来了一个模拟曼哈顿下城交通的程

---

❶ 译者注：元胞自动机（Cellular Automata，CA）是一种时间、空间、状态都离散，空间相互作用和时间因果关系为局部的网格动力学模型，具有模拟复杂系统时空演化过程的能力。

序，于是我花了一个上午的时间静静观察西侧高速公路上的虚拟交通流。除了交通路况之外，KLD还利用这种建模来模拟意外事件发生时的人群疏散场景，比如纽约布坎南的印第安角核设施遭遇恐怖袭击。KLD的副总裁梅耶·霍恩告诉我，"我们还模拟了驾车人的10种不同程度的行为特性。除此之外，我们还考虑到了在工作日开车的人会比那些只在周末开车的人（'周日司机'）更快、更急躁。"

我们不仅可以将交通作为一个物理系统，而且可以作为一个社会系统来进行研究，一些有关探索驾驶员行为和交通堵塞之间关系的研究论文已经发表，在行业内十分著名。多伦多大学的唐纳·雷德迈和斯坦福大学的罗伯特·提布施瓦尼两位研究人员利用计算机模型证明，频繁更换车道是无济于事的，尽管那个换车道的人从自己的视角看走得更快了。在《自然》杂志的一篇论文中，作者们认为这是因为司机错误地仅以其他车辆为参照物来判断自己的进度，而并没有考虑到整体行程的时间，从而产生了自己进度更快的错觉。因为司机改变车道的决定是基于较短的时间间隔做出的，在短时间内，旁边车道可能移动得更快，但如果取一段较长的时间段观察的话，我们会发现慢车道的速度也会提高。作者得出的结论是，司机换道的举动是出于情绪原因，换句话说，他们非常想超过别人，而讨厌被超车。不过耶鲁大学哲学讲师尼克·博斯特罗姆最近对他们的理论提出了质疑，他在自己一篇题为《旁边车道上的车流的确走得更快》的短文中指出，某些车道的确走得更慢，原因就是这条车道上的汽车数量更多，只有驾驶员改变车道，高速公路才能在整体上达到平衡，达到最大吞吐量。

在使用CA模型进行了10年的流量分析之后，凯·纳格尔和他的欧洲同事得出的结论是，几乎任何我们能想到的原因都可能导致交通拥堵，比如道路的轻微整修，一场毛毛雨，甚至是一个路怒驾驶员被"周日司机"抢了路，这些都可能是引发交通堵塞的导火索。有人急刹车，后面的司机就得更用力地刹车，冲击波就会一路向后沿着车流传递，直到最后一个需要急刹的车辆完全静止下来。德国人悲观地认为，无论交通管理人员多么聪明，交通堵塞永远不可能避免。这种观点在纽约的工程师中并不受欢迎。"那一套可能在德国高速公路还有点儿道理，"在城市交通部工作的约翰·蒂帕尔多告诉我说，"但不是在这里。纽约的交通状况可能很疯狂，但还没有到那么无可救药的地步。"

在我研究交通的过程中，似乎时不时地就会出现一种交通的本质就是一片混乱的想法。每每出现这种情况时，我就会去看山姆·施瓦茨。被称为"塞车山姆"的施瓦茨是全纽约最接近大师级别的交通专家。在纽约两极分化的汽车政治中，他是个独一无二的存在：他能够做到既支持汽车又反对汽车，有时甚至是两者同时兼顾。在1991年的一篇新闻专栏文章中，他对高峰时段限行和东河大桥收费两项措施的支持，并不影响他在大都会停车协会的研究中表示"9·11"事件后所有的限行令都在损害纽约市的经济。这种明显的双面派的作风激怒了本来把施瓦茨视为重要盟友的反对汽车派。但殊不知"塞车山姆"的事业就是在这样的观念冲突中建立起来的。

与天气节目不同，施瓦茨在每周新闻出现6次的"交通预报"中，他代表的是对城市大街小巷了然于胸的老司机们，那些人都知道如何避开格瓦纳斯和皇后区快速路的那条横穿布鲁克林的绕道。他的追随者们还会研究山姆的交通日历，那上面标记了所有最普遍的基督教、犹太教和穆斯林教的节假日，而在此期间，路边停车是被禁止的。如果"塞车山姆"的专栏是你唯一的新闻信息来源，那

10 慢车道

么你应该对这个城市每天发生的事情都有相当全面的了解——来访的政要、名人云集的慈善会、游行、政治示威、州外彩票头奖、街区聚会，以及当地的一些体育活动。山姆已经把交通视作他的世界观。

施瓦茨20世纪80年代的大部分时间里都一直担任纽约市的交通专员。在他公务员的传奇生涯中，他表现出一种戏剧性的天赋，这在交通工程师中是不常见的。他设计了在中城区里立着的"别想在这里停车"标志；他还提出了反拥堵派"别挡着交叉路口"的倡议，这一点为交通流量带来了持续性改善。他向"尸位素餐"的司机们宣战，尤其是向停在市中心酒店等有钱人吃完早餐的豪华轿车司机们。那些司机们并不在乎因为"占位"而收到的那35美元的罚单（他们中有些人甚至还会说声谢谢，这可吓坏了交通管理员），所以施瓦茨让市政府将"静坐不动"视为对"动态行驶"的违章，一经发现，司机的驾照就会被扣分。

最厉害的是，施瓦茨在一次与科赫市长约的中午饭局之后给他的车开了个罚单；在圣帕特里克大教堂旁把纽约大主教的停车位没收（他的不当停车给后面第五大道和东五街造成了交通堵塞）；还有一次在接受电视台采访时他们把记者的采访车拖走了。但他最高光的时刻还是他对非法停放的带有外交牌照的汽车采取的举动——施瓦茨不仅给这些车开了罚单，还要把它们拖走，这件事在外交界引起轩然大波。100多名联合国代表还为此专门召开了一次特别会议，为了与这位交通专员正式面谈。俄罗斯援引了《日内瓦公约》，声称该公约保证了他们有免费停车的权利；法国表示，如果外交官们拿不到停车特权，那整个联合国就得搬回维也纳了。但施瓦茨毫不动摇，行动还在继续——直到大约一周后，美国国务院打电话通

· 285 ·

天才闪光

知他,说美国驻挪威和多哥的外交官已经失去了停车特权。所以为了避免国际危机,施瓦茨应该考虑把精力放在其他方面。"要说我从过去的经历中学到了什么,"他告诉我道,"那就是在纽约,人们为了他们的停车特权可以做到很绝。"

在春日里一个晴朗的下午,施瓦茨带我在曼哈顿兜风。我们开着他经常停在拉斐特街的沃尔沃轿车往上城区走,想顺便看看哪里出现了交通问题。"我不明白,"当我们沿着公园大道向南驶去时,施瓦茨摇着头轻语了好几遍,"真是从来没见过这种情况。"我们一个转弯来到了麦迪逊大道,现在是交通高峰期,那里肯定会有点儿塞车。相反,我们沿着交通局协调好的信号灯路线前进,甚至还赶上了42街的绿灯。施瓦茨看到这样的"奇迹",脸上没有一点儿欣喜之色,似乎没有了交通堵塞,"塞车山姆"就好像不是他自己了。

终于,在第五大道和第六大道之间47街的钻石区,施瓦茨精神起来了。他开始指出所有违反交通规则的车辆。"占位的,占位的,外交官,又一个占位的——从车牌看,这位是最高法院的法官。"在我们面前,车流为了绕过一辆犹太社区的大客车不得不一起挤在一条车道上——那是布鲁克林犹太教仪式派到社区专门用来把人们带到钻石区的交通工具,车身一侧印的是他们已故的精神领袖拉比·梅纳赫姆·门德尔·施耐森的大幅照片。当我们在车队中依序前行时,突然听到"砰"的一声!沃尔沃剧烈地抖了几下。排在我们后面那辆SUV的司机和他旁边的林肯城市的司机为了该谁先绕过大客车暗暗较起了劲,结果一下撞了山姆汽车的后杠(但是SUV的司机似乎没有注意到,或许他根本就不在乎)。到头来,这件事反而使"塞车山姆"有点儿兴奋:"他连撞了我都不知道!"

自今年春天以来，这座城市的交通状况就一直在持续恶化——也可能是有所好转，这取决于你从哪个角度看了。当我跟"塞车山姆"谈到这个问题时，他说现在的交通拥堵程度和20世纪90年代中期差不多。"现在美国的情况已经和昔日在经济繁荣期最高点的时候不一样了，"他说道，"不过也快了。"他尽可能让自己的声音听起来严肃认真，但我还是从他那句话里察觉到了一丝喜悦。

大多数司机将交通堵塞视为阻挡自己前进的障碍，很少会有人从另一个角度想到他们自己的存在恰恰就是对他人的妨碍。但交通拥堵的真正代价不仅是你被耽搁的时间，而是你的车在其他所有人耽误的时间总和上又添了一笔，比如所有要去吃烧烤的人都得多走你一个车身的距离。就像德国环境科学家沃尔夫冈·萨克斯在他的著作《为了我热爱的汽车》中所说的那样："一旦超过一定的交通密度，在场的每个司机都会不由自主地加剧交通减速。一个司机通过造成他人减速从其他所有人那里'偷走'的时间总和，比他以为自己通过小技巧获得的时间要多出很多倍。"

从经济学角度解决交通拥堵的办法就是对道路明码标价，就像我们对待任何其他有限资源的方式一样。正如航空旅客在高峰时期乘坐飞机需要支付额外费用一样，所以开车的人在其他人都想开车的时候也应该支付一笔费用，劳动节前的星期五就是个挺好的例子。这种交通管制形式被称为"拥堵定价"（虽说它的推广者们喜欢叫它"随值定价"，因为这听起来更合理），是一个相对容易实施的系统，因为让系统实际运转起来所需的必要技术已经存在，就是用E－Z通道。但从政治角度上讲，这种创意就让人不太好接受（它们"高速自由"公路的名字可不是白起的）。但现如今已有迹象表明，拥堵收费政策正在影响现有交通管理形式。关于这一点，在北美，没有哪个地方比纽约更明显。

一年前，港务局开始在林肯隧道、荷兰隧道、华盛顿大桥以及新泽西到斯塔顿岛的3座桥梁上征收额外"拥堵费"：高峰时段穿过哈德逊河东行的司机要付5美元，而其他时段的司机付4美元（没有E-Z通行证的司机任何时段都要付6美元）。此外新泽西的收费公路也开始征收拥堵费。其实在停车方面，拥堵费政策已经在某种形式上完全生效了，这要感谢新的欧式市政计价器（一个蓝色盒子会把你的小票打印出来，再放到你的汽车仪表盘上。这种机器已经在逐渐取代传统的停车计价器）。

不过，东河的4个过境点仍然是免费的——这可能是纽约交通管理最失败的地方，因为这样一来，长岛司机到新泽西的路途选择就会有一种经济动力在背后告诉他们：要走穿过曼哈顿（地球上最拥挤的地方之一）的那条免费的路，别走布鲁克林和斯塔滕岛的路，因为在过维拉扎诺·纳罗斯大桥南口的时候还要多付7美元。长期以来，城市的规划者们其实一直都在推动通行费政策，包括像林登、科赫和丁金斯等多任纽约市长都力主收费，但无法在这个问题上让纽约州和市政界达成共识。彭博市长在2001年的预算提案中提出了在东河开启收费站的想法，在此之前他一直私下与政商界领袖会面，争取他们对这一想法的支持。许多观察家认为，他一定会在2002年秋天的州长选举后公开认可征收通行费的政策，毕竟彭博还面临着50亿美元财政预算的赤字。如果在纽约人面前摆两条路：一条是面临着失去城市公共服务（图书馆关闭、警察人数削减、在已经拥挤不堪的教室里增加更多的孩子），另一条是支付东河大桥的通行费，估计所有人都会选择后者。

在拥有E-Z通行系统的东河和哈莱姆河大桥上征收通行费，

10 慢车道

实际上会形成一条所谓的"隔离线"——一条环绕在通往60街以下交通枢纽口周围，由传感器组成的电子链。亚洲的新加坡和欧洲的奥斯陆已经安装上了这种隔离线，很多其他欧洲城市也已经计划修建。在伦敦，归功于前市长肯·利文斯通的努力，收费政策已经在那里实施——周一到周五从早上7点到下午6:30进入伦敦市中心的非居民都必须付5英镑的通行费。现在只要隔离线一到位，它就可以多方面规范或限制车辆进入任何一座城市或社区的行为：机动车的收费可以根据它在市内滞留时间的长短而定；本地居民的收费标准可以不同于外来人员；单人驾驶比多人拼车的费用要高；或者如果单人驾驶的车辆是SUV这种大型车，可能要被收取比小型轿车更多的费用。

山姆·施瓦茨不仅举双手赞成东河大桥的通行费方案，而且还想在大桥上修建一条高级车道——就跟头等舱一样，司机通过支付一定的额外费用，换取在一定时间内顺利通行的保证，如果规定时间目标没有达到还可以退款（所有这些收缴费用的程序都可以通过E-Z通道轻松完成）。1995年，加利福尼亚州南部有一条通往阿纳海姆市和里弗赛德县的滨河高速自由公路，政府在沿线开通了4条新的收费路线，愿意缴费的司机（高峰时期的费用是4.75美元）可以大大提高通行效率。施瓦茨一听这个消息就立刻觉得应该在东河大桥和长岛高速公路上采取类似的措施。反对收费车道的批判家们就会说，这种政策将构成对低收入司机的歧视，又一次为富人开通了"奢华快车道"，但施瓦茨不同意这样的观点。"首先，收入拮据的工人根本不会开车来曼哈顿，他们连停车费都交不起。再说那些开车的中产阶级，你是在告诉我，一个每小时挣100美元的长岛电工，不愿意为了避免一个小时的堵车拿出10

美元吗?"

下午5:59,7号新闻机的工作人员在工作室里得到通知:他们的报道将登上6点新闻的头条。

"太棒了!"索恩欢呼。

"好的,索恩,30秒后和你连线。"耳机里的一个声音说道。

"我要在镜头里展现俯瞰视角。"索恩指着起落架对安德森说道。于是安德森把直升机调整到向下倾斜的角度,这样坐在家里的观众就能一览无余地看到95号公路的恐怖景象。

就在新闻开始的前一分钟,第七频道播出了一则汽车广告。屏幕上展示了一辆吉普大切诺基在一条空旷的道路上飞驰——这恐怕只存在于汽车迷的幻想之中。接着一声清澈明亮的号角声响起,《目击新闻》开始了。

"索恩,外面的情况怎么样?"节目里其中一个主播问。

索恩说情况确实非常糟糕:"车辆从乔治公路一直堵到了新泽西收费站,水泄不通,那种场面简直令人难以置信,延误时间得有足足一个半小时。"她又顺便总结了一下这个城市在过去所遭遇过的其他交通噩梦,最后说道:"这可能是我见过最严重的假日堵车。"

"感谢索恩。"节目主持人在连线即将结束时说。在一旁得知纽约正在回归正常的我感到十分欣慰。

下午6:15,7号新闻机呼啸着降落在林登机场。夕阳正朝着新泽西州西北部的基塔丁尼山缓缓下沉,朦胧的夏日阳光模糊了曼哈顿的天际线。对于交通来说,这是糟糕的一天,但对于香农·索恩来说,她这一天过得就像吃了5根棒棒糖那么甜。

"那你见过的第二糟糕的塞车是哪次?"当我们再次飞向纽瓦克

上空时,我问索恩。

"昨天,"她说,"昨天也够可怕的。"

那这个周末她打算怎么过呢?

"我要骑我的马出去兜兜风。"她说。

——写于2002年

 **建摩天大楼的人**

让一座座建筑物拔地而起的是结构工程师，但只有在大厦崩塌的时候，公众才真正开始关注他们的工作。虽说人人都明白建筑的结构很大程度上决定了居住者的安全，但大多数人只会注意到外表的美学、陈设和景观，并把建筑的好坏全部归结于建筑师，而忘记了结构工程师。现代高楼大厦的住户们很少有人知道承重柱在哪儿，大楼到底是怎么撑起来的，也不了解建筑是框架结构还是筒体结构，更没有人检查头顶上方的天花板，看看楼层地板是怎么和垂直支撑结构连接起来的——所有这些决定都是由结构工程师做出的，而默默无闻就是对这些高楼大厦结构工程师天才贡献的回报。摩天大楼令人敬畏的原因有相当一部分是它那看起来似乎完全不受地心引力影响的外表：它们不只是高，还高得毫不费力。

2001年9月11日世贸中心双子塔倒塌后，结构工程师这个群体及其职业都受到了公众的广泛关注。全国各地的大学工程系都举办了公众论坛，一起就"失效机制"这一话题进行辩论,我还去哥伦比亚大学参加了一次这样的论坛。美国土木工程师协会和联邦紧急事务管理局资助了一个由土木工程师和消防安全工程师组成的 24 人团队,请他们调查双子塔结构中的哪些部分最先崩塌?以及大楼的损失有多少是由飞机撞击和爆炸造成的,又有多少损失是随后的火灾造成的?伊利诺伊州斯科基建筑技术实验室有一位结构工程师 W. 吉恩·科利博士,他曾带领联邦应急管理局调查 1995 年俄克拉荷马城的 9 层高的默拉大厦倒塌事件,现在成为联邦应急管理局世贸大厦调查工作的总负责人。他告诉我,除了调查灾难现场,他的团队还会重新审查大厦倒塌时的照片和强化视频,检查残骸,并充分利用消防人员、警察、幸存者和其他目击者提供的信息,以尽力还原每个建筑倒塌的瞬间。

当然,你不需要工程师来告诉你这些高楼因何倒塌:两架时速每小时数百英里的波音 767 飞机,各携带了超过 10 000 加仑❶的飞机燃油(如果把俄克拉荷马爆炸案中炸弹的能量转化为喷气燃料,只相当于 51 加仑),分别在上午 8∶45 和 9∶06 冲入北楼和南楼,导致它们双双被撞塌焚毁——9∶59 南塔陷落,10∶28 是北塔。我们也不需要一个政府专门小组来告诉我们,保护高楼的最好方法是让它离飞机远一点儿。尽管如此,专家们仍在大量争论,具体是怎么样的事件导致高楼的倒塌?以及这些事件在两栋大楼上发生的顺序是否相同?是楼层和承重柱之间的连接先断掉了,还是经撞击后残存的内部垂直支撑在火焰燃烧中失去了支撑的力量?如果是后者的情况,那么是外部立柱还是核心立柱先垮掉的呢?"这是一个价值 6.4

---

❶ 编辑注:加仑是容积单位,分为英制加仑和美制加仑。1 英制加仑 ≈ 4.5 升,1 美制加仑 ≈ 3.8 升。

万美元的问题。"罗恩·汉堡答道。他是加利福尼亚州奥克兰 ABS 咨询公司的一名结构工程师,也是联邦应急管理局调查小组的一员,当我问他哪种情况的可能性更大时,他给出了这样的回答:"尽管袭击双子塔这样的事件以后可能再也不会发生,但这场灾难也帮助我们看清了许多现代高层建筑在建造方式上存在的一些潜在弱点,这些弱点是未来的高层建筑的设计者们需要考虑的。"

莱斯利·E. 罗伯森和他当时的搭档约翰·斯库林是主要负责双子塔建筑的结构设计师。与被采访和广泛引作榜样的大多数同事不同,自"9·11"事件以来,他基本上就不再公开露面了。他唯一一次出现在大众视野面前,是在一场事发之前就定好在新罕布什尔州举行的国家结构工程师协会会议上。据《华尔街日报》报道,会议上一位观众席上的工程师向他提问:"有没有哪所建筑,您希望当时做了不同设计的吗?"听到这个问题,讲台上的罗伯森崩溃了,他忍不住潸然泪下。盖·诺登森是纽约的一名结构工程师兼普林斯顿大学教授,他和他的许多同事都非常崇敬罗伯森。他给我看了最近罗伯森发给他的一封电子邮件,里面的内容是对诺登森写给《纽约时报》一封信的回应。诺登森在信中对双子塔的结构设计给予了很高的评价,称赞它能让双子塔在被撞后还能坚持那么长时间,让大约 2.5 万人得以逃离。"这绝对是莱斯利亲笔,"他指着电脑屏幕说道,他说的是罗伯森,"特别莎士比亚。"只见罗伯森写道:

> 你的话语就像温和的甘霖
>
> 让我心中猖狂作葶的悔愧之火平息了许多
>
> 但这真的很难
>
> 要是我还能再多努力一点就好了……
>
> 哪怕让那对高塔的脊梁还能再多坚挺

11 建摩天大楼的人

一分钟……

太难了

2001年10月下旬，在一个艳阳高照的秋日上午，我登门拜访了罗伯森。他的办公室位于布罗德街30号一栋48层的建筑最上面两层，距离世贸中心爆炸现场只有几个路口的距离。在我等待罗伯森的会议室里有一扇窗，透过那里可以清晰地看到南塔昔日矗立的地方——现在已经是一片废墟。当时废墟坑里还有一些残存的火焰，甚至连房间里面的空气都还带着金属燃烧腐蚀后的那种甜酸味。公司的60名员工中，包括罗伯森妻子萨汀·茜在内的许多人都曾站在这些窗户面前，目睹第二架飞机飞过哈德逊河公园，倾斜转弯，一瞬间消失在南塔中。茜说她记得自己当时闭上了眼睛，并没有看到从南塔另一侧喷出的巨大火球。

我转过身去研究了一下陈列在房间各处的图片，那些都是罗伯森公司多年来设计的其他建筑：有中国香港的中银大厦，那是罗伯森用贝聿铭的设计建造出来的一座高1209英尺的大楼。堪称贝聿铭设计特色的三角形状被完美地转化成了建筑侧面巨大的对角支撑。结构工程师一般都喜欢抱怨建筑师不懂如何从结构角度或经济角度去建造一个高层建筑，而把问题通通丢给结构工程师去解决，方法也无非是让潜在承包商在开发商预算范围内为这个项目提交投标书。像中银大厦这样建筑与结构的完美结合，在摩天大楼的建造中是极其罕见的，但这也是罗伯森多年建造的许多高楼都具备的杰出特征，尤其是世贸大厦。

罗伯森一进入房间，就径直走向了窗户，向外望了望那片冒烟的废墟，那里曾经矗立着他的作品。他似乎想很轻松地应对这次采访，但当我们两人都站起来的时候，我还是注意到了他那微微颤抖的身子。他又在窗前待了差不多一分钟,神态像是一个男人强迫自己面对不想面对的事情,他不得已地点点头,好像在说:行吧,我明白,这就是我得面对的现实,但同时他却又看起来很迷茫。当我们坐下来的时候,他开口道:"世贸中心是我们整个团队呕心沥血的结晶,但它的倒塌是我一个人的责任,这就是我的感受。"

73岁的罗伯森穿着一件灰色真丝衬衫,衣领处的扣子是敞开的。他的头发已几乎全部花白,长度已经盖过耳朵,前面还散着一点儿刘海,给人一种波西米亚的感觉。他棕色的眼睛似深幽的潭水,眼下红肿,应该是因为伤心或疲劳过度吧。在我们整个谈话的过程中,他都会时不时地就往窗外看一眼,我感受到了那座建筑的消失让他的心里空了一块。"世贸中心的设计师,"他说道,"大家都是这样介绍我的。不过这显然并不准确,因为我只是在设计团队中做辅助工作,但那就是我的身份。"

"9·11"事件当天,罗伯森人还在中国香港。当时的他正与九龙一幢摩天大楼的开发商共进晚餐。"席间一位女士的手机响了,她说刚刚有飞机撞进了世贸大厦。我起初还以为是一场意外,可能是一架在大厦上空盘旋的直升机出了点儿意外。过了一会儿,妻子打电话给我,说第二架飞机也撞上了。我急忙上楼打开电视,才知道两座大楼都被飞机撞了,都着火了,而且火烧得极旺。我不知道有几千还是几万人正身处险境,但我知道火势已经失去控制,也知道人们在烈焰中所经受的焦灼和恐慌让他们急得几乎要跳楼……"他的目光又一次在窗外空洞的景象中搜寻着什么。

"在大厦倒塌之前,"我问道,"你的大脑是否有想到计算着什么,比如说,可能有多少飞机燃油,大楼里有多少的防火装置,算一算大楼还能挺多久?"

11 建摩天大楼的人

"我没有，我也做不到……我感觉可能有时候逻辑并不是最正确的思维方式。"罗伯森的眼睛里逐渐充满了泪水，"整个事件的经过都发生在一个半小时内。电视在房间里开着，我不知道，也不记得我看到的画面是回放还是现场直播。我的注意力只放在尽快赶回纽约这一件事上。记得当时我还在旁边收拾行李，大楼倒下来的一瞬间，天崩地裂。"

在过去的 120 年里，纽约的高层建筑主要采用了 3 种结构形式。第一种是广泛用于 19 世纪八九十年代的铸铁建筑，其中的"重力负荷"（即建筑的重量）主要由外墙承担。这种类型的结构可用于建造工厂和仓库（还包括现代的住宅阁楼），相对来说，这种结构没有内部承重柱，能为建筑内部制造大量空间，对租户来说更加实用。然而，当这种结构再配上木质板梁和较为宽松的建造规范时，造出来的建筑就更脆弱，更容易倒塌。如果发生火灾，地板会撑不住，钢铁框架也容易失去支撑力并内爆。

第二种，包括大都会人寿大厦（1909 年）、伍尔沃斯大厦（1913 年）和帝国大厦（1931 年），它们都是框架结构：外围大多由混凝土包裹的焊接或铆接而成的钢柱和大梁组成骨架，这样的框架贯穿整个建筑。这种类型的建筑拥有非常坚固的结构，但却没有诱人的内部空间。这些建筑的内部立着许多笨拙沉重的承重柱和墙体，走进它的内部时，你会感觉像是进入了一个地窖。查理·桑顿就职于坐落在曼哈顿的桑顿·托马塞蒂结构工程公司，是现代高层建筑结构的前沿设计师。他对我说道："像帝国大厦这样的建筑无论是设计和实际的建造做的都有些过头了。它其实并不需要那么多的支撑物，那些工程师理解的承重方式与我们思维里的不同，他们是用滑尺来计算承重，我们用的是计算机，所以他们是犯了过于谨慎的错误。"

自 20 世纪 60 年代起，多数高楼大厦都采用的是第三种结构——它综合了前两种结构的优点。这些建筑的外围结构是框筒样式，而内部是由钢铁或混凝土（也许是两者兼有）砌成的一个巨大的中空核心，里面安置的都是大楼的基础服务设施：电梯、楼梯井或者厕所。因为核心筒和外围框筒结构负担了很大一部分重量，设计师就可以取消内部承重柱的存在，从而为租户商家提供更多的开放型空间。除此之外，框架结构需要钢铁工人在建筑工地现场将房梁焊接或铆接到承重柱上，这样的工作风险极高，工价也昂贵。因此将框架的分布范围减至最少也意味着更多的构造性工作可以在场外进行，从而使建筑物更安全，而且安装起来更具成本效益。最后，冶金技术的进步提高了这些建筑中结构钢的强度，工程师可以就此减少或直接免去在支撑结构中要用到的混凝土。虽说钢筋混凝土比纯钢材更耐火，但混凝土施工成本高昂，还会把施工环境弄得又脏又乱——尤其是在曼哈顿这样交通和场地空间极为有限的地方，大型施工作业所需的水泥搅拌机很难做到每天按时到位。

自 20 世纪 60 年代以来，大多数高层建筑的地板都变得比之前建筑的地板轻得多。在一个典型的高层办公楼的地板结构，都是一层波纹钢板上覆盖着三四英寸的混凝土，底下有工字梁支撑着它的体重。针对双子塔的情况，建筑师运用的则是长款的"桁架"——由正方形或圆柱状的交叉网支撑着的轻质钢条，这样的内部构造就为每个地板表面下方提供了一个中空空间。建筑商可以在这些空间里嵌入加热和冷却管道，这样就比直接在天花板下面安装隐蔽许多，这一节省空间的创新意味着开发商可以在原基础上增加整个大楼的层数。

11 建摩天大楼的人

所有这些建筑学所取得的进展带领着纽约市进入了20世纪六七十年代高层建筑热潮：1963年开始设计，70年代初竣工并开始对外开放的世界贸易大厦就是那个时代最得意的建筑作品。但是，随着新型高层建筑雨后春笋般地在城市的街道旁拔地而起，纽约市的一些消防队员开始指出，让大楼成本更实惠、居住更舒适的那些创新，也使建筑物更容易发生火灾。1976年，纽约市消防专员约翰·奥哈根出版了一本名为《高层建筑/火灾与生命安全》的书，并在书中指出了大多数1970年后建造的高层建筑所存在的严重火灾安全隐患，并将此类建筑称为"半可燃建筑"。

与使用混凝土和砖石来保护钢结构的早期摩天大楼不同，许多新建筑用的都是石膏灰夹板和喷漆式防火涂料。这种喷涂上去的保护层里面通常都含有类似石膏的水泥材料或矿物纤维（世贸中心地板格栅用的就是这种涂层）。奥哈根还指出，即使这些涂料的混合比例和喷涂到钢铁上的方式全部正确（喷涂之前钢铁必须是清洁干净的），它们的密度也远比混凝土低，因此很容易被敲掉。其中比较为人们熟知的，就是电梯井中电缆的晃动会很容易导致防火层从大楼核心柱上脱落，而楼层支撑板和承重墙上的涂层通常在最后往空心地板里安装管道和接线环节时就被工人蹭掉了。奥哈根说，这些建筑物的防火性能着实不太可靠，再加上大面积的轻质、无支撑的楼面，造成了个别楼层和甚至整个结构倒塌的可能性。此外他还指出，现代开发商偏爱的开放空间使火灾的蔓延速度比早期建筑物的隔间结构更快，而且现代建筑中的合成家具比木制或天然纤维材料在燃烧情况下产生的热量和烟雾更多。

奥哈根的书并没有让"半可燃建筑"数量的增速有所放缓——消防员们对建筑安全性的悲观预言在一个热爱摩天大楼的都市里是

天才闪光

不会得到重视的。直到"9·11"事件发生,这才让高层建筑师和建造商们开始重新思考现代高层建筑的建设方法,以及是否需要对其进行改造的问题。有一个例子或许可以证明老式高层建筑比新型的更耐火,那就是比较两种建筑在火灾中的表现。第一栋楼是位于西大街90号的23层建筑(由同样负责了伍尔沃思大楼的卡斯·吉尔伯特构思设计,1907年完工),该大楼框架外使用的是典型的混凝土和砖石保护;第二栋楼是20世纪80年代全钢结构的世界贸易中心7号大楼,它使用的则是喷漆式防火保护层。两座建筑物在"9·11"事件中均被大火完全烧毁,但西大街90号的那栋楼至今依然挺立,并可能得以恢复,而地下有天然气总管道的7号世贸大楼在燃烧了7个小时后完全崩塌。

莱斯利·E. 罗伯森1928年生于加利福尼亚州。他出身贫寒,16岁时从高中辍学,在海军服役了两年,在那期间他成为一名电子技术员。他曾跟我说道:"在军队生活的日子里,我意识到我确实是个会做事的人,而且只要我愿意,我就一定可以把它们做好。"罗伯森的父亲曾是个发明家。"他是个聪明人,但他不懂得坚持。"退役后,罗伯森到加利福尼亚州大学伯克利分校继续学习,并获得了理学学士学位。他的职业生涯是从为工厂设计电气系统开始的,而后进入建筑结构工程领域。他曾在遍布美国各地的多家工程公司工作,比如他有一段时间就在雷蒙德国际公司帮助设计离岸钻井平台,最后他还是决定返回加利福尼亚州。1958年年末,他本想从纽约开车回旧金山,却在西雅图花光了所有的钱,于是勉强找了一份救急工作,留在了当时一家名为沃辛顿·斯基林的建筑结构工程公司。

1963年,斯基林公司参加了纽约市和新泽西港务局为建造世贸中心双塔举办的一场比赛，据说这将是有史以来的最高建筑。斯基林是被要求提交设计草案的 8 家工程公司之一（其余大多数公司都是纽约的大型企业）。虽说公司当时建过最高的建筑是西雅图 20 层的 IBM 大楼，但它的建筑师是山崎实——同样也是港务局选中的世贸中心建造工程负责人。在向建筑师和开发商介绍公司方案的会议上，4 名合伙人之一的约翰·斯基林只用了一张画板、一个画架和几个记号笔就完成了自己观点的阐述。

没想到，被港务局选来建造世界上最高大楼的建筑师有恐高症。在完全由玻璃幕墙砌成的摩天大楼里，人和外界唯一的阻隔就是一块薄薄的玻璃，这可把山崎实吓坏了。他以为这么高的建筑的外围应该有一些极其牢固的结构性元素，这样住在里面的人才能有安全感。在为山崎实设计 IBM 大楼的过程中，斯基林公司设计了一种由密集钢管构成的外墙。当时山崎实非常喜欢管道给他恐高症带来的缓解作用，还有这座建筑垂直方向的视觉效果，看起来像是穿着一件细条纹西装，很符合他的审美。山崎实对世贸中心的设计也是一个相似的构思，只不过规模要大很多：边缘外围的结构要有加固稳定元素，这样他可以在往外看之前先把手撑在上面。"山崎个子不高，"萨汀·茜跟我说道，"所以两只钢管柱不能隔太远。"

斯基林给出的构思是一种纯管状结构。他的设计与新一代高层建筑的建造思路是一样的，但他对管材建造的概念运用比以往任何人都更加深入（同时也比所有后起之秀都深刻：1973 年取代世贸大厦成为世界最高建筑的芝加哥西尔斯大厦也是一座管状建筑，但它实际上是由 9 根小管组成的一个集合体）。双塔将会用打了孔的钢盒与中空钢芯矩阵拼接加固，外钢盒的边长为 208 英尺，内芯由宽 14 英寸的钢柱以 40 英寸间隔均匀排列组成，这种排列方式比通常建筑物中用到的15~30英尺的钢柱间距要紧密得多。和20世纪的铸铁建筑一样，世贸大厦的外墙是承重的；而与大多数由承重柱盖起来的摩天大楼不同的是，双子塔会自豪地把它的结构展示出来。由于每栋建筑物外围的承重柱数量都很多，因此工程师完全可以免去人们活动空间内的所有立柱。将外管和内芯连接起来的是最先进的轻质地板桁架，从核心到两边的外墙跨度60英尺，到另外两边跨度35英尺。山崎实很喜欢这个设计，因为它让他想起了竹筒，那是他非常崇敬的自然产物。而港务局之所以喜欢这种设计，是因为这两幢大楼将给曼哈顿展现出最大的无柱办公空间——这是每一个房地产商的梦想。

斯基林的公司得到了这项委托，于是当时35岁的罗伯森搬到了纽约的一个新办公室，担任对大楼结构建设的监督工作。1983年，西雅图办事处和纽约办事处分裂成了两个独立的公司。斯基林（1998年去世）和罗伯森后来就谁是双子塔结构的主要设计者产生了争执。"这些家伙都自大得很，他俩在谁对结构设计做了更大贡献的问题上吵起来了，这就让我们很难办，"西雅图分公司（这家公司现在叫作斯基林·沃德·马格努森·巴克夏尔）的董事长兼首席执行官乔恩·马格努森说道，"斯基林说，'是我'，罗伯逊说，'是我'。但在我看来，他们俩都做出了很大的贡献。"

在像纽约和芝加哥这样常年有大风的地方设计高层建筑时有一个诀窍，就是要赋予它们足够的弹性以随风摆动，但也要有足够的刚度，以使在高层工作的人不知道建筑物在摆动。世贸大厦是拿外围墙（而不是核心）支撑建筑物抵抗风力的，这个概念不禁让人回想起了初代高楼的建筑结构。那么双子塔将如何承受那些可能使其倾倒的外力呢？罗伯森开始描述他针对这个问题设计的一些模型和实验，那似乎是他一整个早上第一次看上去高兴的时候。当时他制作了双子塔的模型，并将其放置在风洞中，他叫人们使用运动模拟器，自己在一旁观察他们的行为，他还发明了一种新型的减震系统，以减少风力对整个建筑的影响。他甚至爬到其他摩天大楼的电梯轿厢顶上，观察缆绳是否会撞击大楼的核心结构。

罗伯森在设计大楼的时候，甚至还考虑到了要让它们有能力消化喷气式飞机造成的影响："我是一个办事很有条理的人，所以我一一列出了所有可能发生在建筑物上的意外，并试着设计出解决它们的办法。我想起了1945年那架因在雾中迷失方向而误撞了帝国大厦的B-25轰炸机。波音707是当时最先进的飞机，因此港务局对将抵御飞机可能造成影响的能力作为设计标准这一提议非常赞同。我们对此进行了深入研究，并针对这种飞机的撞击影响力进行了防御系统的设计。下一步应该考虑的就是燃料负荷——我当时绞尽了脑汁，但我忘了当时是怎么个状况，也不记得我们到底有没有在这些测试中真正加入这个因素。但现在我知道会发生什么了——它爆炸了。我忘了团队是否考虑过火灾对大厦可能造成的损失，但话说回来，设计和实施消防系统的人是建筑师，而不是结构工程师。"

"9·11"那天，每座高楼都承受了那架波音767飞机的冲击（波音767比波音707重了近20%），仍旧顽强坚挺，为所有撞击点以下的人们（北楼的受创点是94层到99层，南楼受创点是78层到84层）争取了足够的逃生时间。如果大楼经不住撞击立即倒塌，如今我们看到的所有幸存者几乎都会在当时葬身火海，大楼周围的建筑和街道也会遭受巨大损失。恐怖分子选择分别从相反方向撞击两座高楼，有人认为这意味着他们本打算把双塔撞断，那样事故所造成的破坏规模和夺走无辜生命的数目都会大大增加。"99%的建筑物在被波音767飞机击中后都会即刻倒塌。"乔恩·马格努森解释道。

但是否恰恰就是因为这些让双子塔在外部冲击力面前坚不可摧的结构特点，也同样使得它在内部起火后显得异常脆弱呢？假如其中一架飞机撞上了像帝国大厦这样框架结构而非筒体结构的老式摩天大楼，那么最后灾难的结局影响是会更大（建筑物立即倒塌）还是更小呢（建筑物中的混凝土在火灾中能坚持更长的时间，而框架结构可以在物理上支撑着建筑物使其免于完全崩塌的命运）？在联邦应急管理局调查人员就这场事故所提出的所有问题中，这算是最难回答的一个。

在任何一场建筑物火灾中，我们都可以做出一个合理的假设：建筑结构中最薄弱的环节都会最先垮掉。在两座高塔结构框架中，最薄弱的地方就是楼板了。"地梁或桁架的加热速度要比承重柱快，因为它们的钢材厚度相比没有那么大。"联邦应急管理局小组负责人W. 吉恩·科利解释道。楼板的长边是由60英尺长的直角钢支撑，它们并非是焊在里里外外的承重柱上，而是用螺栓拧上去的。麻省理工学院的结构工程师爱德华多·考塞尔曾告诉过我："整个楼板系统的自重是非常轻巧的。"而另一名工程师在向我描述楼板时用的形容词是"非常脆弱"。同样来自麻省理工学院的杰罗姆·康纳说："整个建筑结构最薄弱的环节无疑是地板桁架与垂直构件的连接处。这些衔接口被矿物纤维喷层保护着，但绝大部分应该都被最开始飞机的冲击力给震下来了。"罗恩·汉堡也给我讲过："这些防护涂料基本上都是一敲就掉。我去调查现场的路上，穿过了美国运通和信孚银行大楼时，就看到这些大楼中的大部分防火层都被撞掉了，而且这些都只是在自然状态下脱落或震落的涂料，根本没有受到过什么波音飞机的冲撞。我觉得我们完全有足够证据去假设：在被飞机撞击后，双子塔中的大部分钢铁都是处于保护层缺失的状态。"

大楼核心的承重柱体型巨大，有足够承受极端重力负荷的能力，但它们自己很依赖于楼板所提供的侧向支撑。随着撞击点周围的楼板在大火中开始坍塌，本来就已经因外围钢柱的损坏而超负荷的核心承重柱暴露在外界的部位也越来越多。如果你把1根1英寸长的吸管立起来，用手指向下压，你得使好大劲才能把它压弯，但如果你把它换成1根7英寸长的吸管，用不了多大力气它就会开始弯折，这样的原理也适用于双子塔的核心柱。一旦核心承重柱垮掉，撞击点上方所有楼板的重量就会像手提钻一样重重砸落在其余楼层上，从而触发楼板平坠和承重柱崩塌的连锁反应，在这种情况下，整个大楼的框架用不了15秒就会全部瓦解，这和一个人从双子塔顶跳下直到坠落在便道上所花的时间是一样的。爱德华多·考塞尔表示："一旦大楼开始整体坍塌，本质上就和一次自由落体运动没什么区别了。"考塞尔认为恐怖分子非常清楚到底怎样才能让双子塔全部倒塌，不是靠推力和冲击力，而是将大厦内部瓦解。"你得至少是个工程学的研究生才能计算出撞击这些建筑并可以导致其整体瓦解的确切位置。如果撞击的位置高了些，那么撞击点上方的重量可能不足以把整个大楼带垮，但如果位置低了点儿，核心柱就可能足够坚固从而支撑住整个大楼。"

当然，也有可能是核心柱被飞机撞坏了，或是被大火烧毁了。同时也不能排除建筑结构本身设计有缺陷的可能性，不能说一定就是塌陷的楼板导致的支撑力不够才让大楼整体崩塌的。与灾难所造成的伤害和损失程度来看，拘泥于这点区别似乎显得有点儿吹毛求疵，但是当你开始重新考虑如何设计现代高层建筑以及要对它们的安全性进行考量时，这点背后的原因就显得尤为重要了。用乔恩·马格努森的话说，尽管双子塔是"世界上最接近纯粹筒体结构的建筑"（其他许多大楼结构设计都只是基于筒体结构的概念，而另外那些高层建筑的内部核心则是由楼板支撑的）。在一栋筒体结构大楼倒塌之前，你需要拆除其中多少层楼？

罗伯森说，他事后又针对支撑地板用的那一英寸厚的圆柱形钢网给予了很多思考。他当时觉得圆柱形钢条可能不如有棱角的钢条那样方便抓住防火涂层，但他们的承包商铁狮门建筑公司用圆柱形能节约成本，它们钢条是工厂批量生产的，更便宜，所以最终他批准了圆柱形钢条的使用。"我后来又想了想：这些年来，这两栋楼里也或多或少发生过几次火灾，而且有一次还非常严重，那些圆柱钢条也没有特别明显的不足之处。"他回忆道。港务局作为开发商，在建筑材料的决策上有最终的发言权。虽说所有开发商的决策思路大多是从经济角度出发，但港务局格外注重成本和利润。"记住，立在那里的并不是哪个公司的总部，也不是什么标志性建筑，"罗伯森说道，"不过是一个赚钱的创意。"

在理论层面，有没有办法让参与双子塔项目的结构工程师和建筑师算出双塔是否会塌，以多快的速度倒塌？山崎实在1986年就因癌症去世了，罗伯森事发当天人在中国香港。第一架飞机的撞击发生时，罗伯森公司的一群工程师正在去世贸大厦的路上，但当第二架飞机撞击时，他们要么已经从那里撤离，要么就回到了公司。港务局的大部分工程师，也包括总工程师弗兰克·隆巴第，都在北塔工作。当第二架飞机撞击南塔时，他们还在楼梯间进行撤离，并不清楚外面的情况，当他们在广场西南角的万豪酒店重新集合时，才得知第二架飞机的消息。不久之后，南塔受创点以上的部分坠落到酒店顶端，造成了部分倒塌。"我当时以为是有个炸弹从窗户钻进来了，"隆巴迪说道，"我们根本不知道目前双塔的受损程度，也没有足够的信息和证据去拦住冲进大楼的救援人员。"他又立刻补充道，"不过现在看来，我认为如果未来再次发生类似事件的话，一定要有一名结构工程师在现场和消防员一起，冷静、客观地对是否派人进去救援这件事做出明智的决策。但什么方案都很难十全十美，首先，那位工程师必须与大楼或大楼里面的人没什么感情关系（我的意思是，这栋楼对我们来说是第二个家）；其次，工程师必须对自己的决策无须负责。因为这种选择过于困难，也很难让所有人满意。"

在我采访过的数十位高层建筑专家中（其中许多人目睹了"9·11"事件的过程），只有一个人表示，从他在电视上看到双子塔被飞机撞击的那一刻起，他就立即意识到这两栋高楼必然陷落。这个人就是马里兰州的家族企业控制爆破公司（Controlled Demolition Incorporated，CDI）的总裁马克·卢瓦佐，他公司的职责就是把高层建筑拆成易于处理的瓦砾。他告诉我："撞击发生后还不到一秒的时候，我就说了：'它正在塌，第二座塔将在第一座前面倒下，因为它的受创点位置更低。'"

在"9·11"事件之前，因意外或设计的问题而被内爆拆除的最大建筑就是底特律的占地面积为220万平方英尺的J. L. 哈德逊百货商店，CDI公司是在1998年10月24日将其引爆瓦解的。为了完成他们的工作，马克·卢瓦佐和他兄弟道格同样需要理解结构工程师研究的力学和公式，但是他们不是用这些知识来建造建筑物，而是毁灭它们。他们是建筑物的死神——这也许可以解释为什么马克在面对残破的建筑奇观时，缺乏建设者对自己作品的特殊情感，那种来自内心深处的痛楚与同情蒙蔽了世贸大厦的工程师，使他们对即将发生的事情视而不见。"我想，必须有人警告消防队赶紧离开，"卢瓦佐对我说，"我赶忙拿起电话，拨了411，查到并拨出了号码，结果却占线，所以我又给市长办公室的紧急事务部打了电话。"那个地方位于世贸中心7号楼内，"所有电话都占着线，我的电话根本打不出去。"

  卢瓦佐说他有一段记录大楼倒塌的强化版视频，我看他描述视频的样子就明白他看了绝对不止一次。"首先，飞机对外部框架已经造成重创，你可以数一下被飞机撞击那面缺了多少承重柱，大约占总数的2/3。但即使是这样这栋楼还是没有立刻倒下，这真的很了不起。即使所有的承重柱都没有了，重力负荷也在想办法找到了别的支撑力。好吧，你现在不倒，后面还有火灾等着你呢！这可是飞机燃油导致的火灾，一个摩天办公大楼可不是专门用来防这个的，而且办公楼嘛，里面肯定有纸张书本。纸是助燃物，纸火跟煤矿里烧的火在本质上是一样的：只要有持续的氧气供应，它就不会灭。大楼高处的很大一部分已经暴露在风中，氧气管够，所以大火在所难免。这些楼板桁架是用很薄的金属做的，大部分防火保护层都因先前的撞击被震落，再加上这是一个完全开放的空间，从核心到外围墙的跨距一望到底，毫无阻拦，没有承重柱，没有隔墙。撞进去的飞机将滑穿过这片空间直抵核心，而且别忘了这里的钢材外围没有附着具有加固作用的钢筋混凝土，全都是石膏灰夹板，于是大火会立即蔓延到各处。这时紧急消防系统也没有用，灭火洒水喷头估计早就被飞机刮掉了，大楼中心的水管应该也被切断了。那么然后会发生什么呢？A层掉到B层，B层掉到C层，失去支撑力的承重柱会断掉，而在撞击点上方的所有物体和楼板的重量都落到了下方的残垣上。每平方英尺2000磅的负重，再加上飞机本身的冲击力，全部都落到了当时设计成每平方英尺100磅负重的地板上，大厦必然倒塌。"

卢瓦佐表示在他拆除大楼的时候，有时会尝试着让顶部转个方向，然后从侧面坠落下去，这样一来旋转与坠落所产生的"反向推力"就可以把剩余建筑物往另一个方向挤。"南塔的顶部当时几乎就要掉下来了，大多数建筑在这种情况下都会这样。不过你有没有注意到当顶部开始下坠的时候，它有一种开始旋转的趋势？如果那部分继续往外转一点儿以致坠落，它很可能会将底下的全部建筑推向另外一边。真的要感谢那些力挽狂澜的长长的桁架，它们恰好让开了路，引导顶部向下，就像子弹穿过枪管一样，最大限度地减轻了伤害。"他又说，"我跟你说，如果这两栋楼没有用本来的方案建造，那么在那场事故中丧命的无辜生灵绝对比现在多得多。毫无疑问的是，传统的框架建筑会立即倒塌。只有管状结构的建筑才能在承受了这样猛烈的撞击之后仍然坚挺。"

每当我们在讨论双子塔的倒塌时，都有一点需要时刻铭记：在袭击中丧生的大多数办公室工作人员都是被困在被飞机击中的楼层之上。即使大厦还能再坚持一个下午，大多数人可能也无法幸免。在撞击点下面丧生的人中有大部分都是死于坍塌的救援人员，此外还有在飞机撞入后立即冲进大厦灭火的343名消防员。

消防员们尽到了他们的本分，他们冲进熊熊燃烧的大厦，尽他们所能地拯救生命，扑灭大火，根本没有时间考虑筒体结构的高塔存在完全塌陷的可能性。指挥官们正在按照纽约消防局的标准程序处理上窜型火灾：待在燃烧点以下的楼层，从那里着手攻克。建筑部门所假设的情况也是基于城市建筑中使用的材料在火灾中能坚持的标准时长，不过这些标准值是全国各地的测试中心依次对单个建筑材料进行测试得出的结果：把每一种材料放在迅速上升的温度环境中，依此途径测出它的失效点。在施工过程中，对材料进行了适当的防火保护也是为了让其在火灾中的寿命达到我们所要求的时间。（双子塔是纽约和新泽西两州港务局共同拥有的财产，不受纽约市消防法规或检查的约束，但根据世界贸易中心前主任阿兰·瑞斯的描述，港务局一直都在遵守纽约市消防规范和检验程序的政策。）

不幸的是，标准的火灾场景在很多重要层面上都与世贸大厦的情况不符。首先，方案中的标准测试只测量了它们的"火灾负荷"，即建筑物中已存在的可燃材料数量，但它们并没有考虑到额外可燃物能源被带入建筑物的因素。其次，在计算材料在火灾中可以坚持多久时，大多数测试都没有考虑像世贸中心那样爆发强度极高的火灾（因为普通火灾开始时范围很小，随后才逐渐蔓延，因此温度随时间的变化曲线是逐渐上升到峰值的）。此外，这些测试也没有预料到冲击力对结构材料造成的附加应力，例如飞机的应力——钢在较低温度下受到极端应力时会直接失效。

几乎纽约市全体消防队员对1945年B-25轰炸机撞入帝国大厦第78层和第79层的事故都非常熟悉，那次事故造成了14人死亡；消防部甚至把这次救援当成了每个首席指挥官必须要接受的标准训练。诚然，那些不铭记历史的人注定要重蹈历史的覆辙，但有时，那些记得历史的人也会为其所误导。在帝国大厦倒塌事件中，随之而来的火灾是闪火，助燃物是汽油而不是飞机燃油（前者热量略低）。此外，B-25只携带了800加仑的燃油，与流入每个世贸塔的一万多加仑燃油是不足以同日而语的。那件事情的结果是，大火在35分钟内就被扑灭了，其对建筑物的损害程度也很有限。可双子塔

11 建摩天大楼的人

的火势要大得多，火温也高得多——可能已经接近 2000 ℉。而且我们之前提过帝国大厦被"过度建造"了，放现在看来，这倒提升了它的防火性能。

已退休的纽约市消防局副局长文森特·邓恩是《燃烧建筑物的崩溃：壁炉安全指南》的作者，曾在纽约市消防局任职 42 年。他告诉过我："现在高楼大厦的建造技术和它的防火能力已经严重不对等了。"此外他还补充道："没有人愿意危言耸听制造恐慌，但是我们干消防工作的人知道，在 1970 年以后建起来的任何高层建筑消防安全系统的可靠性都非常值得怀疑。"这只是邓恩一个人的观点，但他对双子塔结构的看法是被其他与纽约消防局关系密切的人所广泛认同的。"嗯，我不是工程师，但作为消防队长我还是很了解建筑的，从一个消防队长的角度来看，我认为世贸中心建得不是很好，"邓恩说道，"我将它们称为脆弱型建筑物：没有内部支柱支撑地板，用来当代替品的桁架没有分量。本质上，它就是个拼插起来的建筑，外壁同时担负起了承重墙的责任。纽约苏豪区的老式铸铁建筑就是这么造出来的，而且每个消防员都心知肚明，这些建筑的地板会在火灾中迅速塌陷。所以在我看来，钢骨架结构的建筑是更好的选择。没错，在那种结构下可能还会有部分建筑物掉落，甚至可能是建筑物的顶部，但不会有成片坍塌、堆叠的地板把整个建筑物压垮。"其中伍斯特工业学院消防安全研究中心的主任大卫·卢克特就不赞成邓恩对现代高层消防安全性能的评估。"我知道消防局观点的依据是什么，但他们不再是像以前那样造房子了，"他说道，"邓恩的想法没有错。但是从很多方面来讲，高层写字楼中的人们比他们在家里时更安全。"他指出，较新的建筑物具有更现代化的洒水和警报系统。加压的楼梯间和地板有助于将烟雾与火灾区分离开。"多年来,高层建筑在火灾中一直都表现得非常好,不过这次的事件之后研究人员和政府肯定会重新审视这些建筑的综合表现情况了。"

邓恩说如果他当时在现场,他也会把他的队员派去建筑里救人。"我不管它们之前的结构有多坚固,如果建筑物倒塌能严重到把消防员全都压死,那就是这栋楼本身的建造方式有问题。"

莱斯利·E. 罗伯森公司正在协助各个调查双子塔倒塌的团队,萨汀·茜是联邦应急管理局调查小组的一员。罗伯森告诉我,他很欣慰有这么多团队在这件事上做出了努力,但他不知道我们是否能够准确理解结构崩塌的原理。"如果我们能弄清建筑物倒塌背后的原因,那也算是从这次事故中学到一点经验。"他说道,"但俄克拉荷马城的那次爆炸是比较容易量化理解的。相比之下这就是一项极其艰巨的任务,现在想要找出能把整件事解释清的全部证据应该已经不可能了。"

由于塔楼外部的每根钢柱上都是有标记的,所以理论上我们可以将受损楼层的碎片重新组装起来。但是,这样一项工作所需要的时间和人力已经超出了联邦应急管理局所能承受的范围。此外,核心承重柱能提供比外部承重柱更多关于大楼塌陷的信息。但是记录建筑受创过程的视频和静态图片并不能显示核心承重柱的状况,而且这些柱子上的标记是用油漆喷的,不出意料的话绝大多数肯定已经没有了。罗伯森回忆说,他和他的妻子去了新泽西州的一个废料场,那里还堆放着一部分来自事故现场的钢材,我们想去寻找一块调查人员以为上面插着一块飞机零件的钢材。"但后来我们发现那块钢材是 40 楼的,那个位置远低于两个撞击点。"罗伯森说道。

11 建摩天大楼的人

罗伯森背后挂着的是世界上最高的两座建筑的透视图——上海环球金融中心和中国香港的一座写字楼，它们两个都是出自福克斯建筑公司之手，罗伯森也同样协助设计了这两座高楼的结构设计。他说他在"9·11"事件之后会见了两座摩天大楼的开发商，并向他们保证两幢大楼的结构都是非常坚固完好的。"我说过，没有必要时时刻刻都带着飞机可能会撞进去的顾虑来设计每栋建筑。谨慎地思考我们有哪些地方能做得更好这没有错，但我们不可能在设计的时候想到把所有潜在的危险因素都考虑进去。"他补充说，"我认为高楼大厦永远都不会远离我们的生活，因为人们需要靠近彼此才能有效地沟通。但是现在的问题是，建筑师和开发商将不得不好好论证为什么要建造高层建筑，以及为什么人们应该搬入高层建筑。"

桑顿托马塞蒂公司的查理·桑顿告诉我："你肯定会听到的一个问题是，'我们应该使用更多的混凝土吗？'"桑顿公司为吉隆坡的双子塔做了结构工程设计，那是当时世界上最高的建筑。那两个建筑的核心和外围承重柱都是混凝土做的，但致使他们做出这个决策的原因是马来西亚没有钢铁行业，而且还要对进口钢材征收高额关税。"我们是不是至少应该要求高层建筑的核心部分必须用混凝土加固呢？这样可以增加防火能力，人们在火灾中逃生的概率也就变高了呀。"他继续道，"我们是不是也应该每隔10层楼就加一个避难层，这样就可以将一部分烟尘隔离开了？"但罗伯森却说："真是感谢上帝，当时没有让我们在世贸大厦建避难层，否则的话，人们的第一选择就可能是在那里滞留并重新集结，而不是尽快离开大楼。"

每一座高楼大厦都代表着各种力量的平衡：开发商、建筑师、工程师和消防人员的所有想法都被融入了最终的设计中。"9·11"

事件会给这种传统的权力制度带来改变吗？安全，是公共利益之所在，它在建筑规则和法律条款的庇佑之下，但这些条规并不是在一个民主的环境下撰写出来的。专业工程师、学者及建筑公司的代表一起，阐明了每个选区确定的"最低"安全标准。盖·诺登森是地震规范方面的专家，他说，"我们不仅在工程领域面临着艰难的处境，就连在总体规划和设计方面也有苦难言。开发商和许多设计师都是财富和名利场上的人，所以他们反对这一最低标准。""9·11"事件发生后，诺登森和他在普林斯顿的团队被叫去协助联邦应急管理局完成对纽约建筑物的地震研究。他们与纽约结构工程师协会和查理·桑顿的公司一起，帮助纽约市检查世贸中心遗址周围所有建筑物的稳定性。诺登森认为，世贸大厦的倒塌将从此改变建筑规范。"建筑法规将会改变——更多的'过度建造'，更强韧的部件连接口，还要将所有优秀抗震设计的属性完美结合，每次出现意外之后他们都会这么做。"

然而，设计一栋能够承受飞机撞击的摩天大楼根本毫无意义，因为那样的话所有高楼都会建得跟核武器发射井一样。而且正如美国核管理委员会主席所说的那样：即使是发射井可能也承受不住一架燃油满仓的飞机从那么致命的角度飞来的冲击力。我们不能强求工程师保证每座建筑都绝对安全，但这的确是大众所期望的，工程师们也在尽他们所能地满足人们这不切实际的愿望。坐在罗伯森的会议室里，我对他说，他的建筑工程拯救了无数的性命。他说，"当初我有意做出的很多设计都奏效了，人们逃出来了，我想我应该为此感到自豪吧。"但他的目光还是没从窗口那片空荡荡的风景移开。"当一名工程师，你需要肩负非常大的责任，"他声音逐渐哽咽，"这是一个非常不完美的过程，它没有纯粹科学那么美丽。"他又努力把自己的姿势调整到一个从容的状态,"我度过了很多艰难的夜晚,彻夜难眠。甚至到现在我还是会失眠。只睡一小会儿,然后醒来继续思考,我有很多很多的想法。"

他用手捂住双眼,仿佛正在试着把他纷乱如麻的思绪屏蔽掉。大约过了一分钟,他继续道,"大自然给我们这个星球带来了各种各样可怕的灾难,但这件事……这件事不仅是人与人之间的对抗,它是全程在电视上直播的,我们都在看,你一伸手仿佛就能触碰到它。"他不由自主地把手伸向双子塔曾经矗立着的方向,"可你却什么都做不了。"

——写于 2001 年

 # 美国废金属

鹰脚街的废金属堆场位于纽瓦克铁轨区一个占地27英亩的工业园区。从曼哈顿西区的高楼里可以看到这个由废金属形成的堆场,那里有着以钢为主的大量废旧金属,但也有一些铜、铝和不锈钢。当阳光照射到废料堆上时,它们看起来就像裹了一层透明蜂蜜的早餐麦片一样,发出细细的闪光。院子里还存放着许多用于拆解的机器,包括一台剪板机、一个打捆机和两台吊车,它们无休止地在成堆的金属上工作,发出声势浩大,像反刍动物吃草时发出的那种颇富节奏感的声音。空气中弥漫着一种刺鼻但并不讨厌的金属味道,不时传来钢铁被撕裂的刺耳尖叫声,其中还夹杂着吊车将一大堆残破的机器家电扔成一堆时发出的杂七杂八的回声——这些废弃的家具马上就要成为旁边金属破碎机腹中的美味了。如果仔细听,还能听到金属破碎机里有大概拳头大小的金属碎块在叮当作响,不久后它们又如雨点儿般被倾倒在碎片堆上。对收废金属的人来说,这种声音极其悦耳,因为它听起来就像金币被一倾而下时碰撞的叮当声一样。

12 美国废金属

那是2007年9月下旬一个温暖的日子，我约好了和金属管理公司的首席执行官丹尼尔·迪恩斯特见面，刚刚那个堆场就是他们公司的。42岁的迪恩斯特是一位年轻且很有魅力的前投资银行家，来自布鲁克林的格雷夫森德镇，而且最近他刚刚成为美国第一个全国性废金属公司的负责人。就在几天前，金属管理公司正式宣布，其庞大的废料处理网络正与澳大利亚西姆斯集团进行股权合并。西姆斯集团在四大洲的100多个地方建有运营点，每年的废金属交易量为900万吨。两大龙头公司合并之后，打算从全球各地收集废金属，进行处理，然后将这些货物从自家的港口运送到美国及美国以外的钢铁厂，这样一来这座新公司就将成为世界上最大的金属回收公司。

炼钢有两种方法：一种是从铁矿石和焦炭中炼出生钢，另一种是将用过的钢熔化并回收利用，且回收钢和生钢一样坚固。与纸和塑料产品不同，钢是一种可以被无限熔化和重铸的材料，它没有结构记忆。与在大型综合钢厂生产的原始钢材的方法相比，在电弧炉中制造再生钢所需的成本会更低一点儿，除此之外它还能节省能源，对环境有正面影响，因为这种公司不用开采那么多矿石。回收的唯一缺点是很难确切地知道原材料中有什么，所以钢铁制造商必须依靠废金属商将废钢材从其他金属中分离出来——尤其是铜，因为铜会削弱钢的韧性。到了2006年，美国生产的每3吨钢材中就有2吨来自回收钢。

美国钢铁工业水平虽说已经不在全世界起主导作用，但是没有哪个国家比它更会生产垃圾——废金属是美国去年最有价值的出口产品之一。但即便如此，废金属行业仍然是一个家族企业小作坊的大杂烩。金属管理公司与西姆斯集团合并的目的就是创建一家实力雄厚，有足够资本与钢铁制造商谈生意的废金属公司。西姆斯集团的首席执行官杰里米·萨特克利夫向我解释道："全球钢铁行业已经过了整合阶段，所以废金属行业也有必要做同样的事情，这样我们才能在商界有一席之位。"

从目前看来，迪恩斯特赶上了一个好时机。金属需求一直在飙升，这很大限度地归功于中国、印度及其他亚洲发展中国家经济的快速增长。这不仅推高了废钢材的价格，还同时把铜与铝的价格抬了上去。2001年废钢的价格约为每吨75美元，而到了2007年，它的单位价格已经涨到了每吨快300美元。铜价的涨幅比钢更夸张，2006年，它曾短暂达到了空前的历史巅峰——每磅4美元的价位。2007年10月，金属管理公司的股票则从2003年迪恩斯特接管公司时的不到4美元攀升到了57美元的高位。

迪恩斯特穿着他惯常的牛仔裤，系扣领白衬衫和棕色麂皮牛仔靴。他是奥尔曼兄弟乐队的粉丝，还收藏了一个1958年生产的吉布森·莱斯·保罗Goldtop电吉他——那是迪基·贝茨在乐队中用的吉他的精准复制版，甚至连清漆涂面上的裂痕和缺口都复制得细致入微。吉他是一位生意伙伴送给他的，迪恩斯特将其放在他东69街那个办公室的桌子旁边。他看起来一点儿也不像《黑道家族》里的"大猫咪"——那是我心目中的废铁大王的样子。或者，至少也是约翰·戈蒂的前女婿卡迈恩·阿格内洛那种——一个身材高大的黑帮分子，在皇后区靠交易废金属赚了数百万美元，在2001年因敲诈勒索与合谋诈骗美国国税局而被判9年有期徒刑（阿格内洛的堆场的产权现在归金属管理公司所有）。

在堆场园区的办公大楼里的墙上，挂着一张世界地图。迪恩斯特半伸着手臂做了个手势（好像在解释他玩大战役游戏时研究出来的攻略),为我展示了该公司对美国废金属的控制权分布。他在纽约海滨的位置晃了晃手指,说道:"我们有纽约,还有……"随着手指向西边移动接着说,"我们还有芝加哥,再加上中西部许多河边的堆场,还有……"他又在加利福尼亚州的部分做了一个上托的手势后说,"洛杉矶的各大港口、铁路和高速公路都有我们的生意,我们可以用铁路、驳船或杂货船装载运送。"我领会到的意思是,要想赢得这场商业竞争,你就必须确保任何想把废金属运出纽约和洛杉矶的人,都必须把废品卖给你的公司。

迪恩斯特解释道,他跟大多数废金属行业的老板不一样,他家里并不是世代做废金属生意的。2001年,在一家在被华尔街称为"秃鹰资本"的公司工作。"秃鹰资本"的员工大多是银行家和律师,他们的工作就是接管陷入困境或破产的公司,试图在脱手之前让公司身价升到最高,并取出剩余资产的相当一部分用来养活自己。通常他们面临的都是一些很不愉快的局面,所以久而久之迪恩斯特也发现了,"当每个人都一样痛苦时,公司改造工作就完成了。"迪恩斯特在公司的时候就成为钢铁行业破产方面的专家(这种公司在20世纪90年代后期出现了很多)。他说:"我已经做了50家钢铁公司重组改造工作,但我从来没想过,也越来越不想从事钢铁行业。"钢铁,曾经美国的第一大龙头产业,现在正承受着沉重的遗留成本压力,并常常是环保部门的重点监管对象。再看废金属行业,它需要的起始资金相对较少,劳动力成本较低,且通常不受监管机构和投资者的关注(不过最近投资者方面的情况已经有所扭转了)。当时还在"秃鹰资本"的迪恩斯特在接管重组金属管理公司之前,从未想过自己将来会在这块领域发展。金属管理公司原来是一家废品公司,2000年破产了。"我当时在一瞬间突然顿悟了。我对自己说,

'哇,这个生意可真不错,而且好像没有什么人知道它!'这意味着你将坐拥钢铁市场的绝大部分原材料,而自己脚下恰恰又是世界上最丰富的废金属资源的领土。美国可真是个办事方便的好地方。废金属业有这样一种特性:脏乱差是它作业环境的代名词,但与此同时它本身却又很环保,能够把废物一样的产品重新改造并再次供给世界利用,这会给你一种道德上的满足感。"大多数人都认为废金属经销商是整个废品行业的一部分,但事实上废金属和垃圾贸易的运作原理是完全相反的。垃圾工有把东西扔掉的经济动机,因为他捡的越多拿的钱越多。但废金属回收工呢?他能成功拯救的废金属数量越多,拿的钱越多。在这里我想引用废金属行内人士经常说的一句口头语:"物尽其用——就算口袋里只剩下一粒弹珠,也得扔在地上听个响儿。"

负责运营金属管理公司的副总裁迈克尔·亨德森来办公室加入了我们,我们戴上安全帽,去参观了金属管理公司名下的3个堆场和附近的港口。我们开车行驶在霍金斯街上,时不时绕过堆积成山的金属,它们总共大约有5000吨。亨德森说,所有这些金属都将在24小时内被运到码头。我们还可以从某些废金属的特征辨认出它"生前"是个什么产品,大多数都是像冰箱,炉灶和空调这样所谓的白色家电。报废的汽车被囤积在附近的多雷莫斯大街场区等待处理,它们会被加工成纯净的高质量"钢条",这些钢被松散地堆在一起,成为给钢厂熔炉"装料"的完美材料,因此废钢经销商总会依仗这个索要溢价。装料的典型方式是钢厂将"钢条"和"HMS废钢"(一种大型的钢质结构件,通常被统一剪成4英尺的长度,在堆场里也很常见)混合,并将二者分层摆放,同烤蔬菜饼时摆放土豆片和洋葱丁的方式是一样的。

12 美国废金属

有色金属，也叫非含铁型金属，已被分离开，铜也被进一步细分成不同等级。在废金属贸易中，"大麦"指的是套索状的粗铜线，经常用于铁路信号中的高压电力传输的那种电线，是最上等的铜废料；"蜂蜜"是指里面含有黄铜的铜料；"糖果"是指最好的铜管材料，经常用于家庭管道系统；构成电动机"心脏"的浓密的铜线圈被圈内人叫成了"肉丸子"——这些术语是20世纪初废金属交易商为图方便而发明的，因为那时人们还在以电报的方式进行交流，用短点儿的名字字数就少，信息发出去就更便宜。废金属与回收工业协会已将这种语言编入了技术规范用语，尽管某些术语的确切含义可能在不同的堆场会有差异。

我们开车来到多雷莫斯大街，看了一会儿金属破碎机的工作。这种机器是由休斯敦的普罗勒兄弟们（海米、萨米、杰基和伊兹）在20世纪50年代末发明的（他们称之为Prolerizer），如今已是任何大中型废金属堆场的标配设备。废旧汽车被起重机装载到传送带上，运到一个暂存区。然后，金属破碎机操作员将汽车倒进两个液压驱动的进纸辊中，它们沿相反的方向旋转，并将汽车吸入碎块箱中。内部有一个由电动机驱动的转子，旋转着十几个自由旋转的铁锤，这些锤子砸在车上，在不到一分钟的时间内将其粉碎。亨德森解释说，扭矩和速度的结合使得在车辆的每平方英寸上产生许多磅的力成为可能。将汽车切碎后，碎片经过一系列下游工序，目的是将金属从被"切碎"的内饰和仪表板上分离出来。这些下游工序包括：首先，通过巨大的磁铁，可以将钢铁与其他碎片分开。其次，通过电磁，将大块的铜和铝从绒毛上赶走；通过水，在底部收集小的碎片，比如电线。最后，在"分拣线"上，几个工人再看看有没有剩下的金属块。

天才闪光

迪恩斯特相当兴奋地告诉我，我们正在看的金属破碎机是20年前的款式，即将被一个更强大的"巨型金属破碎机"所取代。一旦投入使用，它将有能力在几秒内将一辆汽车碾成碎片。堆场里看起来很热闹，废金属从许多不同的渠道大量涌入：有哈德逊河顺流而下的驳船运来的，有通过堆场后面的铁轨运来的，有通过卡车运来的；既有拆迁公司的大型卡车，也有小贩驾驶的小型皮卡。他们的一些卡车看上去快要报废的样子。大量的自动清障车源源不断地运来被碾平的汽车。在多雷莫斯大街，所有的金属都是从一个入口进入的，在那里要经过放射扫描。亨德森说，如果机器检测到什么，就会启动警笛和闪烁的灯。他补充说，这种情况时有发生，但绝不是有意为之，可能是从废弃的X光机中取出的钨混在了剩余的废金属中。

扫描之后，卡车会被称重，称重员会通过无线电向检验员报告，检验员会根据司机们所运的金属的种类，引导他们将其送到这一堆或那一堆。当卡车空下来时，它再次被称重，并按差额向司机支付报酬。一般来说，堆场每月定一次价。那些为挣现金而工作的小贩可以到较小的堆场，争取比鹰脚街堆场更优惠的价格，不过在较小的堆场，等待的时间可能会更长。在霍金斯街，零工们匆忙地进进出出。

我们走向一堆"破碎尾料"，这是一个行业名称，指的是被粉碎的汽车经过整个下游作业后残留下来的铝和铜的混合物，大约占整个汽车的4%。它是由变速箱外壳上扭曲的小铝片和碎铜线混合而成。为了回收，铝需要进一步分类到不同的等级，小块的铜线必须被挑出来。先进的浮选系统可以完成这一任务，但它需要大量的水，而且操作机器的成本远远高于将破碎尾料送往国外的成本。"我们负担不起手工分拣的费用，"迪恩斯特说，"但我们在上海找到了我们的客户，托尼·黄（黄耀滨），他可以做。你得去看看托尼的经营方式。他们让一些女工仔细检查，手工挑选出所有的金属丝。"

离开院子，我们驱车前往几分钟路程外的 25 英亩的深水港。除了从港口运输自己的废金属外，金属管理公司还装卸其他货物并收取费用。目前，它正在卸载为过冬而运来的路盐。一大堆乌克兰铁轨正等着被运到南部的一个重轧厂，在那里铁轨将被熔化并改造成钢床框架。我们把车开到一个高处，那是一座用路盐筑成的山。从这里，我们可以看到整个港口的装卸过程。远处，金属公司的一台巨型起重机正将废铁直接装载到一艘驶往土耳其的船上。

在罗阿诺克大街的第三座堆场，我们终于看到了巨型金属破碎机。当我们接近它时，迪恩斯特和亨德森开始在座位上跃跃欲试，就像 10 岁的巨人队球迷即将见到迈克尔·斯特拉罕一样。在 8 小时内，巨型破碎机可以处理 2400 吨铁，密度超过每立方英尺 80 磅——相当于每小时处理 300 辆凯迪拉克。迪恩斯特说，"它干活的声音像野兽在吼叫"。操作员的舱室有 4 层楼高，而下游的操作范围如此之广，以至于它们可以填满一座巨大的建筑。一个 9000 马力的电动机驱动着锤子，这将是纽瓦克电网投入使用后最大的单次电力消耗之一。最后的布线工作花了很多时间。"我们不想让科里·布克的办公室陷入黑暗，"迪恩斯特说，他指的是纽瓦克的市长。他说希望巨型金属破碎机能在几周内上线运行，并邀请我回去看它的工作。他说，"我自己都等不及了。"

废金属和金属工艺本身一样古老。铜的冶炼被认为是大约 7000 年前始于中东。把地球上的元素提炼成金属是人类文明的重要标志，我们把相应的人类时代称为青铜时代和铁器时代。在文明的起起落落中，总是有废金属贸易的存在，不像艺术和科学，废金属贸易在文明的黑暗和启蒙时期都很繁荣。这个职业是建立在一个不可动摇的真理之上的：几乎所有曾经存在于世界上的金属现在仍然存在，并且将永远存在。铁会生锈，但锈仍然是金属。（废品经销商从喷砂的火车上收集铁锈，然后卖给钢铁厂用作炉料。）金属总是具有一定的形式，如工字梁、飞机外壳、曲别针、弹簧床等，并且它是有使用寿命的。在美国，汽车的平均寿命是12年；割草机的预期寿命是7年，比吹风机的寿命长4年；内河驳船的平均寿命为25年；钢桁架桥可撑50年。但是，无论制造者在使用金属方面多么有独创性，它迟早会属于废金属回收者。钢铁回收协会总裁比尔·赫南对我说，"你可能会开车经过金门大桥，然后说，哇，多漂亮的桥啊，但是当我经过大桥时，我会说，哇，看看这废金属存货。"

废金属交易商对人类努力创造的成果有着一种独特的、不带感情色彩的观点，这是一种既得利益。世贸中心的破坏导致了超过10万吨的高级废金属库存，其中大部分是由金属管理公司处理的。卡特里娜飓风对一些南方废金属经销商来说更像一个发财机会。萨达姆·侯赛因的军队和伊拉克基础设施的彻底垮台产生了大量的废金属，由于2004年伊拉克政府颁布了废金属出口禁令，大部分的废金属仍留在伊拉克，它是伊拉克未来钢铁工业的原材料。不幸的是，劫掠者们摧毁了伊拉克大部分现有的钢铁厂，并将它们作为废铁出售，所以它们必须先重建钢铁厂。

美国许多规模较大的独立的废金属公司都可以追溯到19世纪末或20世纪初，初来乍到的新移民在乡间四处搜寻废弃的农用设备，有时会把它们背到金属回收商那里。在世纪之交的美国，这些流动的贫民和小贩是人们所熟悉的人物，除了废金属，他们还回收用于造纸的破布和磨碎用于制作明胶的骨头，经常与针、器皿、镀锡锅碗瓢盆进行物物交换。《废物与需求》一书是关于美国废物历史的，作者苏珊·斯特拉瑟在书中写道："伴随着巨大背包、手推车、负重的牲口和马车的小贩成为19世纪主要的物流系统，并成为当时废物回收系统的主力。"

在接下来的两代人的时间里，这些小贩创建的企业成长为美国的废金属财团。由于金属的重量因素和巨大的运输成本，这个行业的利润不丰，业务必然是具有区域性的。每个大型港口城市都有一两个回收废金属的家族。在纽约，是雨果·尼乌和他的儿子约翰·尼乌，尼乌是一个国际化的人，他拄着拐杖走路，看上去颇像悉尼·格林斯特里特。在芝加哥，有科齐兄弟，他们在19世纪90年代末与金属管理公司合并。在波特兰有施尼泽家族，其祖辈是俄罗斯移民萨姆，1906年，他单枪匹马创办了一家名为阿拉斯加垃圾公司的废品公司；2007年，该公司的金属交易量超过400万吨。在废金属商人群体中，幸存下来的是一些原始的美国企业家，如杰斐逊等，他们就像自耕农，不过不是在照看自己的土地，而是在照看自己的废品堆，做着自己喜欢做的事情。

内森·弗兰克尔34岁，是洛杉矶以东50英里的加利福尼亚州丰塔纳市的一名废金属商人。他家的废金属经营历史可以追溯到3代以上。他身材瘦削，颇有艺术感，一点儿也不像丹尼尔·迪恩斯特那样雄心勃勃。他很害羞，但不知为何，腼腆中有种勇敢。他的祖父也叫内森，1917年从俄罗斯移民到美国，后来在纽约州布法罗郊外当上了收废品的小贩。20世纪40年代末，老爷子带着他的家人从芝加哥沿着66号公路来到西部，打算在洛杉矶东部的农田里创办一家废品公司。他与绵延起伏的沙漠中的农民建立了关系，购买了他们的旧农具、干草捆线和家庭垃圾，先把它们运到河边的一个院子里，然后再运到圣贝纳迪诺郊外的一个院子里。他的儿子利奥出生于1930年，在50年代中期加入父亲的公司，1961年他们在丰塔纳一个5英亩的院子里开设了弗兰克尔钢铁公司。他们有一个打捆机和一个用于切割汽车的破烂设备。1971年，他们在几英里外的第二个5英亩的场院里建造了一台破碎机。这位老人在1959年患了严重的心脏病，1968年死于肺水肿，利奥接手了公司的生意。利奥的女儿娜迪亚于1970年出生，儿子内森于1973年出生。

战争期间，由于实业家亨利·凯泽于1942年在1300英亩的土地上成立了庞大的凯泽钢铁公司，丰塔纳从丰塔纳农场，一个吸引了东部定居者的《愤怒的葡萄》式的小果园绿洲，变成了一个繁荣的磨坊镇。凯泽钢铁公司是落基山脉以西的第一家综合性工厂，为西海岸的造船业提供钢板。各种各样的金属制造商开始在丰塔纳周围出现，从钢制文件柜到钢桶，再到铁丝网围栏，一应俱全。为炼钢设备提供服务的大型机械商店也纷纷涌现。这里有几十个汽车拆解场，用来停放来自内华达州和犹他州的旧汽车。有了这些废品，弗兰克尔家族兴旺发达。20世纪50年代，一个叫阿提旺达（如今叫泰高）的钢筋制造公司在丰塔纳建造了一个电弧炉，并成为弗兰克尔公司金属的可靠买家。

20世纪六七十年代是一个光荣的时期。美国人扔掉的东西的数量是史无前例的。此时距离政府颁布强制回收计划还有10年的时间，成吨的金属就那样被丢弃了，废金属经销商拿不走的东西就被扔进了垃圾填埋场。消费社会摧毁了早期的、节省开支和循环利用的前消费系统和回收利用的体系。随着发展热潮的到来，丰塔纳的消费者数量增加了两倍。圣安娜飓风席卷了新开发的土地，空气中充满了灰尘。对琼·迪翁和后来的迈克·戴维斯来说，这个地方是加利福尼亚州被贪婪和发展扭曲的一个典型例证。迪迪安在20世纪60年代曾这样描述这个地区："在这里，人们很容易就能找到虔诚的信徒，但却很难买到一本书。"

20世纪70年代中期，廉价钢铁从日本流入加利福尼亚州，凯泽迅速衰落。它在1983年破产，最后9000名工人被解雇。（美国钢铁公司和伯利恒钢铁公司像凯泽集团一样，经营着综合性钢铁公司，也遭遇了类似的经济问题：前者在20世纪80年代关闭了大部分钢厂，后者在1995年关闭了宾夕法尼亚州伯利恒的庞大工厂。）凯泽钢铁公司的衰落并没有殃及弗兰克尔的废品生意，它从拆除钢厂中获利，但是根据FIMCO的前经理维克多·沃尔哈特的说法，它确实损害了丰塔纳镇。"当人们在这里工作时，这里是一个关系紧密的社区。"他告诉我说，"但政客们将当地企业赶出了市场，因为人们不喜欢被工厂围绕着，就用那些购物中心和快餐店等换掉了工厂，人们不得不驱车前往洛杉矶工作。在人们花了3个小时赶路之后，他们就不想再去参加家长会和社区活动了，于是社区也就分崩离析了。"1984年，利奥·弗兰克尔把家搬到了奥兰治县，内森在纽波特海滩上了中学。

在还是个孩子的时候，内森就喜欢在废金属处理场闲逛。他与父亲公司为数不多的工人就像一家人，而利奥也以他的公平在整个地区闻名。内森从他那里学到了废金属生意应该是"遵守你的协议，履行你的承诺，兑现你的合同，哪怕这意味着亏损"。"我早上会和父亲开车去那里，花一整天的时间来拆解旧机器。"内森回忆道。他用一台废弃的电动食品包装机的零件，制造了一个可以自动打开和关闭卧室门的精巧装置。他对老式的大型计算机特别感兴趣，随着小型计算机越来越受欢迎，这些大型计算机开始出现在院子里。

天才闪光

他可以一整天都在摆弄它们,但他父亲要他在办公室里练习小提琴,这让内森很尴尬。利奥是一位自学成才的小提琴家,在圣贝纳迪诺交响乐团演奏,他对儿子的最大期望就是让他成为一名杰出的小提琴家。内森很有天赋,但利奥认为他练习得不够。

内森去了布兰代斯大学,主修经济学,是乐团的首席小提琴手。但1995年毕业后,他去父亲的堆场工作。"我渴望让废品行业的一切都现代化,把它带入数字时代。"他说,"但我父亲认为我应该先在场院里干活,做些粗活,因为只有这样才能了解到这个行业的根基。"

内森接下来说,"有一天,大约是我开始工作两个月后,我在分拣线上工作时,注意到有一大块铜卡在皮带和一个滚轴之间,它开始推动皮带脱离滚轴。我想,如果我把手伸进去,就能抓住它,把它拉出来。我抓住它,但是我的袖子却卡在了滚轴中。我还没有真正弄清发生了什么事,胳膊就被卷进机器里,我的脸和肩膀被压在护板上了。然后我意识到,我的胳膊要被扯下来了,我能感觉到我腋下的皮肤开始被撕开,这种可怕的感觉就像什么东西要被掰断了。"内森尖叫起来,旁边的下一条工作线上的人立刻按下紧急停止的按钮。一些废品工人把内森抬到办公室,给正在洛杉矶参加会议的利奥打了电话,告诉他出了事故,然后把内森送到医院。"我当时正在呕吐,而且非常震惊,我的手臂在身体一侧摇晃着,没有任何感觉。"内森说,"在医院里,医生取出了所有被磨进我皮肤里的金属。但是第二天,我的胳膊完全没有知觉了。"

内森的桡神经已经被压伤了,很有可能他手臂上的感觉再也不会回来了。为了测试神经是否正在再生,医生会定期将一根针插入他的肩膀,并通过受损的神经发出电脉冲,将另一根电夹夹在他的手指上，如果神经再生了，这个电针就会接收到信号。几个月来，他的手指对信号毫无反应。情况似乎令人绝望了。由于强迫儿子在场院里干活，可能会结束儿子的小提琴生涯，这让利奥非常崩溃。在事故发生6个月后，医生们在内森的手指中发现了一个信号。大约在事故一年后，他又能拉小提琴了，现在他尽其所能地拉琴（但从来没有在办公室拉过）。我在汉考克公园内森的住处听他演奏过，他带领着来自洛杉矶科尔本音乐学院的3名学生表演了勃拉姆斯G小调钢琴四重奏的小提琴部分，听起来棒极了。

20世纪90年代初期，一股整合浪潮席卷了废金属行业。小型废料搬运车被几家大公司收购，其中最大的是"废品管理公司"。这些公司拥有进行远距离运输废品的资源，这对纽约等城市变得非常重要。纽约本地的最后一个垃圾填埋场，位于斯塔顿岛的弗莱士河，于2001年关闭了。

到20世纪末，废品行业已经成功地被整合起来，这个行业正在寻找新的增长方式。对一些投资者来说，下一步显然是做废金属生意。在90年代中期到后期，废品行业的一些主管在私募股权公司的支持下组建了"金属管理公司"。通过对废旧金属的价值进行杠杆化，金属管理公司借钱并进行扩张，但时机糟糕透顶：从1997年夏天开始，一场金融危机席卷了亚洲大部分地区，金属的价值大幅上升。金属管理公司无力偿还债务，公司破产了。丹尼尔·迪恩斯特向我解释了公司的问题，"垃圾处理人员说，'他们有废金属，我们有垃圾；他们用卡车，我们用卡车；他们有废料场，我们有转运站；他们把它送到钢铁厂，我们把它送到垃圾填埋场——这是一样的。'但这是一个有缺陷的类比。最大的不同是，他们的生意是基于收取垃圾处理费。这是一个可靠的现金流，你可以可靠地借到钱。但在废金属行业，资本是你放在堆场里的金属，这是一种商品，这意味着价值可以改变。"事实上，废金属行业是一种建立在其他商品基础上的商品，如钢铁价格、运输成本和货币相对价值等，这使得废金属对国家和全球经济的变化特别敏感。美联储前主席艾伦·格林斯潘曾说，他不需要研究很多经济指标就能判断经济的走向——他只需要看看废金属的价格就可以了。

作为第一波公司合并的一部分，澳大利亚西姆斯公司在1998年收购了利奥·弗兰克尔的两个丰塔纳堆场。弗兰克尔回忆说："我父亲过来问我，'你想经营这家公司吗？'我可以诚实地说，我不想。"作为一个狂热的美食家和品酒爱好者，弗兰克尔计划开一家餐厅。但在公司被出售后不久，弗兰克尔和他的父亲就开始听到以前的员工、同事和客户的抱怨。维克多·沃尔哈特告诉我，"西姆斯任命的经理难以应付局势，还想同时管理两家堆场。"他补充说，公司的决策在堆场行不通。"内森的爸爸做任何事都是基于信任、握手，仅此而已。但在西姆斯，信任已经被新的做事方式所取代，是那种大公司的官僚作风。"

当弗兰克尔听说他父亲以前的雇员和顾客有多么不满，而西姆斯显然又管理得很糟糕时，他从哈姆雷特式的犹豫中清醒过来，决定开始自己的废金属生意。1999年，26岁的弗兰克尔从熟人那里借钱，在丰塔纳北部租了一块3英亩的土地。他改造了父亲的旧金属打捆机，并开始从当地的小工厂收集废金属。后来，他又添了一台剪板机，用于切割大型结构部件，并开始向他父亲以前的一些客户示好。2001年，他的公司"高级钢铁回收"搬到了现在位于南丰塔纳的地方，离他父亲的旧堆场不远。他雇了沃尔哈特做他的经理，还有他父亲的一些其他雇员。然而，根据法律，利奥不能帮助他的

12 美国废金属

儿子,因为他在出售公司给西姆斯时签署了一项竞业禁止条款。利奥·弗兰克尔于2002年死于结肠癌,享年71岁。

丰塔纳的南边看起来像一个巨大的卡车停靠站。卡车从洛杉矶的码头运来的集装箱里满载着各国商品,把它们卸在市郊的巨大仓库里。大部分的集装箱都是空着返回的,弗兰克尔想知道是否有办法可以把它们装上废金属运回。集装箱运输使得弗兰克尔等独立的内陆运营商能够直接向海外钢厂出售废钢,而不必通过拥有港口的西姆斯和金属管理公司等大公司出售,因为它发一个集装箱的成本只有几百美元。(而运到这里的花费则高得多,因为需求更高)所以航运废金属比通过铁路运到国内钢铁厂要便宜,国内的那些钢铁厂大部分位于落基山脉以东。但是装载集装箱要比装载船只花费更长的时间,而且废金属往往会损坏集装箱的侧面。

有一天,弗兰克尔构思了一种更高效、破坏性更小的集装箱装载机。他在餐巾上画了张草图。它看起来像一个巨大的金属套筒。一个集装箱大小的料斗,顶部是开放的,由起重机往里装载废金属,底部的轮子使它可以一路滑进集装箱。然后,从可分离的装载机后壁产生的推力把废金属放在集装箱里适当的位置,装载机的侧面和地板缩回,从而将金属留在集装箱里面。2004年,在弗兰克尔画出那幅草图之后,又经过8个月的尝试,花费了100万美元之后,第一台 FASTek(Frankel Advanced Shipping Technology)开始在他的堆场里运行。弗兰克尔拥有5台这种机器,并把其中的3台租出去了——一台给贝克尔斯菲尔德的废金属经销商,另一台租给洛杉矶的一个废金属堆场,第三台租给菲尼克斯的一个经销商。有了这台机器,一个人可以在15分钟内装完一个集装箱。弗兰克尔的业务已经从纯粹的国内业务转变为95%的国际业务,他把废金属运往亚洲各地。多亏有了FASTek，小公司不需要把金属卖给大公司，他可以直接参与到全球循环经济中。

迪恩斯特告诉我，他不认为弗兰克尔的想法会对他的商业模式构成威胁，但他很快补充说，他的公司也可以专注于集装箱业务，尽管他们没有FASTek。他面带自信的微笑说，"看起来性感的东西并不一定划算，看看我妻子就知道了。"

就弗兰克尔而言，他希望在废金属行业之外找到合作伙伴，或许是另一个大宗商品行业，以帮助他扩大业务。"机会仍然很大，从全球范围来看，我们只是刚刚接触到表面。"他这样说。然而，他似乎也对自己在废金属行业的未来感到矛盾。我第二次去他的堆场时，弗兰克尔刚刚与新加坡、韩国、马来西亚和泰国的亚洲钢厂老板会面回来，这次旅行听起来并不怎么愉快。"我仍然不确定这是怎么回事。"他说，"像我祖父这样的人进入废金属行业，是因为它不需要投资，不需要文化程度，只要努力工作。对我来说，就不一样了。我可以做其他事情。我不认为我的基因注定我的余生都要做废金属。但这就是我现在所做的，所以我将尽我所能去做。"

大部分废金属都变成了建筑行业的材料，如钢筋、横梁和地板装修等。钢铁流入遍布城市的摩天大楼和新的工业城镇；铜被用于为数百万栋房屋铺设电线；铝则返回美国，用于新车的发动机外壳、熨斗、咖啡壶、烤架、煎锅，以及数以百万计的其他消费产品中。它们被装进集装箱和运到纽瓦克和洛杉矶的港口，被买走，被使用，被扔掉，循环往复。

为了追踪金属在全球循环经济中的足迹，我跟随金属管理公司的一些人来到一位回收商那里。在纽瓦克，从破碎机里取出的未分类的铝和铜被起重机装进一个倾斜的集装箱（远不如用吊车装得优雅),然后装上一艘通过巴拿马运河的巴拿马船。两周后,集装箱到达了上海港口。它被装上一辆卡车,运到上海北部的一个工业区,那里是中国最大的铝回收企业新格集团的公司园区。

新格集团创始人兼董事长托尼·黄(黄耀滨)出生于中国台湾地区。他在康奈尔大学攻读食品科学硕士学位,20 世纪 70 年代末获得学位后,他创办了两家公司:一家向中国台湾地区出口乌鱼子,另一家在新泽西做有色金属废品生意,后来搬到了佛罗里达。他没有自己的堆场——他从废金属经销商那里购买铝和铜,然后在中国台湾地区出售。多年来,他的废金属业务规模远远大于乌鱼子生意。在美国住了 15 年后,他搬回中国台湾。他娶了一个中国台湾女人,有两个儿子:一个在洛杉矶从事废金属行业,另一个在哥伦比亚大学完成了 MBA 学位。1993 年,黄耀滨将生意扩展到中国;2005 年,他在上海北部开了一家占地 90 英亩的工厂,金属管理公司的破碎尾料就是在那里用卡车运来的,然后被扔进大箱子里。

我在一个晚上与他会面,他带我去体验了上海的夜生活。"CEO 是'首席娱乐官'(chief entertainment officer)的缩写。"在他的笑声之后,是一阵剧烈的清嗓子咳嗽。在浦东金茂大厦 55 层的一家餐厅里,我们吃了北京烤鸭,还有上海著名的大闸蟹,10 月正应季。晚餐后,我们去了一家卡拉 OK 酒吧,坐在柔软的沙发上,拿起麦克风,托尼独唱了一首法兰克·辛纳屈的《我的路》(*My Way*),他唱得很认真。然后俱乐部的雪莉和我合唱了卡朋特乐队 1973 年的热门歌曲《昨日重现》(*Yesterday Once More*)。在 2006 年中国某广播电台进行的一项非正式调查中,近 1/3 的听众说他们学的第一首英文歌曲是《昨日重现》。雪莉在演唱时甚至不需要看屏幕上的歌词:

> 而今它们又重现，
> 就像久违的朋友一样
> 所有的歌我都如此喜爱！

第二天早上，当我从市中心的旅馆乘车汇入拥堵的早高峰车流时，卡朋特的音乐又回响起来，就像我脑海中一个久违的朋友。上海这个伟大的商业引擎正苏醒过来，迎接着又一个财源滚滚的日子。到达新格工厂后，司机穿过环绕工厂的护城河，一个穿制服的门卫向我敬礼。我看到一个很大的停车场，里面只有几辆车，它们属于管理人员，还有一个简易的棚子，里面停着 2000 辆工人的自行车。这是一个灰蒙蒙的日子，但风在吹，空气很清新。

黄带我去了他的办公室，那里通风良好，一尘不染，挂着几幅他自己挑选的大型抽象艺术作品。"廉价艺术家。"当我提到他们时，他耸耸肩说。黄说英语有些粗鲁，稍微有点儿单词间的爆破，省略了大多数冠词。他递给我一本公司宣传册，"在天堂工作"的标题下，我读到了对工厂设施的介绍：一个足球场、一个篮球场、一个散步道、瀑布和奇异的植物。那里甚至有一个卡拉 OK 酒吧。黄说运河和护城河都灌满了净化的雨水，水里有罗非鱼，工人们和黄自己会把罗非鱼抓来吃。黄解释说："这是一种激励每个人保持环境清洁的方式，因为否则受伤害的首先会是我们自己！"

我们坐着时尚的高尔夫球车参观了工厂设施。在分拣破碎尾料的巨大厂棚里，杂草和树叶上覆盖着一层薄薄的铝尘。在开放式的厂棚里，400 名妇女，20 人一组，围着 15 英尺高的金属堆干活。女人们戴着手套和面具，穿着白色制服。他们手工挑选铝片，将铝分为不同等级（这些也有色彩丰富的行业名称——"混合铝铸件""切片铝废料""干净的混杂旧铝片"），每个等级单独用一个桶。他们还拣出了小块的铜线和其他他们可能在尾料中发现的东西,如美国硬币。这些硬币留在黏糊糊的汽车烟灰缸中,并不少见。我问她们的工资是多少。黄说,每月1000元(约合140美元)。他不想让男人做这项工作:"男人对这类工作不够专心。"

男工人们穿着蓝色制服,在熔炼车间工作。他们把按等级分类的金属装进熔炉,熔炉的另一边,明亮的、细细的液态金属从管子里流出来,进入铸锭模,发出轻微的金属液体的声音——银铃般叮叮的响声。

2006年,铜价一度创下每磅4美元的历史新高,这既是由于亚洲的需求,也是由于世界上一些主要产铜地区如印度尼西亚、中南美洲,对供应不足的担忧。按照这个价格,1美分的硬币作为废金属比作为硬币的价值更高。美国造币厂收到了一些关于大规模熔解1美分和5美分硬币是否合法的询问。2006年12月,美国造币厂预见到可能会出现针对1美分的挤兑,就颁布了新的规定,禁止将硬币熔化。

这个对1美分硬币的威胁只是金属价格上涨带来的令人不可思议的社会后果之一。2007年,警方在奥尔巴尼破获了一个废金属团伙:5名男子从变电站和郊区铁路堆场偷电线,然后把它们当作铜卖掉;2006年5月,布鲁克林海滨的绿点电力终端市场发生大火,起因是流浪汉焚烧铜线上的塑料涂层,因为没有塑料的电线在废料场更值钱。在全国各地的墓地,独立战争老兵墓碑上的金属牌匾正在消失,因为每磅青铜可以卖1美元80美分。在温哥华的一个废金属堆场,一名便衣警察从一个4岁的孩子那里用一支铜马克笔,换到了5美元。金属路标可以换1美元,一个井盖大约可以换5美元。从"苹果蜜蜂"店后面偷来的啤酒桶,每个能换40多美元。电话亭则可净赚50美元或更多。中央空调系统的一个冷凝器单元价值约100美元。铝制露天看台、护栏、街灯杆、雨水排栅、铜皮泛水和消防水枪的喷嘴在金属窃贼中也很受欢迎。

在英国，教堂屋顶上的铅盗窃案猖獗。青铜雕像的脚踝被锯掉，从公园里运出。2007年9月，奥运跑步前冠军史蒂夫·奥维特就遭受了这种侮辱，当时他的一个真人大小的青铜复制品"大步流星"地从布莱顿的普雷斯顿公园消失了。（警方在附近的篝火中发现了一条腿。）在美国，一尊7英尺高的青铜佛像在明尼苏达州艾尔克河的泰国佛教中心的一个户外寺庙被盗。东欧的情况更糟，2004年，乌克兰的废金属窃贼从斯瓦列夫卡河偷走了一座36英尺高的金属桥。

谁在买这些"滚烫"的金属呢？废金属和回收工业协会指责那些"暴利的艺术家"并不是合法的废金属经销商。然而，任何一个有电话和乙炔割炬❶的人都可以进入废金属行业。金属管理公司不会购买明显的融化过的废金属，但当废金属被另一个经销商处理后，废金属堆场的老板可能认不出它了。此外，集装箱运输使废金属快速进出堆场成为可能，并在有关当局前来寻找废金属之前，迅速运往亚洲。美国废弃物回收协会建议经销商要求废金属售卖者出示身份证，并记下他们的车牌，用支票付款，但协会反对要求经销商在转售之前将废金属保留一段时间的措施，尽管该项措施已在几个州实施。这些"标记并持有"的规定在废金属商中是不受欢迎的，因为废金属商在购买废金属后，并将其售出前，废金属的价格会发生变化。废金属商人就是这样赚钱的。

---

❶ 译者注：割炬的作用是使氧与乙炔按比例进行混合，形成预热火焰，并将高压纯氧喷射到被切割的工件上，使被切割金属在氧射流中燃烧，氧射流把燃烧生成的熔渣（氧化物）吹走而形成割缝。割炬是气割工件的主要工具。

12 美国废金属

盗窃金属似乎是一项艰苦的工作——活儿很重,而且很危险。2007年,美国电力公司的安全服务经理迈克·邓恩对安全主管行业杂志CSO说:"我们最近在肯塔基州就有一起这样的事件。他剪错了线,被线缠住了,就倒挂在那里死了,直到有人经过才被发现。"那为什么还有那么多人偷金属呢?CSO的记者斯科特·贝里纳托指出,"滥用冰毒的热点地区,如夏威夷、西南部、圣地亚哥、俄勒冈,以及越来越多的中西部和南部农村地区,也是金属盗窃的热点地区。"冰毒吸食者的一个重要特征是极度专注,这正是从紧密缠绕的其他金属编织物中解开一定长度的铜线时所需要的。冰毒不仅让人有耐心去做这项工作,而且奖励(更多买冰毒的钱)就在金属里。

全球范围金属盗窃的猖獗让人想起电影《疯狂的麦克斯》中呈现的那个世界,绝望的人们在开采文明的基础设施,这是一张来自未来稀缺商品时代的明信片。经济学家曾撰文阐述过石油峰值的含义,尽管人们认为这种情况出现的可能性很遥远,油价达到峰值时,会变得非常昂贵,以至于石油产量开始下降,从而引发一波新能源技术的开发浪潮,并引发工业社会的根本性重组。但也许这种转变将由金属峰值带来,而且比我们想象的更早发生。

巨型破碎机的准备时间比迪恩斯特预期的要长。他的手下花了好几个月的时间研究线路和最后的调整。最终,2007年11月16日凌晨0:26,工作人员把一辆三菱汽车送入了机器的进料口,并通过了所有复杂的下游"消化器官":一个鼓形磁铁把剩下的钢片取走;磁铁的那部分产生"涡电流",把大块的铝和铜从无用的碎片上分离出来;还有浮选设备,它利用水将少量的橡胶和泡沫从废铝切片中浮起。

巨型破碎机组装总管詹姆斯·莫塞巴赫在一封电子邮件中向迪恩斯特汇报了情况。那天晚上,那些碎片看起来真的很好而且干净。他补充说:"我们有了一个漂亮的大宝宝。"

接下来的星期一是鹰脚街潮湿寒冷的一天,一场小雨使堆场里的金属释放出更多的化学气息。我到达时,迪恩斯特正在户外踱步。"今天就是这样的天气,"他兴致勃勃,又有点儿紧张。卡迈恩·阿格内洛很快就要出狱了,我很好奇迪恩斯特是否担心收到他的消息,虽然这不算是个问题。金属的价格在下跌,现在更大的经济体似乎也在跟着衰落,正如格林斯潘所说的那样。但迪恩斯特说,并非如此。我猜这不过是一种让人反胃的压力,试图将一种公司结构强加给一家以前从未合并过的企业。

在办公室里,迈克·亨德森拿来了一块三菱汽车的碎片,并把它交给了迪恩斯特。碎片又冷又湿,撕裂的边缘锋利,显得狰狞残忍。

"这是最早的作品之一。"亨德森说。

"这是一种荣誉。"迪恩斯特说,把钢放在桌子上。

"丹,切割得很漂亮,"亨德森激动地说。"纯度高、质地密。"

我在中国的时候,曾参观过一家中国废金属堆场,它是由一家叫丰力的民营公司经营的。它位于长江的一个大拐弯处,距离上海约150英里,位于张家港市。张家港是一个大工业城市,它崛起得太过迅速,以至于没有时间给所有的街道命名。它比美国任何一个废金属处理场都要大得多,有2000名工人。我参观的那天,堆场里有20万吨废铁。距离中国最大的民营钢厂沙钢钢厂只有30分钟的路程,废金属的运输不需要太长距离。丰力堆场里没有巨型破碎机,因为它不需要。相反，有数百名工人在桌子旁用鳄鱼剪刀手工切割每一块废料，剪出来的就像金属意大利面。巨型破碎机，尽管它能发出咕噜咕噜的吞咽声，却做不到这一点。

不过，我和其他金属管理公司的工作人员一样兴奋。雄性荷尔蒙的气息在操作员的舱室附近跳跃，舱室就在机器巨大的钳口的正上方。它准备去捕捉一辆栗色的雪弗兰黑斑羚，但有几次延误。从舱室的窗户向外望，我可以看到铁轨的线条勾勒出了这个古老的铁轨区的轮廓。收费公路以及1号、9号公路就在前方。一些卡车把新货物从港口运到大货仓，另一些卡车把旧的废金属运到堆场。全球循环经济在我们周围流动，而它跳动的心脏——巨型破碎机，即将启动。

更多的延误，一开始是一个皮带，然后是下游工作区的一个磁铁出了什么问题。等待的时候，迪恩斯特走到阳台上，我们讨论了如果废钢的价格像10年前那样突然下跌会发生什么。"让它来吧，"迪恩斯特自信地说，"我不想让人觉得我自大，但我们欢迎证明自己的机会，我们可以在任何市场竞争。"

我们回到舱室，那里的气氛很紧张。我记得曾经听人说过，维护巨型破碎机最大问题之一就是要防止它们切碎自己。

"好了，它们开始运行了。"船舱里一位试图启动一条皮带的工人一边听着信号接收器一边说。

"这只是个暂时的问题。"一位从出售破碎机的金属管理公司借用来的工程师安慰地说。

"为什么它在周五晚上没有这个问题呢？"莫斯巴赫问道。

"也许是因为下雨吧。"工程师耸耸肩说。

最后，呼叫机里传来一个声音："准备开始！"

"我们已经启动！"

"开始切割！"

机器开始隆隆作响，那辆栗色的黑斑羚汽车倾斜着，有一半已经进到了破碎机的巨口中。整个舱室都在摇晃，一股浓烟喷了出来，一时间竟把机器的大嘴都遮住了。烟雾散去后，黑斑羚汽车不见了。

——写于 2008 年

它来自好莱坞

《侏罗纪公园3》的DVD产品里附了这样一条评论音轨，里面记录的是特效制作人对他们工作的描述。在影片的第一个血腥镜头（一只棘龙从丛林中猛跃而出，一口吞下一个人）出现的时候，你会听到背景音里斯坦·温斯顿的声音，那是一个十分温柔甜美的声音，兴奋地惊呼："我好喜欢恐龙吃人的片段！"他听起来几乎被感动了。恐龙为温斯顿提供了一个机会，让他唤起人类最古老的、深入骨髓的对被生吞活剥的恐惧，还让他有机会展示被野兽吃完之后那令人恶心至极的人类残骸。对于一个怪物制造者来说，没有比这更美好的事情了。

57岁的那年，已经是温斯顿在电影界工作的第35个年头了，他凭一己之力大大提高了影片怪物制作的技巧：从20世纪五六十年代那些有点儿可笑的穿橡胶壳的怪物一直到电子动画（在电脑上用动画程序制作的）、半机器人、半人偶式的怪物，它们曾吓坏了数以百万计的电影观众。温斯顿靠着这项技能在詹姆斯·卡梅隆

天才闪光

1986年的电影《异形2》中的表现赢得了他人生中第一个奥斯卡奖,而在影片中最吸人眼球的怪物是外星女王——一个高14英尺,外形似甲壳类的怪物。她有着闪亮的蟑螂甲壳、黄色的酸性血液、挂满黏液的两颌,以及锋利无比的牙齿。(在成为"怪物制造者"之前,温斯顿曾学习过牙医。)1991年,他凭借卡梅隆的《终结者2》,分别在化妆和视觉效果方面赢得了自己第二、第三个奥斯卡奖,并于1993年再次凭借史蒂文·斯皮尔伯格的《侏罗纪公园》斩获了第四座奥斯卡奖杯。其中他在影片中最突出的杰作就是一群机械迅猛龙和一只40英尺长的霸王龙,它们都有着由液压驱动的四肢和无线电控制的瞳孔可以自由伸缩的眼睛。他做出的恐龙在各部续集中越来越好,尽管电影本身没有什么突破。

温斯顿的成功又恰逢计算机绘图技术(CG)崛起的时代——这是一种可以让特效艺术家完全只使用像素制作怪物的技术,从而大大开拓了创造的可能性。然而计算机绘图制作出来的怪物从外观上没有几个能超过温斯顿的机械怪物的恐怖程度,其中很大一部分原因是它们并非是在实景中与演员同步拍摄,而是在后期制作时添加到影片中的。"当你赶到片场时,"史蒂文·斯皮尔伯格告诉我说,"如果一开门就看见那里有一只36英尺高的巨型怪物正等着和你在摄像机前一起表演时,就会感受到一种发自内心的兴奋感,全片场的人都会像打了鸡血一样,但如果你的怪物只是在电脑上制造出来的,那就失去了乐趣。"

不过斯坦·温斯顿本人一点儿也不可怕。他满头白发,络腮胡须,身材矮小,说起创造疼痛和恐惧,他有一种非常舒缓平和的方式——这可能真的是他作为一个牙医的潜质。导演们非常喜欢跟他合作,卡梅隆说,因为"斯坦从未失去过对表演的热情。他会兴奋地告诉别人说:'这绝对会把人吓得屁滚尿流。'他会用他的热情感染你"。有一天,我问了温斯顿一个问题:为什么一个几乎吓死万千观众的形象这么讨人喜欢呢?他回答说:"我很希望得到认可和喜爱,但我也确实喜欢吓唬人——人们对害怕的感觉是欲罢不能的。我跟你说,其实那些从来不去看恐怖电影的人才会做噩梦,我做的事情就是帮助他们在电影院里把自己内心深处的恐惧发泄出来,这样他们在家里就不会害怕了。"

斯坦·温斯顿工作室,是一家提供全套特效服务的工作室,温斯顿既是老板也是首席艺术家。它位于圣费尔南多谷,有35 000平方英尺的作业空间。除了为电影和电视制作虚拟生物(其中包括很多可爱有魅力的角色,像美国家庭人寿保险广告里面的那只走路像卓别林的鸭子,还有百威啤酒系列广告中那只坏脾气的老青蛙),温斯顿还自己生产怪兽玩具,而且还计划创建一个新的恐怖电视频道,在有线电视上24小时不间断地给观众制造恐惧。温斯顿和他结婚34年的妻子凯伦住在马里布,他有一辆悍马、两辆哈雷、一辆法拉利和一辆涡轮增压的保时捷,他每天都可以随便开着任何一辆去上班。

一楼的大工作区充斥着"怪物制造工厂"的气味——硅胶、聚氨酯、乳胶和胶水。桌子上散落着各种四肢臂膀,有些是人的,有些是动物的。员工都在忙着涂涂画画、雕刻、搭建结构、布设管线。温斯顿平时主要的工作就是管理他的艺术家,其中有几个已经和他一起工作20年了,偶尔他也会画画素描或做做雕塑。其中也有一些艺术家习惯用电脑设计怪物,但温斯顿一直为自己是个电脑盲而感到自豪。

楼下存放着斯坦·温斯顿做的一些大型怪物的立体模型,它们一个个陈列在一间光线昏暗的大会议室中,聚光灯照在这些怪物身上。这里有喷火巨龙、食人魔、牛头怪、鹰身女妖,等等。它们在过去的几千年里在艺术和文学中被全面展现,而在过去的一个世纪里又在电影中被重新定义和诠释。这些作品都是温斯顿对神秘恐怖形象的个人理解。温斯顿在约翰·麦克蒂尔南的《铁血战士》(1987年)中创造的怪兽掠食者的形象就参考了1956年的《人鱼怪兽》,其原型又能被追溯到《贝奥武夫》中的巨人怪物格伦德尔。但《铁血战士》中劫掠者那拉斯特法里亚式的羽毛和可怕的下颚,为新鲜的恐怖气氛加分不少。玛丽·雪莱于1818年创作的《弗兰肯斯坦》是一个可以追溯到亚当和夏娃典故的现代怪诞神话,1931年,环球影视公司请鲍里斯·卡洛夫主演的同名影片被奉为经典,那部影片中怪物的形象也深入人心。直到詹姆斯·卡梅隆带着他"终结者"的新创意来找温斯顿时,弗兰肯斯坦的超自然怪物形象才被超越。

楼上陈列着温斯顿的一些严肃的艺术作品,包括一个真人大小、超现实主义的阿诺德·施瓦辛格头部青铜雕塑,上面每一块骨骼和肌肉的质感都被精准地刻画了出来。温斯顿把雕塑的原作送给了雕塑本尊——他的州长朋友,作为50岁的生日礼物。(温斯顿告诉我,他做这类雕塑的想法来自大约20年前的另一个演员朋友,他就是演员罗德·斯泰格尔。"斯泰格尔对我说:'做点儿正经事儿吧。'好像制造怪物不是什么正经事儿似的。所以我做了一个经典雕塑好让人们看看,怪物制造者也能正经地搞艺术。")

温斯顿还把自己塑造成了一个商人和艺术家的角色,在骄傲和谦卑之间切换。谈到自己的特效工作室时,他说,"我有世界上最伟大的艺术家为我工作。这些人相当于500年前文艺复兴时期的艺

13 它来自好莱坞

术家。米开朗琪罗做了什么了不起的事？他创造了幻想就是那些鬼怪石像、地狱、魔鬼、天使，同我们正在做的事情一模一样。或者我们再来看一幅伟大的画作——《梅杜萨之筏》，太可怕了！这与我们所做的很相似。""而且，"他继续说道，"虽说制造怪物这个工作不是艺术界最高雅的职业，但我向你保证，等那些势利鬼所崇尚的艺术作品（画廊里的绘画和雕塑）被人遗忘了很长时间以后，终结者的面孔仍将印在广大观众的脑海里。"但是温斯顿马上就又收回了这些话，并向我重申，他只是一个怪物制造者。

当他还是弗吉尼亚州阿灵顿的一位少年，温斯顿就喜欢自编自导恐怖片，用的拍摄工具是一台8毫米的电影摄像机。他的父母是从事服装行业的（家人们后来把他的名字从韦恩斯坦改成了斯坦），二老希望他们的儿子将来能成为一名律师或医生，但斯坦在弗吉尼亚大学读了两年牙医预科之后，还是走进了命中注定的艺术专业。"我的父母当时非常惊讶，但我必须把内心艺术家的那一面释放出来。"他说道，"然而，商人那一面的我又会说，'好吧，斯坦，你要开心的话就尽情表达你对艺术的激情吧，但你打算怎么谋生呢？'"

温斯顿1968年怀揣着一个演员梦来到了好莱坞。"说实话，我当时的梦想是成为明星，而这恰恰是我做演员失败的原因。"他跟我说道。在南加利福尼亚州等待那份从未到来的表演工作期间，温斯顿决定去华特迪士尼制片厂学习舞台妆。毕业后，他很快就去影视界找工作。他为《根》的演员化妆；在《珍瑰曼小姐自传》中让西西莉·泰森老了90岁，后来凭借着她的角色，温斯顿获得了艾美奖。1977年，西德尼·吕美特正在纽约拍摄《绿野仙踪》，于是温斯顿立刻跑了过来。（在这里他成功加入了演职员团队，温斯顿还记得,"当看到那个黑人角色的扮演者其实是一个犹太白人小孩时,在场的所有人都惊呆了。")温斯顿为锡人画了金属妆,为飞猴们画上了精致却又有点儿模式化的假面。后来,他又被邀请去参与《心灵之声》的制作,他的化妆技术让伯纳黛特·彼得斯和安迪·考夫曼饰演的机器人栩栩如生。"从那以后,我不再只是画黑人妆的那个家伙,我成了机器人化妆师。"

20世纪80年代初期,温斯顿遇到了一位名叫詹姆斯·卡梅隆的年轻导演,他手头有一部名为《终结者》的电影剧本。当时的卡梅隆有个赞助人,是一名叫施瓦辛格的明星,还有一个即将成为电影史上最伟大的怪物之一的角色。卡梅隆曾为他想象中的怪物画过几幅图,那是一张可怕的人与机器融为一体的脸,部分皮肉已被剥去,露出了下面闪闪发光的金属。按卡梅隆的设想,终结者的血肉面皮将随着电影情节的推进蚀坏得越来越多,直到最后所有的肉都被烧光,露出一副完整的钢铁骨骼。但在当时,《终结者2》中用来制造生化机器人T-1000的计算机绘图技术还不存在。所以为了制造出一个巨大的机器人,卡梅隆要么让一个真人穿上全套服装扮演,要么使用定格动画按比例制作的角色缩小版模型,一次拍摄一帧。自从20世纪五六十年代著名的雷·哈里豪森电影,如《伊阿宋和金羊毛》,风靡全国后,这种技术就一直在特效艺术家的圈子里很流行。但是在之后的几年中,观众们渐渐摸透了定格动画的风格,也看得逐渐麻木,因为说句实话,它的效果真的没有那么逼真。

"具体来说,我并不想让这个机器人看起来仅仅是一个套着机器盔甲的人,因为终结者是一个有着人类外形的机器,一个有血有肉的机器人,"卡梅隆告诉我道,"从技术上来讲我们没有能力在演员外部套一个机器人盔甲,然后引导观众去想象这套盔甲实际是在主角肉皮底下的骨骼,这根本行不通。但是到目前为止还没有一个人能给我做出一个比例正确的模型。"卡梅隆问了其他导演是否知道有哪位化妆师可以达到他要的效果,他很快就听说了这个"机器人化妆师"。卡梅隆继续说:"我带着我的画去找斯坦,对他说,'这就是我想要的终结者的样子。我不知道怎么建造它,但它外观看起来一定要是这种效果。'"于是温斯顿改变了给人套上盔甲这种传统的机器人设计模式,他用阿诺德·施瓦辛格的脸做了一个和他的脸完全一样的面具,然后剪掉一部分,这样就可以露出画在演员脸上的机械化效果。当温斯顿听说卡梅隆本打算用定格动画拍摄机器人带有内部骨骼的镜头时,他说:"为什么不让我们给你造一个全尺寸的电子木偶呢?一个可以扮演机器人的机器人,这样你就可以做实景拍摄了,那可比一帧帧拍定格方便多了。"

卡梅隆让他放手去做。等到了《终结者2》,温斯顿又打造了一个更加复杂精美的机器人骨架——你在电影最开始的地方就能看到它将人类的头骨用钢脚碾碎的画面。温斯顿的工作室还设计了许多其他特效,包括令人难忘的恶棍罗伯特·帕特里克的形象,他的躯干被一根金属棒劈成两半。

史蒂文·斯皮尔伯格与温斯顿合作时,先把剧本发给了温斯顿,然后亲自登门拜访。"斯坦非常专注地听着我的每一句话,直到他理解了导演的想法,"斯皮尔伯格说,"我当时就已经非常笃定了,他必须是怪物特效化妆师的第一人选。他为了怪物呈现你想表达的情感,会亲自上阵模拟,做出咆哮的声音和夸张的面部表情,尽他所能地将你的意思体会到位。"

温斯顿说:"我们每个人都会对某种特定的表情极为适应,通过我们捕捉到的眼神和面部活动来理解角色，一个侧目就可以表达出我们的真实感受。"他讲自己如何设计怪物的脸，"我会坐在镜子面前做鬼脸，尽可能地与这个场景里的怪物感同身受，然后观察眼前自己脸上扭曲变形的眉毛和嘴唇的残忍曲线，然后画出来。"

在怪物的脸和身体都在二维图纸上设计好后，就该创建一个三维模型了。在这个阶段，所有呈现怪物外形的彩妆元素，如颜色、头发、肤色，也都要被一一敲定。有时候，如果这个生物还需要做"木偶表演"，温斯顿的木偶师们就开始和这个怪物一起练习，有时还会穿着"吉卜赛套装"，那是一种可以操纵怪物各项特征的全身控制装置。在许多情况下，一个怪物需要多个工作人员同时控制，一个负责木偶的耳朵，一个负责眉毛，一个负责双手，一个负责双腿，所有人必须培养默契度并学会如何协同工作，这样怪物的动作才会看起来流畅逼真（当一个电子生物不能流畅地做出动作时，温斯顿工作室的特效艺术家们就会说它"卡壳了"）。

在温斯顿看来，在确保他的怪物能正常表演之后，他的职责就变成了帮助演员尽可能地演绎出最好的效果，而这往往意味着需要真的把他们吓到。"电脑绘图技术根本做不到这份上。你怎么可能强求一个演员在对手不在的情况下发挥出他最好的水平呢？绝对不可能。"例如，《侏罗纪公园3》中的棘龙其实是一个重2.5万磅，里面装着1000马力发动机的机器人。温斯顿兴奋地对我说，"那样的恐龙是真的可以杀人的。"

在制作出一个栩栩如生的怪物方面，有一个至今没有一个特效艺术家能掌握的精髓——"眼线"。那是一种能够与演员保持眼神交流并同时进行视线追踪的能力。"你需要有好几个木偶师来分别移动怪物的眼睛、头和脖子。"温斯顿向我解释着为什么"眼线"

方面根本无法做好,"因为,如果其中任何一个人没太跟上其余工作人员的控制节奏,那么观众的注意力就会瞬间从演员身上移开。"温斯顿认为,如果有一天人们能将"眼线"设计到机器人、木偶和电子动画中,这将成为怪物制造领域的一大突破。

在他的职业生涯中,温斯顿已经成为某种人工生命的创造大师,这并不是一个科学方面的贡献,同 20 世纪 50 年代麻省理工学院马文·明斯基和西摩·佩尔特等一众研究人员对"能像人一样思考的机器"的执着并不一样。温斯顿的工作范畴属于古老而传统的"自动机械",与加比·伍德在她的《爱迪生的夏娃》一书中描写的情节一样,这种机械可以追溯到两个多世纪前,18 世纪 30 年代法国工程师雅克·德·沃康桑制造的一只著名的机械鸭子。鸭子可以自己扇动翅膀,吃东西,最有意思的是,它还可以排便(如伍德所说,伏尔泰认为,这只会拉屎的鸭子能时刻让我们记起法国的荣耀)。制作这只鸭子的目的,如同制作那些机器人一样,是为了奇观和幻觉,而不是为了科学和技术。

在斯皮尔伯格 2001 年的电影《人工智能》中,这两种不同的人工生命的概念(现代和传统的)被成功地结合在了一起。为了给观众创造出机器人真的能像人一样注视和说话的错觉,温斯顿做了近 12 个电子木偶。电影里的机器玩具熊泰迪,这个会说话会走路的"超级玩具",不过是一个高级的机械鸭子,一个木偶,一个需要五六个木偶师才能变得栩栩如生的木偶,但在电影中,却给人一种不可思议的真实感,并贡献了整个电影中最吸引人的表演之一。

2001 年夏天,就在《人工智能》上映前不久,麻省理工学院媒体实验室的一位年轻计算机学家辛西娅·布雷齐尔前来拜访温斯顿。

为了获得博士学位，布雷齐尔造了一个名叫吉斯美特的"社交机器人"，它有一张卡通化的人形脸，可以模仿人类的面部表情——当你称赞它时，它报以微笑；如果你看起来很生气，它就会面露悲伤。吉斯美特和布雷齐尔现在是科学杂志的宠儿，而且经常同时出现在一张照片里，她们一个是有着深色头发和眉毛、高高颧骨的年轻漂亮女人；还有一个是粘着化妆品杂货店的假睫毛，贴着毛皮眉毛，长了一张涂了红色颜料的手术导管嘴唇的机器人。《人工智能》的制片人凯瑟琳·肯尼迪在《纽约时报》上看到了一篇关于布雷齐尔的报道，就请她飞往洛杉矶，就机器人和人工智能的研究给斯皮尔伯格做一个简单的介绍，好为这部电影的报道做准备。

　　布雷齐尔向温斯顿提出了一个建议。"她说：'你想做一只真正的泰迪熊吗，一只有大脑的泰迪熊？'"他回忆道，"她问我是否会考虑与麻省理工学院合作，分享技术，创造出一个真正的仿生泰迪熊。"斯坦·温斯顿工作室将负责机器人的设计和制造，而麻省理工将提供"大脑"：一种能让机器人看、听、说和产生感觉的软件。与温斯顿的怪物不同，这个机器人将有自主意识。它的一举一动不再由穿着道具服的木偶师或电子操作员控制，而是拥有一个由它自身的软件驱动的内部机械系统，而这个软件将赋予它保持"眼线"的能力。通过这次合作，布雷齐尔将体验使机器人的脸部表达嵌入其软件中的精细的认知过程；而温斯顿将得到一个不用牵线的木偶。从智力上讲，这个合作成品从它"父亲"那里继承了传统自动机械世界的血统，从母亲那里继承了现代的人工智能的血统。总而言之，它将成为有史以来最逼真的机械生物，最先进的情感机器。

　　"谨慎起见，我考虑了那么两秒，"温斯顿回忆道，"然后我立刻说，'当然，我必须要跟你合作。'"

2002年春天，在他们刚开始合作的时候，温斯顿和布雷齐尔为这个机器人选定了一个名字：莱昂纳多。温斯顿说："因为它代表了艺术与科学两大领域的一次完美合作——一位艺术家和一位科学家共同创造的一个真实的'生物'。"后来温斯顿就在洛杉矶着手莱昂纳多的身体和脸部制造工作，而布雷齐尔给出的为数不多的指导原则之一就是，小莱不能看起来太像人类，以免它落入"恐怖谷效应"的误区——这是日本机器人专家森政弘提出的理论。森政弘测试了人们对从"非人形"机器人到"完全人形"机器人的各种感情上的反应。他发现随着机器人变得更加人性化，人类对机器产生的好感和同情心也随之增加。但是在某一点，当机器人变得与人类过于相似时，人们对机器人的正面情感会突然消失，取而代之的是发自内心的反感和厌恶。这时，人们开始注意到的并不是机器人引人注目的人类特征，而是那令人毛骨悚然的僵尸般的与人类的细微差别。

温斯顿也没有忘了自己的老本行，同一时期还有很多其他作品：包括他在《终结者3》中的机器人和在蒂姆·伯顿的电影《大鱼》中制作的各种动物。温斯顿想设计出一种让人无法抗拒的可爱生物，但是莱昂纳多的设计原则在制作影视怪物的时候同样适用。温斯顿对我解释道："我们知道某些面部特征（这些面部特征的规律早在20世纪三四十年代就被迪士尼工作室的动画师们发展成了一种标准，《匹诺曹》《小飞象》和《幻想曲》等电影中的人物形象就是很好的例子）是公认会引发人们某种特定的情感反应的。大眼睛，比身体还大的脑袋，可爱的小嘴，还有哈巴狗一样的小翘鼻子，这些都是最普遍的可爱指标。"

天才闪光

林赛·麦高恩是温斯顿手下的一位"渲染艺术家",曾参与设计"泰迪熊",这次他也协助画出了新项目的第一批草图。小莱看起来有点儿像1981❶年斯皮尔伯格的电影里的格莱姆林小精怪,也有点儿像乔治·卢卡斯的伊渥克人:一对牧羊犬耳朵、美洲豹的鼻子、四指手、卡通般圆圆的肚子,而最不可思议的是,它还有人类的舌头和牙齿。他身高两英尺半,有3个脚趾头,全身覆盖着厚实柔软的马海毛和牦牛尾毛制成的毛发,而且这些毛发都是一缕一缕地手工缝在皮肤上的。它的眼睛和眉毛看上去很年轻,指关节周围皱纹横生的手却像个年迈的老人。

有关莱昂纳多设计的一些美学方面的决定,是考虑了日后机械方面的设计需求。大头和大肚子可以为马达、齿轮、缆绳、滑轮和万向架提供更多的空间,这些将共同构成莱昂纳多的肌肉组织群。大眼睛除了可爱之外,还会让摄像头便于采光,软塌塌的可爱耳朵能把声音更好地传到头部的麦克风。

温斯顿和他的同事们在研究莱昂纳多的身体时,布雷齐尔和她麻省理工学院的学生们正在研究它的大脑,组装能使这个机器人具备语音识别与合成、可视化以及基本认知能力的软件。这项工作需要对麻省理工学院多年来编写的软件程序进行修改,并编写满足莱昂纳多个体需求的新代码。

布雷齐尔在加利福尼亚州长大,她的父母都是计算机科学家。她在加利福尼亚州大学圣巴巴拉分校主修电子和计算机工程(她也很喜欢冲浪)。毕业后,她去了麻省理工学院,师从人工智能实验室的负责人罗德尼·布鲁克斯。布鲁克斯是自主机器人领域的世界

---

❶ 编辑注:原文有误,应为1984年。

级专家之一，他一直试图引导机器人偏离其创造者的绝对主义目标，而转向应用机器人这一更为宽松合理的目标。布雷齐尔和布鲁克斯一起建造了一个探测车，还做了一个名为 Cog 的简单拟人机器人。

布雷齐尔的某些观点与唐纳德·诺曼有所共鸣。诺曼是西北大学计算机科学和心理学教授，也是在技术设计领域颇有影响力的作家。诺曼在《情感设计》一书中指出，情感在智力中扮演着和认知一样重要的角色。他在书中说：情感负责判断与决策，而认知负责理解与领会，这两种思维缺一不可。"我们的情感保护着我们，引导着我们，赋予了我们好奇求知的天性，"他向我解释道，"机器人的'大脑'里也需要有同样的设备组成，这样他们才能够更全面地了解并适应它们所在的环境。"诺曼还补充说，不过机器人需要时时刻刻将它们的情绪与思路表现出来，这样人类只要看一眼就能知道它们内心在想什么。

我问布雷齐尔，她是否认为自己与好莱坞的关联是一种魔鬼交易——从好莱坞得到莱昂纳多的身体和脸，她是在用科学世界换取一个幻觉的世界。布雷齐尔指出，好莱坞创造了许多著名的银幕机器人，从弗里茨·朗的《大都会》中的金属女人迪高，到《禁忌星球》中的机器人罗比，以及请马文·明斯基担任顾问的《2001 太空漫游》中的哈尔（其中哈尔完全不是实体，这一点与布雷齐尔设计的机器人相反），直到《终结者》。1977 年，8 岁的布雷齐尔和父母一起去看《星球大战》，里面的机器人 R2-D2 和 C-3PO 激起了她对机器人的浓厚兴趣。

不过，好莱坞的机器人虽然激发了公众对智能机器的兴趣，并且在某些情况下影响了科学家自身，但你在大银幕上看到的要么是穿西装打领带的全拟人"机器"，要么就是一块彩色玻璃纤维伪装成的一个复杂电子设备，但它们的造物主不是科学家，而是那个"机器人化妆师"。然而，布雷齐尔并没有以刻板的眼光看待她与温斯顿的合作："我们设计的方法就是我所说的引导程序——创建一个可用于实际的机器人，然后再根据其性能做进一步改进。"

布雷齐尔认为，与温斯顿合作打造一个可爱机器人，将有助于她设计出最终适合当人类伙伴的机器人。"你看一下这里的统计数据（日本有更多这样的数据），在未来的20年里，需要照顾的老年人的数量将大大增加，相对较少的护士或家庭成员照顾起来可能会力不从心，"她说道，"所以社交机器人可以成为一个非常好的解决方案，它可以与你一起生活，并进行很有意义的情感互动。"

2003年的夏天，小莱大老远来到了东部布雷齐尔在麻省理工学院校园的实验室。莱昂纳多大脑的研究仍在继续，布雷齐尔和她的研究生们开始训练小莱用眼睛追踪物体的能力。8月底，温斯顿赶到麻省理工来参加初次演示，我趁他在波士顿的时候请他带我过去。

演示的那天早晨，莱昂纳多睁着眼睛坐在金属底座上，呆呆地盯着那个叫作"咯吱艾蒙"的布偶。当一位学生开始挪动艾蒙时，小莱的眼睛也随之移动，目光一直追随着目标。实验室里一台计算机正在展示着一个电脑生成的莱昂纳多，那是它未来会发展成的样子，但那个未来似乎离现在还有点儿遥远。莱昂纳多的表情无精打采，外表甚至有些凌乱——他的耳朵上有绒毛，但他的玻璃纤维的躯干则是裸露的（他的牦牛大衣还在洛杉矶）。尽管其中一名学生正在使用吉卜赛装备移动小莱的双臂，但机器自身的面部表情和身体动作尚未得到控制。但是这套装备很便宜，学生的技能也不是很熟练，莱昂纳多卡壳卡得有点儿严重。

后来，我提到了马文·明斯基前一天对我说的话，当我问到他对莱昂纳多的看法时，明斯基曾说过："我不看好莱昂纳多的理由是，这只是一个偷换概念的把戏，它不是真的具有情感，莱昂纳多知道怎么糊弄人类，只是让我们认为它有罢了。辛西娅是个优秀的工程师，但她的研究成果并没有解释情绪的真正意义。莱昂纳多只是微软几年前试图让人们购买的那个F1软件向导的改进版本。人们一开始看见它的时候会说：'天哪，这东西真有意思。'然后过不了几天他们就失去兴趣了。"明斯基看来，莱昂纳多更像是好莱坞的产物，而不是麻省理工学院的。

"马文·明斯基真是不要脸！"温斯顿在听了明斯基的意见后非常激动。

布雷齐尔则看起来有些吃惊，她说："嗯……我不认为莱昂纳多的情感设定是个把戏，这是它们身为机器人拥有的一个颇具价值的功能。我们做小莱并不是在试图捕捉情感中最人性化的一面，而是在提取里面最务实的特性——与他人交流并做出更明智的决策和行为。如果机器人有情感，那也是机器人情感。"

"那什么是把戏，什么又是真实？"温斯顿补充道，"如果你去看电影，一个爱情故事，如果里面的情节和画面让你在电影院潸然泪下，那是不是一种真实的情感？"他往椅背向后一靠，双臂交叠在胸前。"如果你给我讲了个笑话，我笑了，那我笑的原因是我真心觉得你的笑话很好笑，还是因为我的程序就是这么设计的？我不想让你冷场，这样就能证明我的价值？关键是，你不知道具体是哪样，我也无法知道。但机器人会更诚实，除非我的笑话真的有趣，否则它不会笑。"

到目前为止，莱昂纳多这个项目已经花了温斯顿将近100万美元（光小怪物的外套就价值数万美元）。"起初，这是一个与利益无

天才闪光

关的工作，我们的目标是做别人没做过的事，"温斯顿告诉我，"但我现实主义的一面就又会跳出来说，'好吧，斯坦，这个想法的确挺酷，但是这对你的生意又有什么好处呢？'"

这项研究最明显的应用可能就是斯坦·温斯顿工作室独家制作的新一代电子木偶，它做到了以前怪物没有的那个"眼线"功能。但更重要的是，斯坦·温斯顿工作室得到了莱昂纳多这个角色的所有权。因为通常情况下导演在电影拍摄过程中拥有对怪物形象的创作控制权，而角色的所有权则属于投资影片的制片方。怪物制造者，在所有参与电影创作的艺术家中，是对怪物创作贡献最大的人，却无法拥有自己亲手创造的产物。但莱昂纳多不同，斯坦·温斯顿是他的制造者。

温斯顿想把他的怪物打造成明星："我能构想出一个关于莱昂纳多的故事，一部由它主演的电影，一个精彩、平易近人、迪士尼出品的 PG 级❶电影，一个完全关于它的故事。"

从布雷齐尔实验室的最新报告来看，莱昂纳多正在朝着这个目标迈进：它会点头，困惑时也会迷惑地抬起头，甚至可以妩媚地眨眼。

我问温斯顿，莱昂纳多会不会成为他创作的众多怪物中的一个。

"我不这么认为，"他说，"但一切皆有可能。那我就这么说吧：它的确能和其他怪物一样吓人。想象一下，你会有一个电子木偶演员，它的眼睛永远在盯着你，是不是挺可怕的？"

——写于 2003 年

---

❶ 编辑注：Parent Guidance，即某些内容可能会让家长感觉担忧，要在孩子观看时从旁加以指导。

# 温室里的颤动

世界上大部分地区的人们不吃反季节的番茄,超市里常年卖的番茄是美国特有的。因为美国人希望不管什么季节都能随时在超市里买到新鲜蔬菜,而植物培育者们也已经竭尽所能地来满足他们的需求:现在的玉米和豌豆已经可以更缓慢地将糖转化为淀粉,生菜可以更长时间地保持水分,马铃薯也变得更抗腐烂。辣椒是番茄的表亲,而它已经非常令人满意地适应了超市文化——用人为设计的鲜明颜色把自己包装起来,保质期长达一个多月。但番茄却固执地拒绝这种模式,丝毫也不妥协。植物培育者们创造出了很多类似番茄的东西,也足够有吸引力。它们够皮实,在长途运输过程中不会因为挤压和碰撞而变软变烂。虽然这些发明对番茄生产商们很适用(这些新品种降低了产品的"缩水率",即运输过程中被淘汰的番茄数量),但它们的味道并不像番茄——这对消费者来说是一个致命的缺陷。长在枝蔓上的"活"番茄与其他植物相比具有很多优势,但在超市却无法发挥它的潜力。果肉松软无味,当你切开番茄,

天才闪光

有时瓤还可能会掉出来，只留下一个被坚硬的番茄皮包围的空壳。番茄瓤是番茄的精华部分，那是一种凝胶状的液体，种子就悬浮在里面，它是番茄绝大部分风味的来源。

不过无论人们对超市里的番茄有多么不满意（在农业部的一项研究中，消费者将番茄在31种农产品中的排名放在了最后一位），但美国人每人平均每年会购买18磅的番茄，这样的购买量在农产品中仅次于生菜和土豆。美国的新鲜番茄市场的交易量达40亿美元，这几乎是整个生物技术产业的规模。为了一个有番茄味的番茄，消费者到底肯多花多少钱？这是一个长期困扰商界人士的问题。20世纪60年代，海湾西部工业公司的董事长查尔斯·布鲁多恩开始了他番茄产业的投资之路；70年代末，金宝汤公司的大股东杰克·多伦斯将开发优质超市番茄作为一项个人奋斗目标。如此看来，番茄的确得到了这些人的青睐。近年来，全国超市农产品区过道里渐渐出现了荷兰番茄、以色列番茄、西西里樱桃番茄、法国温室番茄、藤蔓番茄和水培番茄。虽说其中许多品种的味道都比普通的超市番茄好，但它们都没有番茄业行内人所说的"自家后院的味道"。樱桃番茄偶尔还能有一些自然清新的"后院"风味，但在美国，樱桃番茄在市场上并不很受欢迎。根据市场调查，美国人喜欢的都是又大又肥的番茄。

1993年秋天，在芝加哥各地的后院里，最后一茬"苟活"的番茄都要被冻死了，清新的夏日味道开始从各地番茄爱好者的味蕾记忆中褪去，一种新的基因改造番茄即将在美国各大中西部超市正式上架，这种番茄的名字叫"佳味"。这将是有史以来第一个使用基因重组技术制造的食品上市。发明了佳味番茄的卡尔京公司是地处加利福尼亚州的一个小生物技术公司，公司高管们都胜券在握，他们坚信自己出品的番茄就是人们长久以来一直在寻找的。"我们的培植技术把后院的味道重新带回了番茄里。"卡尔京公司的副总裁斯蒂芬·伯努伊特说。公司的首席执行官罗杰·萨尔奎斯特用一种典型的乐观语气说道:"我们的番茄必将大卖。而种植者、销售者,还有我们的股东,每个人都要发大财了。"

在过去的10年里,卡尔京公司只盈利过一次(1992年甚至亏损了2000万美元),而现在居然可以为基因改造番茄项目筹集到了2.1亿美元,这充分说明了萨尔奎斯特多么会鼓动投资商。在美国另一边的华尔街,人们都热切地期待着新番茄的上市。"这种番茄的地位非常重要,因为它是第一种上市的基因改良食品,"美国派杰投资公司的金融分析师乔治·达尔曼说,"如果这种番茄成功走红,就将极大地推动其他研发中的基因改良食品的市场价值。"有传言称佳味番茄可能不是卡尔京公司一直所描述的那样,"昨天我听说卡尔京的番茄没有那个味。"在1993年3月的一次投资会议上,一位投资者曾对我说这引起了整个生物技术行业的恐慌。大约在同一时期,卡尔京公司的总裁汤姆·丘奇似乎在有意回避罗杰·萨尔奎斯特宣传时主张。"我们还没有完全做到那种纯正的后院味道,"他对我说道,"但我们总有一天能做到。最后我们还会专门为有新泽西州口味的消费者设计酸味番茄,为芝加哥口味的消费者们提供甜口番茄。"然而,一旁的萨尔奎斯特仍在继续宣传:"我们的番茄是纯正的后院风味。"

佳味番茄并非没有竞争对手。地处新泽西州辛纳明森市的植物基因技术公司正在进行一种基于北极比目鱼的抗冻基因实验,目标是生产出一种在冷藏状态下不会被冻坏的番茄。此外他们还在酝酿其他的基因改造食品:包括带有鸡基因或者蜡蛾基因的马铃薯,带有萤火虫基因的烟草（这样烟草就能在黑暗处发光），以上这些均已通过了国家农业部的现场测试。美国最大的两家养鸡公司已经开始着手研究在喂料较少的情况下可以长得更快的禽类。而亚拉巴马州的奥本大学也是出于类似的目的，将鳟鱼基因嫁接到了鲤鱼身上。在20世纪90年代初期，为了迎合瘦猪肉的热潮，马里兰州贝尔茨维尔市的农业部研究中心的工作人员甚至将人类基因嫁接到了猪的胚胎中。然而这头猪生下来就是斗鸡眼，脸上还长满了奇怪的皱纹，关节炎严重到几乎站不起来——不过肉确实瘦多了。

我认识的大多数人都表示如果食品安全达标的话，他们愿意去尝试卡尔京的番茄，而大量深度测试的结果表明它确实很安全。但是，令卡尔京感到十分惊讶困惑的是，有些人还在极力反对他们的番茄——反生物技术激进分子杰里米·里夫金就正在组织人们一起抵制佳味番茄。"我来就是要告诉你，番茄运到超市里就是一筐卖不出去的死鱼。"他说，"这种番茄永远流行不起来，它不会有市场的。"里夫金的抵制在环境政治的各个领域中得到了支持：这些群体包括有机食品推崇者、生物多样性支持者、遗传隐私论的支持者，等等。每个群体都有自己的抵制理由，但让所有抵制者都赞同的观念是：人类应该改变自己的口味去适应番茄，而不是通过对番茄进行基因改造来让它迎合人类。全国共计有2500多家餐厅表示不会使用佳味番茄，其中最著名的包括"21"、潘尼斯之家和膳朵餐厅。而且你已经可以在某些餐厅的窗户上看到抵制基因改造食品的标志——DNA的字样被圈起来并用红色斜杠一划而过。

卡尔京公司在开发佳味番茄上的花费已经超过2500万美元，罗杰·萨尔奎斯特也仍然坚信他的番茄会大获成功。"这种情况的好处是，所有这些问题——科学、商业、人们的信仰，等等，它们的源头都不过是一颗番茄。"他对我说道，"如果消费者喜欢我们的番茄，剩下的这些流言蜚语和反对的声音都将烟消云散。"

乔治·鲍尔家族一直致力于做遗传学生意，至今已历3代。乔治的祖父培育了翠菊、香豌豆、金鱼草和金盏菊，最终将这些研究成果和其带来的收益全部融成了一家乔治·鲍尔公司，并在园艺研究和种子生产方面进行了多元化经营。如今41岁的乔治曾在哥斯达黎加的一个矮牵牛花种植场度过了一段少年时光，现在他已正式经营着这家公司。同时他也是美国园艺学会主席和美国最大的家庭园艺种子供应商W. 阿特利·波比公司的CEO。乔治对基因改造重组能给植物培育家们带来的好处抱有极大的热情，却也时常被人类终要为超越自己在世界上的位置而付出代价这一感想所困扰。乔治不明白人们为什么要怀疑或批评重组DNA。一个最为普遍的原因，也是他能想到的最合理的假设就是，那些人一定是出于某种"宗教原因"。但在我看来，乔治对重组DNA的热忱比我在转基因反对者那边遇到的任何东西都更像信仰。"我个人认为这是另一场绿色革命，"乔治说道，"这是量子跃迁技术，比什么冷冻食品的事儿大多了。"

爱德华·马迪根是老布什政府的农业部长，而且是那种见多识广、很有责任心的人，他非常赞同乔治的观点，马迪根说："农业生物技术时代的到来将使人类文化取得迅速而深远的进展，这样空前的跨越甚至会让从前的农业机械化时代和化学技术时代相形见绌。"基因重组给人们带来的最光明的展望之一，就是它有望停止农民对化学农药的使用。1993年，美国农民为了杀死根虫，仅在玉米田里就倾倒了大约2500万磅的化学物质。圣地亚哥的麦考根公司正在开发一种可以在苏云金杆菌中产生毒素的玉米，那种毒素可以消灭根虫。麦考根公司的企业传播主管迈克尔·桑德说："有可能5年之内，玉米田就不再需要杀虫剂了。"

重组DNA领域还向人们做出了许多其他承诺：它可以大大提高生产效率；培育出能够在索马里沙漠和秘鲁山区茁壮成长的作物；为我们提供营养价值更高的蔬菜；食用油中的饱和脂肪含量也将降低。除了农业利益之外，它还将养活不发达国家预计在未来25年内出现的剧增人口；美国在全世界生物技术行业的地位是无可争议的第一，所以这些产品的利润都将源源不断地流入美国，使我们再次致富。

作为一种省时省力的创新，重组DNA之于经典的植物育种宛如计算机之于打字机。经典育种具有很高的限制性，因为培育者只能将所选择的植物与其近亲进行繁殖，而且这种繁殖方式的研发过程非常烦琐，因为除了我们想要的性状外，植物还会遗传了许多不需要的性状。有了重组DNA，育种者几乎可以使用任何物种，动物、植物甚至是人类的基因，并精确地瞄准目标基因，对其进行剪切、克隆，拼接到目标培育植物的DNA中。重组DNA的基本技术并不难。大学生物学专业的学生现在正在使用这项技术，不久之后，说不定我们用简易的家用化学设备也能完成DNA的合成工作。

"这太不可思议了！"一天我们一起在曼哈顿吃午餐时，乔治·鲍尔惊呼道。"过去需要10年完成的事情，现在只需要一两年。而且培育植物新品种的各种可能性让你想都不敢想。要知道，真正的蓝色是自然界非常少有的颜色，但是我感觉大概3年之后我们就能有幸看到一朵蓝玫瑰。"

我说："但是，这一切是不是让我们有点儿脱离自然了呢？"

乔治说："我不明白你为什么会这么认为。重组DNA只是在给自然界本就该而且终将发生的事件进程按了个快进键而已，也许它是在把自然界引向它自由发展时不太可能到达的境界，因为自然界并没有我们所期望的那么规整。"

"但重组 DNA 不是一种用人类选择代替自然界竞天择的手段吗？"

"我不这么认为。既然人类也是自然的一部分，那人类利用重组 DNA 技术又怎么会变得不自然了呢？"

"好吧，那如果有一天转基因生物突变，摆脱人类掌控并对克利夫兰居民发起攻击，到时候我们该怎么办？"

"实际上你要从这个角度来看的话，重组 DNA 反倒比传统育种方式更安全，因为它精确的裁剪技术恰恰减少了基因突变或者逃逸的概率，基因逃逸只会发生在科幻小说里。"

"但你不担心我们会破坏大自然微妙的平衡吗？"

"大自然不是一种微妙的平衡啊，它有什么可平衡的呢？"

无论说什么都无法动摇乔治的想法，所以我就换了个话题。我问道："那么，波比公司的第一个 DNA 重组产品什么时候能问世呢？"

乔治神情有些骇然："哦，波比不会用重组 DNA 技术的。你看看它给卡尔京带来了多大的麻烦，我可承受不起那样群起抵制的压力。"

卡尔京公司的总部位于加利福尼亚州戴维斯市的边缘，是一栋被番茄田环绕的普通混凝土建筑。全美国种植的加工番茄中，有 80% 都是在这栋建筑方圆 50 英里内种植的，其中包括为了机器收割方便而培育的"方形"番茄，代表了番茄这方面培植技术的巅峰。在卡尔京的接待区有一本带插图的水果蔬菜百科全书，我在等待参

天才闪光

观开始时翻阅了一下。番茄的所属类别是蔬菜——国会的一项法案宣布它为蔬菜。从植物学上讲,它是一种水果,因为它在结果过程中会形成子房。我转头看向香蕉的插图,脑子里琢磨着它将来有一天会不会看起来像个古董。卡尔京公司的副总裁斯蒂芬·伯努瓦走了过来,把我带往员工午餐区进行交谈。在去往餐厅的路上,他看到报纸上一篇关于佳味番茄的文章被钉在布告栏上:文章的配图中画着一个被绑在手术台上的番茄,两边连着电极,一个狂人科学家正准备打开开关。伯努瓦看起来好像是被伤到了一样:"我真的希望他们能停止使用这些愚蠢的讽刺漫画。"

伯努瓦解释了佳味番茄的设计目标。"我们的番茄肉质保持紧凑结实的时间比一般番茄要长7~10天。我们做到这一点的方法是,把让番茄变软的基因分离出来,进行复制,再用我们专有的反义基因技术将它们倒插进去。所以,反义基因,不是告诉番茄成熟后要变软,而是告诉它不要变软。这样我们的番茄就可以在藤上留得更久,有更浓的后院味道,即使放了那么久也足够结实,可以抵得住运输的颠簸。"

有一点我没太听明白:卡尔京所说的让番茄在枝蔓上多留7~10天,是为了它的味道更好,从而造福消费者?还是要把这7~10天算到番茄的总货架期,从而更好地为卖方牟利呢?伯努瓦给出的答复是:在这7~10天里,番茄有一半的时间要留在枝蔓上,并在"转色期",也就是在它刚刚开始显示颜色时摘下来。"你肯定知道,你在超市买的大部分番茄刚被摘下来的时候都是绿色的,那时候它的体内还没有糖分,"他说道,"然后使用乙烯气体让它们变红,这就是业内常常说的'成熟了的绿番茄',意思就是绿色的番茄在它们即将变红的时候就被摘了下来。但最大的问题就出在采摘者身上。

14 温室里的颤动

他们的工作量是以筐计算的,所以根本没有时间去区分番茄的颜色到底是成熟的绿还是未成熟的绿,这使得他们摘下了大量还没成熟,甚至几乎是生的番茄。所以在我们公司,番茄在呈现颜色之前是绝对不会被摘下来的,不然我们没法判断它到底熟没熟。"

我问他佳味番茄和普通在枝蔓上成熟的番茄有什么不同,毕竟理论上它们都是在转色期被采摘下来的。

"枝上成熟的番茄货架期只有 4 天,"伯努瓦答道,"所以经销商必须将它们冷藏,但众所周知番茄被冷藏后味道就会大打折扣。记住永远都不要把番茄放冰箱。但是我们已经延长了货架期,所以也无须冷藏番茄。而且我们将在番茄从农场到超市的路途中全程监管,以确保它们不会被冷藏。"

我问了几个关于反义基因技术的问题,这是卡尔京公司用来控制番茄 DNA 的专利技术。伯努瓦提议我们一起去找一位实验室里的植物学专家寻求一个更详细的解释。实验室就在午餐区对面的走廊里。穿着白大褂的工作人员坐在长椅上工作,周围布满了试管架、琼脂培养皿和显微镜。其中一位穿着白大褂、扎着马尾的年轻科学家史蒂夫·范德潘为我们解释了反义基因技术的一些细节。"我们正在研究的基因是 PG 基因,全称是'聚半乳糖醛酸酶',它可以降解番茄细胞壁里的果胶。有 PG 基因的帮助,番茄种子才能快速爬进地里。用有性繁殖的方式自然选择出一个不携带 PG 基因的番茄是极其困难的,所以我们的工作人员会用限制性内切酶把 PG 基因切下来,再制作一个反义基因。然后我们把一个卡那霉素抗性基因接到反义基因旁边作为标记,再将这个组合结构安装在一种'解除武装'的农杆菌 DNA 中,这种细菌能让树长出冠瘿。我们把番茄细胞暴露在这种细菌周围,它就会自己把含有反义基因的 DNA 注入番茄的 DNA 中。"

范德潘带着我们穿过实验室的另一端,来到一条走廊上,走廊上有被封得严严实实的门,他打开了其中一扇门,门上写着"组织培养7号室"。我们沐浴在纯白的生长灯光中,灯下的金属架子上放着数百个培养皿,每个培养皿里都有番茄细胞,其中一些已经发展成了植物组织的就被放在了琼脂中。范德潘说:"还记得我们刚刚安装在反义 PG 中的卡那霉素基因吗?卡那霉素是一种抗生素,如果反义卡那霉素结构被成功注入番茄植物的 DNA 中,抗生素就会抵抗培养皿中的细菌,番茄细胞就可以活下来,若未能成功注入,番茄细胞必死。"

我问道:"那么,所有这些花蕾就都能长成番茄吗?"

"是的,但并不都是我们想要的番茄,"范德潘说,"我们无法控制反义基因在基因组中的排列位置。"

我倒真没有意识到这点,于是问道:"真的吗?"

"重组 DNA 不会让你对它有那么大的控制权,至少现在我们还没有。有时候基因会出现在基因组一个错误位置上,结出的番茄就可能会长成我们不想要的突变体,到那时候我们就不得不杀死它。不过所有这些都只能等我们把它们种在温室里,结果之后才能决定。"

温室离主楼有 0.25 英里。在驱车前往那里的路上,伯努瓦和我经过了几处苗圃,那里还没有建起房子,一眼望去只有高大、凄清、丑陋的石墙耸立在番茄田中。卡尔京公司的温室经理凯伦·麦圭尔把我们领进了热腾腾的温室里。我们在紧密排列的大批转基因番茄中漫步,这些番茄大小各异,品种繁多,有一株长到了 10 英尺高。麦圭尔从几片叶子中摸出了一个成熟的小番茄,摘下来递给我。它的颜色很漂亮，带着红宝石一般的色调。麦圭尔说："看它很熟了吧？可手感还是很硬实。"

我挤了挤手中的番茄，把它抛到几英尺高的空中，又接住了它。我问道："能让我尝尝这个东西吗？"

伯努瓦有点儿犹豫。

"就咬一口。"我说。

麦圭尔说："你还是把它洗洗吧。"他把小番茄拿到水龙头前，冲了冲，然后递给我。

在18世纪，番茄因为它鲜艳的色泽，且皮肤与人体皮肤相似而被认为是恶魔的果实；还因为它被归入茄属植物的亲缘种，导致大部分人都认为它有毒。人与番茄关系的转折点出现在1820年，当时一个名叫罗伯特·吉本·约翰逊的人坐在新泽西州塞勒姆市法院的台阶上，在一大群人的注视下吃了两个番茄。凑巧的是，我也来自新泽西的塞勒姆。在我的家乡，每逢8月的一个本地节日，就会有一个身着殖民地服装的男人站在法院的台阶上，举起一枚新鲜的南新泽西番茄，将它送入嘴中，这时观众就会大喊"不，别吃"！想到这里，我感觉自己手中的番茄像一个传送器，把我和真正的罗伯特·吉本·约翰逊连接了起来。我突然感觉自己有点儿怕这个小东西，并开始问自己："我真的要吃吗？"然后，缓缓把番茄举到嘴边。

如果你住在一个城市，但那里并非你的家乡，那么在你回忆的某一个角落，很可能存放着一个完美的番茄。它可能是你从后院枝蔓上随手摘下的，上面还带着阳光的余温，然后像咬一个苹果那样，你咬了它一口，那一刻的感觉你永远都不会忘记。它尝起来像水果，像一个大葡萄，爆破的浆汁瞬间充满了你的整个口腔。但后来你离开了家,和你曾经的旧相识失去了联系,也把后花园的番茄抛在了身后。你对更美味的番茄的渴望,在某种程度上也是对你那再无缘见面的家乡后院的怀念。有人说:科学的力量可以让你记忆里的后院重回现实,但也有人认为,对科学的无条件信服只会让你离童年的后院渐行渐远。

我咬了一口那颗番茄,心中一直在提醒自己:这是一个温室番茄,温室番茄一般都不如天然番茄,它是由我在超市里可能永远不会买的品种培育出来的,而且我这样随意且不卫生的品尝条件一点儿也不具备科学的严谨性。我不得不说,佳味番茄并不是我梦想中的番茄。

我漫步在曼哈顿街头,胸前戴着一枚"纯净食物运动"的别针。它来自杰里米·里夫金的组织,上面画着双重螺旋,被一条醒目的红色斜线穿过,符号下方刻着"我不购买基因改造食品"的字样。在地铁上,很多人匆匆瞟了一眼别针,不解地斜睨着,又赶紧把目光移开,没有一个人对我表示理解或支持。我戴着这枚别针去参加上西区的一个鸡尾酒派对,那里的所有人似乎都在生我的气。莎拉是曼哈顿一家大律所的律师,她跟我说她很喜欢吃转基因食品,她也不会因为拒绝转基因食品突然时髦起来而停止。"我说,如果你仔细想想,有什么不是转基因食品呢?"她说道。我在洛克菲勒中心领取机票时也戴着这枚别针,售票处的女士跟我说:"你天天想这种东西是会把自己逼疯的。你还要在什么地方瞎想点儿没啥帮助的东西?在教堂吗?周日吗?在坐在我旁边的人递给我平安符的时候吗?我当时就开始想:他的手还摸过什么地方,会不会很不卫生?因为你无从得知——尤其是男人。但我还是接受了,难不成你还能拒绝?"

我打电话给那些公开不赞成在农业中使用 DNA 重组技术的人。

14 温室里的颤动

他们中的许多人记得早在20世纪40年代农业化学品制造商也给出过类似的乐观保证，并认为应该谨慎对待DNA重组，以避免生物技术上的DDT❶事件重演。其中佛蒙特州的种子商、《库克花园》种子目录的出版人谢菲尔德·奥格登不明白，既然玉米已经供过于求，而且我们还在付钱让农民少生产玉米，那么我们为何还要证明我们有能力提高玉米产量呢？"我们很多人认为从长远角度来看，高科技并不是农业发展的最终归宿。"他说，"当石油用尽，加利福尼亚州的水价上涨时，我们加利福尼亚州目前农业系统的很重要的经济基础（在本地种点儿东西然后用卡车运到3000英里以外的地方）就会被边缘化。我们从事高科技农业已经50年了，50年在人类历史上简直是转瞬即逝，但我们的有机耕作历史已有一万年了。"

当我告诉国家野生动物联合会的生物技术专家玛格丽特·梅隆，说有个叫麦考根的人告诉我种植那种能生产苏云金杆菌（Bt）的转基因玉米就可以在5年内让玉米种植业摆脱农药时，她隔着电话发出了一声轻蔑的哼声。"好啊，这种玉米植株上的每个细胞都会生产很多Bt，那这样的话，不仅是根虫，任何啃噬它的生物身上都会沾上Bt，它是一种安全且可生物降解的杀虫剂。但是你忘了大自然的基本法则：用不了5～10年，所有害虫都将进化出对Bt的抗性，完美杀虫剂的时代也会就此终结，最后我们还是要被迫开始对根虫使用更多的化学农药。你再想想：如果害虫或者玉米植株本身把Bt传播到树木、草地上，然后蝴蝶蛾子飞到上面咬噬之后，会发生什么呢？"

我又去往公园大道，与环境保护基金的科学家丽贝卡·戈德伯格会面。她所做的一部分研究与耐除草剂植物有关。她告诉我，法

---

❶ 编辑注：DDT是一种杀虫剂，成分是双对氯苯基三氯乙烷，白色晶体。

国化学公司罗纳-普朗克资助卡尔京公司开发一种棉花植株,这种棉花能够耐受罗纳-普朗克公司生产的溴苯腈除草剂。虽说现在的农民只能使用少量溴苯腈,这样才能保证不把棉花杀死,但罗纳-普朗克的期望就是卡尔京研发的棉花可以让农民毫无顾忌地使用溴苯腈。一旦研究成功,首先农民会获益,因为它将增加棉花产量;其次有利于卡尔京,因为它可以出售自己的专利技术;最后罗纳-普朗克自然也能受益,因为这样他们就能卖出更多溴苯腈除草剂了——可谓一石三鸟。根据该行业的说法,公众也会受益,因为据说溴苯腈比其他除草剂的毒性要小(但戈德伯格指出,溴苯腈的毒性足以导致老鼠致癌,且环境保护署已严格要求使用溴苯腈的工人穿防护服)。

我说:"这听起来可不像是往无化学农业发展的方向啊。"

戈德伯格对着我的表情观察了片刻。"不,绝对不是,"她说。

戈德伯格说,消费者应该问两个至关重要的问题——"使用像卡那霉素这样的抗生素是否会导致人体对抗生素的耐受性,特别是儿童?"以及"从花生等引起过敏的食物中提取的 DNA,是否也会将其致敏性传递给宿主食物?"戈德伯格给出的答复是,这两种情况发生的概率都很低。然后她又说:"我想很多人只是单纯觉得在农业中使用 DNA 重组技术不对——他们在某种程度上很抗拒将植物与动物基因混合的这种做法。但不幸的是,健康问题是他们表达疑虑的唯一途径和理由。我们最先关心的问题应该是这些产品是否安全,而非它们是否有必要,或者值得。"

我和大学时的老朋友威尔逊·基德一起吃了顿午饭,他是国际农业技术信息服务公司的总裁,也是我能找到的最接近客观意见的来源。我向他指出,卡夫食品、通用食品、家乐氏、比阿特丽斯、

14 温室里的颤动

纳贝斯克这些美国食品行业的龙头公司，对 DNA 重组技术的投资都相对较小。该投资领域的领军者竟然是杜邦、普强、拜耳、陶氏、孟山都、汽巴-嘉基，还有罗纳-普朗克这些无论是预算、研究人员和研究设备都很符合重组 DNA 研究条件的公司。在我看来，药品和化学公司的农药市场将受到像麦考根这样的公司的威胁，它们正在把重组 DNA 技术当作一个挤进食品行业的工具。如果他们能成功达到目的的话，那么曾经给我们提供阿司匹林和除草剂的公司，可能有一天会开始给我们送农产品、肉类和奶制品。

威尔逊说："这是一场'增值'革命。给你家的食物增值——无论是通过保存、烹制、包装，还是三管齐下，就像斯旺森的电视晚餐一样——这是一个公司进军食品行业最普遍的方式。家乐氏通过将玉米变成玉米片来为玉米增值。重组 DNA 只是为食品增值的另一种方式，但它的不同之处就是这种增值是在生产链的最初阶段，在 DNA 层面上实现的，那时候食品公司还没有接手。"

金宝汤是为数不多的早期就开始投资重组 DNA 研究的传统食品公司之一。金宝汤目前已给卡尔京投入了数百万美元，并且拥有了 PG 基因的专利。但是，在试图利用其投资项目时，金宝汤遇到了杜邦所没有面临的阻碍：金宝汤收到杰里米·里夫金的威胁信。信中说除非金宝汤与基因工程产品撇清关系，否则他就要开始公开抵制金宝汤。金宝汤的公共关系总监詹姆斯·莫兰在致《泰晤士报》的信中说："金宝汤并没有参与任何生物工程产品的销售，也没有如此行动的计划……在任何此类产品被考虑之前，我们必须确保该技术的使用与产品本身已经得到了政府的完全认可和消费者的广泛接受。"许多观察家从这一系列信件中得出的结论是，金宝汤非常担心重组 DNA 技术的污名会砸了他们自己安全食品的牌匾，因此立即向里夫金的要求妥协了。

我问威尔逊:"你认为如果金宝汤使用了重组 DNA 技术,真的会对公司声誉造成这么不好的影响吗?"

威尔逊说:"嗯,金宝汤必须担忧这件事,这已经让它处在一个不利地位了。我的意思是,毕竟杜邦那样的杀虫剂的制造商用不着太担心自己在健康方面的声誉。"

1991 年,当罗杰·萨尔奎斯特把他的番茄带到食品药物管理局(FDA)时,该机构并没有任何关于转基因食品的政策。分析到最后,FDA 必须就此做出决定:外源 DNA 是否算作一种食品添加剂,如果是的话,转基因番茄就算作加工食品,同番茄汤罐头一样需要贴一个标签;还是说 DNA 重组只是传统植物培育手段的延伸,在这种情况下,转基因番茄就是完整的食品,同橘子、葡萄一样不需要标签。萨尔奎斯特主张他的番茄应该和其他普通番茄采取同样的管理和销售政策——不贴标签。许多业内人士认为,给转基因蔬菜贴上"基因改造"标签会影响销售,然而提交食品添加剂申请书是一项耗时耗力又费钱的工作,卡尔京这样的小公司难免会承受不起。

1992 年 5 月,FDA 宣布的决定是:来自另一种生物的 DNA 不算食品添加剂,重组 DNA 的使用在监管意义上与传统的植物育种没有区别。若供体是已知的过敏源,FDA 将要求制造商进行额外检测,但仅仅是供体来自花生、猪或人等这类情况不需要贴标签。这是萨尔奎斯特和整个行业一直在期盼的决策。不幸的是,这一消息是由副总统丹·奎尔宣布的。奎尔的竞争力委员会对此事特别感兴趣,奎尔在讲话中字里行间满是对这项政策的欢迎态度,称这将为生物技术产业带来监管政策的放松。"奎尔干的事简直是蠢上天了,他给了环保组织提出食品安全问题的机会。"萨尔奎斯特跟我说。为了拯救他家番茄的声誉,他决定再次回到FDA,要求将标记基因视为一种食品添加剂——但实际上,这恰恰是他之前反对的政策。现在,副总统艾尔·戈尔正在与FDA一起商榷,到底要不要修改1992年的转基因食品政策的问题。

从卡尔京的角度考虑,FDA政策最令人恼火的地方就是它给了杰里米·里夫金跟他们对抗的灵感。当你读到里夫金的讨伐书,或者在晚间新闻的消费者版块看到他时,你会觉得他是个狂热分子,但实际上,里夫金本人是一个很有魅力且十分谦卑的人。他卷起衬衫袖子,松开领带,脸上的笑容让他的眼角泛起了皱纹,这样的他看起来更像是一个说客,而不是一个激进分子。这就是"第三个千年生活"研讨会上里夫金的形象,这是他向全国大学和组织提供的为期一天的跨学科研讨会,收费5000美元,且不包括额外费用。

在里夫金西北17街的华盛顿办公室里有两面书墙,一面墙是所有对他的思想产生了影响的书:有蒙福德、罗斯扎克、马尔库塞、兰克、荣格和赖希的作品;另一面墙是里夫金自己写的所有著作和它们的不同版本:《阿尔根尼》《牛肉之外》《生物圈政治》和《异端宣言》。这两面书墙首尾相接,构成了一个直角,尖角处就是入口的大门。我穿过大门,坐了下来。里夫金从桌子后面走了过来,坐在我旁边,注视着我。我表示,在我自己的报告中,生物技术公司获得知识产权的惊人速度和迫切给我留下了深刻印象。如果一个公司提出了某个基因使用用途的合理创意,那么它就可以轻松获得不仅涵盖该用途,且还涵盖该基因本身的专利。例如,仅在卡尔京的番茄里就有两项商标权和两项专利权,一项是反义基因技术专利,还有最重要的一项,是导致番茄细胞壁中果胶分解的基因专利。因此，即使佳味番茄的销售并不成功，卡尔京（或金宝汤）也可以从任何使用 PG 基因的人那里收取专利费。最后我说道："现在这种局势有点儿圈地运动的意思啊。"

里夫金向我靠了过来，前臂放在膝盖上说："我们现在看到的局面是 DNA 被转化成了一种商品，从某种层面上说，这甚至是一种非常理想的企业产品：体积小，可占有，便于运输，而且它永远都可以使用。"接着，他对这一点进行了行云流水且寓言化的阐述，最后用一个比喻收尾："基因工程是最后的圈地运动，是早在 500 年前就开始的村庄公地圈占的高潮。随着我们作为一个社会逐渐发展壮大，已经从农业文化转向热化学文化，再转向生物技术文化"——他用区别分类的手势强调了这三种文化——"我们已经明白，过去谁控制着土地或化石燃料，谁就控制社会；现在，DNA 就是过去的土地和石油。控制了基因资源，你就控制了生命！"

里夫金反对转基因食品的主张由 4 个不同的分论点组成：安全论点、道德论点、反企业论点和可持续农业论点——这 4 个论点就像子弹一样被塞入弹膛，其发射速度之快以至于你都分不清 4 发子弹到底谁是谁。他独特的才能是通过隐喻，将他论点中的分散部分整合在一起，其话语的力量和可信性都足以让推测成为事实。里夫金之所以能让生物技术行业的人抓狂，是因为那些人无法理解里夫金为什么反对他们——似乎既不是出于崇高的道德准则，也不是出于对金钱的贪婪。他能从整个过程中获得的最大乐趣，就是将 400 年的思想浓缩成一段 5 分钟的讲话，然后在精美包装后呈现给观众。在我的理解看来，这本身就是一种无价的报酬。

里夫金在绿色政治的圈子里多少有点儿孤立无援，与那些主要环保组织并不是长期的盟友关系。我认识的所有环保主义者都认为里夫金有些古怪,却又感觉他可以给他们带来非常过瘾的罪恶的快感,因为很少有人比里夫金更善于激怒公司企业。而且里夫金的理论也有很多拥护者。甚至生物技术行业的人也会对里夫金引发的一些争论表示认可,而且从长远来看,这些争辩是有好处的,因为让重组DNA经历一些辩论与推敲才是消除公众对它的担忧的唯一途径。

我问里夫金,抛开其他偏见的话,他是否认可卡尔京的番茄的安全性。他又向前探了探身子,用一种很信任我的语气低声说,卡尔金的番茄可能是安全的。随后他又向我提出一个观点,"番茄是传统思维方式一个很经典的例子:只要提高生产效率,就能找到市场。"他说道,"我把它叫作世界公平思维。但现在出现了一种新的思维方式:我们如今在食物领域上看到的就是一场世界公平观与新的、以生态为基础的管理理论之间的斗争。食物是一个很敏感的话题,它在未来将成为所有绿色政治的焦点。现在只是在蓄力——一年之内,这一运动的影响力将变得非常强大,以至于任何转基因产品都无法进入市场。我认为卡尔京打小算盘的时候犯了一个极其严重的错误。它花了大价钱搞研发,却从来没有问过自己一个最简单的问题:人们想要这种番茄吗?反正我说人们不想要。最关键的就是,谁会需要它?"

佛罗里达的番茄栽培者杰伊·泰勒打算种植佳味番茄,他给我讲了一个故事,来解释番茄生意是如何运作的。"几年前,8月12日,我在弗吉尼亚卖给一个人6车番茄,"他补充道,说一车是指一辆满载的半挂车,"9月17日,我又在底特律碰到了买我番茄的那个人。我就问,'嘿,你的番茄卖掉了吗?'他说,'不。我还留着。'他把那6车番茄都存到冰柜里了,他在等着价格上涨,这样他就可以盈利多一些。你知道他最后卖给谁了吗?麦当劳。"

天才闪光

这就是为什么超市里卖的番茄难吃。从本质上说，番茄经销商经营的是一个期货市场。番茄的保质期越长，所有对番茄进行投机的人，如推销员、再包装商、仓库老板和零售商，能获利的可能性就越大。批发市场非常大，牵涉很多钱，一盒25磅番茄的价格可以在10天内从6美元涨到18美元，利润激增。当我问及卡尔京公司的汤姆·丘吉尔应对这个问题的策略时，他说："我们已经改变了番茄采摘和支付采摘者报酬的方式；我们改变了包装材料；我们发明了自己的包装机，能更加温和地处理番茄；我们用质量上乘的双层拖车来进行运输，这些拖车服务是按到达时番茄的质量付费的，而不仅是称重结账；我们会自己在芝加哥郊外的新服务中心对番茄进行二次包装。"

"那这么多费用的钱从哪来呢？"

"嗯，如果你能持续提供优质番茄，你就有资本给你的番茄打出品牌。有了品牌之后你就可以名正言顺地收取溢价，这样一来支付其他费用的资金就有了。"（卡尔京公司计划将番茄的价格定在每磅3美元左右。）

在佛罗里达，和我交谈过的大多数人都觉得与对番茄产业进行改革相比，对基因行业的改革可能来得容易些。在加利福尼亚州主要番茄种植区之一的霍姆斯特德，我和一位名叫埃德·安格里萨尼的番茄销售员聊到了这个问题。番茄销售员在番茄行业享有神话般的地位，因为他们每天掌控着几十卡车的番茄，一年可以赚100多万美元。安格里萨尼是一个身强力壮的人，他戴着一条金链子、一个大金戒指和一块漂亮至极的劳力士金表。我之前还见过3个番茄栽培者，他们都戴劳力士的金表，但安格里萨尼的是最大的。

6个月前，安格里萨尼的办公室遭遇了安德鲁飓风的摧残，所

14 温室里的颤动

以他新安了一个门,空气中弥漫着橡木的芳香。我从门口进来时,他正在打电话卖番茄。办公桌上放着一堆从温哥华、洛杉矶、路易斯维尔、布朗克斯的亨特角市场和其他目的地的发货单——这些都是他一早上的活儿。当他放下电话时,我跟他提起了卡尔京公司的人谈到改革番茄生意的话,现在看来他们是想"改革"像安格里萨尼这样的人,那安格里萨尼对此会不会感到威胁呢?

安格里萨尼看起来没有一点儿被威胁到的样子。他微笑着,双手放在脑后,向后往椅子上一靠,说:"我个人很希望看到卡尔京公司成功。也许卡尔京的番茄自己就能大卖,我也希望他们能顺利将它们卖掉。或者他们会需要一个像我这样的人来帮他们把番茄卖出去。不过我的意思是,如果卖番茄只是坐在这里等电话自己响,种植商们就不需要我这样的人了。在这一行,男人与男孩的区别在于,当没有人要番茄的时候,你那一整片番茄田就要烂掉,那时,你能不能把它们卖出去!"他朝窗户挥了挥手,"除非你能把它们全都搬走。"

他挠了挠脸,继续说:"有些客户在供货紧张时就知道给我打电话,我就能卖给他们好几车;如果情况反过来,我手头的番茄太多出不掉的时候也可以打电话给他们,说:'嘿,我知道你现在可能不需要,但买一车怎么样?'他们就会说:'好,我们派卡车过去。'我花了16年的时间才建立起这样的交情,而现在卡尔金的人认为他们可以一夜之间就把生意弄得有声有色——和我之前说的一样,我祝他们一切顺利。但这真不是一件容易的事。"

电话响了。只听见安格里萨尼对着话筒说:"确保我们每盒拿到8块钱的价格,他还欠我们一块呢。"

在我即将离开的时候,我问安格里萨尼要了一张名片。他说:

天才闪光

"我没有名片，它们全都被飓风卷跑了。"我开车穿过霍姆斯特德，开往回迈阿密的路。道路两旁是被链锯锯断的鳄梨树和椴树，几乎每个街角都有成堆腐烂的家具和电器。所有的路标都被连根拔起，柱子的底部还都连着点儿混凝土，看起来就像一块块的草皮。番茄大概是我在这片荒芜之景中看到的唯一有生命的东西。这里到处都是番茄，它们欣欣向荣。

一个世纪以前，1893年6月，路德·伯班克开始出版他的产品目录《鲜花和水果的创新》。伯班克当时已经因发明了伯班克马铃薯出名了，这种马铃薯对植物疾病的抵抗力远胜于现有的马铃薯。伯班克发表的新目录向全世界介绍了他的杂交梅子和李子干，名声大噪，几乎要赶上了爱迪生的社会地位——他在报纸上被描绘成圣人。加利福尼亚州大学园艺学教授爱德华·威克森在世纪之交、伯班克名声鼎盛之时曾写道，"他能在没有地震或旋风预警的情况下听到'寂静而细微的声音'。像年老的大卫一样，他可以用溪水中光滑的卵石来完成他的工作，把那些讲科学的兄弟们精心设计的武器扔在一边，因为那会碍着他的事儿。"

像这样既是艺术家又是科学家的植物育种者，都是在大自然划定的范围内工作，他们在有限的空间里创造出的奇迹可能会随着重组DNA技术的出现而消失。当我在戴维斯参观卡尔京时，还去见了最后一代史诗级的育种大师之一——查尔斯·M.里克博士。你今年种出来的番茄不会死于枯萎病、产量不均衡或枝叶过茂，这一切都要归功于里克博士的努力。自20世纪40年代以来，里克博士一直在番茄的发源地，安第斯山脉的山坡上寻找新的番茄植株。他在那里发现了一种新的番茄：黄包茄。这使人类已知的野生番茄相关物种的总数达到了11个。他一生所收集来的标本最后都收集在

14 温室里的颤动

C. M. 里克番茄遗传资源中心，并成为世界上最大的野生番茄品种和遗传资源的收集中心。该中心位于戴维斯校区，与卡尔京公司隔城相望。它是纽约番茄种子的公共图书馆，室内墙壁上挂的都是世界各地番茄植株的惊艳图片：长在加拉帕戈斯群岛沙滩上的番茄、生在智利3600米海拔处的番茄、智利沙漠中顽强生存的番茄，以及厄瓜多尔北部的一棵高达25英尺的番茄树。

里克博士已经78岁了。他有一撮蓬乱的白胡子，蜷曲的长长白发从他已戴到褪了色的卡其布帽子檐下面露了出来，衬衫口袋里还装着削去番茄花药雄蕊的镊子和给番茄柱头授粉的探针。他与番茄打交道的历史要追溯到20世纪40年代初在番茄地里的一次传奇经历。"我当时在加利福尼亚州大学戴维斯分校从事遗传学方面的工作，有一天一位教授对我说：'查理，你为什么不去那块地里看看是什么原因导致番茄不结好果子的？'那老头儿脾气挺坏的，我当时就想：天哪，他可最会给我们想这种主意了。一个月后，我一个人在半夜突然醒来，惊出了一身冷汗。'里克，你个笨蛋！你要是知道点儿好歹就赶紧出去看看那些番茄！'后来我在那个番茄地里待了一整天，回来的时候就对番茄完全着了迷。"

我很想知道里克对卡尔京公司的番茄的看法。他笑了笑说："等我真正尝了之后再说吧。"

我接着问道："那么，你认为有可能生产出一种有'后院'味道的超市番茄吗？"

里克想了一会儿，然后说："怎么说呢，我们需要记住一件非常重要的事情——虽然我们的DNA重组技术已经很成熟了，但我们对基因的运作方式仍然处于懵懂的阶段，我们对基因了解得越多，就会越发现它们的行为越没有想象中的那样简单。"他又笑了起来，隔着他的旧帽子挠了挠头,"我的意思是,即使像番茄这样只有大约1000个基因的物种,其基因组也被绘制得非常广泛。番茄研究起来非常棘手,当你对它进行培育的时候,会有很多潜在的失误因素,如产量、成熟时间、质量、均匀度、颜色、大小;卖的时候只要有一个猫脸果或皱皮果,人们瞬间就不想买了。现在颜色的问题倒变得相对简单了,要培育一种表面光鲜但实际很难吃的番茄简直是太容易了。"他笑道,"我个人不完全相信重组DNA会比传统育种对超市番茄产生更大的影响。几年前,以色列人开始大肆宣扬,说他们用传统的育种方法抑制了与卡尔京番茄一样的那个基因——只是他们把它起名为RIN基因,并声称用从野樱桃中提取的基因抑制了它。"

我在一排凌乱的架子上发现了一些好像是古老的卫生卷纸的东西。"那是什么?"我指着问。

"南美的草纸,土著人的东西。"里克说着让我伸手去拿一卷。由于年代久远,它的颜色已经发黄,看着都可以用来打磨木雕了。"重组DNA根本比不上这项发明,"里克博士说,"摸摸这个质地,"他用手指搓着一张南美土著人的草纸,"手感比用来包番茄标本的美国卷纸要好多了。"

——写于1993年

 # 菠菜大王

西布鲁克小镇位于新泽西南部一个几乎没人去的地方,因为它也没给人们去那里参观的理由,也不是通往其他地方途中的必经之路。即使是在新泽西土生土长的本地人听我给他描述西布鲁克小镇的位置时,也对它具体在哪没有任何概念——樱桃山镇以南30英里处,与大西洋城跨州相望,在通往特拉华湾的尽头的死路上。虽然西布鲁克镇距离费城只有一小时的车程,距离华盛顿和纽约也只需要开两个半小时的车程,但它周围都是蔬菜田园,即使是继续向东驱车40英里,也看不到一个大商场或者莱维顿❶酒店。路标上有密密麻麻的弹孔,道路上还丢弃着许多被烧过的橡胶轮胎条。大地是栗色的,看上去斑驳陈旧,却也让人颇感舒适。农田里的水流入潮汐河,当地人称之为"克里克"(Cricks),之后流入盐沼,最后汇入海湾。

1995年10月,日裔美国公民联盟在西布鲁克举行

---

❶ 编辑注:莱维顿(Levittown)指莱维特父子建造的郊区城镇。

天才闪光

了50周年庆典,大约600名日裔美国人都前来参加了这个周末的活动,其中大多数是以前的西布鲁克居民,现在也有大约一半的人仍住在附近地区。1944年到1947年,2500名日裔从全国各地的拘留营来到西布鲁克,之前因为珍珠港事件,他们一直被美国政府集中羁押。这些人是被我的爷爷查尔斯·富兰克林·西布鲁克(大家都叫他CF❶)招募来的。他是西布鲁克农场的老板,20世纪50年代全国最大的冷冻蔬菜生产商之一。爷爷的基本想法就是要将大工厂的生产方式应用于农业,而这需要大量的劳动力。于是在20年代初,他在当地报纸上发表了一则招聘启事,内容如下:

虚位以待!

很多人渴望在这个国家有一个安静舒适的家、现代化的便利设施、省钱存钱的机会,而不是在肮脏、嘈杂和不稳定的就业环境中赚高薪。我们这地方除了良好的医疗条件、健康的生活、稳定的地位,以及每个人在事业中晋升的机会之外,也没有什么好给你们的了。

我们不需要懒人或过度敏感的人。那些说可以随时从某某人那里得到一份工作的人,您最好赶紧去,那可比我们这里的工作好。我们正常的工作时间是每天10小时,且要求不管白天或晚上,老板让干什么就得干什么。

西布鲁克农场的许多工人都是饱经20世纪漂泊与艰辛的难民,他们中有20世纪初从土耳其战争逃出来的意大利人,一二十年代的白俄老兵;经济大萧条期间失去工作的美国人,40年代来自牙买加、巴巴多斯和德国等地的战俘,1945年,在苏联军队进攻下逃亡

---

❶ 译者注:作者爷爷的全名是Charles Franklin Seabrook,CF是他名字的缩写。

的波兰人、匈牙利人和捷克人，1944年至1947年的日裔美国人，四五十年代为躲避斯大林统治逃亡到这里的爱沙尼亚人和拉脱维亚人。爷爷为来自不同地方的人群分别建造了"民族村"，而这些村子的集合就是后来的西布鲁克。在20世纪四五十年代，在仅有5000人口的西布鲁克小镇中，有30种富有生命力的语言被使用着。

我当时也开车去西布鲁克参加了周年纪念。我去的原因一部分是出于对我的家族史的好奇，另一部分是出于一种若有若无的责任感。周五晚上，我和妻子丽莎走高速公路去父母家留宿，第二天早上我们一起开着两辆车去了西布鲁克：丽莎和我、妹妹卡罗尔以及她的家人一起开一辆，我妈妈和父亲坐一辆车。那是一个又干又热的夏日，让为纪念日穿西装的我十分燥热。

记得小时候，我每次都对回西布鲁克很头疼。因为在那里，爷爷和父亲之间发生了一些很不愉快的事情，总之最后导致了一场家庭灾难，西布鲁克农场也被毁了。关于我家具体发生什么的八卦已经成为西布鲁克地区风景的一部分，它似乎徘徊在通往矮小松树的橙色车道上，滞留在路旁菠菜田里熠熠生辉的阳光中。不知道为什么，这里所有的地方都让我感觉有什么东西在纠缠着我。当我们快到镇上时，车里的谈话声渐渐变得越来越少，剩余的寂静则被钻进车内的风声和引擎声填满。我们转到了77号公路上，这是爷爷在1921年修建的一条坚固的混凝土公路，也是他把蔬菜运到坎登时要走的路。我们经过西布鲁克佛寺，穿过一条梧桐树巷，爷爷当年种下的这些梧桐树现在已经枝繁叶茂，让这条路看起来庄严肃静，看着就像普罗旺斯的一条乡间小道，这一排排的树木是暗示着这里曾发生过什么重大事件的唯一明显标志。

天才闪光

这些天来，西布鲁克就像一个没有任何公司的城镇，看起来很冷清。当地的杂货店不再供应大量的日本食品，尽管它可能是你在 77 号公路沿线唯一能买到芥末果仁的地方。西布鲁克的中心是一片巨大的空地，是电厂的旧址，那个电厂是一座带有一个巨大的 225 英尺高烟囱的 4 层的砖砌建筑，在 1979 年被拆除。这片爷爷曾用能源、机器、建筑和居民充实起来的土地如今已然变得空旷寂静，但曾经的一切仿佛又被提炼成了精华，这种精华又再次被广撒在了这片土地上。

西布鲁克学校礼堂的入口处挤满了报名参加周末活动的人。大多数人是"nisei"和"sansei"，即第二代和第三代日裔美国人，他们现在大多已是步入中年。他们是西布鲁克孕育的儿女，成年后出去上了大学，后来就再也没有真正回来。还有少数几位"issei"，也就是第一代移居美国的日本人，包括 96 岁高龄的佐佐木福久，他曾是西布鲁克日本社区的"市长"；还有几位是"yonsei"，也就是第四代。我们拿起了西布鲁克 50 周年庆赠送的大手提袋，我们被领到了靠近第一排黄色缎带的座位上，我又向坐在那儿的 86 岁的考特尼伯父和几个表兄点了点头。过道上挤满了互相问好拥抱的人，我面前是一张女人的脸，紧紧地挤在另一个女人的肩膀上，泪水从她紧闭的双眼中不停地溢出。

每年的纪念活动开始的标志就是西布鲁克和太鼓鼓手打出的阵阵响雷般的鼓声，这些人每年夏天都会在西布鲁克的佛教亡灵节上表演（传说佛陀的一个弟子看到他的母亲在地狱，所以就通过行善使母亲得以被赦免，而这鼓声就宣告着她的救赎完成）。随后典礼主持人艾德·中渡濑说："我是巴纳德街 819 号 10 号宿舍楼的 8 号宿舍的原住户。我想对你们所有人说：欢迎回家。"当地男童子军

15 菠菜大王

团带领着人群宣誓：人群宣誓效忠于所有人都享有自由和正义的不可分割的上帝统治下的国家。迪尔菲尔德长老教会（那也是当年爷爷的教会，他的员工称之为"圣查尔斯大教堂"）的牧师威廉·博罗走上前做祷告："我们感谢您，您是慈爱的神，您是正义的神，您的旨意将在您指定的时间内成全那些寻求您行善功德的人。"

日本拘留营难民的子女们常常说起，让他们的父母讲出自己的战时经历是多么困难的一件事。年轻一代想知道拘留营里发生了什么，这样他们就可以把这个家族圣经一样的受难史讲给自己的孩子，就这样让它代代相传下去，可老一代的人并不愿意开口谈论这件事，因为这段痛苦经历带给他们的印象仍然鲜活。每每年轻人向他们的父母问起营地的故事时，就会经常听到 shikataganai 这个词——这是一个略带隐忍的日本语，翻译过来就是"无能为力"。理查德·池田的童年也是在西布鲁克度过的，现在他是河对岸杜邦公司的物理化学家。他告诉我，"shikataganai"是在说："好啦，生活本来就是不公平的，快回去干活吧。"理查德的母亲乔西·池田是西布鲁克的长期居民，她说父母们想要淡化难民营的可怕经历，部分也是为了保护孩子们。她对我说："在营地的时候，我过得非常痛苦，要与周围的一切做抗争，但后来我开始担心自己痛苦和负面情绪会传给我的孩子，所以我才会试图改变我的态度。我不想让他们的成长经历都充满了对自己国家的怨恨，我想让他们热爱自己的国家。"美国自然历史博物馆多元文化项目的协调员狄奥多拉·由上就出生在拘留营，她生命的前12年的大部分时间都是在西布鲁克度过的。"你永远不可能让我父母亲开口谈论拘留营的事情，连我都对这些一无所知。在我9岁之前，我甚至还以为人们所说的'营地'就是指夏令营。"

周年纪念和拘留营聚会这样的活动通常是由年轻人来策划的，这些聚会可以帮助老人们互相交流他们的战时经历。许多孩子会和父母一起参加聚会，期望通过这扇难得打开的窗户，了解家庭的过去。相对于年长的人，年轻的二代和三代日裔对拘留营生活的态度更激进。例如，在洛杉矶日裔美国人国家博物馆的拘留营展览里有一个重建的兵营——这在 35 年前是根本无法想象的。第三代日裔是补偿运动背后的主力，在他们的影响下，政府专门成立了一个联邦委员会来研究战时针对日裔的拘留政策，并在 1983 年得出结论：促成这些决策的普遍的历史原因是种族偏见、战争狂热和政治领导力的失败。1990 年，联邦政府开始给每一个拘留营幸存者 2 万美元的补偿金。

祷告结束后，迪尔菲尔德镇镇长 C. 肯尼斯·希尔上台讲话，谈到了自己作为 1947 年从田纳西州来到西布鲁克工作的一对移民工人孩子的经历和感悟。41 岁的布里奇顿市议会主席唐娜·皮尔森也发表了讲话。她的父亲萨玛·皮尔森 1943 年从牙买加搬到这里，开始在西布鲁克的豆田里工作。"我们生长在一个多元文化的家庭，"皮尔森说，"我们小时候学会了说方言。我小时候最早收到的一些礼物都是来自日裔美国人和德裔美国人……但我们必须记住，将我们带到这里的原因或许并不美好，它充斥着痛苦、磨难，还有惨痛的失败，不过我认为我们学到的最重要的东西就是：生存。命运让我们走到了一起，学习如何共同生活。"她停顿了片刻，稍稍平复了一下自己的情绪，然后继续说道："没有克服不了的障碍，世界上并不存在冠冕堂皇的'做不到'的借口。生活总会给你更多要做的事情，更多等着你拿下的成就。如果我父母能做到，那么我也能。"

筑梦

130年前,我的爷爷的爷爷塞缪尔·西布鲁克,曾经是霍勒斯·格里利在纽约恰帕夸房产的看管人。他当年不顾老板让他往西走的建议,带着妻小把家搬到了新泽西。他的儿子亚瑟成了一名佃农,开着货运小汽车挨家挨户地卖蔬菜(在早年间,卡车仍是"工业品",而新泽西生产的大部分卡车都供给了费城和纽约)。1893年,亚瑟买下了一片57英亩的农场,其中有一部分在现今西布鲁克镇境内。他和他的儿子——我的爷爷开始一起耕种这块土地。爷爷非常瘦小,每天都摆着一副严肃脸,金属框眼镜后面的淡蓝色眼睛显得冷冰冰的。几乎在我见过的他所有照片中,他的神情都有些愤然——下巴外翘,双唇顽固地绷着。他对自己的身体——特别是他的双足感到骄傲,常常向别人炫耀他那高高的足弓和纤细的脚踝,好像这些都是作为上等人后代的证据。

作为一个农民,爷爷最与众不同的地方就是非常讨厌泥土。尽管他在12岁时就不再上学,开始全职为他父亲工作,但他对工程原理有一种天然的理解能力,并将其应用到了农场的自动化生产中。我是听着爷爷的人生故事长大的:小时候,他于烈日下跪在地上为洋葱除草时,曾抬头看到一个骑在马背上的人矗立在他面前,高高在上地俯视着他,于是他下定决心将来自己也要长那么高;在他的青年时代,有一天听到费城的一个人聊高架灌溉,他就在芹菜地上尝试了这项新发明,并带着他对那些精心灌溉、新鲜多汁的芹菜的期望,去了纽约,说服了一些人贷款给他用来扩大生产;在他已经成为一个崭露头角的实业家时,爷爷买下了他父亲的所有资产,并在西布鲁克周围大举建设——8年时间,他建成了35英里的公路、两条铁路、一座发电厂、6个巨大的温室、一个制冰厂、一家锯木厂(专门为卡车造箱子)、一个罐头厂、一个冷库,以及一所学校,甚至还为员工和他们的家人建造村庄,等等。1924年,他破产了,失去了所有生意,但到了1930年,他又卷土重来,将自己的资产全都拿了回来,并很快开始给综合食品公司冷冻蔬菜,该公司当年还拿到了克拉伦斯·伯德赛的速冻工艺专利。1943年,西布鲁克农场有了自己的蔬菜品牌并向大众售卖。爷爷经常被媒体称为"农业领域的亨利·福特",然后在1955年出现的一篇精美绝伦图片故事中,《生命》杂志称西布鲁克农场为"地球上最大的蔬菜工厂"。

  爷爷在最开始并没有完全成为西布鲁克农场的主人。这家工厂,包括其他基础设施都是用借来的钱修建的,所有这些资产都周期性地处于被债权人接管的边缘。而且很多土地都归那些为爷爷提供蔬菜的小农场主所有。爷爷非常有远见。他想把5万英亩土地上的众多小农场主联合成为一个企业进行运作,于是他将大量精力都投入在建设一个农民和工人共同生活的社区中。这个地方与世隔绝的地理条件让他的"作品"看起来像是一个独立的世界——一个充满辛勤劳作和无限机遇的世界,是爷爷给自己的奖赏的展现形式。在爷爷还不到40岁的时候,大家就已经称他为"老爷子"了。

  1905年,爷爷娶了诺玛·戴尔·艾文斯,也就是我的奶奶,我们这些孙子女们叫她"嬷嬷"。她来自一个从殖民期就住在这片区域的富有农场主家庭。奶奶比爷爷个子更高,受过更好的教育,还通过函授课程帮助爷爷完成了学业,并教了他语法。我的父亲约翰

（但大家都叫他杰克❶）生于1917年，是他们4个孩子中最小的一个。在他7岁的时候，全家搬到了一条叫波尔克巷的土路旁边的一所大农舍。当年镇上的人都管它叫"大房子"。在这段时间里，爷爷参加了很多次横跨大西洋旅行，其间他静静地观察着富人的穿着、饮食，并希望他的房子能看起来更奢华。于是他建了一个瓷砖贴面的游泳池——这是许多本地人见过的第一个游泳池，在大房子周围的豆田里，他建了一个很正式的大花园，就像他在英国见过的大庄园里的花园一样，高高的树篱把花园分成了几个精致的区域。经过修剪的紫藤藤蔓绕着其中一块区域的中心生长，两边都是风信子、郁金香、金鱼草、杜鹃花和菊花。

父亲回忆家庭晚餐时第一个想起的，就是每个人永远都在讨论做生意的事。对他和他的两个哥哥贝尔福德和考特尼来说，家庭和公司是一回事，钱与一切都有关联。9岁的时候，我父亲在学校放假时每周需要工作60小时；13岁的时候，爷爷让他做了质量评级员。"CF会如此信任一个13岁的男孩，真是难以置信，"我父亲说道，"他的一生都指望着这些作物了。"父亲说，这是他最不理解爷爷的地方之一：他一方面想要完全信任自己的家人，但另一方面他也对他们很不好，为了达到自己的目的，他经常让孩子们彼此争斗，互相反目。

爷爷把他的3个儿子都培养成了工程师，把贝尔福德伯父和父亲送到普林斯顿大学，考特尼伯父去了理海大学，不过他们的妹妹塞尔玛并没有参与家族生意。（我经常在想，塞尔玛作为家中的独生女，在争强好胜的兄弟们瓜分自己的领地时被完全忽视，她心里

---

❶ 译者注：杰克（Jack）是约翰（John）的昵称。

是什么滋味呢？）1939年，我父亲从普林斯顿大学毕业后很快就结婚了，随即回到西布鲁克工作。他和妻子安住在爷爷最好的房子里，其实有意思的是，这栋房子以前的主人就是那个爷爷小时候在洋葱地里遇到的骑马人。作为一位25岁的年轻乡绅，我父亲有自己的日本厨师和一名牙买加男管家。他的哥哥们已经登上了管理人员的位子，每个人都有自己的专业领域：贝尔福德伯父是总工程师，负责设计和运营冷冻工厂；考特尼伯父是销售主管；而我父亲则负责劳工招聘和工会谈判，并努力与费城和纽约的银行家搞好关系。

西布鲁克家族的形象就是我们家族品牌的内在价值。报纸和杂志上经常出现我们家父子们一起工作的照片。"仅是这个家族真的姓西布鲁克，"父亲说，"这一事实就给我们提供了一种比付费广告更有效的宣传。""西布鲁克农场的冷冻奶油菠菜比雀目公司的冷冻奶油菠菜更好，因为这是我们西布鲁克家族为西布鲁克公司种的，我们自己种给自己，所以我们知道它的味道好，而且我们收完菜立马就能当场冷冻！"这是我们公司的座右铭。在20世纪50年代，我的父亲被公司称为"菠菜大王"，印有他英俊面孔的照片在西布鲁克农场的宣传活动中被广泛传播。

虽然父亲和儿子在一起工作，但他们并不亲密。"CF从来就没跟任何一名家人亲近过。"我父亲在一本关于西布鲁克农场的回忆录中写道。

他继续说，"我们没有人认为这很奇怪，因为我们每天都是这么过的。实际上，直到1953年我们3个人都已成年的时候，一名精神科医生向我们指出这一点之后，我们才意识到这种关系是多么的奇怪。同时我们还意识到CF一辈子都没有什么好朋友。近距离看他时，他很冷酷，精于算计；但在公众场合，他又能成功地向人群展现出温暖、体贴、友好的形象。我们的大多数家庭聚会气氛都非常紧张,因为 CF 会尖刻地讽刺某些家庭成员,比如听力不好的儿媳,或者不到 10 岁的胖孙子。"

奶奶尽了最大的努力保护儿子们不受爷爷激烈的负面攻击,但她不是爷爷的对手。我的母亲,伊丽莎白·图米·西布鲁克曾经问奶奶,她当年怎么能够允许爷爷虐待他们的亲儿子,奶奶只回答:"我无能为力。"她甚至无法保护自己。还有一次,她告诉我母亲:"在这个家里,永远不会有人知道我曾为何而生,为怎样的梦想而活。"

到了 20 世纪 40 年代,爷爷的身体越来越差,这让儿子们更拿他没办法,所以最后通常都由儿媳们在中间进行调解。爷爷派人去找来了那位曾在克里米亚救过他一命的护士,那是一位身材高大的澳大利亚妇女,名叫蕾拉·斯莫尔小姐。从那时起,任何想和他说话的人都必须经过斯莫尔小姐。安·西布鲁克记得,在一次争执中,她试图在公公面前为丈夫辩护。爷爷当时身处一个斯莫尔小姐经常把他锁在里面的蒸汽柜中,他瘦削的老脑袋从柜顶伸出来,咆哮着:"杰克那小子把我控制了!"如果你要问他和爷爷之间那暴风雨一样的关系时,他就会说,"嗯,这就进一步证明你不能把老公牛和小公牛放在同一个牧场上。"通常说完这句话,交谈就到此为止了。

20 世纪 50 年代中期,爷爷的身体开始出现一种当时被称为"动脉硬化"的疾病迹象。在那段时间里,他会穿着好几层的浴袍出现在布里奇顿的一家服装店,嘴里嘟囔着一系列的"咒语"。不过在必要的时候,他还是能够保持理性的。那时的父亲身处两段婚姻之间,已经是"菠菜大王"了。人们经常能看到他和女演员、模特一起出现在"21"和鹳鸟俱乐部这样的纽约热门地点,杰克·西

天才闪光

布鲁克的名字也经常出现在报纸的八卦专栏上。查尔斯·文图拉报道:"冷冻食品大亨杰克·西布鲁克计划与女演员伊娃·嘉宝早日结合。"多萝西·基尔加伦报道:"杰克·西布鲁克与伊娃·嘉宝曾经炽热如火的感情,如今比他的产品还要冰冷。"厄尔·威尔逊报道:"安·米勒——冷冻食品杰克·西布鲁克的新欢。"父亲得到了这么多关注,似乎也少不了被他自己的父亲嫉妒并怀恨在心。一天晚上,爷爷出现在父亲当时的女友在纽约的公寓里,想约她出去——显然,爷爷自己还没准备好放弃菠菜大王的位置。

在西布鲁克镇周年纪念的观众席上,坐着一位名叫雷·小野的人。我在他西布鲁克附近的住宅中采访他的那天,他的妻子麻里子正在楼下为两个女人讲课。麻里子是南泽西的插花大师,或者叫作"日本花道"大师。那天早上很冷,前一晚在树林间咆哮的狂风将寒气带到了镇上,在叶片上留下了剔透的霜晶,在初温的朝阳下衬得整个菠菜田闪闪发亮。在我们见面 6 个星期后,60 岁出头的雷突然去世,我听到这个消息时,那个清早呼啸的风声又浮现在了我的脑海里。在我和雷交谈的书房里,我看见了他珍藏的工程学学位、5项专利,还有一张他父亲的渔船的老照片,那是在他家族搬到西布鲁克之前拍的。采访结束后,我们与麻里子和她的学生一起吃了午饭,还聊了聊插花的事情。麻里子说:"在花道中,你可以用任何东西做布置,草、树枝、岩石,甚至是路边随手捡的东西,不一定只用花。"

像许多日裔美国人一样,雷·小野的西布鲁克故事始于 1941 年 12 月 7 日。就在珍珠港事件之后,联邦调查局逮捕了大部分住在加利福尼亚州的日本渔民,理由是他们的身份最适合做间谍。雷的父亲是一名捕捞金枪鱼的渔民,他和他的兄弟拥有一艘船。一天,他

15　菠菜大王

在返回小野一家人居住的圣佩德罗集散岛的码头时被捕。好几个月里,家人都不知道他怎么样了。他们再也没见过那艘船。雷告诉我:"我们听说它被海军用作扫雷舰,可能在菲律宾海域沉没。但我们不确定。"

珍珠港事件之后,立即有人呼吁将西海岸的11万日裔全部集中起来。1941年12月15日,密西西比州众议员约翰·兰金在众议院说:"我支持逮捕在美国的所有日本人……把他们关进拘留营……该死的!让我们现在就解决他们!"亨利·麦克勒莫尔在赫斯特旗下的《旧金山观察家报》发表了一篇专栏文章,这样写道:"把他们赶走,全部赶到荒郊野外的地方关起来……就我个人而言,我讨厌日本人,讨厌他们所有的人。"当时的加利福尼亚州司法部长厄尔·沃伦说,把日本人关进拘留营是个好主意,因为"当我们对付白种人时,我们有办法来测试他们的忠诚度……但当我们与日本人打交道时,我们处于一个完全不同的领域,我们不能形成任何我们认为正确的观点"。

做出把日本人送到拘留营的最后决定的人是总统富兰克林·罗斯福、战争部长亨利·斯廷森、副战争部长约翰·麦卡伊和司法部长弗朗西斯·比德尔,他们都是我父亲那种独裁者类型。在总统签署9066号行政命令的两天前,司法部长比德尔对这则授权军方执行拘禁日裔的行政命令提出了保留意见。比德尔在给罗斯福的信中写道:"许多西海岸人不信任日本人,各种特殊利益集团会很高兴日本人离开良田,并消除他们带来的竞争。"他补充说,"我从陆军部得到的最后建议是,没有证据表明即将发生袭击,从联邦调查局得到的最后建议是,没有证据表明存在有计划的破坏。"尽管如此,罗斯福还是在1942年2月19日签署了那份行政命令。包括美国公民自由联盟（ACLU）在内的任何民权组织都没有积极抗议这一命令。日裔美国人领导组织（JACL）也几乎没有抵制拘留营。JACL声明，如果该政策是由西海岸的反日种族主义（事后看来，这是很明显的）推动的，它就会反对拘留，但如果像罗斯福所说，这是为了保护日本人不受种族主义的影响，并帮助美国赢得战争，它就会支持拘留。日本领导人向他们的社区建议，安静地进入拘留营是证明他们对美国忠诚的最好方式。

1942年5月，像小野家住的这种日本社区里出现了这样的告示：所有有日本血统的人必须于72小时内向集合中心报告，只允许带他们能随身携带的物品。洛杉矶集合中心是圣塔安妮塔的赛马场。人们在马厩里住了5个月，直到拘留营建成。乔西·池田还记得，她在开阔的空地上洗澡，那是和平时期给赛马冲澡的地方。"有一位上了年纪的日本妇女觉得非常尴尬，她在洗澡的时候还穿着衣服。"我们都笑了，但这对她来说一定是莫大的羞辱。10月，被拘禁的人们被转移到拘留营，拘留营总共有10个，其中大多数人住在亚利桑那州、爱达荷州和阿肯色州的偏远地区。

雷·小野一家去了曼赞纳，这是加利福尼亚州两个拘留营中的一个。他们在那里待了15个月。1944年12月，罗斯福开始重新考虑拘留营政策，政府宣布关闭拘留营。每个人都得离开。但许多被拘留者一直待在那里，直到政府强行将他们带走，因为他们害怕回到自己的家。1943年，来自加利福尼亚州图拉雷的国会议员艾尔弗雷德·艾略特在众议院说"只有死了的日本人才是好日本人"[1]，这意味着这句话也适用于"每一个被送回加利福尼亚州的日本人"。

---

[1] 译者注：这是美国海军司令官、五星上将小威廉·弗雷德里克·哈尔西的名言。

为了允许符合征兵年龄的第二代日裔美国人服兵役，政府设计了一个"忠诚测试"。第 27 题是："你是否愿意在美国武装部队服役，执行战斗任务？"第 28 题是："你是否愿意无条件地效忠于美国？"对这两个问题都回答"否"的年轻人（约有 1/10）被称为"No–No 男孩"，政府试图将他们隔离在图莱湖的营地。那些"Yes–Yes 男孩"允许被征募（很多人确实应征入伍了），他们中的很多人在第 442 步兵团战斗队服役，这支部队成为美国军事历史上享有最高荣誉的部队之一。

离开加利福尼亚州

战争对西布鲁克的农场是有利的。一年之内，公司将 6000 万磅的加工蔬菜卖给了军队，这是一笔惊人的生意。但战争也使爷爷面临了劳动力的难题，劳动力不足一直是爷爷经营的薄弱环节。从这个角度来看，他不喜欢战争。当贝尔福德伯父在珍珠港事件发生后不久告诉爷爷他要拿工资时，爷爷感到愤怒，并且为此一直未原谅他。贝尔福德伯父在西布鲁克农场的管理职位被停掉了，就好像他犯了叛国罪似的。

1943 年年底，我父亲因战乱而留在家里，并接管了贝尔福德伯父的一些工作，他在费城的美国公谊会听说，被拘禁的日本人可以被招募为工人。与很多美国人一样，特别是东部的人们，父亲对拘留营的情况只有模糊的认识，但在他看来，这是解决公司劳工问题的一种可行的方法。西布鲁克农场将爷爷的儿子们派往拘留营，向他们宣讲爷爷的"公平政策"，来自阿肯色州营地的一小批被拘禁者来考察了西布鲁克。爷爷承诺，每个男人和女人都将按固定的薪水工作，拥有暖气和水电的房屋以及为子女提供体面的学校。作为回报，他们必须同意为西布鲁克工作6个月以上。

很多来为爷爷工作的人都无处可去，西布鲁克成了他们的避难所。理查·池田告诉我，"西布鲁克是一个真正的社区，人们与社区有血缘关系，对社区有义务。工作是艰苦的，但每个人都在同一条船上，一起受苦。如果有葬礼，人们分担费用。如果有人需要药物，人们会尽其所能。"在西布鲁克，公开的种族主义比其他地方要少得多。考特尼伯父对当地俱乐部（麋鹿社、驼鹿社和扶轮社）的人说他不想给日本人带来任何麻烦。

曾在布里奇顿高中担任历史教师的巴里·森普尔在西布鲁克的周年纪念日上发表了讲话，他后来告诉我，"我认为南泽西更像是深南州的一部分，而不像是新泽西州的一部分。在特伦顿这一点是不被认同的。你说南泽西更像密西西比或阿拉巴马而不像特伦顿，而特伦顿的人不可能理解这一点。"森普尔在20世纪60年代积极参与了新泽西整合当地公立学校的努力，他受到了三K党的威胁。他继续说，"因此，带着对战争的仇恨，日本人来到这里，发生这样积极的事情，这是一件了不起的事情。这说明你的家人一定做过什么。"

然而，《百年耻辱：美国拘留营不为人知的故事》一书的作者米奇·韦格林也在纪念活动上发表了讲话，她告诉我，她父母在西布鲁克的生活很艰难。她记得母亲的手因为整天分拣豆子而皲裂，再也无法愈合。韦格林告诉我，当她在准备她的发言时，一位年长的男人谈到了工厂的工作条件，"太可怕了。我希望你能给他们点儿颜色看看。"韦格林想，哦，我的上帝，我把自己拖进了什么样的麻烦？她还重读了东出诚一的书《告别眼泪：一个日裔秘鲁人在美国拘留营的回忆录》，其中有一部分是关于西布鲁克的工作生活：

"我们被要求每天工作 12 小时。起初，男人的时薪为 50 美分，女人为 35 美分，没有加班费或夜班津贴。如果一个人上班迟到，或者生病回家，这部分时间就会以 5 分钟为单位从他的工作时间中减去。当我们从一个班换到另一个班时，我们每两周只有一天空闲时间。没有带薪假期，没有病假。即使在那个时候，这些工作条件也被认为是很恶劣的。"

最后，韦格林发表了一篇怀旧的演讲，她的声音因无法表达的感情而颤抖。她回忆起自己上高中时在这家工厂做夜班主持人，播放佩里·科莫（Perry Como）的唱片，让工人们保持清醒，她尤其记得自己演奏了 1946 年夏天的热门歌曲《爱的囚徒》（*Prisoner of Love*）。

雷·小野和他的家人住在罗斯福街 969 号的一幢混凝土建筑里。这栋建筑与拘留营的营房相比没有多大改观，在某些方面甚至更糟。在营地里，他们没有冰箱和烧木柴的火炉；但在西布鲁克，他们有一个冰箱和一个烧煤的炉子。曼萨纳的冬天气候温和，西布鲁克的冬天会结冰。在拘留营里，被拘留者不需要工作，他们的食物由军队为他们准备；在西布鲁克，人们必须非常努力地工作，自己养活自己。但雷告诉我，"从心理上讲，西布鲁克要好得多。我们周围没有铁丝网。我们是自由的。"

对雷来说，像许多男孩女孩一样，他们觉得营地很有趣，而西布鲁克岛更有趣。"作为一个孩子，你不担心艰苦奋斗。你要去上学，你要参加所有这些活动。"在夏天，雷像所有的男孩一样摘豆子，同爱沙尼亚人、拉脱维亚人、牙买加人和波多黎各人一起工作。

日本的孩子们组织了自己的团伙，取名为"雨弓"和"蓝魔"，但孩子们并没有打架，而是参加棒球、足球和篮球比赛。雷是一名优秀的运动员，并在布里奇顿高中以跑锋的身份获得了荣誉。巴里·森普尔告诉我在 1950 年的比赛："雷的前面是一个叫泰克斯·罗宾逊的家伙，他是一个出色的橄榄球运动员……但是后来泰克斯的下巴断了，大家都说，哦，好吧，我们只有这个日本小孩来代替泰克斯了，我们完了。"雷在代替罗宾逊的第一场比赛中，取得了 3 次触地得分——其中两次是长距离的、精彩的跑动。"那是我第一次真正开始意识到日本人真的很特别。"森普尔说。

战后，西布鲁克农场迅速发展。用着自己的商标，它生产了大量冷冻菠菜、冷冻豌豆和冷冻青豆。冷冻食品的技术突飞猛进，而西布鲁克走在了最前沿。科学被应用于农业的各个方面。温度、阳光、水和种子都被作为"生长元素"考虑在内，成为一个系统，允许西布鲁克对变化的天气做出反应，并判断作物最成熟的日子。"收获"是对蔬菜的一次有组织的军事攻击，相当于农业上的诺曼底登陆。青豆的收获是这样的：拖拉机拖着割草机穿过青豆地，把豆子连着豆秸堆在地上，然后一辆装载机跟在后面，把风轮装到平板自卸卡车上，（在泛光灯下不分昼夜地进行）卡车再把这些卷好的豆秸运到一台吹风机上，这是一台声音很大的机器，它把豆子从茎和叶中分离出来，然后茎和叶子被喂给公司的肉牛。（关于那些牛，父亲不得不瞒着爷爷，因为爷爷讨厌所有的动物。）这些豆子被迅速送到工厂，在水槽中清洗，在蒸汽管道中漂白，然后被送到楼下一个装满盐水的圆形容器中。较重的豆子会沉在盐水中，而较小的豆子（会被包装成"特级"）会漂浮在表面。经过分拣后，这些豆子沿着传送带传递，传送带旁站满了妇女，她们负责清除垃圾和散落的小豆子。接下来，它们先进入自动包装机，再进入温度为-38.3 ℃的巨大冷冻托盘。如果豆子来自附近的田地，那么从收割到这一步用不了一个小时。

雷的父亲是约40名工人中的一员，他们把一袋袋的冷冻豆子从冷冻托盘中取出，放在架子上，然后由其他人把它们搬到冷藏仓库或等待着的冷藏卡车或火车上。"我父亲是西布鲁克闻名于世的精密机械的一部分，"雷告诉我，"他是一条食品装配线的工人。"雷的母亲也在这里工作，分离青豆。父母们轮流工作12小时，这样他们中的一个就能一直在家陪孩子们。尽管许多日裔美国家庭把西布鲁克看成是一个重新集结的地方，并在20世纪40年代末回到了西海岸，但雷的父亲坚持小野家要留下。"船没有了，我们只有身上的衣服。"雷告诉我，"所以我们要留下来。父亲的工作单调得可怕。他在钓鱼的时候就知道如何使用柴油发动机，我们试着让他到商店里工作，那里的工作更有趣，但他不愿意。"他负责给冰箱托盘卸货，直到1958年退休，他死于1960年。"他会回家，吃晚饭，喝杯酒，然后上床睡觉。"雷说，"他没有对我们讲很多，我们知道这是一项艰苦的工作，很难确定他的感情是什么。他有日本人的 shikataganai 的态度，这是没办法的。"雷补充说："问题是，我们很穷，但我们不知道我们穷。我们的父母从不让我们觉得自己很穷。这是在西布鲁克团聚会上非常强烈地体现出来的——我们的父母为保持家庭的稳固和团结而付出的巨大努力，以及我们对他们的尊敬。你会听到很多关于为什么日裔美国人做得很好，而其他少数民族似乎不能前进。我认为真正的区别在于牢固的家庭关系。"

我很难确定爷爷是在什么时候开始憎恨他的儿子们的。父亲于1956年与母亲结婚。母亲记得奶奶告诉她，这一切始于爷爷意识到自己老了，而儿子们还年轻。奶奶还认为，爷爷为他对待自己父亲的方式感到内疚。1911年，爷爷没有告诉他父亲，径自去纽约见了一些金融家，希望能借到钱扩大农场。他乘火车去了泽西城，然后乘渡船穿过哈德逊河，在离我现在住的地方不远的地方靠岸。拿到钱后，他回到家，提出以远低于纽约债权人提议的农场价值的一半价格买下他父亲的农场。基本上，他是欺骗了自己的父亲。奶奶认为，随着爷爷一天天变老，他对父亲怀有的内疚变成了偏执，他认为，他的儿子们也会对他做同样的事情。

1954年10月，黑兹尔飓风袭击了南泽西岛，摧毁了西布鲁克所有的菠菜作物。一个由本·萨温领导的费城银行家协会告诉爷爷，他们觉得他不能胜任重建公司的任务，他们希望我的父亲接管公司。公司成立了一个由我父亲、萨温和爷爷组成的三人投票信托基金来管理公司。"CF似乎接受了这一点，"父亲说，"1954年，他召开了一次大型家庭会议，宣布他将退休，从现在起由我来经营公司。母亲喜出望外。贝尔福德开始鼓掌，那是相当不客气的。"

1958年，西布鲁克迎来了有史以来最好的一年。"现在在董事会上，人们不再谈论'卡车'了，"我父亲说，"我们讨论了扩大和多样化生产来源，我们开始涉足冷冻橙汁和美味的冷冻主菜。西布鲁克现在已经是一个全国性的品牌了，为了保证它的持续供应，我们需要佛罗里达州和加利福尼亚州的种植者，但是你爷爷不能理解。爷爷的愿景所基于的卡车农业经济正在被一种超级市场经济所取代，在这种经济中，新鲜农产品将全天候供应，消费者根本不关心它们来自哪里。"

1959年，爷爷拒绝续签投票信托。银行通知他，除非他续签，否则他们不会继续贷款给西布鲁克农场。和任何农业企业一样，西布鲁克离不开银行。但是爷爷很固执，他不会让步。杰拉德信托的负责人告诉我父亲，为了挽救公司，家族应该宣布爷爷没有能力管理他的事务，这样，如果有必要的话，就可以强行把他排除在外。

父亲进退维谷。坚持与银行家合作吗？银行家为他提供了生计，拯救了他所从事的一切，提供了独自经营企业的机会，尽管这意味着要谴责他的父亲；还是跟他父亲守在一起，即使这意味着他们俩都将完蛋？父亲选择了银行家——他不愧是爷爷的儿子。对于奶奶来说，在我爷爷和我父亲之间，她选择了她心爱的儿子。我的姑妈塞尔玛和她的丈夫认为儿子们对爷爷做的事情是不公平的——不管老人的弱点是什么，他都不应该遭受这种侮辱。姑妈一家站在爷爷一边，安排了听证会来决定爷爷是否有行为能力。奶奶和她的儿子们聘请了后来成为新泽西州州长的理查德·休斯来代理他们。

在听证进行的过程中，爷爷又被施下"魔咒"了，家人把他送到了精神病院。爷爷很快拿到了人身保护令，并在费城的报纸上报道了他的故事，指责他的家人将他强行塞入精神病院，以便他的儿子们（他称之为"童子军"）能够控制他的产业。他还说，"这是杰克的阴谋。"这些剪报由我父亲的前任秘书伊丽莎白·冈特精心保存，并被存放在我父母居所的谷仓中，放在一起的还有那个时候的热烈宣传报道。（例如，爱丽丝·休斯的专栏《女人的纽约》所写："并非每个人都像我本人和其他19个编辑和作家那样幸运，应邀成为新泽西州一个幸福的绅士农家的客人。"）

就在听证会前不久，爷爷打出了他的王牌。1959年5月的一个星期六晚上，他以300万美元的价格把西布鲁克农场卖给了一家食品杂货批发公司。他创建了西布鲁克农场，为了不让儿子们接管，他毁掉了农场。交易那天，爷爷戴着3条领带出现在当地的一家理发店，有人问他为什么，他说："300万，3条领带。"爷爷还修改了他的遗嘱，以确保他的妻子和儿子们不会得到这笔钱，决然地与他们断绝了关系。他和奶奶继续同住在那所大房子里，可是吃饭都是分开的，很少说话。1964年爷爷去世时，一家人看到他在遗嘱中几乎没有给奶奶留下一分钱，甚至没有为她提供居住的地方，他们提起了诉讼，以便她能留在大房子里并有足够的钱来维持她的生活。

在西布鲁克农场被卖掉几个月后的一天早上，母亲打开门，发现爷爷派来的一个人拿着一张驱逐令。我父母一再提出要买下房子，爷爷拒绝了，现在他要把他们赶出去。从西布鲁克被赶出来后，父母搬到了大约20英里外塞勒姆的一所房子里。我父亲42岁，失业了，还欠着债。1959年，我出生在这段时间，我是父亲的第一个儿子，以他的名字命名，在光景好的时候，这可能会给爷爷带来欢乐。但由于他们之间的分歧，爷爷拒绝承认我的出生。

我的一生中，在小学，在大学，在我工作过的不同的地方，作为西布鲁克农场冷冻食品继承人的名声一直陪伴着我，就像胎记一样。我曾经试图隐藏它。在超市购物的时候，我有时会避开冷冻食品区，因为我不想看到奶油菠菜（西布鲁克的商标一直存在，尽管我们家并非从一开始就拥有它）。我曾天真地以为在网络空间里，冷冻食品产业继承人的身份无关紧要，然而我参与的一个讨论组里有人发帖说：

"他是西布鲁克冷冻食品公司的继承人，我今天听说的……消息可靠。"

对此，我回应说："关于我的冷冻食品产业继承人身份：爷爷开始创业，但他和我父亲发生了一场可怕的争执，他解雇了我的父亲，与他决裂，并卖掉了产业来刺激他……所以事实上，我唯一继承的只有痛苦而已。"

这个人回答说："我再也不会买冷冻奶油菠菜了。"

我回应说："我非常了解那句话会令您付出什么代价，对此我深表感谢。因为尽管奶油菠菜给我的家人带来了种种痛苦，但它仍然是您可以买到的最好的奶油菠菜。"

爷爷在83岁去世前确实见过我几次面。虽然父亲和爷爷从未真正和解（父亲和塞尔玛姑妈在她的余生中也一直不和），但我们家有时会在阳光明媚的日子里去大房子里和奶奶吃午饭。我对爷爷只有一个记忆：父母把我带到楼上去看他，爷爷穿戴整齐地坐在地板上，用一个安装设备做东西。我母亲说："CF，这是约翰尼，你的孙子。"爷爷只是用一种孩子气的、刻薄的方式看着我，弯着嘴角。我开始担心他的手会伸出来抓住我的脚踝，于是我支撑住自己，把手放在膝盖上，准备迎接他。他从来没有叫过我的名字。

他那个时代的人

爷爷在拘留营结束后给600个家庭提供了安身之处，因此他被许多日本血统的人视为拯救者，这与他在我的家庭神话中扮演的破坏者非常不同。我早期的记忆之一是，我去迪尔菲尔德教堂参加星期日的礼拜，看到外面日本人的面孔，教堂里的人看到我非常高兴，我不明白这是为什么，但我知道这和爷爷有关。

在西布鲁克周年纪念日，我们观看了威廉·布朗拍摄的名为《西布鲁克：一个新的开始》的纪录片。在片子中，人们称我的爷爷为救世主。"他是你能见过的最好的人之一,"萨玛·皮尔森说,"一个很棒的人,我永远不会忘记他。"埃斯特·小野目前在西布鲁克拥有一家美容院,她说:"我对西布鲁克先生为我们做的这些,永远心怀感激。"我感到一种熟悉的扭曲的第三代日裔的犬儒主义。是的,爷爷帮助了这些人,但是帮助他们终究是桩好生意。日裔美国人的存在,让西布鲁克农场拥有了一群非常忠诚、无怨无悔、努力工作的人,这些人与西布鲁克公司在战后的巨大成功息息相关。在电影的后面,有人这样评价爷爷:"他是个小个子,但他确实很有头脑。"这听起来更像是我所知道的爷爷。

除了我的家人之外,我从未遇到一个在西布鲁克农场工作而不说爷爷好话的,当我为写这个故事而进行采访时,人们常常一开始就跟我说:"我想感谢你的家人为我的家人所做的一切",或者"我只想说,这是多么大的荣幸啊"——这不是我作为记者常有的经历。爷爷的一些东西启发了人们,他是实现美国梦的榜样:一个贫穷的农民的儿子靠自己的聪明才智成为工业领袖,在日裔美国工人的信仰受到考验之际,他让他们对美国有了一些信念。

吉恩·中田来到西布鲁克时只有10岁,他告诉我,他的父亲不想回到加利福尼亚州,因为他对爷爷怀有忠诚感。"我们要留在这里帮助西布鲁克先生,"中田记得他的父亲这样对他说,"我们所有的衣服、家具,所有这些东西,都是西布鲁克先生送的。没有他,我们就不会有这些东西。"理查·池田说:"我认为你的爷爷是时代的英雄。西布鲁克是一个家族企业,他有一种企业家对人民的责任感觉,他觉得工人们是他生命的一部分。在某种程度上,这是一种非常日本式的制度。这种归属感正是现代公司试图重新获得的。"

但是这个仁慈的、家长式的 C. F. 西布鲁克,西布鲁克周年纪念日上的 CF，并不是我心目中的爷爷。据说爷爷喜欢在餐桌上滔滔不绝地谈论为他工作的各种族的人，列举一个种族质量优于另外一个的那些特质。他的一个孙女与一个墨西哥人订婚时，他很生气，并且派了一名律师前往墨西哥威胁求婚者的家人。他当然没有对拉脱维亚人和爱沙尼亚人实行反犹太主义。从 20 世纪 30 年代到 40 年代，爷爷与当地工会展开了一场史诗般的斗争，后者一再试图把西布鲁克的工人组织起来。（他们最终还是成功了。）从工会的角度来看，爷爷在西布鲁克经历的是一个前资本主义、封建主义的阶段，那里的工人和农奴差不多。爷爷争辩说，就工人的地位来讲他们很幸福了，他并不介意雇打手殴打那些反对他的工人。1934 年 8 月，《国家报》发表了一篇关于西布鲁克罢工的报道：

  我们的委员会观看了正在进行的和平示威活动……当他（CF）认为观察员已经从现场消失时，对罢工者发动催泪弹和催吐气体的袭击……企业主的儿子贝尔福德·西布鲁克亲自向一所房子投掷了一枚炸弹，当时房子里只有一位意大利母亲和两个很小的孩子。他之前对他的手下喊："抓住这个女人，她话太多了。"炸弹从窗户扔了进去，落在一张床上，床单着火了。房间里充满了烟雾和煤气味，以至于两天多都不能住人。

不用说，西布鲁克乡村生活的这一面，在西布鲁克 50 周年庆祝活动上并没有被提到。

坐在观众席上时，我为父亲感到有些紧张，因为他要站起来发言了。他的主题是谈他的父亲，这是周年纪念的组织者为他拟定的。C. F. 西布鲁克的哪些特质使他能够在南泽西创建这个不同寻常的社区！我父亲在写这篇演讲稿时遇到了很多麻烦。他陷入西布鲁克农场工程奇迹的细节中，偏题了；他在总结 CF 时越困

难,就越会堆砌更多有关农业操作的技术细节。我给父亲发了一封电子邮件说:

> 也许你写这篇文章时的困难在于你想要给这些人一个崇拜的对象,以此来取悦他们。但不幸的是,你所知道的 CF 并不符合要求。如果是这样的话,我不知道你该怎么做。我倾向于实事求是地讲出来,当然我有时有点儿鲁莽。

我们通了电话。父亲说:"好吧,即使这不是全部的真相,我想它至少也不是谎言。"他的声音听起来有点儿无精打采。我不知道他的疲倦是否因为与自己观念的抗争:如果他的父亲是一个加利福尼亚农民,想要那些日本移民的土地,他可能会很高兴把日本人关进拘留营。也许他还在为父亲对他所做的事生气,问父亲这些问题似乎不太合适。作为第三代,我对家族历史的好奇,与父亲身为二代的反叛,是格格不入的。我还在想,他是否会为自己对待父亲的方式感到内疚?我知道我的一些表亲,尤其是姑妈的孩子们,会怎么想。我小心翼翼地回避了这个问题,但他只是说,"好吧,也许 CF 的错误在于他没有把一个儿子培养成精神科医生。"这让我想到了日裔美国人同盟纽约分会会长罗恩·乌巴的想法。谈起年老的日裔美国人在难民营中的经历时,他说:"他们有时很难将经历的伤害从生活中分离出来,真正地谈论它。"

我问父亲,他是否后悔没有把家族生意传给他的孩子们。不,他说,他认为也许西布鲁克农场不在了是一件好事。"直到今天,我都不能说这对我个人来说是个不幸,"他说,"我 42 岁时破产,后来我又赚了很多钱。"本·萨温帮他在霍华德·布彻那里找到了一份工作,霍华德是费城的一名股票经纪人,拥有几家公用事业公司。(今天,在父亲的办公室里,萨温的照片就挂在爷爷照片的旁边。父亲有时会想,某种程度上他是不是萨温亲生儿子的替身呢?萨温的儿子在 15 岁时自杀了。)10 年后,父亲把公用事业公司发展成了价值数十亿美元的国际公用事业公司。像他自己的父亲一样,他从中年灾难中归来,取得了更大的成功。

"当然,我们本可以把西布鲁克公司做得很好。"父亲接着说,"西布鲁克可能是当今食品行业中最伟大的公司之一。但当你继承了某样东西时,你总是会怀疑:我能自己完成这一切吗?我想,如果我一直留在西布鲁克,我不会像现在这样自信。而且,如果西布鲁克一直持续下去,对你或你的兄弟可能都没有好处。"

"我可能会负责西布鲁克的公关部门。"我说,没准我真会。

"美国的家族企业不会维持太久,"父亲说。"我听说最近在欧洲举行了一个家族聚会,这些家族共同经营了 400 年。这在美国是不可想象的。"

我问父亲,有没有爷爷亲手写的东西,他说只有一封信。"有一天我会给你的。"他说。我惊讶地意识到,父亲掌握的有关爷爷的信息并不比我多。1921 年出版的美国杂志上发表了一篇关于爷爷的励志文章(封面故事是林·拉德纳[1]关于 35 岁的一篇文章),为父亲的演讲提供了很多素材。当然,我想,父亲身上一定有关于爷爷的记忆——他们共同分享的那些快乐的时刻和不确定的时刻,它们在哪儿呢?它们似乎无法触及,已随风而逝。这个非凡的人和他伟大的创造在父亲那已经所剩无几!

爷爷不喜欢告诉别人他在想什么,他的这个特点人们记得非常

---

[1] 译者注:林·拉德纳(Ring Lardner,1885—1933 年),美国体育新闻记者,幽默作家。

清晰。他讨厌你记下他说的任何话。有时我父亲会在商务会议上试着做笔记，爷爷会对此加以指责："你在干什么呢？别记了！"

10年前，我曾采访过乔纳斯·麦克加莱尔德，他是爷爷最忠实的仆人之一，他给我讲了1924年春天第一次见到爷爷的故事。他的故事是对爷爷最生动的描述。

乔纳斯说，"一个周六的下午，我去CF的办公室，那是一个闲适的日子。CF正在看一本杂志。'找人吗？'他问。我说我在找工作。'嗯，'他说，'你在哪儿工作？'我说我在铁路部门工作。'住在本地吗？'我说我住在布里奇顿。'有电话吗？'我说是的。'电话号码是多少？'他把号码记了下来。CF写下一个数字，你就知道事定下来了，因为他写数字和圣经学习一样认真。他写的字很大，写的数字也很大。"

"'好吧，'CF说，'我得上车了。我得走了，'他说，'你出门的时候记得锁门。'我说，'好吧，我也要走了，你自己把该死的门锁上，'我说。我确实是这么说的。"

"第二天，电话响了，是西布鲁克先生。他说：'你想去大西洋城吗？'我说可以。他说：'好吧，你到我家来，我们一起去大西洋城。'所以我去了他的住处，在他的房子外面有一辆大帕卡德、一辆俱乐部西丹。CF出来说：'你开车还是我开车？'我说都行。'好吧，'他说，'你开车。你会开车吗？''当然，'我说。'你知道怎么去大西洋城吗？'我说是的。我们就去了。"

在大西洋城，爷爷在总统酒店待了一个小时，大概是在安排一些大西洋城的私酒贩子去运走他的苹果白兰地，那是他用自己种的苹果做的。在那个年代，农民把生长在沼泽里的长草收割下来，作为盐干草卖给当地的玻璃工厂当作包装材料。像爷爷这样的农场主，他知道运酒应该走哪些小河和草地，一直把酒安全运到海湾。

乔纳斯说："我买了周日的报纸，在阳光下读着，过了一会儿CF出来说我们回家吧……我们回到家，CF说，'你有地方放这辆车吗？''有，'我说，'停在大街上可以吗？''是的。'他说，'我想明天上午去纽约，赶7点的火车。你能带我去吗？'于是我开着那辆帕卡德回家，我母亲说：'你用那辆车干什么？'我说：'我不知道。'"

就这样，乔纳斯成了爷爷的司机。爷爷死后，乔纳斯问我父亲能否让他开爷爷的灵车，他说："这个老东西骑在我身上40年了，这是他第一次不能回嘴。"

父亲和儿子

我父亲站起来发表讲话，人群中响起了长时间的掌声。他戴着黄色的领结，尽管他已白发苍苍，年逾古稀，但他穿着一套绅士款农夫西装，看上去却像个男孩子般苗条。他说，他将谈论"一个有着不寻常成就的人，同时也是一个极其矛盾的人"。看到他，我周围的日本人激动得脸都在发抖，就是我记忆中小时候在教堂外看到的那种表情。

父亲开始追忆往事。他回忆起半英里外的大房子，现在已经不见了，那是他出生的地方。他回忆起他的爷爷，"一个和蔼的人"，留着飘逸的白色大胡子。他回忆起他的父亲和他的爷爷之间的可怕争吵。他记得那所房子街对面的马厩，那里有一个叫A. B. 斯基洛维茨基的铁匠在干活。即使在冬天，他也总是光着上身，汗流浃背，敲打着烧红的铁块，到处弥漫着煤烟和马蹄燃烧的气味。他解释了在农产品价格大幅下跌后，CF 是如何失去这项业务的。"他退出了，再也没有回头。"父亲说，"这是 CF 的另一个巨大矛盾，他从不在乎金钱。"

我父亲擅长讲故事，他最大的才能可能是他能让你相信他的故事。这些年来，我偶尔会坐下来听他向我解释一些事情，心里想，你这个混蛋，你想糊弄我，然后试图给他讲我的看法，但悲惨地失败了。后来，我在自己的脑海中，成功地把他的说辞击败了。但那天，坐在观众席上的我却为他加油。我知道他对过去的看法并不是唯一的一种观点，但他在努力地处理他父亲留下的遗产，我完全支持他。

当父亲的故事接近悲惨的结局时，我发现自己希望结局会有所不同，父亲和爷爷会知道他们所做的事情是多么疯狂，天使会在他们耳边低语。后来，父亲说了件我闻所未闻的事："1941 年 10 月 3 日，CF 患了严重的中风，此后的几年里他都无法行动。"甚至比我大 17 岁的姐姐卡罗尔也没听说过这样的事。

"在中风之前，他一直流露出一种自信，他能做任何事情。"父亲继续说，"他生命中最伟大的英雄是那些建设者，史蒂夫·柏克德和亨利·凯泽，就是那些会说，'把工作交给我，我来做。我会搞定的。' CF 就是这样。但从那以后，他就再也没有信心自己独立做事了。尽管他最终学会了树立自信的公众形象，但当他与他的同行（他的董事、他的银行家）在一起时，他就是缺乏过去那种自信。"

父亲说身体上的虚弱让爷爷失去了信心，而为了弥补失去信心所做的努力导致了随之而来的所有麻烦。这是父亲的"无可奈何"

(shikataganai)版本。

仪式结束后,许多人参观了位于西布鲁克的新博物馆——西布鲁克教育文化中心,它位于镇市政厅的地下室。那里的收藏是由艾伦·中村和约翰·福佑收集的,他们邀请了许多曾在西布鲁克住过的人一起合作,那里有数百张1900年到1959年西布鲁克生活的好照片。(爷爷显然不介意周围有摄影师。)博物馆的房间里也充满了约翰·福佑的友善态度。约翰年轻时就获得了音乐文学硕士学位,但他还是回到了西布鲁克工作,没有像他计划的那样去拿博士学位去教书。"因为,"他说,CF告诉他,"你有多少博士学位都无所谓。重要的是你有多少博士为你工作。"

我说:"他跟你说那些陈词滥调。"

"不,这是真的,"约翰说。

当我在博物馆里看书时,我看到一些在西布鲁克工作了一辈子的老人进来,慢慢地从一张照片走到另一张照片。约翰经常加入他们中去。一位老人在西布鲁克电厂的照片前停下来,问约翰:"当它被炸毁的时候,你在现场吗?难以想象啊,炸药把第一层完全炸穿了,你能清楚地看到楼对面。但它就那样在空中悬了大约5秒,就好像它不想掉下来一样。"

其他的庆祝活动包括参观爷爷的房子,现在是"西布鲁克之屋",一个毒品和酒精康复中心。巴克内尔大学的人类学教授保罗·野口告诉我,"那是我非常想看到的东西。作为一个在西布鲁克长大的男孩,我对你爷爷的房子的印象是,它是一个难以进入的地方,周围都是灌木丛,我从未想过我能进去。"理查德·兰克是"西布鲁克之屋"的沟通协调人员,他带领一群人快速走过这个地方,指出爷爷时代遗留下来的奇特壮观的地方。比如浴室的瓷砖和门廊的地板。人们还参观了爷爷的英式花园,在我还是个孩子的时候,觉得这些花园很不错,我很高兴看到它们保留了一些昔日的辉煌。它们并没有像爷爷的其他作品一样被时间轻易地抹掉。

从8岁起,我就再也没有来过这所大房子。我和兰克一起来到地下室,那里曾经有一支被乔纳斯称为"罐头屋"的乐队在爷爷的新年晚会上演奏。一些"西布鲁克之屋"的患者坐在破旧的家具上,看着电视上的日间节目。

"这就是酒吧。"兰克说着,向我展示了一个精心设计的内置酒吧。

"我想你用不着它了。"

"是的,用不着。"

在楼上,我们向上看了看通向房间的楼梯井,我记得在那里见到了爷爷。楼梯很窄,但不像我记得的那样弯弯曲曲,就像我小时候在恐怖片里看到的那样,把我吓坏了。我踏上了第一步,但后来改变了主意。

"那里除了办公室没什么可看的。"兰克说。

对很多家庭来说,包括我的家庭在内,西布鲁克周年纪念都是一个机会,在这里你可以见到久违的亲戚。周六下午,我的家庭聚会在我父母家的后院举行。我的堂兄伊文·西布鲁克,实际上是C. F. 西布鲁克三世,也是我们当中唯一一个长得很像爷爷的人,他告诉我,典礼刚结束,他就遇到了一位爱沙尼亚老人,"我对那个人说,'嘿,听起来,那时候的西布鲁克是个很棒的地方。'那人说,'哼,那都是一堆屁话。他们和其他地方的人一样有种族偏见。'我惊讶地说,'是吗!'"

每个人都在谈论我父亲的演讲。我对卡罗尔说,中风的故事是一个很好的折中的方案——尊重爷爷，同时承认出现了问题，因为它意味着你可以把后来家里出的麻烦都归咎于爷爷身体上的虚弱，而不是责怪他。她说："当然，可以相信我们没有继承中风的基因，这也很值得高兴。"

我母亲曾希望年轻一代会玩垒球游戏，但没有人真的想玩。她转向和我同龄的植物工程师堂姐维茜说："今年秋天的天气是不是太好了？"

"对菠菜有好处。"维茜说。

父亲和我的妻子丽莎聊天。"事实上，"他告诉她，"日本人来的时候CF在佛罗里达，当他回到家发现所有的日本人都在这里时，他勃然大怒。"丽莎想继续听这个爆炸性的故事，可父亲却没有接着讲下去，他像狡猾的狐狸一样刚探出头就回到了自己的巢穴，只说："成功的故事有很多版本"。（第二天早上，在迪尔菲尔德教堂，当父亲和母亲离开的时候，博罗尔牧师称赞了父亲的演讲，说他是一个多么优秀的演说家。父亲对我说："我差点儿就说，'神父，幸亏我不必相信我所宣扬的福音。'"）

午饭时，我坐在堂兄吉姆的旁边，贝尔福德伯父是他和维茜的父亲。我们用自己的方式谈论我们的爷爷，一种被称为"日本式"的含蓄的方式。在我们交谈的时候，我觉得爷爷是我们之间一种奇怪的分歧的来源，从家庭开始分裂的那天起就一直存在。

西布鲁克家族第一代和第二代的冲突摧毁了公司，61岁的堂兄吉姆是第三代中因此受损最大的人。他继续为新东家工作，但在1977年辞职，8天后，他在镇上租了一个办公室，并与他的哥哥查理（西布鲁克二世）合作，成立了一家名为"西布鲁克父子兄弟"（Seabrook Brothers&Sons）的冷冻食品公司，距旧工厂3英里。吉姆的3个儿子在那里工作，查理的儿子伊文和彼得也在那里工作，包括我的兄弟布鲁斯在内的许多其他西布鲁克家族的人都在豆田里做过季节性工作。新的西布鲁克公司非常成功，再次成为该地区农民的本地买家。最初，吉姆只用其他商标包装蔬菜，因为他不被允许用"西布鲁克"的名字出售蔬菜。1994年，在爷爷卖出这个名字的35年后，吉姆买回了它。

"这种感觉特别好。"他说。

午餐后，我和卡罗尔16岁的儿子鲁道夫玩了一会儿橄榄球。我的思绪又回到了那天，想起了米奇·韦格林声音里平静的愤怒，这种努力地控制让他的声音几乎颤抖起来；还有唐娜·皮尔森声音里的荣耀，她说"没有借口说'不能'……如果我的父母能做到，我也能做到"；我父亲说起爷爷时语气中的顺从，"他完全失去了过去的那种自信"。我记得牧师说过的话——上帝是公正而仁慈的，他的旨意将在他指定的时间内成全那些寻求他善功的人——我怀疑这是不是真的。那天早晨，我确实觉得自己仿佛瞥见了上帝的旨意。日裔美国家庭在西布鲁克的经历就像X光片背后的白光，那张X光片就是我的家族历史，在X光片上我看到了之前无法看到的细节。但是，这是上帝安排的模式，还是爷爷挥之不去的力量？或者，什么都不是！

我想到了当时在南泽西进行的全体日裔美国人家庭团聚活动，想知道这些人是否已找到了答案。站在我父母的院子里，我意识到那天早上我瞥见的上帝的旨意已经消失了，因为我们都回到了自己的生活中，每个人都在努力成就自己的故事——雷·小野、乔西·池田、理查·池田、吉恩·中田和约翰·福佑们的故事，我父亲的故事，我的故事。CF是我们所有人的父亲，但他留下的遗产是严酷的，令人难以理解的，那就是——你不能期望公平和宽恕，尽管你可能会得到它。爷爷的律法是加尔文主义的一种，它存在于迪尔菲尔德教堂中，而在教堂外面的墓地里，爷爷和他的父亲躺在一块18英尺长的灰色石板下面（亚瑟的头挨着 CF 的脚），那里有两个位置分别留给我的父亲和母亲。旁边还有更多的位置，如果我想要，也会有我的。

——写于 1995 年